Roger Graf · Philip Maloney

Roger Graf

PHILIP MALONEY
UND DER MORD IM THEATER

30 haarsträubende Fälle

Kein & Aber

Die Hörspielserie *Die haarsträubenden Fälle des Philip Maloney* ist jeden Sonntag zwischen 11 und 12 Uhr auf Radio DRS 3 zu hören

Philip Maloney™ ist ein eingetragenes Warenzeichen von Roger Graf

Der Autor ist über Internet erreichbar:
http://www.access.ch/rgraf
http://www.audiograf.ch
E-Mail: rgraf@access.ch

Für Ueli und Alice

Umschlagbilder von Pierre Thomé

1. Auflage, Herbst 2000

Gestaltung und Produktion:
AS-Verlag & Buchkonzept AG, Zürich
Druck und Bindung: Ebner, Ulm
ISBN 3-906542-21-1

Inhalt

Mord im Theater

Die Frau, die mich ins Theater bestellte, klang ein wenig hysterisch, und ich machte mich auf allerlei gefaßt. Ich wartete im Regen vor einem Haus, das aussah, als würde es demnächst einstürzen. Es verging eine Stunde, ehe Frau Küng erschien und mich in ein Büro führte, das vollgestopft war mit muffigen Kleidern und idiotischen Requisiten.

«Wir sind sozusagen Off-Off-Off-Broadway. Drei Mäzene, die auch nicht mehr die jüngsten sind, halten uns die Treue, aber natürlich nicht mehr, wenn sich herausstellen sollte, daß in diesem Theater Menschen umgebracht werden.»

«Ich dachte immer, Bühnen seien für so etwas besonders gut geeignet.»

«Bühnen schon, aber nicht die Garderobe. Einer unserer Darsteller wurde vor zwei Tagen tot aufgefunden.»

«Mit einem Dolch im Rücken, wie es sich gehört?»

«Herzstillstand.»

«Und wer oder was hat sein Herz gestoppt?»

«Die Polizei geht von einem natürlichen Tod aus. Doch einige der anderen Darsteller befürchten, es könnte in diesem Haus ein Mörder umgehen. Früher hat es hier gespukt.»

«Hat sich Shakespeares Geist über die lausige Regie beschwert?»

«In diesem Haus lebte der Serienmörder Hagenbach. 19. Jahrhundert, er trank das Blut seiner Opfer.»

«Verstehe. Wurde auch der tote Darsteller angezapft?»

«Keine geschmacklosen Scherze, bitte schön. Dies hier ist kein Komödienstadel. Wir sind die Avantgarde. Schauen Sie sich bei den Proben um, markieren Sie Präsenz, beobachten und melden Sie.»

«Das kommt Sie teuer zu stehen.»

«Wenn hier noch einmal etwas geschieht, kommt uns das noch viel, viel teurer zu stehen, glauben Sie mir.»

Ich lächelte und zeigte ihr meine leere Brieftasche. Sie schaute sie interessiert an und öffnete einen rostigen Panzerschrank, in dem die wenigen guten Kritiken aufbewahrt wurden sowie ein paar frische Hunderter, von denen sie mir ein gutes Dutzend überreichte. Am nächsten Morgen erschien ich pünktlich zu den Proben und lief dem Regisseur voll ins Messer.

«Hier wird nicht herumgestanden. Entweder mitspielen oder nach Hause gehen.»

«Dann gehe ich lieber wieder.»

«Nein, nein. Warten Sie. Sie könnten den Part des schlechten Gewissens und der Moral übernehmen. Ursprünglich wollte ich diesen Part mit Adolf Muschg besetzen, weil der so gerne öffentlich leidet, aber er ist leider viel zu teuer für uns.»

«Und was muß ich als schlechtes Gewissen tun?»

«Es genügt, wenn Sie ein wenig herumstehen. Das Ganze hat mehr symbolischen Charakter. So, laßt uns beginnen! Otto und Patrizia, bitte. Die Szene, in der das Liebespaar in einem Feld mit gentechnisch verändertem Soja steht und sich fragt, ob es sich angesichts des Ozonlochs noch lieben darf.»

«Wenn sie sich mit Sonnencreme einschmieren, sollte das problemlos möglich sein.»

«Es geht nicht um den Liebesakt, es geht um ethische Fragen. Denken Sie daran. Vielleicht sollte Otto von links ganz langsam auf die Bühne kommen, mitten durchs Publikum. Das ist dann wie bei Robert Wilson.»

Der Regisseur wartete ungeduldig auf die Hauptdarsteller. Sein rechter Fuß wippte nervös, und sein Gesicht rötete sich, ehe er mit bombastischer Stimme die Namen der Darsteller in den leeren Saal schrie. Schließlich erschienen die Mimen, und ich tat, was ich in solchen Situationen immer tue: mich abwenden.

«*Ophelia, erhöre mich. Das Heer wartet draußen vor der Stadt, es wird im Sturm unser Hab und Gut erobern.* Nein, das ist nicht der richtige Text. Ich glaube, ich bin im falschen Stück.»

«Allerdings. Es ist nicht zu fassen, er hat wieder seinen Text vergessen, er vergißt immer seinen Text. Wie soll ich den Sprung an den Broadway schaffen, wenn er immer seinen Text vergißt und ich nicht singen darf?»

«Solange ich Regie führe, wird nicht gesungen. Los jetzt, ihr liegt im Feld.»

«Wir liegen?» fragte Otto. «Darauf war ich nicht vorbereitet.»

«In meinem Vertrag steht ausdrücklich, daß ich weder meine Titten noch den Hintern zeigen muß. Nicht an einer Provinzbühne.»

«Eine Nacktszene muß aber sein, Patrizia. Wir brauchen etwas für die Pressefotos.»

«Soll ich mich ausziehen?» fragte Otto.

«Damit nicht mal zur Premiere jemand kommt?» fragte Patrizia. «Vergiß es.»

«Was macht eigentlich der Kerl da? Ist das ein Kritiker?»

Otto zeigte auf mich.

«Ich bin das schlechte Gewissen des Autors.»

«Ich muß doch sehr bitten!» schrie der Regisseur. «Ihre Rolle ist stumm. Otto und Patrizia, macht endlich, legt euch ins Feld, äh ins Zeugs.»

«Ja! Ich hab den Text wieder: *Ich will dich, ich brauche dich, oh komm, laß uns ein gentechnisch unverändertes Kind zeugen.*»

«*Hier? Mitten in diesem Feld?*»

«*Wir müssen dem Gen-Soja unsere eigene Natur entgegenhalten. Das ist unser Widerstand, das ist unsere Rebellion.*»

«*Im Namen der gentechnisch veränderten Beamten, Sie sind verhaftet.*»

Hugentoblers Auftritt war phänomenal. Er trampelte auf die Bühne und ruderte mit den Armen.

«Das darf doch nicht wahr sein!» rief ich begeistert.

«Stopp!» rief der Regisseur. «So geht das nicht. Sie haben keinen Text, begreifen Sie das endlich.»

«Genau, Maloney! Da staunen Sie. Man hat mich angefragt, hier aufzutreten, weil ich besser bin als all die schlechten Schauspieler, die versuchen, Polizisten zu spielen.»

«Ihr Einsatz war zu früh», tadelte der Regisseur.

«Wieso? Auf meinem Textblatt steht: *Auftritt Polizist.*»

«Natürlich steht das da, aber doch nicht in dieser Szene.»

«Was ist los?» fragte Patrizia verwirrt. «Gibt es eine Pause?»

«Oh ja», freute sich Otto. «Ich brauche einen Schluck.»

«Sie treten auf, um das Kapitalistenschwein zu verhaften», sagte der Regisseur zu Hugentobler. «Sehen Sie hier irgendwo ein Kapitalistenschwein?»

«Wieso schaust du mich an?» fragte Otto.

«Wo ist Paul?» schrie der Regisseur und schaute sich um. «Er müßte längst da sein. Kann nicht mal jemand in der Garderobe nach ihm schauen?»

«Ich könnte seine Rolle auch übernehmen», sagte Otto.

«Sie sagen ja gar nichts mehr, Maloney. Sind Sie sprachlos, weil Sie meinen Auftritt gesehen haben? Sie müssen zugeben, Maloney, dieser Derrick ist schwach im Vergleich mit mir. Im Film wäre ich natürlich noch viel wirkungsvoller.»

Ich drehte mich um und folgte Otto, der sich auf den Weg in die Garderobe machte. Meine Klientin war nirgends zu sehen, vermutlich lag sie in ihrem Büro und las all die Verrisse, mit denen ihr Theater regelmäßig beehrt wurde. Paul, der dazu auserkoren war, das Kapitalistenschwein zu spielen, lag derweil einsam in der Garderobe. Sein Oberkörper war nach vorne gekippt, sein Gesicht lag auf einem riesigen Käsesandwich.

Hugentobler stand im Büro von Frau Küng, die erst nach mehreren Cognacs wieder ansprechbar war. Die Leiche des toten Darstellers war bereits abtransportiert worden, und die anderen Mimen warteten auf der Bühne.

«Üble Sache, Maloney. Zyankali.»

«Ich habe es geahnt. Das ist das Ende. Meine Mäzene werden abspringen, und mir bleibt nur der Sprung aus dem zwölften Stock.»

«Dieses Haus hat höchstens vier Stockwerke», sagte ich.

«Das ist mein Glück.»

«Bevor Sie springen, Frau Küng, benötige ich ein paar Angaben. Hatte der ermordete Schauspieler Feinde?»

«Natürlich. Alle anderen Schauspieler. Aber das ist ganz normal.»

«Ich dachte, hinter der Bühne lebt es sich wie in einer Familie?»

Hugentobler kratzte sich Schuppen vom Kopf.

«Opa mißbraucht die Enkelin, und Papa wird von Mama vergiftet. Es geht nichts über das Familienleben.»

«Sie wissen genau, was ich meine, Maloney. Die Anspannung auf der Bühne, das Publikum, das muß doch zusammenschweißen. Bei einer Schauspieltruppe muß jeder für jeden da sein. Gemeinsam wird jede schlechte Kritik erträglich.»

«Unser Haus bekommt praktisch nur schlechte Kritiken, doch das hindert die Darsteller nicht, ständig zu intrigieren», sagte Frau Küng. «Paul, das ist der Ermordete, war einer der Schlimmsten. Er schrieb sogar unter falschem Namen Leserbriefe, in denen er die Regisseure diffamierte.»

«Da haben wir es, Maloney. Der Regisseur hat ihn umgebracht. Wo ist der Kerl? Ich verhafte ihn auf der Stelle.»

Er eilte aus dem Büro, stolperte die Treppe hinunter und riß dabei eine Seite des Treppengeländers mit in die Tiefe. Fluchend rappelte er sich wieder auf und hinkte zum Bühneneingang. Die Mimen und der Regisseur saßen einträchtig auf wackligen Stühlen.

«Ausgerechnet eine Woche vor der Premiere. Wo kriege ich jetzt einen Schauspieler her, der das Kapitalistenschwein spielt?»

Otto lächelte.

«Vor zwölf Jahren spielte ich einmal eine Doppelrolle als Mönch und als Schlagersänger. Das Publikum war begeistert.»

«In meinen Stücken gibt es keine Doppelbesetzungen, aus Prinzip nicht, das ist billig und unwürdig.»

«Bevor ich Sie verhafte, möchte ich gerne ein paar Dinge von Ihnen wissen.»

«Geil», freute sich Patrizia, «jetzt gibt es ein Verhör.»

«Nur zu. Ich habe nichts zu verbergen.»

«Wie war ich?» fragte Hugentobler leise.

«Wie bitte?»

«Er möchte wissen, ob er demnächst mit einem Oscar für den peinlichsten Polizistendarsteller rechnen darf.»

«Sie halten den Mund, Maloney. Also, wie war ich, seien Sie ehrlich.»

«Grauenhaft waren Sie, kein Gefühl für Bewegung, und diese entsetzliche Stimme.»

«Das nennen Sie ehrlich, Sie Regisseur, Sie? Ich werde dafür sorgen, daß Sie im Gefängnis die kleinste Zelle bekommen, die erhältlich ist.»

«Ich habe Paul noch gesehen, wir unterhielten uns in der Garderobe ganz kurz. Er war irgendwie anders, netter als sonst.»

Otto zog gekonnt alle Aufmerksamkeit auf sich.

«Weshalb sagen Sie das erst jetzt?» fragte ich.

«Es ist mir erst jetzt wieder eingefallen. Manchmal fällt mir mitten in der Nacht ein Text wieder ein, doch auf der Bühne erinnere ich mich nur daran, was auf meiner Einkaufsliste steht.»

«Wieso verhört mich keiner?» fragte Patrizia. «Ich habe Paul gestern eine geknallt, weil er mich eine Schlampe nannte.»

«Das ist interessant», fand Hugentobler. «Hat er Ihnen nachgestellt?»

«Nein. Er glaubte, daß ich mit Otto etwas habe. Aber ich habe nichts mit Otto.»

«Und ich dachte schon, das hätte ich auch vergessen.»

«Wir können die Premiere nicht verschieben», sagte der Regisseur. «Frau Müller-Meilenstein hat sich angemeldet. Sie ist eine der profiliertesten Theaterkritikerinnen. Ich verehre diese Frau.»

«18mal hat sie mich schon verrissen», sagte Otto. «Patrizia hat sie nahegelegt, sich in der Bar um die Ecke einen Job zu suchen.»

«Das liegt nur daran, daß ich nie singen darf. Da liegt meine wahre Stärke.»

«Irgendwo muß sie ja liegen, nicht wahr?» sagte Otto maliziös.

Der Regisseur umkreiste alle Darsteller und blieb vor Hugentobler stehen.

«Frau Müller-Meilenstein hat sicherlich nichts dagegen einzuwenden, wenn ich Pauls Part bei der Premiere übernehme. Sie hat Paul nämlich gehaßt, weil sie ihn einmal geliebt hat.»

«Sie liebt ihn immer noch, deshalb schreibt sie so ätzend über ihn», sagte Patrizia.

«Das stimmt nicht, sie liebt ihn nicht mehr. Ist jetzt auch egal. Hauptsache, die Premiere geht nicht in die Hose. Ich bin sicher, das wird mein Durchbruch als Regisseur.»

«Sie erkennen nicht einmal eine schauspielerische Glanzleistung, die direkt vor Ihrer Nase stattfindet», sagte Hugentobler beleidigt. «Ich jedenfalls suche mir eine größere Bühne für mein Talent. Was meinen Sie, Maloney?»

Ich meinte gar nichts und besuchte die Kritikerin, die angeblich noch immer in den ermordeten Mimen verliebt war. Sie empfing mich in einer geräumigen und geschmackvoll eingerichteten Wohnung, an deren Wänden, teuer eingerahmt, ihre schönsten Verrisse hingen.

«Diese Bühne müßte man schließen, sie nutzt niemandem, vor allem nicht dem Theaterpublikum.»

«Weshalb haben Sie dann nicht versucht, Paul an einer besseren Bühne unterzubringen?»

«Ganz einfach: weil er kein Talent hatte. Er war begeisterungsfähig, aber das war auch schon alles. Er hat mir alle Klassiker vorgespielt, wenn ich in seiner Wohnung war. Entsetzlich.»

«Im Theater munkelt man, daß Sie ihn noch immer lieben.»

«Das ist Unsinn. Er tut mir leid, er hat diesen frühen Tod nicht verdient. Aber ich empfand nichts mehr für ihn, schon lange nicht mehr.»

«Gehen Sie an die Premiere des neuen Stücks?»

«Kommt es denn überhaupt zur Premiere nach den Vorfällen?»

«Der Regisseur besteht darauf.»

«Stauber? Der taugt ebenfalls nichts. Alles nur Oberfläche, kein Tiefgang. Dieser Mann geht nie an die Schmerzgrenze. Ich erwarte mehr Leidenschaft.»

«Wann waren Sie das letzte Mal in dem Theater?»

«Ist das jetzt ein Verhör? Es ist kein Geheimnis, der Verriß hängt irgendwo in der Küche. Das letzte Stück war der absolute Tiefpunkt. Paul war entsetzlich schlecht, und die anderen gaben sich Mühe, ihn dabei zu übertrumpfen. Zur Premiere kamen zehn Leute, drei davon waren ältere Herren, die den falschen Eingang erwischt hatten und eigentlich in die Peepshow nebenan gehen wollten. Die drei getrauten sich nicht herauszugehen und blieben bis zum Schluß. Alle anderen getrauten sich herauszugehen, mich eingeschlossen.»

Sie bot mir einen teuren Whisky an, den ich nicht ablehnte. Während ich trank, las sie mir aus ihren Kritiken vor, was dem edlen Getränk einen scheußlichen Beigeschmack gab. Müde und deprimiert verließ ich ihre Wohnung, ging in mein Büro und schlief eine Stunde unter meinem Schreibtisch. Als ich erwachte, stand der Mime Otto in meinem Büro und zitterte.

«Sie ist es, sie hat es getan.»

«Wer hat was getan?»

«Patrizia, meine Bühnenpartnerin, sie hat Paul umgebracht und auch den alten Fritz, sie hat es zugegeben.»

«Wann und wo?»

«In der Garderobe, als sie sich umzog. Ich sah ganz zufällig, wie sie sich auszog, na ja, und ich dachte, in der ganzen Aufregung ist es wichtig, daß man sich gegenseitig und so. Sie wissen schon, was ich meine. Doch als ich sie berührte, schrie sie los, ich solle sie in Ruhe lassen, sonst erginge es mir wie den beiden anderen Lustmolchen.»

Es dauerte lange, bis er sich wieder beruhigt hatte. Ich bot ihm an, ihn zur Polizei zu begleiten, doch er weigerte sich, mein Büro zu verlassen. Da ich keine Lust hatte, mir seine Gejammer noch länger anzuhören, schmiß ich ihn raus und machte es mir gemütlich. Ich wurde nur ab und zu durch das Gewimmer im Treppenhaus gestört.

Die junge Schauspielerin Patrizia wohnte in einer Wohngemeinschaft, deren Küche einem Schlachtfeld glich. Sie bot mir einen Schnaps an, fand jedoch weder ein sauberes Glas noch den Schnaps.

Sie brühte sich kalten Kaffee auf, dessen Gestank schon bald den ganzen Raum verpestete.

«Das war doch nicht ernst gemeint. Es ging mir nur darum, den Kerl ein wenig einzuschüchtern. Er rückte mir während der Proben immer näher auf den Leib. Zum Glück habe ich keine Kußzene mit Otto. Ich finde ihn widerlich.»

«Und was war mit Paul? Hatten Sie mit ihm außerbühnische Kußzenen?»

«Ich bin keine Schlampe, auch wenn Paul mich für eine hielt. Ich lebe ein ganz normales Leben. Dieses alberne Schauspielergehabe geht mir auf die Nerven.»

«Und trotzdem träumen Sie davon, am Broadway zu singen und zu tanzen?»

«Ich singe gerne, und ich singe gut. Nur hat das außer mir noch niemand bemerkt.»

«Wer aber hatte ein Interesse, Paul umzubringen?»

«Otto natürlich. Er würde am liebsten alle Rollen selber spielen. Er träumt davon eines Tages in einem Stück zu spielen: mit zehn Rollen, aber nur einem Schauspieler. Dabei ist er schon unerträglich, wenn er einen Kurzauftritt hat.»

Otto lebte in einer kleinen Dachkammer im Norden der Stadt. Die Wände waren mit Fotos seiner Durchlaucht Otto des Großen tapeziert. Die Posen wirkten auch nicht besser, als das, was ich zuvor von ihm auf der Bühne gesehen hatte. Er bot mir nichts an.

«Mein Problem war schon immer meine Libido. Es ist mir nie gelungen, meine sexuelle Energie auf die Bühne zu bringen.»

«Ihre Bühnenpartner sind Ihnen dafür sicherlich dankbar.»

«Sie mißverstehen mich. Es geht mir nicht darum, Sex auf die Bühne zu bringen, sondern die sexuelle Energie in Schauspielenergie umzuwandeln. Aber es ist so schwierig. Ich habe mit Bodybuilding begonnen und komme mir dabei so lächerlich vor wie all die Sechzigjährigen, die wie Idioten Krafttraining machen, damit ihr alter Bauch schön flach bleibt. Ich schlucke sogar Steroide, weil ich gehört habe, daß man davon impotent wird. Vielleicht gelingt es mir so, mich voll und ganz auf die Bühne zu konzentrieren. Die ganze Kraft, die in mir steckt, manchmal spüre ich sie, aber leider meistens, wenn ich hier sitze und weit und breit keine Zuschauer da sind.»

«Haben Sie Paul umgebracht, um an seine Rolle zu kommen?»

«Ach was. Hat Patrizia das gesagt? Sie versteht überhaupt nichts, sie ist viel zu jung. Erst mit der Reife kommt die Weisheit und leider auch der Haarausfall. Früher hatte ich eine Mähne wie ein Löwe, jetzt habe ich noch genau 256 Haare. Ich zähle sie täglich. Gestern war es noch eines mehr.»

Er streichelte sanft seine verbliebenen Haare, die wie einzelne Putzfäden quer über seinen Schädel liefen. Ich verabschiedete mich und besuchte meine Klientin in ihrem muffigen Büro. Sie überprüfte die Einnahmen der vergangenen zwei Monate. Es tröstete mich, daß es offenbar Geschäfte gab, die noch schlechter liefen als mein eigenes. Frau Küng öffnete das Fenster und atmete tief durch.

«Letztes Jahr verkauften wir zwei Dauerkarten. Jemand verschenkte sie, ohne daß die Plätze während der ganzen Saison je einmal besetzt gewesen wären. In diesem Jahr haben wir immerhin schon 85 Einzelkarten verkauft. Das ist nicht schlecht bei siebzig Vorstellungen.»

«Wirklich beeindruckend. Vielleicht sollten Sie Ihre Bühne in eine 1-Zimmerwohnung verlegen, damit sich die Zuschauer nicht so verloren vorkommen?»

«Es werden wieder bessere Tage kommen. Das gibt es doch nicht.»

Sie beugte sich zum Fenster vor.

«Was ist los? Stehen zwei Zuschauer Schlange, um an ein Ticket zu kommen?»

«Ich habe gerade gesehen, wie Frau Müller-Meilenstein das Haus betritt. Das ist seltsam, heute sind weder Proben, noch habe ich eine Pressekonferenz anberaumt.»

«Vielleicht möchte die Kritikerin noch einmal die Garderobe betreten, in der ihr ehemaliger Goldschatz starb.»

«Das ist doch schon so lange her. Sie hat Paul nicht mehr gemocht und ist deshalb kaum noch in unser Theater gekommen. Ich hoffe nur, sie macht keine Dummheiten. Sabotage oder so. Die Frau ist unberechenbar. Sie ist genauso, wie sie schreibt: pures Gift.»

Wir gingen gemeinsam nach unten und hörten schon bald Geräusche, die uns zum Bühneneingang lockten. Ein einziger Scheinwerfer beleuchtete die Bühne, und in dessen Lichtkegel stand der Regisseur Stauber, sein Blick in die leeren Zuschauerränge gerichtet. Frau Müller-Meilenstein saß in der fünften Reihe und schaute etwas irritiert auf Stauber, der offenbar von der Bühne herab auf sie einredete. Wir setzten uns neben die Kritikerin.

«Endlich hast du mich erhört. Inszeniert habe ich, Stück um Stück, mein Herzblut gegeben, nur um dir zu gefallen, doch du hast mich verrissen, Mal für Mal, mich einen lausigen Regisseur geschimpft, jetzt aber sitzt du da und hörst mir zu, hörst, wie mein Herz laut schlägt, und ich, oh je, jetzt habe ich den Text vergessen.»

«Das ist grauenhaft, absolut grauenhaft. Schreiten Sie ein, er soll damit aufhören, es ist eine Qual.»

«Weshalb sind Sie überhaupt gekommen?» fragte Frau Küng die Kritikerin.

«Er hat mich angerufen und gesagt, daß er mir ganz alleine den Mörder von Paul präsentieren werde. Heute abend, hier im Theater.»

«Aber er ist allein. Ich sehe keinen Mörder.»

«Er hat seinen Text vergessen», sagte ich.

«Otto?» fragte Frau Küng.

«Stauber», sagte ich. «Er hat sein Geständnis nicht richtig auswendig gelernt.»

«Er hat Paul umgebracht?» fragte die Kritikerin. «Aber warum?»

«Jetzt weiß ich den Text wieder. Entschuldige, meine Liebe, die Aufregung, die Aufregung.»

«Im Namen der gentechnisch veränderten Beamten, Sie sind verhaftet.»

«Was soll das?» rief Stauber Hugentobler zu. «Sie wurden abgesetzt, entlassen. Verschwinden Sie, das ist meine Bühne, meine Nacht, die Nacht der Liebe.»

«Jetzt reicht es aber!» schrie Frau Küng. «Kommen Sie mit. Wir müssen ihn zur Vernunft bringen.»

Sie stand auf und schritt energisch zur Bühne. Regisseur Stauber lächelte verkrampft, als er realisierte, daß sich die kleine Bühne langsam bevölkerte. Schließlich standen wir alle um den Lichtkegel versammelt. Der Polizist begriff immer noch nicht, daß niemand auf seinen Einsatz gewartet hatte.

«Ich habe meine Rolle noch einmal überdacht und total neu interpretiert. Ich weiß jetzt, was ich falsch gemacht habe. Etwas mehr de Niro muß es sein. Schimanski ist auch nicht schlecht, und dazu noch ein Tupfer Columbo. Damit werde ich weltberühmt.»

«Schafft ihn weg, ich ertrage das nicht. Ich wollte dir meine Liebe offenbaren, ganz unter uns, und jetzt zerstört diese Meute den ganzen Zauber.»

«Jetzt hören Sie endlich damit auf, Stauber», sagte die Kritikerin verächtlich. «Sie sind ein miserabler Regisseur.»

«Ich weiß. Heirate mich, und ich werde nie wieder ein Stück inszenieren.»

«Na los, geben Sie sich einen Ruck», sagte Frau Küng. «So elegant werden wir ihn nie mehr los.»

«Sie werden ihn noch viel eleganter los», sagte ich. «Lebenslänglich.»

«Genau, Maloney. Und was hat er verbrochen?»

«Zwei Morde. Er hat zwei Schauspieler ermordet. Aus Leidenschaft.»

«Aus Leidenschaft zwei Männer ermordet? Dann sind Sie schwul und wollen diese Frau hier heiraten? Das verstehe ich nicht.»

«Sie hat immer geschrieben, daß ich nicht bis zum Äußersten gehe, daß meine Regie zu spröde sei, daß sie zu wenig Leidenschaft spüre. Ich wollte dir zeigen, wie leidenschaftlich ich sein kann. Ich habe es getan. Heirate mich.»

«Das ist viel schlimmer als all die schlechten Aufführungen, die er auf dem Gewissen hat. Dieser Mann ist eine Plage. Weg mit ihm.»

«Was für ein Skandal», freute sich Frau Küng. «Die Mäzene werden abspringen, aber das Publikum wird kommen. Ich werde dafür sorgen, daß die Bühne in blutrotes Licht getaucht wird, und danach werde ich eine Erklärung verlesen.»

«Sind denn jetzt alle bescheuert?» fragte ich resigniert.

«Das ist Theater, Maloney. Davon verstehen Sie nichts.» Hugentobler wandte sich lächelnd dem Regisseur zu. «Möchten Sie noch etwas sagen, bevor ich Sie aufs Schafott führe?»

«Oh ja. Wer selber kein schlechtes Stück auf sich geladen, der werfe den ersten Peter Stein.»

Wir standen andächtig auf der Bühne, bis der Scheinwerfer mit einem lauten Knall den Geist aufgab. Im Dunkeln tasteten wir uns aneinander vorbei. Als endlich jemand eine Taschenlampe aufblitzen ließ, kauerten der Regisseur und die Kritikerin eng umschlungen auf den alten Brettern. Sie hatten sich doch noch gefunden. So geht das.

Abgereist ohne Adreßangabe

Es war ein grauer und regnerischer Tag. Ich saß in meinem Büro und beobachtete im Haus gegenüber eine Frau, die mit ihrem Wellensittich schimpfte. Mit mir schimpfte niemand, dafür wollte mich jemand sprechen. Sie war durchnäßt und sah ein wenig aus wie die Schwester der englischen Königin. Zumindest kaufte sie ihre Klamotten im selben Laden, und das ist nicht gerade die beste Referenz.

«Mein Name ist Seiler. Was kosten bei Ihnen Nachforschungen?»

«Kommt drauf an. Was möchten Sie denn nachforschen lassen?»

«Meine Tochter. Sie ist verschwunden.»

«Wie alt ist Ihre Tochter?»

«19.»

«Und wie lange ist sie schon weg?»

«Seit einer Woche. Sie ist nicht mehr an ihrem Arbeitsplatz erschienen, und sie ist aus ihrer Wohnung ausgezogen.»

«Was ist sie von Beruf?»

«Sie ist Coiffeuse. Sehr begabt. Sie hat mich kurz vor ihrem Verschwinden noch frisiert. Ist doch toll, nicht?»

Frau Seiler fuhr sich über die Haarspitzen, die durch eine Schicht Spray in Form gehalten wurden.

«Haben Sie eine Vermißtenanzeige aufgegeben?»

«Bis jetzt nicht. Man weiß ja nie, bei den jungen Leuten. Und Eveline mag es nicht, wenn ich mich in ihr Privatleben einmische.»

«Sie vermuten, daß Ihre Tochter mit einem Mann durchgebrannt ist?»

«Eveline ist hübsch und kontaktfreudig.»

«Haben Sie einen Verdacht?»

«Nein. Und auch ihre Arbeitskolleginnen wissen nichts. Aber ich glaube, daß dieser Frank, mit dem Eveline zusammenwohnte, etwas weiß. Aber mir will er es nicht sagen.»

«Ihre Tochter lebte mit einem Mann zusammen?»

«Ja, in einer Wohngemeinschaft. Mit ihrem Lohn konnte sie sich keine eigene Wohnung leisten.»

«Sie sagten, Eveline sei aus der Wohnung ausgezogen?»

«Sie hat alle ihre Sachen mitgenommen. Ich habe bei der Post nachgefragt. Abgereist ohne Adreßangabe. Sie ist einfach weggezogen.»

Frau Seiler gab mir ein Foto ihrer Tochter und einige Adressen. Ich telefonierte ein wenig, aber niemand konnte mir einen Hinweis auf den Verbleib von Eveline Seiler liefern. Am Nachmittag machte ich mich auf den Weg zu ihrem ehemaligen Wohnpartner. Frank Grossenbacher war ein kurzgeschorener Mann mit dicken Lippen.

«Sind Sie von der Polizei?» fragte er in einem Ton, der erahnen ließ, daß er mit städtischen Beamten nicht die besten Erfahrungen gemacht hatte.

«Ich bin ganz privat unterwegs. Ich ein Stammkunde bei Eveline Seiler.»

Er mustere mich eingehend, sein Blick blieb auf meiner Haarpracht haften.

«Das sieht man aber nicht.»

«Ach, wissen Sie, meine Haare wachsen schnell und ungestüm. Wie lange wohnten Sie mit Eveline zusammen?»

«Ein Jahr.»

«Hat Eveline einen Freund?»

«Wieso möchten Sie das wissen?»

«Ich bin von Natur aus neugierig. Und junge Frauen gehören nun mal zur Natur und wecken deshalb meine Neugier.»

«Ich glaube kaum, daß Sie Chancen bei ihr haben.»

«Sie hat also einen Freund?»

«Nicht, daß ich wüßte.»

«Und Sie? Nie Interesse gehabt?»

«Das habe ich längst hinter mir.»

«Sie waren in Eveline verliebt?»

«Nein. Ich meinte das herumbumsen. Das habe ich hinter mir. Wissen Sie, wieviel Energie bei einem Orgasmus verlorengeht?»

«Keine Ahnung. Ich habe kein Meßgerät im Bett.»

«Enorm, sag ich Ihnen. Ganz enorm viel Energie. Wenn man das in schöpferische Energie umwandelt, kann man außergewöhnliche Taten vollbringen.»

«So gesehen, müßten die Mönche aus dem vollen schöpfen.»

«Nein. Die dürfen ja nicht. Bei denen verpufft alle Energie beim Beten. Aber wenn man die sexuelle Energie richtig umsetzt, kann man Berge versetzen.»

«Und Sie üben gerade am Matterhorn, oder was?»

«Das war natürlich bildlich gesprochen. Eines Tages werden Sie von mir hören. Und dann werden Sie sehen, was man mit sinnvoll eingesetzter Energie alles erreichen kann.»

«Hat Eveline Seiler ihre Energie auch vom Bett in irgendwelche Hirngespinste verlagert?»

«Hirngespinste?»

«Bildlich gesprochen, junger Mann. Ich möchte nur wissen, ob sie auch eine Anhängerin Ihrer Abstinenzlertheorie ist.»

«Ich glaube nicht, daß Eveline reif genug dafür ist. Ich habe schließlich auch ein paar Jahre gebraucht, um so weit zu kommen.»

«Hat sie Ihnen gesagt, wo sie hinzieht?»

«Nein. Sie sagte mir einfach, daß sie auszieht. Am nächsten Tag war sie schon weg.»

Der junge Mann wollte mir ein Buch schenken, in dem seine Theorie angeblich wissenschaftlich untermauert wurde. Ich lehnte dankend ab. Schließlich weiß unsereins mit der vorhandenen Energie besseres anzufangen, als sie mit dem Lesen alberner Bücher zu verpuffen. Ich besuchte meine Klientin. Das war zwar nicht gerade die schönste Art, Energie zu verschwenden, aber dafür brachte diese Betätigung ein wenig Geld ein.

«Gut, daß Sie kommen», sagte sie aufgeregt.

«Was ist denn los?»

«Ich habe einen Anruf erhalten.»

«Ist Ihre Tochter wieder aufgetaucht?»

«Ein Mann behauptet, daß er meine Tochter entführt hat.»

«Donnerwetter. Wieviel Geld verlangt er?»

«50 000 Franken.»

«Haben Sie so viel Geld auf dem Sparkonto?»

«Das Geld kann ich aufbringen. Seien Sie ehrlich, Herr Maloney, wie groß ist die Gefahr für Eveline?»

«Das hängt von den Nerven der Entführer ab. Ich sage das zwar nicht gerne, aber wir sollten die Polizei einschalten.»

«Ja, das ist wohl das Beste. Ich habe Angst.»

Das konnte ich gut verstehen. Ich mag Entführungen nicht. Sie enden meistens mit Mord und Tränen. Als ich zum Telefon ging, um die Polizei zu verständigen, wollte mir etwas nicht aus dem Kopf. Hatte der junge Mann nicht gesagt, daß ich bald einmal von ihm hören würde? Vielleicht hätte ich mir den Kerl mit den seltsamen Theorien etwas genauer anschauen müssen. Frau Seiler blieb erstaunlich gefaßt. Und dies, obwohl der Polizist, der nur wenig später bei ihr auftauchte, auch nicht gerade eine Stimmungskanone war.

«Wo ist die Leiche, Maloney?»

Frau Seiler wurde blaß und stützte sich an einer Stuhllehne.

«Ist Eveline tot?»

«Unsinn», sagte ich und zeigte auf Hugentobler, der sich im Wohnzimmer umsah. «Der ist immer so.»

Hugentobler zückte ein zerfleddertes Notizbuch.

«Es handelt sich hier um eine Entführung», sagte ich. «Von einer Leiche kann keine Rede sein. Wenigstens vorläufig.»

«Sie machen mir auch nicht gerade Mut», seufzte Frau Seiler.

«Tut mir leid, Frau Seiler», sagte ich. «Aber in solchen Fällen muß man mit dem Schlimmsten rechnen.»

«Da übertreiben Sie aber, Maloney», sagte Hugentobler, den Blick starr auf seine Notizen gerichtet. «Ich werde persönlich dafür sorgen, daß die Entführer dingfest gemacht werden. Ruft der Mann nochmals an?»

«Nein. Er sagte, ich solle mich morgen um 16 Uhr mit dem Geld in mein Auto setzen. Er werde mich aufs Handy anrufen.»

«Wenn ich richtig kombiniere, besitzt der Täter zumindest einen Telefonanschluß.» Hugentobler lächelte über den Scherz.

«Wenn Sie so weitermachen und Ihnen auch noch die restlichen Haare ausfallen, können Sie sich als Kojak bewerben.»

«Meine Tochter ist Coiffeuse», sagte Frau Seiler. «Werden Sie mir in Ihrem Wagen folgen?»

«Das ist zu riskant», sagte Hugentobler. «Vielleicht schickt Sie der Täter auf eine Stadtrundfahrt. Da würde ich früher oder später auffallen. Wir könnten einen Minisender in Ihrem Wagen unterbringen. Mit den heutigen technischen Hilfsmitteln können wir jederzeit auf fünf Meter genau sehen, wo Sie sich befinden.»

«Und wenn der Mann verlangt, daß ich zu Fuß weitergehen soll?»

«Die Polizei hat sicher einen Sender, der in Ihre Strumpfhose paßt» sagte ich.

«Entscheidend ist, daß die Entführer keinen Verdacht schöpfen. Zudem können wir Ihr Handy problemlos abhören.»

Wir besprachen einige Details, dann ging ich in mein Büro und legte mich unter meinen Schreibtisch. Am nächsten Tag besuchte ich erneut den jungen Mann, der mit Eveline Seiler zusammengewohnt hatte.

«Sie schon wieder?» fragte er begeistert.

«Ich bin sicher, daß Sie mehr wissen, als Sie sagen.»

«Das nehme ich doch schwer an. Soll ich Ihnen etwas über den Geschlechtstrieb verraten?»

«Nein danke. Soweit ich das beurteilen kann, sind Sie auf diesem Gebiet nur ein Theoretiker.»

«Ich wette, daß Sie ein Bulle sind. Sie verpuffen Ihre Energie sinnlos im Bett und auf dem Revier. Kein Wunder, daß noch nie ein Polizist einen Nobelpreis erhielt.»

«Ich bin Privatdetektiv. Und wenn Sie so weitermachen, hau ich Ihnen meine Referenzen um die Ohren.»

«Es gibt meines Wissens auch keinen Privatdetektiv, der je für den Nobelpreis vorgeschlagen worden ist. Sie befinden sich noch nicht einmal im Stadium der inneren Gelassenheit. Das ist eine Voraussetzung, um Großes zu leisten. Ich muß jetzt leider gehen. Muß aufs Land.»

«Etwas dagegen, wenn ich Sie begleite?»

«Mir doch egal. Aber labern Sie mir nicht den Kopf voll mit dem, was Sie täglich erleben. Sind sowieso nur jämmerliche Geschichten von Durchschnittsmenschen.»

Er fuhr zum Bahnhof und laberte mir den Kopf voll mit dem, was ihn täglich geistig beschäftigte. Es war eine ganze Menge. Der Mann bestieg einen Intercity nach Basel. Ich wartete, bis er wegfuhr. Dann ging ich ins Polizeipräsidium.

«Über einen Frank Grossenbacher liegt nichts vor. Hat er etwas mit der Entführung zu tun?» fragte Hugentobler.

«Das ist ein seltsamer Kerl. Den müßten Sie im Auge behalten.»

«Zuerst behalten wir mal diesen kleinen Monitor im Auge. Frau Seiler wird in 15 Minuten losfahren. Und dann wird es hier piepsen. Und mit diesem Gerät hier kann man die Frequenzen der Handys abhören. Raffiniert, nicht wahr, Maloney?»

Wir setzten uns hin. Wenig später begann es zu piepsen, und der Polizist suchte die Frequenzen ab.

«Gleich habe ich es», sagte Hugentobler und schraubte an dem Gerät herum. «Das ist Frau Seilers Anschluß.»

Eine Frauenstimme war zu hören.

«Heute geht es nicht. Mein Mann kommt früher, als ich dachte.»

«Interessant», sagte ich. «Sind Sie sicher, daß das die richtige Frequenz ist?»

«Moment, hier, das ist die Frequenz.»

Diesmal rauschte es gewaltig, ehe eine Stimme zu hören war.

«I know that. There's nothing wrong with the parents having a bit of money. I've been living from hand to mouth for so long. I'm glad to have a girlfriend who's got money.»

«Haben Sie gehört, Maloney? Money! Der Mann spricht von Geld. Der Erpresser ist ein Brite.»

«Die sind zwar wirtschaftlich beinahe am Ende, aber ich glaube nicht, daß das unser Mann ist.»

«Zur Sicherheit werde ich noch etwas weitersuchen. Aber nur, damit Sie beruhigt sind.»

Ich zeigte auf den kleinen Monitor.

«Frau Seiler fährt aus der Stadt. Auf der Autobahn. Richtung Basel. Ich habe es geahnt! Frank Grossenbacher ist unser Mann.»

«Das ist aber kein sehr britischer Name.»

«Sie müssen sofort die Kollegen in Basel alarmieren.»

«Ich weiß nicht, ob ich um diese Zeit einen Kollegen finde, der englisch spricht. Die sind doch alle beim 5-Uhr-Tee.»

Eine Stunde später hatte der Polizist einen englisch sprechenden Polizisten gefunden. Dieser wollte sich gerade an Frau Seilers Wagen heften, als im Polizeipräsidium das Telefon klingelte. Auf Hugentoblers Stirn bildeten sich kleine Schweißtropfen.

«Alles klar, Frau Seiler. Wir werden Straßensperren errichten. Der Mann kann uns nicht entkommen.»

«Gehe ich recht in der Annahme, daß alles schiefgelaufen ist?»

«Der Erpresser forderte Frau Seiler auf, den Koffer mit dem Geld aus dem Fenster zu werfen und weiterzufahren. Wir wissen jetzt, wo die Übergabe stattfand.»

«Ist ja toll. Und Sie glauben, daß der Mann sich jetzt ins Gras legt und ein wenig schläft, bis Ihre Leute ihn wieder aufwecken?»

«Nein. Aber er kann sich nicht in Luft auflösen.»

Offenbar konnte er das. Denn er wurde nicht gefaßt. Dafür fanden die Polizisten in dem Gelände die Leiche einer jungen Frau. Wenig später wurde sie als Eveline Seiler identifiziert.

Frau Seiler benötigte medizinische Hilfe, um den Schock einigermaßen zu verdauen. Ich benötigte einen Whisky. Ein paar Stunden später tauchte Hugentobler in meinem Büro auf.

«Üble Sache, Maloney. Die Frau ist erschossen worden. Irgend etwas stimmt da nicht.»

«Weshalb so nachdenklich? Es ist doch normal, daß Sie im dunkeln tappen.»

«Es gibt zwei Dinge, die ungewöhnlich sind. Erstens: Eveline Seiler war schwanger.»

«Das ist allerdings ein Hammer. Ich habe einen ganz bestimmten Verdacht, wer der Vater sein könnte.»

«Frank Grossenbacher?»

«Der Mann ist ein Verfechter der Enthaltsamkeit. Vielleicht hat ihn Eveline Seiler zu sehr an einen Moment der Schwäche erinnert.»

«Auf alle Fälle ist an dieser Entführungsgeschichte etwas faul.»

«Sie wollten mir ja zwei ungewöhnliche Dinge verraten.»

«Richtig, Maloney. Wir haben den Koffer mit dem Geld gefunden. Er lag in einem Gebüsch, nahe der Autobahn. Sieht so aus, als habe sich gar niemand die Mühe genommen, ihn in Empfang zu nehmen.»

«Dabei wäre das kinderleicht gewesen. Ihre Leute kamen viel zu spät.»

«Es gab gewisse Koordinationsprobleme. Aber Sie haben keine Ahnung, was für eine Logistik hinter einer solchen Polizeiaktion steckt.»

«Es gibt Spiele, die nur im Sandkasten funktionieren. Theoretisch sind solche Aktionen immer erfolgreich. Praktisch geht alles in die Hose. Murphy hätte seine Freude daran.»

«Murphy? Ist das ein Kollege von Ihnen?»

«Murphy und sein Gesetz sind ständige Begleiter der Polizei.»

«Tatsächlich? Muß mich mal erkundigen, ob wir einen Mann dieses Namens in unserer Kartei haben.»

«Vorläufig genügt es, wenn Sie Grossenbacher zur Fahndung ausschreiben.»

«Ich werde das in die Wege leiten. Aber funken Sie uns nicht dazwischen, Maloney.»

Ich lächelte, und er ging. Wenig später klopfte es an der Tür. Ich staunte nicht schlecht, als ich öffnete. Frank Grossenbacher sah aus wie ein ehemals Auserwählter, der gerade erfahren hatte, daß er auch nur eine kleine Nummer im Räderwerk des Lebens ist.

«Ich muß mit Ihnen reden, Maloney.»

«Nur zu. Aber für Geständnisse ist die Polizei zuständig.»

«Ich möchte, daß Sie einen Fall für mich übernehmen.»

«Nicht schlecht. Aber ich bin kein Anwalt.»

«Es geht um Geld. Meine ganzen Ersparnisse. Ich bin betrogen worden.»

«Interessant. Erzählen Sie mir jetzt nicht, daß Eveline Seiler mit Ihren Ersparnissen durchgebrannt ist.»

«Eveline? Nein, die hat nichts damit zu tun. Suchen Sie sie immer noch?»

«Eveline Seiler ist tot.»

«Tot?»

«Ermordet. Und die Polizei sucht Sie als Tatverdächtigen.»

«Mich? Aber das ist doch absurd!»

Er war empört, oder er spielte den Empörten. Das kommt manchmal aufs gleiche hinaus. Er setzte sich, schwieg eine Weile und kaute an seinen Fingernägeln, als wäre er süchtig danach. Dann öffnete er den Mund wieder, um zu sprechen.

«Ich bin Mitglied der Weisheitskirche.»

«Was ist denn das für ein Verein?»

«Die Lehre, wie man durch sinnvollen Einsatz seiner Energien Außergewöhnliches vollbringen kann. Interessieren Sie sich dafür?»

«Nein. Sie haben mir schon genug von diesem Unsinn erzählt.»

«Ich habe meine ganzen Ersparnisse unserem geistigen Lehrer überlassen. Er heißt Roman Gabriel.»

«Klingt gut. War Eveline Seiler auch Mitglied dieser Sekte?»

«Nein. Aber Sie lernte Gabriel durch mich kennen.»

«Und dieser Gabriel ist jetzt mit all Ihrem Geld abgehauen?»

«Ich verstehe das nicht. Er machte immer so einen abgeklärten Eindruck. Er hatte etwas Erhabenes an sich.»

«Das haben die meisten dieser Vögel. Ist es denkbar, daß Eveline Seiler zu diesem Gabriel ging, als sie bei Ihnen auszog?»

«Ehrlich gesagt habe ich auch schon daran gedacht.»

«Eveline Seiler war schwanger. Vielleicht ist dieser Gabriel nicht so erhaben, wie er sich immer gibt. Vermutlich hat dieser Kerl nur eine Möglichkeit gefunden, mit wenig Energieaufwand viel Geld zu verdienen. Wie viele Anhänger hat diese seltsame Kirche?»

«Ein paar Dutzend. Soll ich zur Polizei gehen?»

Ich nickte, und er ging. Eine Woche später wurde Roman Gabriel in Thailand verhaftet. Eine Untersuchung ergab, daß er Eveline Seiler geschwängert hatte. Sie wollte das Kind nicht abtreiben, und das war für Gabriel Grund genug, die Entführung vorzutäuschen und sie umzubringen. Schließlich hatte er Enthaltsamkeit gepredigt, und da paßte es nicht gut, plötzlich als Vater dazustehen. Gabriel trug bei seiner Verhaftung eine halbe Million auf sich. Frank Grossenbacher ließ sich wieder zum triebhaften Leben bekehren, und ich verschwendete meine Energien weiterhin so, wie ich es für angebracht hielt. Schließlich ist unsereins keine Niedervoltlampe. So geht das.

Zum Kuckuck

Unsereins ist es sich gewohnt, auf dem Boden zu bleiben. Deshalb freute ich mich über den Anruf von Herrn Fuhrer, der mit mir unbedingt nach London fliegen wollte. Ich freute mich vor allem auf reichlich schottischen Whisky und fuhr zum Flughafen. Zusammen mit Herrn Fuhrer bestieg ich die Boeing 747, die eine halbe Stunde später abhob und Richtung Heathrow flog. Erst kurz vor der Landung erfuhr ich mehr über meinen Auftrag.

«Sie bleiben in meiner Nähe, was auch immer geschehen mag.»

«Ich weigere mich, mit Ihnen ein Doppelzimmer zu teilen.»

«Das ist nicht notwendig. Wir fliegen mit der nächsten Maschine wieder zurück.»

«So habe ich mir das nicht vorgestellt. Unsereins kann sich keine teuren Ferien leisten, aber auf Kosten eines Klienten würde ich gerne einmal über die Stränge hauen.»

«Sie sind hier, um mich zu beschützen. Haben Sie eine kugelsichere Weste dabei?»

«Nein. Aber mein Unterhemd hat schon einiges erlebt.»

«Ich werde auf dem Flughafen Heathrow einen Koffer in Empfang nehmen. Sie werden diese Übergabe beobachten und allenfalls einschreiten, wenn sich jemand des Koffers bemächtigen möchte.»

«Ist das alles? Und dafür kriege ich drei schöne Tausender?»

«Abzüglich der Flugkosten, versteht sich. Wir fliegen Businessklasse.»

«Tatsächlich? Und weshalb kriege ich keinen Single Malt zum Frühstück?»

«Sie bleiben nüchtern. Und jetzt bitte ich Sie zu schweigen.»

Ich brummte etwas und schloß die Augen. Das Flugzeug schlingerte ein wenig, ehe es auf der Piste aufsetzte. Mein Klient setzte sich in die Flughafencafeteria. Ich setzte mich einige Tische entfernt ebenfalls hin und bestellte mir einen Kaffee. Er schmeckte nach aufgebrühtem Karton und sah auch so aus. Ich gesellte mich zu einer Frau, die meinen Klienten schon seit Minuten auffällig unauffällig zu beobachten schien.

«Ich beobachte niemanden. Ich sitze nur ein wenig herum und warte. Ist das verboten?»

«Sie saßen in der gleichen Maschine wie dieser Herr dort. Und offenbar warten Sie ebenfalls auf die Maschine, die zurück in die Schweiz fliegt.»

«Ich fliege für mein Leben gern. Der Flug ist das Ziel, sage ich immer. Ich könnte täglich fliegen. Glücklicherweise kenne ich eine Frau, die bei einer Fluggesellschaft arbeitet. Sie vermittelt mir manchmal Tickets für solche Flüge. Spottbillig. Der Spaß kostet mich nicht mal hundert Franken.»

«Sie schielen immer noch auf den Mann. Hat er es Ihnen angetan?»

«Sind Sie noch bei Trost? Einen schlappen Kerl habe ich schon zu Hause. Wenn schon, müßte ein jüngerer her. Ein knackiger Flight Attendant, aber einer, der nicht vom anderen Ufer ist. Jetzt winkt mir dieser Kerl auch noch zu. Was soll das?»

«Er winkt nicht Ihnen, sondern mir.»

«Ach, so ist das. Das hätte ich mir gleich denken können. Seltsam ist nur, daß Sie kein Kettchen am Hals tragen. Aber mir ist das egal. Ich bin tolerant, solange es mich nichts angeht.»

Ich lächelte und sah, wie mein Klient einen Koffer in Empfang nahm. Es war ein relativ kleines, ziemlich unförmiges Ding. Die Frau neben mir wurde unruhig, und plötzlich hielt sie nichts mehr. Sie stürzte sich auf meinen Klienten.

«Dieser Koffer gehört mir, geben Sie her.»

«He, was soll das? Maloney, schreiten Sie ein, beschützen Sie mich. Diese Frau ist hysterisch.»

«Ich bin nicht hysterisch. Ich will meinen Koffer wieder haben.»

Ich eilte zu den beiden.

«Jetzt reicht es aber. Wenn Sie nicht augenblicklich Ruhe geben, schütte ich Ihnen eine Kanne britischen Kaffee über den Kopf.»

«Sie drohen mir? Das ist eine Frechheit. Ich bin im Recht.»

«Sie sind eine impertinente Person», sagte mein Klient. «Weichen Sie von mir, ehe ich mich vergesse.»

«Sie primitiver Dieb!» schrie die Frau.

Das Publikum stand staunend daneben und würdigte unser Drama mit neugierigen Blicken.

«Sie haben kein Recht, sich hier dermaßen aufzuführen!» schrie die Frau weiter.

«Vielleicht können wir das in aller Ruhe bei einer Flasche Whisky ausdiskutieren», sagte ich ruhig. «Da drüben hat es ein Pub.»

«Es gibt nichts zu diskutieren», sagte mein Klient. «Schaffen Sie mir die Frau vom Hals.»

«Das könnte Ihnen so passen. Ich werde Ihnen zeigen, was es heißt, eine Frau zu reizen, die mehrere Selbstverteidigungskurse erfolgreich absolviert hat. Ich mache Sie zur Schnecke.»

«Du meine Güte, die Frau ist gemeingefährlich.»

Mein Klient ließ den Koffer fallen und eilte davon. Die Frau folgte ihm. Als die beiden eine Stunde später noch immer nicht zurück waren, setzte ich mich, zusammen mit dem Koffer und einer im Dutyfree erstandenen Flasche Glenfiddich ins Flugzeug und ließ es mir wohl ergehen. In meinem Büro öffnete ich den Koffer und staunte nicht schlecht. Die Kuckucksuhr sah teuer aus. Und sie klang wie alle Kuckucksuhren: albern. Genauso klang der unbekannte Mann, der mein Büro betrat, einen undefinierbaren Laut von sich gab und sogleich schoß.

«Entweder sind Sie ein miserabler Schütze, oder das war nur ein Warnschuß.»

«Ich bin ein hervorragender Schütze. Hände hoch und keine Bewegung. Ihnen geschieht nichts, wenn Sie tun, was ich sage.»

«Nur, wenn es nichts Unanständiges ist.»

«Legen Sie die Kuckucksuhr wieder in den Koffer, schließen Sie den Koffer ab und legen Sie ihn hier neben die Tür.»

«Und wozu das alles? Ist die heilige Schwarzwalduhr aus Rohdiamanten gefertigt?»

«Halten Sie den Mund und tun Sie, was ich Ihnen gesagt habe. Oder möchten Sie, daß ich einen Streifschuß wage?»

Ich schüttelte den Kopf und legte die dämliche Uhr in den Koffer. Der Mann sah sich unsicher im Treppenhaus um, ehe er verschwand. Ich gab mir keine Mühe, ihm zu folgen. Statt dessen leerte ich die Flasche Whisky gänzlich und legte mich unter meinen Schreibtisch. Ich träumte von einer fliegenden Kuckucksuhr und von einer Frau, die mich wüst beschimpfte.

Ich benötigte einen Tag, um mich von dem Überfall zu erholen. Da sich mein Klient nicht mehr bei mir meldete, betrachtete ich den Fall als abgeschlossen. Ich wollte mir gerade Kaffee einschenken, als mein Handy klingelte und Hugentobler mich aufs Land lotste. Die Scheune war nicht zu übersehen, sie brannte lichterloh.

«Üble Sache, Maloney. Kinder spielten mit Streichhölzern, das Stroh fing Feuer, und die Feuerwehr wurde viel zu spät alarmiert.»

«Hat man Sie zur Brandbekämpfung versetzt?»

«Ich bin im Dienst, Maloney. Die Feuerwehr hat hinter der Scheune ganz zufällig eine Leiche entdeckt.»

«Das klingt schon besser. Was aber hat die Leiche mit mir zu tun?»

«Bei der Leiche fanden wir einen Notizzettel, auf dem Ihre Adresse vermerkt ist. Das wäre Grund genug, Sie zu verhaften, Maloney.»

«Moment mal. Meine Adresse ist stadtbekannt. Jeder Trottel kann sie sich aus dem Telefonbuch herausschreiben.»

«Aber nicht jeder stirbt daran, Maloney. Dieser Herr hier aber schon. Neben der Leiche fanden wir einen leeren Koffer. Sagt Ihnen das etwas?»

«Vielleicht wollte der Mann verreisen?»

«Schon gut, Maloney. Ich erwarte, daß Sie sich für die Ermittlungen zur Verfügung halten. Melden Sie sich übermorgen früh im Präsidium. Und wenn ich sage früh, dann meine ich auch früh. Ist das klar?»

«Wenn Sie noch ein wenig stärker spucken, wird dadurch vielleicht das Feuer gelöscht.»

«Ich spucke nicht, Maloney. Ich habe auf der Polizeiakademie gelernt, wie man einen Verdächtigen anschreien kann, ohne ihm ins Gesicht zu spucken. Das gehört zu unserer Grundausbildung.»

Das Feuer und Hugentobler wüteten weiter. Ich ging zurück in mein Büro und telefonierte mit der Fluggesellschaft, die mich nach London geflogen hatte. Nach ein paar netten kleinen Lügen erfuhr ich die Adresse meines Klienten. Herr Fuhrer war Schausteller, und passenderweise trafen wir uns auf einem kleinen Rummelplatz.

«Das hier ist mein Leben», sagte Fuhrer. «Als Kind verliebte ich mich in ein Karussell, und später verdiente ich damit gutes Geld. Leider sind die Zeiten schlechter geworden. All die wahnsinnig teuren Bahnen, die heute gebaut werden, da kann ich nicht mithalten. Aber ich besitze eines der schönsten Karusselle Europas.»

«Und was hat das alles mit dem Ausflug nach London zu tun?»

«Ich habe jemandem einen Gefallen getan, aber zu spät realisiert, daß es gefährlich für mich werden könnte.»

«Und was ist mit meinem Honorar?»

«Ihr Auftrag war es, mich unversehrt wieder zurückzubringen. Das ist Ihnen nicht gelungen.»

«Die Frau am Flughafen wollte Sie verprügeln?»

«Sie wollte nicht nur, sie tat es auch. Ich mußte ambulant behandelt werden. Erst da bemerkte ich, daß Sie, Maloney, mit dem Koffer abgehauen sind. Sie können von Glück reden, daß sich mein Auftraggeber nicht mehr bei mir gemeldet hat. Sonst würden wir jetzt beide in Teufels Küche stecken.»

«Vermutlich hat sich Ihr Auftraggeber bereits bedient und den Koffer bei mir klauen lassen. Der Mann, der mich überfiel, ist mittlerweile allerdings tot. Der Koffer ist noch da, nicht aber die Kuckucksuhr.»

«Das ist beunruhigend. Aber ich habe nichts mehr damit zu tun.»

«Ich schon. Die Polizei glaubt nämlich, daß ich etwas mit dem Mord zu tun habe.»

«Nehmen Sie sich einen guten Anwalt, aber lassen Sie mich in Ruhe.»

«Als Kind habe ich mindestens zehn Karussellpferde pro Tag zerstört. Mein Tatendrang hat seither nicht nachgelassen.»

«Ich flehe Sie an, rühren Sie mein Karussell nicht an.»

«Wie heißt die Dame, die Sie in London verprügelt hat?»

«Ich weiß es nicht. Sie müssen mir glauben.»

«Was hat es mit der Kuckucksuhr auf sich?»

«Keine Ahnung. Mich interessiert das alles nicht. Lassen Sie mich und mein Karussell in Ruhe. Denken Sie nur an all die Kinderherzen, die es erfreut.»

Er bot mir eine Gratisfahrt an. Ich schüttelte energisch den Kopf und ging. Jemand hielt mir Zuckerwatte unter die Nase. Ich nieste laut und fluchte über die Kindheit und alles, was damit zusammenhing. Schließlich landete ich wieder ganz erwachsen in meinem Büro. Es vergingen kaum zehn Minuten, als eine elegant gekleidete, ältere Dame mich mit ihrer Anwesenheit beglückte.

«Mein Name ist Stemmer.»

«Danke, aber das interessiert mich nicht. Heute ertrage ich nur noch Kopfschmerzen, aber keine neuen Klienten.»

«Auch keinen Kuckuck?»

«Gebraten sollen die Dinger wie Wachteln schmecken.»

«Der Kuckuck, den ich meine, macht Lärm. Und er ist sehr, sehr wertvoll.»

«Wie wertvoll?»

«Die Kuckucksuhr stammt aus dem Besitz des englischen Königshauses. Ein seltenes und äußerst wertvolles Sammlerstück. Es gibt von diesem Modell genau drei Stück. Keines davon ist in Privatbesitz. Daraus können Sie in etwa ermessen, wie wertvoll das eine Stück ist.»

«Immerhin so wertvoll, daß bereits jemand dran glauben mußte.»

«Damit habe ich nichts zu tun. Ich bin lediglich durch Umstände, auf die ich hier nicht näher eingehen möchte, in den Besitz der Uhr gelangt. Für einen angemessenen Finderlohn wäre ich bereit, die Uhr an Sie zu übergeben, damit Sie sie zurück nach England transportieren können. Allerdings müßte der Finderlohn schon sehr angemessen sein.»

«Reden Sie nicht um das heiße Portemonnaie herum. Wieviel soll ich Ihnen rüberschieben?

«200 000 Franken. Ich nehme auch Euro oder Dollar. Allerdings nur als Ergänzung.»

«Wie kommen Sie überhaupt darauf, daß ich ein Interesse daran haben könnte, die Uhr nach London zurückzubringen?»

«Ganz einfach. Das Königshaus hat bereits eine Belohnung ausgesetzt. 100 000 Pfund. Das sind etwa 230 000 Franken.»

«Die restlichen 30 000 wären sozusagen mein Honorar?»

«Sozusagen. Allerdings müßten Sie mir die 200 000 vorab bezahlen. Ich gebe Ihnen die Uhr, und Sie kassieren in London den Finderlohn.»

«Und wer garantiert mir, daß Sie mich nicht reinlegen?»

«Sehe ich wie eine skrupellose Diebin aus? Die Uhr ist in meinen Besitz gelangt, aber ich werde nicht glücklich mit dem Gedanken, eine gestohlene Uhr zu besitzen.»

«Und weshalb bringen Sie die Uhr nicht selbst zurück?»

«Das geht leider nicht. Ich werde via Interpol gesucht.»

«Mord, Totschlag, oder sind Sie Politikerin?»

«Ich habe vor ein paar Jahren einigen Rentnern aus Deutschland hübsche kleine Ferienwohnungen im Kanton Freiburg verkauft. Leider rutschte der Hang weg, was zwar vorauszusehen war, aber wer will den alten Menschen die Freude über den günstigen Kauf nehmen? Nun, egal. Die Staatsanwaltschaft möchte mich gerne zu einigen Details befragen. Das behagt mir aber nicht.»

Und mir behagte die Dame nicht. Ich schloß die Tür ab, nachdem Sie gegangen war. Auf meinem Schreibtisch malte ich 30 000 kleine Ringe in den Staub. Der Gedanke, noch einmal nach London zu fliegen, war verführerisch. Aber eine düstere Vorahnung sagte mir, daß damit eine Menge Ärger verbunden sein würde. Noch ehe ich mich endgültig für oder gegen das lockende Geld entscheiden konnte, wurde ich am frühen Morgen bereits wieder aufs Land gerufen. Es hatte gerade aufgehört zu regnen, als Hugentobler mir die mit einer Decke verhüllte Leiche zeigte.

«Die Tote lag unmittelbar neben der Autobahn. Sie wurde von mehreren Schüssen niedergestreckt. Was sagen Sie dazu, Maloney?»

«Was soll ich dazu schon sagen? Die Frau kommt mir irgendwie bekannt vor.»

«Das will ich auch schwer hoffen, Maloney. In ihrem Adressbuch fanden wir nämlich einen dick unterstrichenen Eintrag. Raten Sie mal bei welchem Buchstaben?»

«Die Frau war gestern abend in meinem Büro. Sie machte ziemlich wirre Angaben über eine Kuckucksuhr.»

«Jetzt reicht es aber, Maloney. Sie wollen doch nicht ernsthaft behaupten, daß das Lieblingsstück der Windsors etwas mit diesem Mord zu tun hat?»

«Wenn es sich dabei um eine scheußliche Kuckucksuhr handelt, hat alles mit allem zu tun.»

«Das ist schlecht, Maloney. Das gibt internationale Verwicklungen. Wenn wir schon nicht diesem Europa beitreten, sollten unsere Verbrecher wenigstens so einsichtig sein, nur Verbrechen innerhalb der Landesgrenzen zu begehen. Was meinen Sie, Maloney? Natürlich, Ihnen kann das alles egal sein. Leute wie Sie werden nie ins benachbarte Ausland abberufen. Ich aber könnte als Austauschpolizist nach Frankreich gehen.»

«Die würden staunen, mit welcher Effizienz hierzulande Kreuzworträtsel gelöst werden.»

«Apropos Rätsel, Maloney. Die Leiche sieht aus, wie wenn sie Geschmack gehabt hätte. Wer aber ermordet eine geschmackvolle ältere Frau an einer Autobahn? Ich glaube, wir können davon ausgehen, daß dies nicht der Tatort ist. Frauen wie diese kommen doch allenfalls in einem Feinschmeckerlokal ums Leben, aber nicht hier neben der Autobahn.»

In meinem Büro tropfte ein Heizungsrohr. Ich ließ einen Handwerker kommen, der drei Stunden lang hämmerte und schraubte. Als er ging, lief die Heizung überhaupt nicht mehr, dafür tropfte der

Wasserhahn. Ich verließ fluchtartig mein Büro und landete auf dem Rummelplatz.

«Das verstehe ich alles nicht», sagte Herr Fuhrer.

«Es ist ganz einfach. Jemand hat zwei Menschen auf dem Gewissen, und ich vermute, daß Sie dieser jemand sind.»

«Ich? Das ist absurd.»

«Wenn Sie mir jetzt nicht sofort die ganze Wahrheit sagen, stecke ich Ihr Karussell in Brand. Ist doch alles aus Holz, oder?»

«Ja, sicher.»

Ich zündete ein Streichholz an und hielt es über eines der Pferdchen.

«Lassen Sie das», sagte Fuhrer und pustete das Streichholz aus. «Ich bin nicht versichert, ich bin pleite.»

«Um so schöner brennt das Pferdchen.»

«Ich erzähle Ihnen alles, was ich weiß.»

«Nur zu. Ich höre.»

«Ich habe die Uhr im Auftrag von Frau Stemmer in London abgeholt. Sie bot mir 20 000 Franken. Das ist gerade genug, um die laufenden Verbindlichkeiten für zwei Monate zu decken.»

«Und wer ist die Frau, die Sie verprügelt hat?»

«Frau Pauli. Sie ist ebenfalls hinter der Uhr her. Eine Sammlerin. Die schreckt vor nichts zurück.»

«Hat sich Frau Pauli noch einmal bei Ihnen gemeldet?»

«Ja. Sie wollte die Adresse von Frau Stemmer.»

«Dann hat sie Frau Stemmer auf dem Gewissen?»

«Sieht ganz danach aus.»

«Lebt Frau Pauli in der Stadt?»

«Nein. Etwas außerhalb in einem Landhaus. Nehmen Sie sich in acht, Maloney. Wenn ich Sie wäre, würde ich gleich schießen. Keine Gefangenen, Sie verstehen?»

Ich verstand und verständigte die Polizei. Zwei Stunden später saß ich in einem Polizeiauto und hörte mir die unsäglichen Geschichten eines Beamten an, der nichts Gescheiteres im Kopf hat als Kreuzworträtsel und Pensionsansprüche.

«Das Problem ist die Versorgungslücke, Maloney», sagte Hugentobler. «Man kriegt nur einen Teil von dem, was man eigentlich kriegen sollte. Sie kriegen fast nichts, haben aber auch fast nie etwas verdient. So gesehen, werden Sie durch loyale Beamte wie mich mitfinanziert.»

«Soll ich Ihnen jetzt zum Dank die Füße küssen?»

«Sie könnten ab und zu ein kleines Honorar in unsere ‹Polizisten-reisen-gerne›-Kasse stecken, Maloney. Das ermöglicht uns, immer wieder nette Kollegen kennenzulernen. Zum Beispiel Uwe aus Bottrop. Ein Bild von einem Polizisten. Der kann auch noch nach zwölf Korn eine Leiche von einem Altglascontainer unterscheiden.»

«Da vorne, das ist die Frau. Sie fährt in dem Golf weg.»

Hugentobler startete den Wagen und folgte dem Golf.

«Die sieht aber nicht wie eine Doppelmörderin aus, Maloney.»

«Vielleicht ist sie frisch geschminkt. Frauen tun so etwas ab und zu.»

«Schminken und morden? Das ist Unsinn, Maloney. Statistisch gesehen morden Frauen viel weniger als Männer.»

«Statistisch gesehen löst jeder Polizist ab und zu einen Fall.»

«Genau, Maloney. Das ist aber seltsam. Die Frau fährt auf eine Baustelle. *Betreten verboten.* Steht aber nichts von Befahren. Wo sind wir hier überhaupt?»

«Unten am Fluß. Da. Sie hält an und steigt aus.»

«Dann bleibt uns nichts anderes übrig, als ebenfalls auszusteigen. Ich hoffe, daß meine Schuhe nicht schmutzig werden. Passen Sie auf, Maloney, daß Sie nicht von einem Bauarbeiter erschlagen werden. Ich habe keine Lust, heute noch ein Protokoll schreiben zu müssen.»

Wir blieben hinter einer Baumaschine und sahen, wie sich Frau Pauli ans Flußufer begab. Wenig später gesellte sich mein Klient zu ihr. Er trug einen Koffer bei sich. Die Bauarbeiter kümmerten sich nicht um das seltsame Paar. Auch nicht, als Frau Pauli eine Waffe auf meinen Klienten richtete. Hugentobler tat, was er in solchen Situationen immer tut: Mist bauen.

«Im Namen der Versorgungslücke, Sie sind beide verhaftet.»

«Verschwinden Sie, sonst erschieße ich den Kerl.»

Frau Pauli hielt die Waffe auf Herrn Fuhrer gerichtet. Dieser schaute uns ängstlich an.

«Maloney, helfen Sie mir. Die Frau ist gemeingefährlich.»

«Waffe weg!» rief Hugentobler. «Ich zähle bis drei.»

«Vielleicht sollten wir alles in Ruhe besprechen?» schlug ich vor. «Sie haben uns alle hereingelegt, Herr Fuhrer.»

«Ich?»

«So ist es», sagte Frau Pauli. «Fast alle. Ich habe geschnallt, was los ist.»

«Aber erst, nachdem Sie zwei Menschen umgebracht hatten», sagte ich.

«Jetzt reicht es aber!» schrie Hugentobler. «Ich sagte, ich zähle bis drei, und was passiert? Niemand hört mir zu. Ich erwarte etwas mehr Respekt vor dem Gesetz.»

«Du meine Güte, zählen Sie endlich. Und dann erschießen Sie diese Frau.»

«Damit Sie in aller Ruhe mit der Kuckucksuhr abhauen und in London die Belohnung kassieren können, Herr Fuhrer?»

«Eins, zwei, drei!» rief Hugentobler.

«Er hat auch Sie hereingelegt», sagte Frau Pauli und würdigte mich mit einem vernichtenden Blick. «Sie haben eine billige Kopie in die Schweiz transportiert. Die echte Uhr hat Fuhrer erst später abgeholt.»

«Ich brauche das Geld. Ich bin sonst ruiniert.»

«Noch einmal. Eins, zwei, drei. Waffe runter.»

«Das könnte Ihnen so passen», sagte Frau Pauli. «So nahe war ich noch nie an der Uhr.»

«Sie wird uns alle töten, wenn Sie nicht endlich etwas unternehmen», sagte Fuhrer.

«Kein Problem», sagte ich und zeigte auf Hugentoblers Dienstwaffe. «Zielen Sie auf den Koffer.»

«Wieso auf den Koffer? Ist der auch bewaffnet?»

«Nein, tun Sie das nicht», jammerte Frau Pauli.

«Sind Sie verrückt geworden?» schrie Herr Fuhrer. «Schießen Sie nicht auf den Koffer.»

«Wer nicht hören will, muß fühlen», sagte Hugentobler und schoß. Drei der sechs Schüsse landeten tatsächlich im Koffer. Die Kuckucksuhr gab sich zu erkennen.

«Er hat die Uhr getötet», sagte Frau Pauli mit Tränen in den Augen.

«Unsinn», sagte Hugentobler. «Tote Uhren schlagen nicht.»

Frau Pauli ließ resigniert die Pistole sinken. Mein Klient öffnete den Koffer und starrte auf die Kuckucksuhr, die drei Einschußlöcher aufwies. Der Polizist begutachtete sein Werk und erzählte mir ein wenig irritiert, daß er noch nie so gut getroffen hatte. Frau Pauli und mein Klient wurden verhaftet, und die löchrige Kuckucksuhr wurde nach London zurückgebracht. So geht das.

Das Muttermal

Die Zeitungen waren voll von Bürgerkriegen, Unruhen, nackten Schauspielern und anderen unansehnlichen Dingen. Ich zog es vor, in einem alten Atlas zu blättern. Das Römische Reich breitete sich auf meinem Schreibtisch aus, der restliche Raum wurde schon bald von einem etwas zu dick geratenen Mann gefüllt.

«Mein Name ist Gerber. Ich habe einen Auftrag für Sie.»

«So etwas hört unsereins gerne.»

«Es geht um meine Tochter. Sie ist verschwunden.»

«Töchter kommen und gehen. Das war schon immer so.»

«Sie ist aber spurlos verschwunden.»

«Spuren hinterlassen sie alle. Wann haben Sie Ihre Tochter zum letzten Mal gesehen?»

«Vor einer Woche. Ich sah sie in einer Disco. Seither habe ich sie aus den Augen verloren.»

«Wie alt ist Ihre Tochter?»

«Zwanzigjährig.»

«Alt genug, um für den Unsinn, den sie anstellt, selber verantwortlich zu sein.»

«Suchen Sie meine Tochter, den Rest können Sie ruhig mir überlassen.»

Der Mann machte keinen besonders sympathischen Eindruck. Ich betrachtete die römische Landkarte und wandte mich wieder meinem neuen Klienten zu, der gerade dabei war, rot anzulaufen.

«Was ist nun? Haben Sie überhaupt Interesse an dem Fall?»

«Sie sehen doch selber, daß ich sogar am Fall des Römischen Imperiums interessiert bin, da werde ich mich auch für Ihre Tochter interessieren.»

«Wunderbar. Hier, ich habe ein Foto von ihr.»

«Zeigen Sie mal her.»

Auf dem Foto sah man zwei Personen, die im Gegenlicht standen, zudem war die Aufnahme alles andere als scharf.

«Nicht gerade sehr aufschlußreich.»

«Das Bild ist ein wenig verwackelt, dafür ist es erst vor einer Woche entstanden.»

«Und wer ist der Mann auf dem Foto?»

«Keine Ahnung.»

«Haben Sie eine Ahnung, in welchen Kreisen Ihre Tochter verkehrt?»

«Wie meinen Sie das?»

«Na, wie wohl? Oder glauben Sie, daß Ihre Tochter reif fürs Kloster ist?»

«Wie gesagt, ich habe sie zuletzt vor einer Disco gesehen. Starlet heißt die Disco.»

«Das ist immerhin ein Anhaltspunkt. Und sonst? Wissen Sie, ob sie einen Freund hat oder etwas Ähnliches? Und wie steht es mit Arbeit?»

«Sie studiert.»

«Wunderbar. Und was studiert sie?»

«Keine Ahnung. Ich kenne mich da nicht so aus.»

«Können Sie sich wenigstens an ihren Namen erinnern?»

«Aber selbstverständlich. Sie heißt Bianca.»

«Das wäre immerhin schon ein Grund, um unterzutauchen.»

«Werden Sie nach ihr suchen?»

«Natürlich, Herr Gerber. Und ich werde sie Ihnen frei Haus liefern, aber wenn sie dann wieder abhaut, ist das nicht mein Bier.»

«Ich möchte vor allem wissen, ob sie in Gefahr ist. Man weiß ja nie heutzutage.»

Gerber gab mir seine Adresse und verließ mein Büro. Ich legte mich ein wenig hin und machte mich dann frisch für einen Discobesuch. Unterwegs kaufte ich mir eine Tube Haargel und kippte es in meine Haare. Danach fühlte ich mich zwei Monate jünger. Das war nicht schlecht für den Anfang. Die Starlet Disco war geschlossen, ich klopfte dennoch an die Tür.

«Was wollen Sie denn um diese Zeit?» fragte eine Frau, die um Mitternacht garantiert unwiderstehlich aussehen würde.

«Sind Sie die Geschäftsführerin?»

«Sehe ich etwa so aus?»

«Ehrlich gesagt kann ich das nicht beurteilen. Mit dem richtigen Make-up ist heutzutage alles möglich.»

«Beleidigen lassen kann ich mich auch von meinem Mann.»

Sie knallte mir die Tür vor der Nase zu. Es tat höllisch weh. Ich ließ es vorerst dabei bewenden und schaute mir ein wenig die Gegend an. Es kam nichts Gescheites dabei heraus. Schließlich landete ich wieder vor der Disco. Es war mittlerweile dunkel geworden, und die ersten Schlafwandler verirrten sich in das Starlet. Ich ging hinein und stellte mich unauffällig an die Bar. Eine junge Frau bleckte ihre Zähne.

«Hast dich wohl verirrt, hä?»

«Wieso? Ist hier nicht das Müttergenesungsheim?»

«Aha, einer von der komischen Sorte, hä?»

«Vielleicht könnten Sie mir einen Gefallen tun.»

«Aha, einen Gefallen, hä?»

«Genau.»

«Was denn für einen Gefallen, hä?»

«Ich suche jemanden.»

«Aha. Bist auf Aufriß, hä?»

«Hier. Diese Frau auf dem Foto.»

Sie schielte auf das Foto, dabei kam ihr Zigarettenrauch ins Auge, was sie aber nicht zu stören schien.

«Bianca? Stehst auf die, hä?»

«Sie kennen sie?»

«Klar. Ist fast jeden Abend hier. Nicht übel, hä?»

«Fast jeden Abend, sagten Sie?»

«Gestern war Bianca auch hier. Hast sie verpaßt, hä?»

«Interessant. Noch eine Frage: Was machen Sie eigentlich, wenn man Ihnen mal das *hä* aus dem Sprachschatz streicht?»

«Was denn für ein *hä*, hä?»

Ich machte mich auf den Weg, um meinem Klienten die erfreuliche Mitteilung zu überbringen, daß seine Tochter doch nicht spurlos verschwunden war. Doch anstelle meines Klienten traf ich die Polizei an.

«Maloney, was für eine Überraschung! Gerade eben, als wir neben der Leiche standen, haben wir noch gerätselt, wo denn Maloney bleibt.»

«Was denn für eine Leiche?»

«Gerber Anton. Erschossen aus kurzer Distanz.»

In der Wohnung herrschte ein ziemliches Durcheinander. Überall lagen Schubladen und Papiere herum. Der Polizist führte mich in die Küche. Dort saß eine ältere Frau, die wie in Trance eine Tasse Kaffee in ihren Händen drehte, ohne davon zu trinken.

«Das ist Frau Gerber», sagte Hugentobler. «Können Sie uns vielleicht etwas zum Tathergang sagen?»

«Ich? Nein, wie sollte ich? Ich bin ja erst gerade hierhergekommen. Mein Mann und ich lebten getrennt, schon seit Jahren.»

«Verstehe. Sieht ganz nach einem Raubmord aus. Hatte Ihr Mann Wertgegenstände in der Wohnung?»

«Nicht viel. Er war nicht reich.»

«Nun zu Ihnen, Maloney. Sie kannten den Toten?»

«Das ist eine Übertreibung», sagte ich. «Er stand heute nachmittag in meinem Büro und hatte einen Auftrag für mich.»

«Und um was für einen Auftrag handelte es sich?»

«Ich sollte seine Tochter suchen, die angeblich spurlos verschwunden war.»

«Seine Tochter?» fragte Frau Gerber erstaunt. «Ich wußte gar nicht, daß Anton eine Tochter hatte.»

«Moment mal», sagte ich. «Keine Tochter? Und wer ist Bianca?»

«Bianca? Nie gehört. Das muß ein Irrtum sein.»

«Klingt ziemlich verwirrend», sagte Hugentobler. «Dieser Anton Gerber ist aktenkundig. Exhibitionismus.»

«Aber das ist doch bald zehn Jahre her», sagte Frau Gerber. «Mein Mann war damals ein wenig verwirrt. Er hatte Alkoholprobleme.»

«Seit wann sehen Alkoholiker Töchter statt weiße Mäuse?» fragte ich.

«Nun hören Sie doch endlich mit dieser Tochter auf. Frau Gerber wird doch wohl wissen, ob ihr Mann eine Tochter hatte.»

«Schon möglich. Vielleicht hat er ihr aber auch etwas verheimlicht. Wie lange waren Sie denn verheiratet?»

«26 Jahre», sagte Frau Gerber. «Warum?»

«Immerhin schon ein guter Grund, ein wenig heimlich zu sein. Diese Bianca ist nämlich erst zwanzigjährig.»

«Wir hatten keine Geheimnisse voreinander. Wir haben die Freiräume des anderen immer respektiert. Ich wußte über alle seine Affären Bescheid. Und er auch über meine.»

Sie senkte den Kopf und kam der Kaffeetasse bedrohlich näher, ohne daß es zu einer Berührung kam. Hugentobler winkte mich aus der Küche.

«Glauben Sie, daß da was dran ist mit der Tochter?»

«Keine Ahnung. Auf jeden Fall existiert diese Bianca. Und die ganze Angelegenheit ist für mich erst abgeschlossen, wenn ich mit der jungen Dame gesprochen habe.»

«Tun Sie das ruhig, Maloney. Wir klären in der Zwischenzeit den Mord auf. Dieser Gerber hat seinen Mörder in die Wohnung hereingelassen und ist dann erschossen worden. Wir werden überprüfen, was alles fehlt in der Wohnung. Und Sie können ja in der Zwischenzeit nach dieser Bianca Ausschau halten.»

Und das tat ich dann auch. Die Starlet Disco war noch immer geöffnet, und es herrschte ein ziemliches Gedränge. Es dauerte eine Weile, bis ich die Frau ausfindig gemacht hatte, die mir den Hinweis auf Bianca gegeben hatte.

«Geile Musik, hä?»

«Gut möglich. Unsereins hat aber auch noch andere Interessen.»

«Immer noch auf Aufriß, hä?»

«Ist Bianca in der Zwischenzeit aufgetaucht?»

«Bianca? Kenne ich nicht. Aber ich bin doch auch nicht übel, hä?»

«Was heißt das? Vorhin haben Sie Bianca noch gekannt.»

«Die Frau auf dem Foto, hä? Habe darüber nachgedacht, eine Verwechslung. Kann mal vorkommen, hä?»

Die junge Frau wollte sich nicht mehr an Bianca erinnern. Langsam wurde die Geschichte immer seltsamer. Es genügte offenbar nicht, daß ein Vater, der keiner war, erschossen wurde, jetzt hatte sich auch noch die Tochter, die es nicht gab, in Luft aufgelöst. Es war Zeit, mich hinzulegen. Das tat ich dann auch. Am nächsten Morgen besuchte ich die Hinterbliebene.

«Ich war vorhin gerade bei der Polizei.»

«Das macht nichts. Wissen Sie mittlerweile, was in der Wohnung Ihres Mannes gestohlen wurde?»

«Nicht viel. Ein Fotoapparat und ein paar wertlose Münzen.»

«Ziemlich seltsam.»

«Allerdings. Ich habe in der Wohnung etwas gefunden, das in der Tat sehr merkwürdig ist.»

«Was denn?»

«Ein altes Foto. Hier, sehen Sie.»

Auf dem Foto strahlte mir ein Kindergesicht entgegen.

«Hübsches Kind. Sind Sie das?»

«Nein, das bin nicht ich. Ich habe das Foto noch nie gesehen. Mein Mann hatte es zwischen seinen Papieren versteckt. Also muß es ihm etwas bedeutet haben.»

«Moment mal. Sehen Sie hier? Dieses Muttermal?»

Ich zeigte auf den Fleck auf der rechten Wange.

«Ist mir auch aufgefallen. Ziemlich neckisch.»

«Und das hier ist das Foto, das mir Ihr Mann überreicht hat.»

Ich zeigte ihr das Foto. Das Muttermal war nicht zu übersehen, verwackelte Aufnahme hin oder her.

«Verblüffend», sagte Frau Gerber.

«Das ist ein und dieselbe Person, Frau Gerber. Und diese Person heißt Bianca und ich bin mir ziemlich sicher, daß sie tatsächlich die Tochter Ihres Mannes ist.»

«Ich verstehe bloß nicht, weshalb er mir nie etwas davon gesagt hat. Typisch. Das Foto ist genauso verwackelt wie all die anderen, die mein Mann gemacht hat.»

«Sie sagten, daß der Fotoapparat nicht mehr in der Wohnung ist.»

«Ja. Hat das etwas zu bedeuten?»

Ich schaute mir die beiden Fotos noch einmal an. Der Schlüssel zu diesem Fall war ein kleines, aber auffälliges Muttermal. Und ich war mir sicher, daß dieses Muttermal etwas mit dem Mord an Anton Gerber zu tun hatte. Es war höchste Zeit, daß ich mich wieder einmal bei der Polizei zeigte.

«Na, Maloney, haben Sie die junge Dame schon ausfindig gemacht?»

«Bis jetzt noch nicht.»

«Vielleicht ist sie bei uns registriert. Man kann ja nie wissen. Kann ich das Foto mal sehen?»

«Meinetwegen.»

Hugentobler leckte sich mit der Zunge über die Oberlippe, als er das Foto betrachtete.

«Sie sind doch nicht etwa unter die Kinderschänder gegangen, Maloney?»

Er zeigte auf das Kleinkind. Ich gab ihm das andere Foto.

«Ziemlich verwackelt, aber das Muttermal auf der Wange müßte doch auffallen, oder?»

«Kein Problem, Maloney. Der Mann neben dieser jungen Frau ist ein Kollege von mir.»

«Ein Polizist?»

«Einer von der Fahndung. Werde ihn anrufen.»

Er holte eine Telefonliste hervor und begann umständlich zu suchen, dabei murmelte er ständig irgendwelche Namen vor sich her. Dann endlich hatte er den richtigen erwischt. Doch anscheinend meldete sich niemand.

«Wie bitte? Krank gemeldet? Wie lange denn schon? Zwei Tage? Kann ich seine Privatnummer haben? Moment ... 45 13. Okay.»

«Haben Sie eigentlich im Mordfall Gerber schon etwas Konkretes ermittelt?»

«Der Täter trug eine Krawatte.»

«Hat er am Tatort einen Krawattenabdruck hinterlassen?»

«Nein, eine Krawattennadel. Und jetzt besuchen wir meinen Kollegen von der Fahndung. Scheint krank zu sein. Kein Wunder, der ist ja ständig draussen an der von Bakterien verseuchten Luft.»

Ich stieg freiwillig in das Polizeiauto und ließ mich chauffieren. Wir landeten in der Vorstadt und schließlich vor einer Wohnungstüre. Es regte sich nichts, als wir klingelten.

«Scheint schwer krank zu sein, der Kollege. Schafft es nicht einmal mehr bis zur Tür.»

«Wetten, daß gar niemand zu Hause ist?»

«Sie wollen doch nicht etwa behaupten, daß ein Polizist blaumacht, oder Maloney?»

«Das haben wir gleich», sagte ich und drückte die Klinke. Die Tür war offen, und wir gingen in die Wohnung.

«Das will ich aber übersehen haben», sagte Hugentobler.

«Meinetwegen, sehen Sie weg. Ich gehe rein in die gute Stube.»

«Rühren Sie bloß nichts an, Maloney. Wir haben in dieser Wohnung nichts verloren.»

«Wer nichts verloren hat, kann durchaus etwas finden.»

«Also gut. Aber nur fünf Minuten.»

Hugentobler schaute sich dreimal um und verrenkte dabei den Kopf so sehr, daß ich befürchtete, er würde gleich aus dem Scharnier kippen. Dann gingen wir in die Wohnung. Zuerst sahen wir nicht viel, dann immer mehr. Als ich das Licht anzündete, sahen wir beinahe alles.

«Was machen Sie mit dem Pulver, Maloney?»

Es lag auf dem Wohnzimmertisch und schmeckte grauenhaft.

«Puderzucker. Schmeckt scheußlich. Und hier ... Moment mal. Erstklassig.»

«Was ist das? Backpulver?»

Die zweite Probe erwies sich als erstklassiges Stärkungsmittel.

«Kokain. Erste Güteklasse.»

«Sie nehmen mich auf den Arm, Maloney.»

«Hier, probieren Sie ruhig.»

Er benetzte seinen Zeigefinger, steckte diesen in das Pulver und leckte den Finger vorsichtig ab.

«Schmeckt wie das Kopfwehpulver, das meine Frau immer schluckt.»

«Ihre Frau schluckt Kokain?»

«Wo denken Sie hin, Maloney. Sie zieht es sich durch die Nase.»

Er lächelte. Ich hatte genug gesehen. In der Wohnung war gut und gern ein halbes Kilo Kokain versteckt. Der Fahnder hatte einen guten Fang gemacht. Und langsam dämmerte mir, weshalb Anton Gerber dran glauben mußte. Ich ging in mein Büro und danach zum Friseur. Nach einer heftigen Diskussion tat er, was ich ihm aufgetragen hatte. Eine Stunde später sah ich aus wie David Hasselhoff. Mit dieser perfekten Tarnung machte ich mich auf ins Starlet. Die Bar war geöffnet.

«Bist ein ganz Cooler, hä?»

«Na klar, cool wie abgefrorene Zehennägel. Mal was anderes, Kleine. Gibt es hier was zum Reinziehen?»

«Reinziehen? Stehst auf Koks, hä?»

«Genau. Man hat mir gesagt, daß ich hier was kriege.»

«Hinten auf der Toilette, dort, wo privat draufsteht, kriegste, was deine Nase begehrt. Echt gut drauf heute, hä?»

Ich ging nach hinten. Die Tür war verschlossen. Ich klopfte. Als sie mir öffnete, sah ich das Muttermal zum ersten Mal in natura. Es sah neckischer aus als auf den Fotos.

«Hast du Referenzen?» fragte Bianca.

«Und wie. Aber ich will mich hier ja nicht um einen Job bewerben.»

«Ich habe dich noch nie hier gesehen. Könntest auch ein Bulle sein.»

«Darin kennen Sie sich aus, oder?»

«Wie soll ich das verstehen?»

«Deutlich, wenns recht ist. Hier, dieses Foto ist meine Referenz.»

Ich streckte es ihr entgegen.

«Scheiße», sagte Bianca und schaute sich um.

«Hat keinen Sinn, Bianca. Der Fahnder steht schon auf der Fahndungsliste.»

«Ich habe gewußt, daß es so kommen würde.»

Sie ging zwei Schritte zurück und lehnte sich an die Wand. Ihre Arme verschränkte sie vor ihrem Busen. Sie holte tief Luft und begann wortreich auszuatmen.

«Als dieser Typ auftauchte und behauptete, er sei mein Vater, war ich zuerst perplex. Ich habe mir nie große Gedanken darüber gemacht, wer mein Vater war und ob er noch lebte. Aber dieser Typ? Nein, das konnte nicht sein. Ich versuchte ihn abzuwimmeln, aber er verfolgte mich. Und dann traf ich mich mit Ralf, und dieser Typ knipste uns. Ralf drehte beinahe durch. Er notierte sich seine Autonummer.»

«Und eine Woche später ging er zu ihm und erschoß ihn.»

«Ich habe tagelang auf ihn eingeredet. Aber es half alles nichts. Ich habe früher schon gedealt, Ralf hat mich angesprochen und mich gefragt, ob ich für ihn Koks verdealen würde. Er hatte als Fahnder ständig die Möglichkeit, Koks abzustauben. Er glaubte, daß der Typ ein Detektiv sei oder etwas Ähnliches. Na ja, ich glaubte ihm ja auch nicht, daß er tatsächlich mein Vater war.»

«Ein großer Irrtum. Hier, schauen Sie sich mal dieses Foto an.»

Diesmal war es das Kind, das ihren Blick fesselte.

«Das kann doch nicht sein.»

Erst jetzt begriff Bianca, daß es tatsächlich ihr Vater war, der sie an jenem verhängnisvollen Abend vor der Disco angesprochen hatte. Ich ließ sie allein mit ihrem Koks und den Tränen, die über ihre Wangen und das kleine Muttermal kullerten, und machte mich auf die Suche nach Ralf, dem Fahnder. Aber der war schon über alle Berge. Drei Wochen später verhaftete man ihn auf Mallorca. Polizisten haben einen seltsamen Geschmack, selbst dann noch, wenn sie die Seite wechseln. So geht das.

Das Sommerloch

Es war heiß, und die meisten Leute waren in den Ferien oder sonstwie abwesend. Und diejenigen, dic da waren, benötigten offenbar keinen Privatdetektiv. Die Ehemänner waren zu träge, um eifersüchtig zu sein, und die Frauen lagen lieber am Strand anstatt neben einem Liebhaber. So erstaunte es mich nicht weiter, daß mein Telefon stumm blieb. Hingegen erstaunte es mich, daß es dann doch plötzlich klingelte. Ich nahm den Hörer ab, und eine helle Frauenstimme drang an mein Ohr.

«Mein Name ist Walker, und ich möchte Sie gerne engagieren.»

«Um was geht es denn?»

«Sie haben sicherlich auch von diesen Kreisen in den Kornfeldern gehört?»

«Allerdings. Soll ich Ihnen welche in den Garten stampfen?»

«Nein. Aber auf dem Nachbargrundstück hat es solche Kreise. Und ich möchte nicht, daß sich diese Kreise auf mein Grundstück ausweiten.»

«Kreise ziehen nun mal Kreise, Frau Walker.»

«Es wäre mir äusserst unangenehm, wenn auf meinem Grundstück plötzlich diese Menschen von der Presse und vom Fernsehen auftauchen würden. Ich mag diesen Rummel nicht.»

«Und ich soll verhindern, daß bei Ihnen auch solche Kreise auftauchen?

«Ich vermute, daß mein Nachbar diese Kreise selber gemacht hat. Mein Nachbar will Aufsehen erregen. Ich habe das nicht nötig. Ich bin reich und glücklich.»

«Klingt vielversprechend. Ich kann mich mal umsehen und mit Ihrem Nachbarn sprechen. Kostet Sie aber was, Frau Walker.»

«Wenn Sie dafür sorgen, daß dieser Spuk aufhört, zahle ich Ihnen mehr, als Sie je auf einem Haufen gesehen haben.»

Ich lächelte. Schade war bloß, daß es nicht mehr Verrückte gab, die reich waren. Ich machte mich auf den Weg zum Grundstück von Frau Walker. Es war etwa halb so groß wie Manhattan, dafür sah man weit und breit keine Obdachlosen. Die Villa lag gut versteckt zwischen großen alten Bäumen und war mit Videokameras gesichert. Ich starrte in eines der Elektroaugen und klingelte. Es summte, und wenig später stand ich Frau Walker gegenüber. Sie war groß und etwas über vierzig. Ihr Händedruck war auch nicht übel.

«Mein Nachbar ist ein seltsamer Mensch. Und er ist geizig. Nicht mal einen Gärtner hat er. Deshalb steht das Gras so hoch.»

«Woher wissen Sie eigentlich, daß im Nachbargarten Kreise zu sehen sind? Ich dachte immer, die Dinger sieht man nur aus der Luft?»

«Ich besitze ein kleines Flugzeug und eine eigene Landebahn. Die Bewilligung dafür hat mich ein Vermögen gekostet. Früher waren die Leute lediglich käuflich, heute sind sie zu allem Übel auch noch teuer.»

«Verstehe. Und mit Ihrem Flugzeug sind Sie über das Grundstück des Nachbarn geflogen?»

«Ja. Und da sah ich diesen Kreis. Wissen Sie, ich fliege nur noch selten. Die Einkäufe erledigt mein Pilot.»

«Ihr Pilot fliegt ins Einkaufszentrum?»

«Es gibt ein paar Dinge, die man bei uns nicht so leicht kriegt. Mein Pilot fliegt deshalb ab und zu ins Ausland und macht Besorgungen.»

Ich nickte verständnisvoll, schließlich hat unsereins auch für die Nöte der Reichen ein offenes Ohr. Vor allem dann, wenn sie einem das Mittagessen für die kommenden Monate finanzieren. Frau Walker führte mich in den Raum, aus dem sie ihr Grundstück überwachte. Er war vollgestopft mit Monitoren, auf denen so ziemlich alles zu sehen war, was um die Villa herum vor sich ging.

«Haben Sie gelesen, wie viele Einbrüche und Überfälle es im vergangenen Jahr gegeben hat? Ich verlasse mein Haus nur noch, wenn es absolut nötig ist.»

«Ich will nicht indiskret sein, aber was machen Sie den ganzen Tag?»

«Ich habe ein Telefon, und ich male. Möchten Sie einige meiner Bilder sehen?»

«Danke, aber ich sehe so viel im Leben, daß ich ganz gut auf den Anblick von gemalten Bildern verzichten kann.»

«Nun, ich glaube, Sie könnten mit meiner speziellen Symbolik sowieso nicht viel anfangen.»

«Mir sind einfache Kreise als Symbole lieber. Vielleicht wäre es ganz gut, wenn ich mir jetzt Ihren Nachbarn vorknöpfen würde. Wie hieß er doch gleich?»

«Gubler. Ein seltsamer Mann. Ein bißchen exzentrisch. Oh, ich habe Ihnen noch gar nichts angeboten. Wie wäre es mit finnischem Mineralwasser? Hat mein Pilot letzte Woche eingekauft.»

«Danke, aber mein Magen verträgt keine finnischen Mineralien. Im übrigen sollten wir jetzt über das Geschäftliche reden.»

«Ich habe den Check bereits vorbereitet. Bei Erfolg hänge ich noch eine Null daran.»

Das kleine Schriftstück sah nicht übel aus. Es war zwar kein Lottogewinn, aber ein Haufen Geld für ein paar lausige Kreise. Dann machten wir uns auf den Weg zu Gublers Grundstück. Es war mit Pflanzen überwuchert und sah aus wie ein Naturschutzgebiet. Der Hausherr war nirgends zu sehen. Frau Walker führte mich zu den ominösen Kreisen.

«Hier ist es. Das Gras ist niedergedrückt.»

«Sieht nicht sehr imposant aus.»

«Moment mal. Was ist denn das da?»

Sie zeigte auf ein Tuch, das im Gras lag. Als ich genauer hinschaute, wurde mir klar, weshalb sie zwei Schritte zurückging.

«Liegt da nicht ein Mann im Gras?» fragte sie unsicher.

«Tatsächlich», stellte ich fest. «Ist das Herr Gubler?»

«Das würde zu ihm passen», sagte sie gefaßt. «Im Freien zu schlafen! Wo man doch weiß, daß das bei der Hitze ungesund ist.»

«Scheint ihm tatsächlich nicht gut bekommen zu sein.»

«Ich habe meine Brille nicht dabei. Ist irgend etwas mit dem Mann?»

Wir gingen näher. Und mit jedem Schritt wurde der Anblick ungemütlicher. Frau Walker hielt sich beide Hände vor das Gesicht. Ich fluchte leise vor mich hin. Die Kreise zogen tatsächlich Kreise. Herr Gubler lag tot in einem dieser Kreise, und sein Kopf sah übel zugerichtet aus.

Hugentobler trug eine Mütze, die seinen Schädel vor der Sonneneinstrahlung schützen sollte. Frau Walker trank im Haus eine Flasche isländisches Mineralwasser. Mir bot sie glücklicherweise nichts an.

«Der Mann ist offenbar erschlagen worden», sagte Hugentobler. «Ist diese seltsame Frau Walker Ihre Klientin?»

«Kann schon sein.»

«Sieht nach einem Überfall aus. Das Haus von diesem Gubler ist praktisch leer. Es stehen nur noch ein paar Möbel herum.»

«Sie glauben, daß die Diebe mit einem Lastwagen vorgefahren sind und alles mitgenommen haben, was einigermaßen wertvoll aussah?»

«Es spricht einiges dafür. Wäre nicht das erste Mal. Das waren Profis, Maloney. Saumäßige Hitze. Ich gehe wieder zurück in mein klimatisiertes Büro.»

Das tat er dann auch. Mir blieb nichts anderes übrig, als erneut Frau Walker aufzusuchen, die sich in ihre kühle Villa verkrochen hatte.

«Schrecklich. Und das direkt in meiner Nachbarschaft. Stimmt es, daß Gublers Haus vollständig geplündert wurde?»

«Die Polizei hat so etwas angedeutet. Ist Ihnen nichts aufgefallen? Sie haben nicht zufällig eine Ihrer Videokameras auf das Nachbargrundstück gerichtet?»

«Selbstverständlich. Aber ich sitze nicht ständig vor den Monitoren. Glauben Sie, daß diese Einbrecher eines Tages auch bei mir vorbeikommen werden? Oder vielleicht sogar in der Nacht?»

«Schon möglich. Aber Ihr Haus scheint mir ausreichend gesichert zu sein.»

«Trotzdem. Würden Sie mein Haus in den nächsten Wochen bewachen?»

Ich sagte ihr, daß ich mir dies gründlich überlegen würde. Sie war nicht beleidigt. Ich hatte nichts Gescheiteres zu tun, deshalb ging ich ins klimatisierte Polizeigebäude.

«Gut, daß ich Sie nochmals sehe, Maloney. Wissen Sie, wer die Frau ist, für die Sie arbeiten?»

«Wieso? Sind ihre Checks etwa nicht gedeckt?»

«Im Gegenteil. Die Frau ist steinreich. Hat von ihrem verstorbenen Mann ein mittleres Firmenimperium übernommen, das sie per Telefon und Telefax kontrolliert. Ziemlich verschroben, diese Frau Walker. Meine Frau erzählte mir gerade am Telefon, daß diese Frau Walker, laut einem Zeitschriftenartikel, einige Goldbarren in ihrem Haus aufbewahrt. Als eiserne Reserve. Falls mal Krieg ausbricht oder eine Revolution.»

«Keine schlechte Idee. Und wie sah es bei diesem Gubler aus? Schlief der auch auf Goldbarren?»

«Im Gegenteil, Maloney. Hat sich an der Börse verspekuliert, und dann hat er sich auch noch mit einer Reisebürokette übernommen. Der Mann war mehr oder weniger pleite.»

«Mit anderen Worten: das Haus war schon leer, als er noch lebte.»

«Ob er derart pleite war, wissen wir nicht. Auf jeden Fall ist Raub nicht das einzige Motiv. Der Mann war nicht gerade beliebt.»

Ich ging zurück an die Sonne und trank unterwegs zu meinem Büro einen Whisky. Später landete ich wieder bei Frau Walker. Die Sonne hatte mir so sehr zugesetzt, daß ich drauf und dran war, ihren Bewachungsauftrag anzunehmen. Doch anstelle von Frau Walker traf ich eine junge Frau, die die Videokameras abstaubte und mich säuerlich musterte.

«Sind Sie der Detektiv, der das Haus bewachen soll?»

«Sind Sie die Frau, die ständig Fragen stellt, die sie gar nicht beantwortet haben möchte?»

«Nur weiter so, Herr Detektiv. Wenn ich diese Kameras geputzt habe, können Sie mich filmen. Sie und diese reiche Schrulle.»

«Sie mögen Frau Walker nicht besonders?»

«Sie als Detektiv sollten doch einen Sinn für Gerechtigkeit haben. Finden Sie es gerecht, daß eine solche Person im Geld schwimmt, während Sie und ich keine Chance im Leben kriegen?»

«Ich möchte eine Chance, wie Frau Walker zu werden, nicht mal geschenkt. Haben Sie vom toten Nachbarn gehört?»

«Das war auch so ein seltsamer Kauz. Sind reiche Leute eigentlich immer so seltsam?»

«Nicht seltsamer als alle anderen. Sie können es sich aber im Gegensatz zu den anderen leisten, ihre Verrücktheiten auszuleben. Wenn ich nackt an eine Party gehe und eine Rede zu Ehren des Lendenschurzes halte, lande ich in der Klapsmühle. Bei einem Reichen würde diese Episode allenfalls zwei Seiten in den Memoiren füllen.»

«Ich habe genug von verschrobenen Reichen. Ich fahre weg, am nächsten Wochenende.»

Wohin sie gehen wollte, verriet sie mir nicht. Dafür verriet Frau Walker mir den Namen und die Adresse des Piloten, der für sie in fremden Ländern einkaufte.

«Wollen Sie einen Rundflug machen?» fragte Frau Walker, und ihre Äuglein glänzten dabei. «Ich würde Sie gerne pilotieren.»

«Später vielleicht. Ich möchte Ihren Piloten gerne fragen, ob ihm in den letzten Tagen etwas aufgefallen sei.»

«Sehr gut. Ich komme mit. Ich habe nämlich noch einen Auftrag für ihn. In Schottland soll es phantastisch prickelndes Mineralwasser geben.»

Sie erzählte mir unterwegs, aus wie vielen Ländern sie schon Mineralwasser importiert hatte. Mir schauderte bei der langen Liste. Frau Walker mußte durch und durch mit Mineralien verseucht sein. Vielleicht würde sie eines Tages als Kristall enden. Der Pilot wohnte in einem modernen Wohnblock. Die Gegend war totenstill, so als ahnte sie, was wir in der Wohnung vorfinden würden. Die Tür war offen, und der Pilot lag auf dem Bett. Seine starren Augen fixierten die Zimmerdecke. Frau Walker würgte einige Mineralien hervor, und ich wunderte mich langsam darüber, wie sich das Sommerloch mit Leichen füllte.

Die Polizisten schwitzten und arbeiteten, während ich es mir in der Küche gemütlich machte. Frau Walker saß mir gegenüber. Sie war sehr bleich.

«Was gäbe ich jetzt für ein gutes japanisches Mineralwasser.»

«Ist Ihnen in der Wohnung nichts aufgefallen?»

«Ziemlich unordentlich. Aber was geht mich das Privatleben dieses Mannes an?»

«Die Koffer, Frau Walker. Ihr Pilot hatte die Koffer gepackt.»

«Tatsächlich? Nun, er wollte am nächsten Wochenende wegfahren. Für längere Zeit.»

«Interessant. Ihre Hausangestellte hatte das gleiche vor.»

«Die hat gekündigt. Glauben Sie, daß die beiden befreundet waren? Mich interessiert so etwas nicht. So lange die Arbeit richtig gemacht wird, ist es mir egal, was diese Leute sonst noch treiben.»

«Würden Sie die Spesen übernehmen, wenn ich mir einen Hubschrauber mietete?»

«Einen Hubschrauber? Ich habe ein Flugzeug, Maloney. Ich fliege Sie, wohin Sie wollen.»

«Ich möchte mir das Grundstück Ihres Nachbarn aus der Luft ansehen.»

«Dann ist es besser, Sie nehmen einen Hubschrauber. Die Nachbarn beschweren sich immer über meine Tiefflüge.»

Hugentobler schwitzte erbärmlich, als er uns mitteilte, daß der Pilot mit seiner eigenen Waffe erschossen worden war. Zwei Stunden später saß ich in einem Hubschrauber. Der Pilot war ein junger Mann, der ständig nervös mit den Achseln zuckte.

«Ihr erster Flug?» fragte der nervöse Pilot.

«Ich bin früher schon einmal über einen Golfplatz geflogen. Seither kann mich nichts mehr aus der Ruhe bringen.»

«Habe ein seltsames Gefühl im Magen, aber das muß nichts heissen. Wenn mir schlecht wird, drücken Sie einfach auf diesen Knopf hier.»

Er zeigte mit einem Finger auf einen gelben Knopf.

«Ist das der Autopilot?»

«Nein, ein Tonbandgerät. Darauf können Sie Ihren letzten Willen sprechen.» Er lachte laut und unanständig über den Scherz. «Keine Angst. Ich fliege schon seit acht Jahren und habe noch nie einen Kunden verloren. Ist das da vorne das Grundstück?»

«Genau.»

«Hübsch. Haben Sie das gemacht?»

«Was denn?»

«Da unten! Sehen Sie? Sieht aus wie ein großes *OK.* Heißt der Besitzer des Grundstückes OK?»

«Sie können mich jetzt wieder absetzen. Ich habe genug gesehen.»

«Wie wäre es mit einem kleinen Rundflug über die Stadt? Ich könnte Sie auf der Uniterrasse absetzen.»

Ich sagte ihm, daß er mich auf Frau Walkers Grundstück absetzen solle. Sie empfing mich mit einer Flasche Mineralwasser in der Hand. Ich ging an ihr vorbei zum Telefon. Hugentobler klang gereizt.

«Was soll uns denn aufgefallen sein, Maloney?»

«Bei der ersten Leiche», sagte ich in den Hörer. «Diesem Gubler. Gab es da nicht etwas, das ungewöhnlich war?»

«Ungewöhnlich? Allerdings, Maloney. Bei armen Leuten wäre das sehr ungewöhnlich, bei reichen hingegen nicht.»

«Gold?»

«Volltreffer, Maloney. An der Leiche fanden wir kleine Mengen von Gold. Winzige Mengen. Seltsam war nur der Ort, wo wir das Gold fanden.»

«Darf ich raten? An den Haaren.»

«Genau, Maloney. Aber wie kommen Sie darauf? Verschweigen Sie mir wieder etwas, Maloney?»

Ich verschwieg es ihm auch weiterhin und hängte ein. Ich wandte mich Frau Walker zu. Die Mineralwasserflasche war weg. Dafür trug sie jetzt ein Fragezeichen als Make-up.

«Was ist mit den Haaren? Haben Sie etwas herausgefunden?»

«Stimmt es, daß hier in Ihrem Haus einige Goldbarren herumliegen?»

«Aber natürlich. Man weiß ja nie, wann unser Wirtschaftssystem zusammenkracht. Ich kenne eine Menge führender Leute hier im Land. Und je besser ich diese Leute kenne, umso mehr zweifle ich daran, daß das noch lange gut gehen kann.»

«Könnten Sie mal nachschauen, ob noch alles Gold da ist?»

Ihr Mund öffnete sich. Darin erkannte ich genug Gold, um meine Miete damit bezahlen zu können.

«Ich schaue sofort nach. Einen Moment bitte.»

Sie verschwand in einem anderen Raum und kam wieder einmal bleich zurück. Ihre Hände suchten halt an einer Mineralwasserflasche, fanden aber nur meine Arme. Sie setzte sich auf einen Stuhl.

«Es fehlen tatsächlich einige Barren.»

«Das werden Sie überleben.»

«Darum geht es nicht. Es ist die Unsicherheit. Ich dachte immer, mein Haus sei optimal geschützt gegen Einbrecher.»

«Wenn die Einbrecher im Haus arbeiten, hilft auch keine Alarmanlage.»

«Sabrina?»

«Wer ist Sabrina?»

«Sabrina ist meine Hausangestellte.»

«Ich dachte eigentlich an den Piloten.»

«Aber der Pilot ist doch tot?»

Wo sie recht hatte, hatte sie recht. Langsam nahm die Geschichte in meinem Kopf Konturen an. Ich besuchte die Hausangestellte in ihrem kleinen möblierten Zimmer. Ihr Gesicht war verheult, und auch sonst sah sie ziemlich zerknittert aus.

«Ich halte das nicht aus. Ich gehe zur Polizei.»

«War es Notwehr?»

«Ein Unfall. Er wollte mich verlassen. Ich habe ihm mit der Pistole gedroht. Die lag bei ihm auf dem Nachttisch. Er wollte sie mir wegnehmen. Da fiel ein Schuß. Er fiel aufs Bett und war tot.»

«Und das Gold?»

«Welches Gold?»

Sie schaute mich verdutzt an. Ich nahm ihr die Verdutztheit ab und ging wieder zurück zu Frau Walker. Es ist nicht besonders angenehm, mitten im Sommer ständig unterwegs zu sein. Frau Walker hatte sich ein wenig erholt. Sie sah mich fragend an. Ich tat, was ich in solchen Situationen immer tue: abwarten.

«Jetzt spannen Sie mich nicht auf die Folter. Hat Sabrina das Gold gestohlen?»

«Nein. Aber sie hat den Piloten erschossen. Vermutlich war es ein Unfall. Ihr Nachbar und der Pilot wollten Sie um das Gold erleichtern. Der Pilot packte das Gold ins Flugzeug und warf es über dem Nachbargrundstück ab. So entging er ihren Videokameras. Ihr Nachbar hatte die Abwurfstelle mit Kreisen markiert. Wenn man genau hinsieht, steht da *OK*. Leider war Ihr Nachbar unvorsichtig und wurde von den Goldbarren erschlagen. Der Pilot nahm das Gold anschließend zu sich und wollte abhauen.

«Und wo ist mein Gold jetzt?»

Die Frage konnte ich ihr nicht beantworten. Das Gold ist nicht wieder aufgetaucht. Frau Walker ließ seither auch ihren Luftraum überwachen. Die Hausangestellte Sabrina konnte vor Gericht glaubhaft machen, daß sie ihren Freund nicht absichtlich tötete. Und meine Abneigung gegen Mineralwasser ist seit diesem Fall um einiges gestiegen. So geht das.

Der Entführte

Das Haus von Frau Hotz lag im Grünen, und die Umgebung sah aus wie ein Prospekt des städtischen Gartenbauamtes. Nichts deutete darauf hin, daß in dieser Gegend nicht alles mit rechten Dingen zu und her ging. Wäre da nicht Frau Hotz gewesen, die mir wenig später nervös gegenübersaß. Sie trug einen Gips am linken Fuß und machte auch sonst einen etwas lädierten Eindruck.

«Mein Mann ist entführt worden.»

«Sind Sie da ganz sicher?»

«Ja. Die Entführer haben sich bei mir gemeldet.»

«Die haben sich gleich in der Mehrzahl bei Ihnen gemeldet?»

«Nein. Ein Mann rief mich gestern an. Er sagte, daß er meinen Mann habe und daß er 100 000 verlangt.»

«Nicht schlecht. Haben Sie überhaupt so viel Geld?»

«Selbstverständlich.»

«Hat der Entführer Ihnen ein Lebenszeichen Ihres Mannes überbracht?»

«Nein. Er sagte, daß ich unter keinen Umständen die Polizei verständigen soll.»

«Das sagen sie immer. Und wie soll die Geldübergabe stattfinden?»

«Ich sagte, daß ich einen Freund mit dem Geld hinschicken werde. Sie sehen ja selbst, daß ich nicht gerade sehr mobil bin.»

«Und der Entführer ist ohne weiteres damit einverstanden?»

«Ja.»

«Scheint kein Profi zu sein. Und ich soll Ihren Freund spielen?»

«Ja. Der Erpresser hat allerdings eine Bedingung genannt.»

«Keine Waffe?»

«Sie müssen sich als Kaminfeger verkleiden.»

«Als Kaminfeger? Muß das wirklich sein?»

«Ich habe schon alles organisiert. Sie können sich gleich umziehen. Die Kleider sollten passen. Und hier ist der Koffer.»

«Und wo findet die Übergabe statt?»

«An einer Bushaltestelle. Ein Überlandbus. Die Haltestelle befindet sich an einer von Feldern gesäumten Landstraße.»

«Verstehe. Der Erpresser will einen guten Überblick behalten.»

«Ich möchte nicht, daß Sie ein Risiko eingehen oder meinen Mann gefährden. 100 000 sind zwar kein Pappenstiel. Aber wir können das verschmerzen.»

«Das sind erfreuliche Aussichten. Ich bin zwar nicht ganz so teuer, aber für solche Jobs verlange ich einen Risikozuschlag.»

«Das geht in Ordnung. Kann ich sonst noch etwas für Sie tun?»

«Ein anderes Mal vielleicht. Wann soll die Übergabe stattfinden?»

«Morgen früh. Hier, das ist ein Foto meines Mannes.»

Ich kaufte mir eine Landkarte und einen Fahrplan der Überlandbusse und ließ die Zeit verstreichen. Am Abend sah ich ein wenig fern und schlief bald ein. Mitten in der Nacht stand ich wieder auf, verkleidete mich als Kaminfeger und machte mich auf den Weg. Im Bus saßen zwei Frauen und ein junger Mann. Es war alles ganz normal, bis sich der junge Mann plötzlich neben mich setzte.

«Können Sie mir mal sagen, weshalb Kaminfeger einem Glück bringen sollen?»

«Woher soll ich das wissen?»

«Sie sind gut. Wer, außer einem Kaminfeger, kann das schon wissen?»

Er grinste und zeigte auf meinen schwarzen Overall.

«Ich glaube, das ist bloß ein Gerücht. Kaminfeger sind Leute wie alle anderen, nur ein wenig schmutziger. Und das mit dem Glück kann nicht weit her sein. Schließlich sagt man, *jemand hat Schwein gehabt* und nicht, *jemand hat Kaminfeger gehabt.*»

«Interessante These. Einen hübschen Koffer haben Sie da. Habe noch nie einen Kaminfeger mit Koffer gesehen.»

«Soll alles vorkommen. Ich muß jetzt gleich aussteigen.»

«Das trifft sich gut. Ich muß nämlich auch gleich raus. Seltsam, aber an der nächsten Haltestelle hat es weit und breit kein Haus.»

«Na und? «

«Ein Kaminfeger ohne Haus ist doch wie ein Fernseher ohne Fernbedienung.»

Der junge Mann ließ nicht locker. Ich hatte kein gutes Gefühl. Als der Bus hielt, stiegen wir beide aus. Es war tatsächlich weit und breit kein Haus zu sehen. Auf der einen Straßenseite war ein weites Feld, auf der anderen begann ein kleiner Wald. Ich stand ein wenig ratlos herum. Gemäß den Angaben von Frau Hotz sollte ich an der Haltestelle warten, bis jemand auf mich zukommen würde. Der junge Mann blieb ebenfalls stehen.

«Ist beinahe wie in diesem Hitchcock-Film. Fehlt bloß noch das Flugzeug, das uns angreift.»

«Wissen Sie, mir sind in meinem Leben schon die seltsamsten Vögel begegnet, aber solch ein Idiot wie Sie, das ist selten.»

«Das verstehe ich nicht», sagte der junge Mann.

«Ich schlage vor, Sie lassen diesen Hotz frei, und ich drücke dafür beide Augen zu. Sie sind mit Ihrer Dummheit genug gestraft.»

«War das eine Beleidigung? Ich lasse mich nicht von Kaminfegern beleidigen.»

Der Mann war noch viel dämlicher, als ich vermutet hatte. Ich packte ihn am Kragen und versetzte ihm einen Kinnhaken. Er fiel um und kroch hinüber zum Maisfeld. Dort blieb er eine Weile liegen und gab seltsame Geräusche von sich.

«Das war unfair. Ich konnte mich ja nicht mal verteidigen.»

Er rappelte sich auf und massierte sich das Kinn.

«Verteidigen können Sie sich vor Gericht», sagte ich.

«Ich weiß nicht, was Sie von mir wollen. He! Da liegt noch ein anderer im Maisfeld. Haben Sie den auch niedergeschlagen?»

«Was denn für ein anderer?»

Ich schaute mich um. Der junge Mann hatte recht. Da lag tatsächlich noch jemand im Maisfeld. Ich ging auf den leblosen Körper zu. Er lag auf dem Bauch, und in seinem Rücken steckte eine Kugel. Ich drehte den Mann um. Sein Gesicht kam mir bekannt vor. Es war das Gesicht des Ehemannes von Frau Hotz, dessen Entführung in diesem Maisfeld endete. Der junge Mann starrte ungläubig auf die Leiche. Ich fühlte mich nicht wohl in meiner Haut. Kein Wunder, wer fühlt sich schon wohl, wenn er als Kaminfeger verkleidet in einem Maisfeld steht?

Die Polizei steckte den Leichenfundort ab, während ich mir die Füße vertrat. Der junge Mann war ganz bleich geworden. Ich blieb dennoch vorsichtig und klammerte mich an den Koffer, in dem das Geld steckte. Dann kam Hugentobler auf mich zu.

«Haben Sie den Beruf gewechselt? Oder ist das eine neue Form von Travestie, wenn man sich als Kaminfeger verkleidet, Maloney?»

«Sie verkleiden sich täglich als Polizist, ohne daß Sie dafür gleich schief angeguckt werden.»

«Na, egal. Kannten Sie den Mann?»

«Er ist entführt worden. Seine Frau hat mich beauftragt, die Lösegeldübergabe zu übernehmen.»

«Typisch. An die Polizei wird zuletzt gedacht. Und wie hieß der Mann?»

«Hotz.»

«Und wer ist der junge Mann?»

«Brunner ist mein Name», sagte der junge Mann. «Ich bin Schauspieler.»

«Und was für ein miserabler. Wenn Sie mich fragen, gehört dieser Kerl zu den Entführern.»

«Das ist doch Blödsinn. Ich war ganz zufällig im Bus.»

«Und Sie sind auch ganz zufällig hier ausgestiegen, ich weiß», sagte ich.

«Wenn ich es doch sage», meinte der junge Mann.

«Sie kommen mit aufs Revier, Herr Brunner», sagte der Polizist. «Meine Kollegen werden sich um Sie kümmern. Und wir besuchen die Witwe, Maloney.»

«Wenn's sein muß.»

«Es muß sein.»

Er ließ keine Zweifel aufkommen. Eine Stunde später standen wir im Haus von Frau Hotz. Sie hatte sich vom ersten Schrecken ganz gut erholt. Vielleicht lag es aber auch einfach am Schock. Manche Leute werden ganz ruhig, wenn sie schockiert sind. Ihr Gipsfuß war vom Schock noch ein wenig weißer geworden.

«Das ist einfach schrecklich.»

«Weshalb haben Sie nicht gleich die Polizei verständigt?»

«Hätte die Polizei den Tod meines Mannes verhindern können?» frage Frau Hotz und fixierte Hugentoblers Scheitel.

«Die Antwort lautet: Nein», sagte ich.

«Ich muß doch sehr bitten», sagte Hugentobler. «Auf jeden Fall werden wir alles unternehmen, um den Mord an Ihrem Mann aufzuklären.»

«Ist Ihnen an der Stimme des Erpressers etwas aufgefallen?» fragte ich Frau Hotz.

«Ja. Er hatte einen ausländischen Akzent.»

«Und nach welchem Ausland klang es?»

«Keine Ahnung.»

«Überlassen Sie das mir, Maloney», sagte Hugentobler. «Ich habe mehr Erfahrung im Umgang mit Zeugen.»

«Meinetwegen.»

«Ist Ihnen an der Stimme des Erpressers etwas aufgefallen?» fragte Hugentobler laut.

«Der Akzent. Das sagte ich doch schon.»

«Das nenne ich einen Volltreffer», sagte ich. «Auf diese Frage wäre ein diplomierter Kaminfeger nie gekommen.»

«Sehen Sie denn nicht, daß Sie hier überflüssig sind, Maloney?»

Ich drehte mich um, sah aber nichts. Ich tat, was ich in solchen Situationen immer tue: ich ging essen. Dann wechselte ich meine Klamotten. Ich wollte mich gerade ein wenig hinlegen, als das Telefon klingelte.

«Ziemlich seltsame Geschichte, Maloney.»

Hugentobler klang nachdenklich, eine Eigenschaft, die man bei ihm selten antraf.

«Allerdings. Wenn Sie mich fragen, ist bei dem Fall einiges faul und anderes schon verwest.»

«Die Untersuchung hat ergeben, daß dieser Hotz schon seit drei Tagen tot im Maisfeld lag.»

«Und was ist mit dem jungen Mann?»

«Wir haben ihn laufenlassen. Es liegt nichts gegen ihn vor. Da ist noch etwas, daß ziemlich seltsam ist. Der Tote hatte über zwei Promille im Blut.»

«Vielleicht hat er mit seinen Entführern um die Wette gesoffen?»

«Eines ist jedenfalls klar, Maloney. Die Entführungsgeschichte ist ziemlich mysteriös. Es sieht beinahe danach aus, als ob uns da jemand an der Nase herumführen möchte.»

Ich besuchte noch einmal meine Klientin. Ich nahm mir vor, nicht allzu rücksichtsvoll zu sein. Denn langsam aber sicher glaubte ich kein Wort mehr von der angeblichen Entführung.

«Hat die Polizei schon etwas herausgefunden?» fragte Frau Hotz unschuldig.

«Was sollte sie denn Ihrer Meinung nach herausfinden, Frau Hotz?»

«Ich weiß nicht. Aber es muß doch Spuren geben.»

«Spuren gibt es immer.»

«Na also.»

«Verstanden Sie sich gut mit Ihrem Mann?»

«Ja, wieso?»

«Was war Ihr Mann für ein Typ? Ein Frauenheld?»

«Er war sehr erfolgreich. In jeder Beziehung. Aber auch sehr großzügig. Er hat zum Beispiel seinem Bruder schon öfters aus der Patsche geholfen, als dieser in finanziellen Schwierigkeiten war.»

«Wenn Sie mich fragen, war die Entführung nur vorgetäuscht. Ich glaube, daß Ihr Mann bereits tot war, als dieser angebliche Entführer bei Ihnen angerufen hat.»

«Das verstehe ich nicht.»

«Und ob Sie das verstehen, Frau Hotz. Ich weiß nicht, was für Gründe Sie hatten, Ihren Mann umzubringen. Aber sicherlich werde ich noch ein paar gute Gründe finden.»

«Das ist lächerlich. Wie sollte ich meinen Mann umbringen und dann auf dieses Maisfeld transportieren? Mit meinem Fuß?»

«Ach so, der Gips. Hübsche Idee. Aber so etwas zieht bei mir nicht.»

«Sie behaupten also, daß ich meinen Mann getötet habe?»

«Allerdings.»

«Unverschämt. Dabei sind Sie mir nicht unsympathisch.»

«Wir können ja in ein paar Jahren darauf zurückkommen. Wenn Sie wieder auf freiem Fuß sind, gipslos glücklich sozusagen.»

«Das reicht.»

«Allerdings.»

«Halt. Was tun Sie da?»

Ich schaute mich in der Wohnung um und fand einen kleinen Hammer. Ich versetzte dem Gipsfuß von Frau Hotz einen kräftigen Schlag. Frau Hotz schrie auf und kippte um. Ich holte einen Arzt. Zumindest war jetzt geklärt, daß der Gipsfuß echt war. Danach suchte ich den jungen Mann auf, den ich am Leichenfundort getroffen hatte.

«Wo haben Sie Ihre Arbeitskleider? Kein Kamin mehr zu fegen?»

«Vergessen Sie den Kaminfeger. Vor Ihnen steht der Privatdetektiv Philip Maloney. Und der läßt sich nicht so schnell abspeisen wie die Polizei.»

«Ich habe Ihnen nichts zu sagen.»

«Und ob Sie das haben. Sie sind zwar ein miserabler Schauspieler, aber für ein paar Worte mit fremden Akzent reicht das allemal.»

«Was wollen Sie damit sagen?»

«Sie waren der fremdländische Akzent am Telefon.»

«Quatsch.»

«Kein Quatsch. Aber meinetwegen, machen Sie nur weiter so.»

«Ich habe nichts mit diesem Mord zu tun.»

«Das glaube ich Ihnen gerne. Wer aber hat Sie beauftragt, Frau Hotz anzurufen?»

Er setzte sich und rieb sich die Schläfen. Denken bereitete ihm offenbar Kopfschmerzen.

«Also gut. Ich habe den Auftrag von einem Mann erhalten. Er sagte, es sei ein Scherz. Eine Überraschung. Ich wunderte mich zuerst darüber. Aber der Mann bezahlte gut, und schließlich gibt es Leute mit einem etwas seltsamen Humor.»

«Wem sagen Sie das. Sie stiegen in den Bus, weil es Sie interessierte, ob an der Sache nicht doch etwas dran war.»

«Ich bin arbeitslos und langweile mich. Das war wenigstens eine Abwechslung. Als ich Sie im Bus sah, wußte ich nicht, was ich tun sollte. Mir schwante plötzlich, daß ich in eine echte Entführungsgeschichte verwickelt sein könnte.»

«Sie sind sogar in eine Mordgeschichte verwickelt. Und Sie sind in Lebensgefahr.»

«In Lebensgefahr?»

«Sie sind der einzige, der das Gesicht des Mörders kennt.»

«Daran habe ich noch gar nicht gedacht.»

Ein Schuß fiel und mit ihm Herr Brunner. Er faßte sich an den linken Arm, und ich legte mich neben ihn. Es blieb ruhig, und ich kroch zur Tür, öffnete diese und sprintete nach draußen. Im Haus gegenüber sah ich ihn. Er rannte aus der Haustüre und rempelte einen Passanten an. Ich stürzte mich auf ihn und überwältigte ihn.

«Lassen Sie mich. Ich habe eine Frau und zwei Kinder.»

«Na und? Dachten Sie, daß ich mit verheirateten Männern sanfter umspringe?»

«Hab ich ihn erwischt?»

«Beinahe. Ein zweiter Mord wäre aber ein wenig übertrieben gewesen.»

«Es blieb mir nichts anderes übrig.»

«Gehe ich recht in der Annahme, daß Sie der Bruder des von Ihnen ermordeten Herrn Hotz sind?»

«Da muß ich Ihnen leider recht geben.»

«Dann kommen Sie mal brav mit.»

«Ich plädiere auf verminderte Zurechnungsfähigkeit.»

«Wenn Sie mich fragen, sind die meisten Leute nicht ganz zurechnungsfähig.»

«Ich wußte, daß Sie mich verstehen würden.»

Er ließ sich willig in die Wohnung von Brunner führen. Dieser hatte in der Zwischenzeit die Polizei alarmiert. Danach saßen wir einträchtig in der Wohnung und tauschten Nettigkeiten aus.

«Ich ahnte doch gleich, daß an der Entführung etwas faul war», sagte Hugentobler stolz.

«Von Ihren Ahnungen können Sie sich nicht mal ein Butterbrot kaufen», sagte ich.

«Der Mann ist der Bruder des ermordeten Hotz. Und Sie, Herr Brunner, haben von ihm den Auftrag erhalten, den Entführer zu mimen.»

«Muß ich dafür ins Gefängnis?» fragte der Schauspieler.

«Darüber reden wir später», sagte der Polizistendarsteller.

«Seien Sie nicht traurig», sagte ich. «Als Schauspieler hätten Sie es sowieso zu nichts gebracht.»

«So, und jetzt machen Sie mal den Mund auf, Herr Hotz.»

Hotz schaute verwirrt um sich, öffnete den Mund und gab einen kehligen Laut von sich.

«Sie sind hier nicht beim Zahnarzt», sagte Hugentobler. «Los, gestehen Sie.»

«Ich gestehe. Es war eine Notlage. Mein Bruder wollte, daß ich ihm die Hälfte meiner Schulden zurückbezahle. Er hatte mir das Geld geliehen. Ohne Quittung oder Vertrag. Und da bekam er plötzlich Angst. Weil ich in ziemlichen Schwierigkeiten steckte.»

«Und da haben Sie ihn umgebracht.»

«Wir hatten beide getrunken. Ich war völlig verzweifelt.»

«Das wärs dann wohl», sagte ich.

«Allerdings», sagte Hugentobler. «Übrigens hat Frau Hotz einen neuen Gips gekriegt, Maloney. Dank Ihnen wird sie noch eine Weile außer Gefecht sein.»

Ich besuchte Frau Hotz einige Tage später. Nach einigen Drinks war sie mir nicht mehr böse. Ich blieb noch eine Weile bei ihr. Es war eine angenehme Zeit. Ein paar Wochen später war der Gips ab und ich weg. So geht das.

Tod im Schnee

Auf einer Parkbank entdeckte ich einen Mann, der sich mit weit geöffnetem Hemd sonnte. In einem Straßencafé plauderten Schönheiten über belanglose Dinge, und eine dicke Katze wälzte sich wohlig auf dem warmen Asphalt. Der Frühling schien sich in der Adresse geirrt zu haben, genauso wie meine neue Klientin, die mich in den Schnee bestellte. Um die Mittagszeit traf ich in dem Skigebiet oberhalb von Grünwil ein. Frau Dänikon sonnte sich neben der Piste, und verwegene Menschen in grellbunten Anzügen rasten den Hang hinunter.

«Ist es nicht herrlich? Dieser Schnee vertreibt alle trüben Gedanken. Ein Wochenende auf Skiern oder dem Snowboard ist besser als eine Packung Beruhigungstabletten, sage ich immer.»

«Mir persönlich ist hier oben alles ein bißchen zu hell. Ich habe gelesen, daß ungeübte Menschen schneeblind werden können angesichts der weißen Pracht.»

«So viel Schnee hat es auch wieder nicht. Ohne Schneekanonen würde die Landschaft grün aussehen.»

«Für Schneekanonen bin ich nicht zuständig.»

«Was für ein Kaliber tragen Sie mit sich herum?»

«Das ist mein Berufsgeheimnis. Sie sagten am Telefon etwas von einer verschwundenen Freundin.»

«So ist es. Ich habe sie dazu überredet, mit mir hierherzukommen. Und jetzt ist sie weg. Nicht mal mehr Anrufe auf dem Handy nimmt sie entgegen. Vielleicht wurde sie verschüttet?»

«Ich habe in den Nachrichten nichts von einer Lawine gehört. Haben Sie schon in den Spitälern nachgefragt? Besoffene Skiläufer brechen sich alles mögliche.»

«Ich trinke nicht auf der Piste. Und meine Freundin auch nicht. Hoppla! Da hats wieder jemanden hingelegt. Wenn die Schneedecke so dünn ist, schmerzt es besonders. Aber geschieht ihm Recht. Diese Idioten kennen ihre eigenen Grenzen nicht.»

«Und Ihre Freundin kennt ihre Grenzen?»

«Ich mache mir Sorgen. Nicht, daß ich glaube, ihr sei etwas zugestoßen. Aber sie war gestern mit einem jungen Typen zusammen, der mir nicht ganz geheuer ist. Behauptet, Unternehmersohn zu sein. Meine Freundin ist erst zwanzig und in Sachen Männer unerfahren.»

«Das heißt, ich soll den beiden nachschnüffeln? Für Mord und Totschlag verlange ich weniger. In Betten herumzuschnüffeln wird teuer.»

«Ich glaube nicht, daß es so weit gekommen ist. Auf den Pisten treiben sich zwar auch Unholde herum, aber viel mehr Hochstapler.»

«Und wo vermuten Sie die beiden?»

«Sie müssen noch hier sein. Meine Freundin hat nicht gepackt. Ich bitte Sie, ihr diskret zur Seite zu stehen und den jungen Mann wegzuscheuchen. Wenn es sein muß, darf auch ein wenig Blut fließen.»

«So etwas verrechne ich extra.»

«Ein Tausender sollte vorerst genügen. Schauen Sie sich zuerst in der Bar im Hotel Sonnendach um. Da sitzt eine Frau, von der ich glaube, daß sie mit dem Typen unter einer Decke steckt. Sie folgte ihm überallhin, tat aber so, als wäre sie ganz zufällig in seiner Nähe.»

Sie überreichte mir einen Umschlag, in dem, außer dem Geld, zwei Fotos steckten. Sie zeigten eine fröhlich lächelnde Frau, der man die zwanzig Jahre, die sie bereits gelebt hatte, nicht ansah. Frau Dänikon hatte es plötzlich eilig und hielt Ausschau nach einem Bügel, mit dem sie sich nach oben befördern lassen konnte. Ich ging weiter nach unten, stapfte durch Schnee und durch feuchtes Erdreich, suchte und fand eine Bar.

«Um diese Zeit ist es hier richtig gemütlich», sagte die bleiche Frau, die lustlos an einem Mineralwasser nippte. «Sie sehen nicht so aus, als würden Sie sich gerne auf Skipisten vergnügen. Unter uns gesagt, bin ich auch eher für das Après-Ski geboren. Aber die Arbeit läßt einem nicht viel Zeit dazu.»

«Sie arbeiten hier? Sind Sie etwa Bartesterin? Wenn ja, für welche Zeitschrift testen Sie, und wo kann ich mich als Tester bewerben? Ich kann spielend vierzig Whiskysorten voneinander unterscheiden.»

«Das ist bemerkenswert. Das könnte ich nie.»

«Ist ganz einfach. Sie müssen nur aufs Etikett schauen.»

«Ich bin für Longdrinks geboren.»

«Und weshalb nippen Sie dann an einem trüben Wässerchen?»

«Weil ich arbeite, und da will ich nüchtern bleiben. Ich bin nämlich Privatdetektivin.»

«Auch das noch.»

«Ich weiß. Wir haben nicht den besten Ruf. Das liegt an den männlichen Kollegen. Die sind alle ein wenig beschränkt. Wenn es zum Polizisten nicht reicht, wird man eben Detektiv.»

«Was Sie nicht sagen. Was für ein Auftrag führt Sie an diese trostlose Bar hier?»

«Das muß unter uns bleiben.»

«Ist mir lieber als über uns.»

«Ich beschatte einen Unternehmersohn. Leider habe ich ihn hier in der Bar aus den Augen verloren.»

«So groß scheint die Bar nicht zu sein.»

«Ich mußte mal. Und als ich zurückkam, war er weg.»

«Und weshalb folgen Sie ihm nicht?»

«Er hatte sein Snowboard dabei. Ich fahre nicht Ski, es wäre sinnlos, ihm auf der Piste zu folgen. Und Sie? Sie fahren auch nicht Ski, oder? Vielleicht sind Sie auch Detektiv?»

«Ich bin von der Vogelwarte Sempach und studiere das Balzverhalten der Schneemöwen.»

«Schneemöwen? Habe ich hier noch nie gesehen.»

«Die sind in ihrem Balzverhalten noch diskreter als Unternehmersöhne.»

«So muß es wohl sein. Jetzt bestelle ich mir aber trotzdem einen Gin. Und Sie? Möchten Sie auch etwas?»

Ich wollte, doch ich durfte nicht. Die Detektivin war mir nicht ganz geheuer, und meine Klientin erwartete Resultate. Deshalb verließ ich die Bar wehmütig und marschierte wieder den Hang hinauf auf Tiefschneehöhe. Ich traf auf den Pistenchef, der bemüht war, der widerspenstigen Natur mit einer Schneekanone etwas nachzuhelfen.

«Es ist deprimierend. Januar, und weiter unten alles grün. Als ich hier anfing, gab es jeden Winter Schnee bis ins Dorf, vom Dezember bis Februar, mindestens. Und jetzt muß man froh sein, wenn wenigstens die oberen Pistenbereiche eine dünne Schneedecke haben. Wer auch immer an diesem Klima schuld ist, es kann kein Schweizer sein.»

«Petrus ist vermutlich an einer Überdosis CO_2 gestorben. Und Frau Holle hat sich einen neuen Job gesucht.»

«Sie sagen es. Die Einheimischen beten zwar täglich, aber selbst das hilft nichts mehr. Der Glaube mag Berge versetzen, aber er vermag sie nicht mehr weiß zu machen.»

«Dank Ihrer Kanone hat es dennoch viele Leute auf der Piste.»

«Es ist nicht mehr wie früher. Jetzt kommen fast nur noch Rowdys an den Wochenenden. Sie betrinken sich und laufen um die Wette. Wahrscheinlich werden auch Drogen genommen. Anders kann ich mir nicht erklären, weshalb die jungen Leute so rücksichtslos sind. Mir ist ein betrunkenes Liebespaar aufgefallen, die haben geknutscht und sind ausfällig geworden, als ich ihnen sagte, daß sie die sichere Piste nicht verlassen sollten. Jetzt liegt die Frau da drüben im Schnee. Schon seit einer Stunde, besoffen wie sie ist. Ich lasse sie liegen, soll sie doch selber schauen, wer sie wieder auftaut.»

Ich zeigte dem Mann eines der Fotos, welche die junge Freundin meiner Klientin zeigten. Der Mann holte eine Lesebrille hervor und schaute sich das Bild an. Er nickte und sagte, daß das die besoffene Frau sei, die im Schnee liege. Ich steckte ihm fünfzig Franken zu, und er führte mich zur fraglichen Stelle.

«Normalerweise bin ich nicht so. Aber diese jungen Leute können einem ganz schön auf die Nerven gehen.»

«Und wenn die Frau in der Zwischenzeit erfroren ist?»

«So schnell erfriert man nicht. Etwas unterkühlt wird sie sein, aber unterkühlte Frauen haben auch etwas für sich, finden Sie nicht? Da vorne, da liegt sie.»

«Verständigen Sie schon mal die Rettungsflugwacht.»

«Das ist nicht nötig. Ein Schlitten genügt. Und eine Ausnüchterungszelle.»

«Ich glaube nicht, daß die Frau betrunken ist.»

«Oje, ist das Blut? Sieht aus wie eine Blutspur, die bis zu der Frau führt. Das ist mir vorhin nicht aufgefallen.»

«Vermutlich lebte sie noch ein paar Minuten.»

«Das konnte ich wirklich nicht ahnen. Ich bleibe jetzt hier stehen, mir wird gleich schlecht. Gehen Sie zu der Frau, ich verständige die Sanität.»

Die Frau, nach der ich suchen sollte, lag tot im Schnee. Das Blut war aus einer Wunde unterhalb ihrer rechten Brust geflossen. Das Loch in ihrem Anzug und die versengten Stoffasern deuteten darauf hin, daß die Frau aus unmittelbarer Nähe erschossen worden war.

Obwohl noch immer nicht sehr viel Schnee lag, fuhren mehrere Schneemobile durch die Gegend. Eines hielt unmittelbar vor mir. Ich machte mich darauf gefaßt, den Kommandanten der Polizei Grünwil kennenzulernen, statt dessen begrüßte mich ein vertrautes Gesicht.

«Na, Maloney, sind Sie auf der Suche nach dem Yeti, oder denken Sie in freier Natur darüber nach, wie man im Schweizer Fernsehen bei einem Spiel absahnen kann? Ich persönlich finde es eine Frechheit, daß man mit dem Beantworten von dummen Fragen so viel Geld verdienen kann, während man bei Kreuzworträtseln immer nur bescheidene Preise gewinnt. Ich habe einen Skipaß gewonnen, dazu zwei Snowboardlektionen. Ich hoffe allerdings sehr, daß nicht Sie mein Instruktor sind, Maloney.»

«Und ich dachte schon, man hätte Sie zum Dorfpolizisten degradiert. Für den Mord an der jungen Frau sollte die Polizei von Grünwil zuständig sein.»

«Die liegen alle mit Fieber im Bett. Deshalb habe ich hier das Kommando übernommen. Ist das Ihre Klientin, Maloney? Oder haben Sie die Dame bei einer Tombola gewonnen?»

Er zeigte auf Frau Dänikon, die mit offenem Mund dastand.

«Ich bin entsetzt über diese Geschmacklosigkeit. Meine einzige echte Freundin ist tot. Ich konnte ihr alles anvertrauen. Wenn ich jetzt auch noch sterbe, bleibt nichts von mir übrig. Niemand weiß mehr, was wirklich in mir vorgeht.»

«Vorläufig sind Sie noch am Leben», sagte Hugentobler. «Und wenn Sie sich einen neuen Detektiv suchen, besteht sogar die Chance, daß Sie auch in zwanzig Jahren noch leben.»

«Frau Dänikon hat mich beauftragt, nach ihrer Freundin zu suchen. Das habe ich auch getan. Jetzt könnten Sie nach dem Mörder suchen. Und ich kann endlich wieder zurück in die Stadt, um mich aufzuwärmen.»

«Ich weiß, wer es getan hat», sagte meine Klientin. «Das war dieser Unternehmersohn. Von wegen. Wahrscheinlich ein Schwindler, ein Dieb, ein Vergewaltiger.»

«Soweit wir dies beurteilen können, wurde die Tote nicht vergewaltigt. Sie hat aber eine Menge Alkohol im Blut.»

«Was schauen Sie mich an? Mein Blut ist rein», sagte ich.

«Ich erwarte, daß Sie mit der Polizei zusammenarbeiten», sagte meine Klientin. «Vier Augen sehen mehr als zwei.»

«Das mag schon stimmen, aber zu den vier Augen gehört nur ein brauchbares Gehirn. Das erschwert das Sehen ungemein.»

«Ich habe letzte Woche auf dem Polizeicomputer einen Intelligenztest mit Bravour bestanden. Das Programm wurde zwar für Kinder im Vorschulalter entwickelt, aber die sind heute auch schon viel weiter als noch vor zwanzig Jahren.»

«Wenn Sie so weitermachen, ist der Täter über alle Berge, und wir frieren hier fest.»

Frau Dänikon drehte sich um und stampfte weg. Der Polizist zeigte mir stolz den Skipaß, den er gewonnen hatte sowie seine wuchtigen

Schneeschuhe. Ich lächelte und ging zurück zum Hotel. In der Bar traf ich wie erwartet auf meine seltsame Berufskollegin.

«Ein Mord? Das ist geradezu unheimlich, finden Sie nicht? In der Stadt ist man das gewohnt, aber hier draußen? Sind Sie sicher, daß die Frau ermordet wurde? Vielleicht ist sie nur in einen Baum gefahren?»

«Sie wurde erschossen. Als Privatdetektivin müßte Sie das anspornen.»

«Tut es auch. Ich habe den Unternehmersohn wiedergefunden. Er hat sich an eine ältere Frau herangemacht. Harmlos vermutlich. Ist nur auf ihr Geld aus.»

«Wer ist eigentlich Ihr Auftraggeber?»

«Über so etwas rede ich normalerweise nicht. Aber weil Sie es sind, will ich eine Ausnahme machen. Ich bin sozusagen in eigener Mission unterwegs. Meine Schwester hat sich unsterblich in diesen jungen Kerl verliebt. Ich möchte Beweise dafür sammeln, daß der Mann nichts taugt. Das bin ich meiner Schwester schuldig.»

«Und wie heißt der Kerl? Ein Mann, der sich als Unternehmersohn vorstellte, wurde nämlich zusammen mit der Toten gesehen.»

«Tatsächlich? Aber das muß nichts heißen. Söhne hat es eine ganze Menge auf den Skipisten. Viele dieser gutaussehenden Männer sind von Beruf Sohn. Und viele der jungen Frauen möchten gerne Hausfrau werden. Ich finde das abstoßend. Da, sehen Sie die Frau da drüben? Alles an ihr glänzt. Hat sich vermutlich bereits mehrmals liften lassen. Mein Unternehmersohn macht ihr schöne Augen. Oje, diese Ohrringe. Weshalb müssen reiche Frauen immer so geschmacklos sein?»

Sie wandte sich angewidert ab. Ich nutzte die Gelegenheit, mir einen Whisky zu genehmigen. Die reiche Dame behielt ich im Auge. Sie bestellte sich einen Cognac. Ich setzte mich lächelnd zu ihr.

«Falls Sie mich zum Tanz auffordern möchten, mache ich Sie darauf aufmerksam, daß ich nicht tanze und auch keine Musik spielt.»

«Ich wollte mich bloß ein wenig unterhalten.»

«Tun Sie das, aber lassen Sie mich in Ruhe. Sie sind nicht das, was ich mir unter einer angenehmen Konversation vorstelle.»

«Ich habe gehört, daß Sie mehr auf junges Fleisch stehen.»

«Es ist mir ausgesprochen egal, was über mich geredet wird.»

«Der junge Mann ist nur auf Ihr Geld aus. Ich nicht.»

«Und worauf sind Sie aus? Körperliche Versuchungen verbiete ich mir. Sie haben mich auch in jüngeren Jahren nicht glücklich gemacht.»

«Und weshalb lassen Sie sich von einem jungen Mann den Hof machen?»

«Meine Freundinnen werden vor Neid erblassen. Marco ist wunderschön.»

«Und wo ist Marco jetzt? Ich würde mich gerne mit ihm unterhalten.»

«Das sei Ihnen unbenommen. Er ist auf dem Eisfeld. Sie können ihn nicht übersehen. Schön wie er ist.»

Auf dem Eisfeld tummelten sich eine ganze Menge schöner Menschen. Der schönste Mann war groß, schlank und dunkelhaarig. Ich versuchte, ihn mit Handzeichen an die Bande zu locken. Doch erst, als ich seinen Vornamen rief, fuhr er auf mich zu.

«Die Polizei hat mich nicht vernommen. Weshalb sollte sie?»

«Weil die junge Frau, mit der Sie heute Mittag zusammen waren, ermordet worden ist.»

«Ermordet? Das kann ich nicht glauben. Wer hat das getan?»

«Wer, wenn nicht Sie, müßte die Frage lauten.»

«Ich? Die Frau war noch ein Kind, ein Teenager, auch wenn sie sagte, daß sie zwanzig ist. Die machte mir Augen wie eine 14jährige. Ich wollte nichts von ihr, sie aber wollte alles von mir. Gut, ich habe ein wenig mit ihr geknutscht, aber dann war Schluß. Ich habe sie stehen lassen.»

«Weil bereits eine ältere vermögende Frau auf Sie wartete. Da war die junge im Weg.»

«Das ist Unsinn. Ich mache das nur, weil ich glaube, daß mein Vater mich überwachen läßt. Ich möchte ein eigenes Geschäft aufbauen, aber mein Vater gibt mir kein Geld. Er soll ruhig erfahren, daß ich sehr weit gehe, um zu Geld zu kommen.»

«So weit, daß Blutspuren im Schnee zurückbleiben?»

«Damit habe ich nichts zu tun. Ich bin Mitglied vom WWF, und ich habe ein Patenkind in Venezuela. Mord habe ich nicht nötig. Wer so gut aussieht wie ich, dem öffnen sich früher oder später alle Türen.»

«Auch die mit dem großen Sicherheitsschloss?»

«Was soll diese Bemerkung? Worauf wollen Sie hinaus?»

Ich zeigte auf den Mann in den riesigen Schneeschuhen, der durch den Schnee watete wie ein kleiner Elefant. Er wurde ab und zu vom Pistenchef gestützt, der mich verlegen angrinste, als wir uns gegenüber standen.

«Das ist der Mann, zweifellos», sagte der Pistenchef und zeigte abwechselnd auf Marco und mich.

«Gratuliere, Sie haben mich wieder erkannt. Dafür erhalten Sie den Grünwiler Skipaß in Rosa.»

«Sie reden, wenn Sie dazu aufgefordert werden, Maloney. Dieser junge Mann war mit der Toten zusammen, als sie noch lebte?»

«Da bin ich mir sicher», sagte der Pistenchef. «Er hat mit ihr geschmust. Und er hat mich einen Spanner genannt.»

«Ich bestreite nicht, mit der Frau geschmust zu haben», sagte Marco selbstbewußt. «Danach aber ging ich weg. Das müssen Sie gesehen haben.»

«Ich habe nichts gesehen», sagte der Pistenchef.

«Und vermutlich auch nichts gehört», sagte ich.

«So ist es. Der Lärm der Schneekanonen, Sie verstehen?»

«Im Namen der Lauberhornabfahrt, Sie sind verhaftet», sagte Hugentobler.

«Aber ich habe nichts getan. Ich bin ein Herzensbrecher, aber doch nicht im wörtlichen Sinn.»

«In welchem Sinn auch immer. Leider habe ich meine Handschellen nicht dabei. Aber eine Schneekette. Oder möchten Sie mir widerstandslos folgen?»

«Dann darf ich jetzt wieder zu meinen Schneekanonen zurück?» fragte der Pistenchef. Ich verfolgte kopfschüttelnd das Schauspiel der Verhaftung. Der junge Mann versuchte über das Eisfeld zu entkommen. Der Pistenchef mußte den Polizisten mehrmals stützen, da dieser auszurutschen drohte. Plötzlich löste sich ein Schuß, und auf dem Eisfeld erstarrten alle. Jemand hielt sich an meiner Jacke fest und zog mich aufs Eis. Ich tat, was ich in solchen Situationen immer tue: ich blieb noch eine Weile liegen.

Während sich die Polizei darüber freute, einen Verdächtigen befragen zu dürfen, freute ich mich darüber, ungestört weiterermitteln zu können. Für meine Klientin schien der Fall ebenfalls erledigt, sie weigerte sich, mein Honorar aufzubessern. Deshalb war es an der Zeit, eine wohlhabende Dame zu besuchen.

«Normalerweise empfange ich keine Besucher in meiner Hotelsuite, aber weil es um einen Mord geht, mache ich eine Ausnahme. Fassen Sie sich kurz, ich habe mir den Knöchel verstaucht, ich benötige Ruhe.»

«Wie viele Zimmer hat diese bescheidene Bleibe?»

«Genug, um sich darin schrecklich zu langweilen.»

«Glauben Sie, daß Marco Sturm ein Mörder ist?»

«Marco ist ein harmloser junger Mann. Mir jedenfalls ist er zu harmlos. Ich bin nicht reich geworden, weil ich einen reichen Mann geheiratet habe, ich habe mir meinen Reichtum selber verdient. Ein Mann wie Marco wird es nie zu etwas bringen, auch nicht zu einem Mord, was ja immerhin etwas Außergewöhnliches ist.»

«Sie könnten mich engagieren, damit ich Marco Sturm aus der Untersuchungshaft hole, indem ich den wahren Täter verhafte.»

«Das könnte ich. Aber ehrlich gesagt, ist mir Marco egal. Es gibt genug junge Männer, die für Geld Zuneigung heucheln. Wenn ich Sie engagiere, dann nur deshalb, weil ich neugierig bin.»

«Mit Tausend pro Tag sind Sie dabei.»

«Ich habe mir sagen lassen, daß Ihr Tarif normalerweise halb so hoch ist.»

«In der Höhenluft verlange ich eine Gefahrenzulage. Sie sehen ja selbst, was einem im Schnee alles passieren kann.»

«Also gut. Tausend. Ich nehme an, daß sich der Fall in einem Tag lösen läßt.»

«Das hängt unter anderem von Ihnen ab. Was hat Ihnen Marco über die Tote erzählt?»

«Sie hat sich Hals über Kopf in ihn verliebt. Ihm war das peinlich, er wollte sie loswerden. Sie verstehen schon, wie ich das meine. Aber da war noch etwas. Marco fühlte sich beobachtet, und ich glaube, er wußte auch von wem. Er erzählte mir von einer anderen Frau, die seit Monaten hinter ihm her ist.»

«Eine Privatdetektivin?»

«Das kann schon sein. Sicherlich eine, die für weniger Honorar weniger Fragen stellt. Ich bitte Sie jetzt zu gehen. Ich erwarte einen stündlichen Zwischenbericht. Haben Sie ein Handy dabei?»

Ich zeigte ihr mein Modell, das sie abschätzig musterte. Es war etwas größer und schwerer als die bunten Dinger, die man für teures Geld kaufen kann. Dafür war es robuster. Ein netter Hotelportier verriet mir den Namen meiner Berufskollegin, und mein Handy verriet mir ihre Wohnadresse. Ihr Büro befand sich in der Stadt, was ich erleichtert zur Kenntnis nahm. Als ich dort ankam, empfing mich ein gestreßter Mann.

«Frau Celio ist meine Büropartnerin. Wir waren ein sehr erfolgreiches Team, doch seit ein paar Monaten kümmert sie sich nicht mehr um unsere gemeinsamen Mandate.»

«Weil sie sich Sorgen um ihre Schwester macht.»

«Ich habe keine Schwester. Ich bin Einzelkind, deshalb fällt es mir schwer, mich fest zu binden.»

«Ich meinte, daß Frau Celio sich Sorgen um ihre eigene Schwester macht.»

«Frau Celio hat keine Schwester. Sie ist ebenfalls ein Einzelkind. Einzelkindern fällt es schwer, feste Beziehungen einzugehen. Ich habe Frau Celio bereits vor zwei Jahren einen Heiratsantrag gemacht, doch sie lehnte ab. Vor einem Jahr trug ich ihr an, daß wir uns künftig duzen könnten, doch auch das lehnte sie ab. Leider hat sich Frau Celio unglücklich verliebt.»

«Das klingt interessant. Doch nicht etwa in einen jungen Sonnyboy, der gerne in teuren Hotels absteigt?»

«Sie kennen ihn? Es ist traurig, mitansehen zu müssen, wie diese Frau einer Illusion nachrennt. Seit Monaten reist sie ihm nach, all ihre Ersparnisse und all die Reserven, die wir gemeinsam für unsere Firma erarbeiteten, sind bereits weg. Wo soll das nur enden?»

Mit meinen neuen Erkenntnissen im Gepäck suchte ich das Polizeipräsidium auf. Dort war man gerade damit beschäftigt, Marco Sturm einem Verhör zu unterziehen.

«Stellen Sie diese Maschine ab. Das ist unerträglich.»

«Mir gefällt es», sagte Hugentobler, der Watte in den Ohren trug. «Das klingt wie Musik in meinen Ohren. Einer unserer Beamten baut in seiner Freizeit kleine unnütze Maschinen. Sie machen alle Lärm. Jean Tinguely hätte seine Freude an diesem Beamten gehabt. Und ich hätte meine Freude an Ihnen, wenn Sie endlich den Mord gestehen würden.»

«Ich habe niemanden ermordet.»

«Vielleicht sollte ich noch eine zweite Maschine installieren. Eine, die wie der Bohrer beim Zahnarzt klingt. Was meinen Sie dazu, Maloney?»

«Er sagt die Wahrheit. Er ist nicht der Mörder, er ist das Motiv.»

«Das Motiv? Das verstehe ich nicht. Also noch einmal von vorne. Wer hat die junge Frau ermordet, wenn nicht Sie?»

«Der Fußballer Moldovan.»

«Und was für ein Motiv soll dieser Fußballer gehabt haben?»

«Das ist mir rausgeruscht. Ich hatte kein Motiv. Wieso glaubt mir niemand? Die Frauen laufen mir nach, die wollen alle immer nur das eine. Ich möchte gute Gespräche führen.»

«Da sind Sie hier am falschen Ort», sagte ich. «Ich schlage vor, wir klären die Polizei ein wenig auf. Frau Celio, zu meinem Bedauern eine Berufskollegin von mir, ist seit Monaten hinter Herrn Sturm her. Vermutlich hat sie beobachtet, wie Sie die junge Frau geküßt haben.»

«Frau Celio?» fragte Marco Sturm verwundert. «Ist das die Verrückte, die ständig in meiner Nähe auftaucht? Sie hat mich noch nie angesprochen. Hat sie etwas mit dem Mord zu tun?»

«Jetzt reicht es aber. Ich finde es unverschämt, mir kurz vor Feierabend eine neue Verdächtige zu präsentieren. Hätte das nicht Zeit gehabt bis morgen früh, Maloney?»

Er ließ Sturm abführen, packte die Höllenmaschine in eine Kiste und wartete andächtig vor der großen Wanduhr, deren Zeiger langsam nach oben marschierte. Als der Zeiger die Klimax erreicht hatte, schwärmten wie auf Knopfdruck Dutzende von Menschen aus ihren Büros. Hugentobler klaubte mürrisch ein paar Münzen aus seinem Portemonnaie und fütterte damit den Kaffeeautomaten.

«Die Frage, die uns jetzt beschäftigen muß, Maloney, ist: Wo hält sich die verdächtige Person versteckt, falls sie sich versteckt. Ich persönlich finde ja, daß wir ruhig noch etwas warten könnten. Es ist erwiesen, daß die Verhaftungserfolge am Vormittag größer sind als am Vorabend.»

«Nicht, wenn die Verdächtige in unmittelbarer Nähe des Polizeipräsidiums auf der Lauer liegt.»

«Wieso sollte diese Frau Celio vor dem Polizeipräsidium auf der Lauer liegen?»

«Sie ist dem Mann ihrer Träume überallhin gefolgt.»

«Das klingt einleuchtend. Allerdings nicht ganz, Maloney. Weshalb hat sich Frau Celio nicht freiwillig gestellt, um ebenfalls verhaftet zu werden?»

«Weil dann der Mann, den sie liebt, wieder freigekommen wäre. Sie befindet sich also in einem echten Dilemma. Ich vermute, daß sie sich jetzt gerade Gedanken darüber macht, wie sie Marco Sturm aus diesem Gebäude befreien könnte.»

«Dann wird es aber höchste Zeit einzugreifen, Maloney. Ich werde mir eine schußsichere Weste überziehen. Sie könnten sich in der Zwischenzeit als Zielscheibe vor das Polizeipräsidium stellen. Ich werde dafür sorgen, daß Ihre Verdienste an Ihrer Beerdigung gewürdigt werden.»

Ich ging zum Fenster und schaute mich um. Genau gegenüber

dem Polizeipräsidium befand sich eine kleine Pension. Hugentobler erschien mit einer Weste, die ihm viel zu groß war. Gemeinsam besuchten wir Frau Celio, die in einem der kleinen Zimmer saß und einen bemitleidenswerten Anblick bot.

«Kommen Sie mir nicht zu nahe, sonst hauche ich Sie an, und Sie sterben an einer Alkoholvergiftung.»

«Im Namen aller Überstunden kompensierenden Beamten, Sie sind verhaftet.»

«Schon gut, ich wehre mich nicht.»

«Sie haben die junge Frau aus Eifersucht getötet?» fragte Hugentobler.

«Er hat immer mit anderen Frauen rumgemacht, aber diesmal sah es ernst aus. Die war jung und machte ihm riesige Augen. Ich dachte, jetzt verlierst du ihn.»

«Das können Sie uns alles morgen früh erzählen, wenn Sie wieder nüchtern sind.»

«Es war unerträglich. Ich hatte es getan, um ihn nicht zu verlieren, doch ich wußte, daß ich ihn damit endgültig verlor. Aber vielleicht kann ich so wieder zu mir finden.»

«Vorerst finden Sie zu mir», sagte Hugentobler und zeigte ihr die Handschellen.

«Sie wollen die Frau in den Freitod treiben?» fragte ich.

«Sie sind verhaftet. Eine Einzelzelle ist Ihnen gewiss. Ich werde jetzt meine Frau anrufen und fragen, ob sie die Rösti für mich aufwärmen kann. Auf Sie wartet wieder nur eine Flasche, Maloney. Es gibt eben doch eine Gerechtigkeit auf Erden.»

Die Flasche wartete lange, weil mich unterwegs eine ratlose Frau nach dem kürzesten Weg zum Bahnhof fragte. Ich zeigte ihn ihr, doch nachdem wir uns ein wenig unterhalten hatten, wählte sie den längeren Weg und der führte unter meinem Schreibtisch durch. So geht das.

Der Knall

Es gibt Leute, die Spaß daran haben, den ganzen Tag Journalisten zu beobachten, die andere Journalisten befragen, um danach alles gesagte mit einem weiteren Journalisten zu analysieren. Ich mag das nicht sonderlich. Es gibt Zeitungen, die eignen sich wenigstens zum Schuheputzen, aber was macht man mit all den Radio- und Fernsehstationen? Während ich mir das durch den Kopf gehen ließ, betrat eine Frau mein Büro. Sie trug einen teuren Ledermantel, hieß Wolke und machte mit ihren Füßen ganz kleine Schritte, so als würde sie blind auf einen Abgrund zugehen.

«Ich brauche Ihre Hilfe.»

«Schon möglich. Kann Sie aber teuer zu stehen kommen.»

«Das macht nichts. Geld ist nichts im Vergleich zu einem Menschenleben.»

«Sagen Sie das mal den Politikern und Waffenschmieden.»

«Genau darum geht es.»

«Was denn? Soll ich mich etwa in die Weltpolitik einmischen? Oder wollen Sie mich für eine Friedensdemonstration engagieren?»

«Weder noch. Es geht um eine Waffe. Und diese Waffe befindet sich in den Händen meines Mannes.»

«Ach, so ist das. Sie fürchten um Ihr eigenes Leben?»

«Nein. Ich fürchte um das Leben eines Unbekannten. Mein Mann will ganz offensichtlich jemanden erschießen.»

«Und wie kommen Sie darauf? Vielleicht braucht er die Waffe nur, um seinem Ego zu imponieren.»

«Ich habe ihn beobachtet. Einmal saß er auf der Toilette und sprach mit sich selbst. Er sagte: *Ich werde ihn umbringen.*»

«Vielleicht hat er das nicht so wörtlich gemeint. Manche Menschen sagen alles mögliche, wenn sie Verstopfung haben.»

«Ich bin ganz sicher. Mein Mann will jemanden umbringen.»

«Und ich soll das verhindern?»

«Genau.»

Sie sah mich trotzig und entschlossen an. So etwas war mir noch nie über den Weg gelaufen. Und unsereins hat schon allerlei erlebt. Ich drehte mich ein wenig zur Seite und schaute aus dem Fenster. Draußen sah es auch nicht viel besser aus als in meinem Büro. Frau Wolke wurde etwas ungeduldig.

«Was ist? Nehmen Sie den Fall an?»

«Mir bleibt wohl nichts anderes übrig. Die Wirtschaftsbosse reden die ganze Zeit von einer Rezession. Und Kurzarbeit gibt es für unsereinen nicht.»

«Ich möchte, daß mein Mann nichts davon erfährt.»

«Wird nicht einfach sein. Wie steht es denn eigentlich um Ihr Eheleben?»

«Was hat denn das damit zu tun?»

«Lesen Sie keine Statistiken? Interessante Lektüre. Aus dem Statistischen Jahrbuch können Sie alle wichtigen Motive für einen Mord entnehmen. Einer der wichtigsten ist Eifersucht.»

«Schon möglich. Ich wüßte allerdings nicht, worauf mein Mann eifersüchtig sein sollte.»

«Na meinetwegen, keine Eifersucht. Motiv Nummer zwei wäre Geld.»

«Das ist ein gutes Motiv. Aber mein Mann hat genug Geld.»

«Genug ist nicht genug, hat das nicht mal einer dieser Protestsänger gesungen, ehe er damit reich wurde?»

Sie stand auf und überreichte mir eine hübsch bedruckte Karte.

«Unsere Adresse. Und die Geschäftsadresse meines Mannes. Seien Sie vorsichtig. Ich glaube, mein Mann ist so geladen wie die Pistole, die er mit sich herumträgt.»

Frau Wolke gab mir eine Karte und verzog sich. Ich dachte wieder ein wenig an all die Journalisten und daß es noch immer kein wirksames Heilmittel dagegen gab. Dann machte ich mich auf die Suche nach der männlichen Wolke. Er war der Besitzer eines Elektronik-Discount-Geschäftes.

«Tag. Sie wünschen.»

«Ich suche etwas, mit dem ich mich abreagieren kann.»

«Das verstehe ich nicht.»

«Ist es Ihnen noch nie so ergangen, daß Sie am liebsten jemanden umgebracht hätten?»

«Möchten Sie einen Taschenrechner?»

«Nochmals von vorn. Haben Sie noch nie den Wunsch verspürt, jemanden umzubringen?»

«Bei den Taschenrechnern habe ich gerade welche im Sonderangebot.»

«Sind Sie taub auf beiden Ohren, inklusive den paar Gehirnzellen, die sich dazwischen verirrt haben und sich einsam fühlen?»

«Schon seltsam. Ich dachte mir, daß meine Frau wenigstens einen richtigen Detektiv engagiert, und jetzt sind Sie hier. Sie sind doch von meiner Frau beauftragt, oder?»

«Wenn Sie mich so direkt fragen, bleibt mir wohl nichts anderes übrig, als die Karten auf den Tisch zu legen. Ich habe vier Damen, und Sie?»

«Ich passe. Wieviel muß ich Ihnen bezahlen, damit Sie mich in Ruhe lassen?»

«Machen Sie einen Vorschlag.»

«Meine Frau glaubt, daß ich jemanden umbringen will. Dazu hat sie auch allen Grund.»

«Also doch Eifersucht.»

«Nennen Sie es, wie Sie wollen. Aber ich kann leider nicht damit dienen. Ich habe nicht vor, ihren Liebhaber zu töten.»

Er lächelte. Ein letztes, etwas gequältes Lächeln. Als der Schuß fiel, erstarb sein Lächeln, Glas splitterte, und Herr Wolke fiel tot um. Die Kugel drang durch das Schaufenster des Ladengeschäftes und traf ihn auf Brusthöhe. Ich drehte mich um, konnte aber niemanden sehen. Herr Wolke gab keinen Laut mehr von sich. Ich tat, was ich in solchen Situationen immer tue: kühlen Kopf bewahren.

Wie so oft im Leben war die Polizei erst dann zur Stelle, als schon alles vorbei war.

«Na, Maloney, hat der Mann Ihnen irgendwelchen Schrott verkauft, oder waren Sie ganz zufällig hier?»

«Was kann ich dafür, daß man in dieser Stadt nirgends mehr sicher ist?»

«Ziemlich guter Schütze. Er hätte auch Sie treffen können. Vielleicht wollte er sogar Sie treffen, Maloney. Was meinen Sie zu dieser These?»

«Die ist etwa gleich gut geraten wie die Prothese, die Sie auf dem Hals tragen.»

«Hat im übrigen zwei Zeugen gegeben. Ich nehme an, daß Sie die Befragung interessieren wird?»

Er zeigte nach hinten in das Ladenlokal. Da standen ein junger Mann und eine Frau, die so aussahen, als hätten sie im Kino keinen freien Platz mehr erwischt. Der Polizist winkte den jungen Mann zu uns herüber. Er gehorchte artig.

«Es war ein Mann.»

«Sind Sie da ganz sicher?» fragte Hugentobler streng.

«Ja, das heißt, sehen Sie, es ging alles so schnell.»

«Erzählen Sie mal der Reihe nach.»

«Ich spazierte auf dem Trottoir, da hörte ich plötzlich einen Knall und Glas zersplittern, und da sah ich, wie diese Gestalt wegrannte.»

«Eine Gestalt? Vorhin sagten Sie, daß es ein Mann gewesen sei. Was denn nun? Mann oder Gestalt?»

«Um Himmels willen, Sie können doch nicht versuchen, mich festzunageln. Ich bin Zeuge und kein Bilderrahmen.»

«Das kennen wir. Zuerst war es ein Mann, dann eine Gestalt, und am Schluß wissen Sie nicht mal mehr, ob es vielleicht ein Hund gewesen sei.»

«Da bin ich mir aber ganz sicher. Hunde haben keine Glatze.»

«Die Gestalt hatte also eine Glatze?»

«So etwas Ähnliches zumindest.»

Hugentobler machte sich Notizen. Die Befragung der Frau war auch nicht ergiebiger.

«Ja, die beiden sprangen auf ein Motorrad und fuhren weg.»

«Und wer von den beiden hatte geschossen?»

«Das weiß ich nicht. Der eine war etwas kleiner als der andere, dafür war er auch etwas schlanker.»

«Hatte einer der beiden eine Glatze?»

«Das weiß ich nicht. Aber der eine hinkte ein wenig. Jetzt fällt mir ein, daß der zweite Mann aus einer anderen Richtung kam, und er sprang auf ein Motorrad, auf dem ein anderer saß. Aber der, der hinkte, ging alleine weg.»

«Sehr aufschlußreich. Melden Sie sich morgen früh auf dem Präsidium, und dann nehmen wir alles zu Protokoll.»

«Komm ich dann in die Zeitung?»

«Nur, wenn Sie der Presse denselben Unsinn erzählen wie mir.»

Die Frau schaute ihn empört an. Ich lächelte und ging. Es war höchste Zeit, sich um meine Klientin zu kümmern. Frau Wolke war trotz des Gewitters, das über ihrem Leben ausgebrochen war, alles andere als ein Wolkenbruch.

«Ich will Ihnen nichts vormachen. Meine Trauer hält sich in Grenzen.»

«Das habe ich mir beinahe gedacht. Sie hatten wahrscheinlich in erster Linie Angst um Ihren Liebhaber?»

«Ja, ich hatte Angst, daß mein Mann etwas herausgefunden hat.»

«Das hat er auch. Soll ich seine letzten Worte zitieren? Sie werden zwar nicht in die Geschichte eingehen, aber vielleicht als kleine Anekdote ins Familienalbum?»

«Danke. Das muß nicht sein.»

«Wie heißt Ihr Geliebter?»

«Muß ich das sagen?»

«Entweder mir oder der Polizei.»

«Das verstehe ich nicht.»

«Wenn ein Ehemann gewaltsam umkommt, wirft selbst die Polizei ein Auge auf den Geliebten der Frau, und wenn es nur ein Glasauge ist.»

«Stefan, ein Mörder?»

Sie schüttelte langsam den Kopf, ehe sie sich setzte. Daß ihr Geliebter ein Mörder sein könnte, beunruhigte sie mehr als der Tod ihres Mannes. Da soll mal einer schlau werden aus dem, was die Dichter Liebe nennen.

«Stefan würde so etwas nie tun.»

«Schon möglich. Dennoch würde ich gerne mal mit Ihrem lieben Stefan ein paar Worte wechseln. Es müssen ja nicht gleich die letzten sein.»

«Unter einer Bedingung: Ich möchte zuerst mit ihm sprechen.»

«Meinetwegen.»

«Um diese Zeit ist er im Geschäft. Er hat zusammen mit einem Freund eine Computerfirma gegründet.»

«Na, dann nichts wie hin zu den Bits und Megabytes.»

«Ich möchte mich zuerst ein wenig frisch machen.»

Ich machte es mir auf dem Sofa bequem. Eine halbe Stunde später stand Frau Wolke frisch und munter im Wohnzimmer. Wir fuhren mit ihrem Wagen. Vor dem Geschäft ihres Stefans trafen wir auf einen vielbeschäftigten Mann.

«Sie schon wieder, Maloney?»

«Ei, ei, ei, die Polizei. Waren Sie doch schneller, als ich dachte?»

«Leider etwas zu spät. Ist nichts mehr zu machen. Der Mann ist tot.»

«Stefan?» schrie meine Klientin und drängte sich in das Büro.

«Stefan Rudolf. Sieht ganz nach einem Selbstmord aus.»

«Das ist doch nicht möglich!»

«Ist die Frau immer so laut, Maloney?»

«Kommt auf den Mann an.»

«Ich muß mich hinsetzen», sagte Frau Wolke und wankte bedrohlich. Sie torkelte zurück auf das Trottoir und lehnte sich an eine Hausmauer. Ich stand da und wunderte mich. Als ich auf die Uhr schaute, wunderte ich mich noch mehr. Dieser Stefan Rudolf hatte zwischen Mord und Selbstmord nicht mal zwei Stunden benötigt. Gewisse Leute haben es halt immer eilig.

Frau Wolke wurde abtransportiert und auf chemischem Weg beruhigt. Ich stolperte ein wenig in den Büroräumen herum und behinderte die Ermittlungsbeamten. Auch unsereins muß sich ab und zu einen kleinen Spaß gönnen.

«Nachdem, was Sie mir erzählt haben, ist das eine ziemlich klare Sache», meinte Hugentobler schließlich. «Dieser Stefan Rudolf hat den Ehemann dieser Frau Wolke erschossen und anschließend Selbstmord begangen.»

«Es gibt ein paar Dinge, die mir durch den Kopf gehen. Weshalb hat er sich nicht gleich am Tatort erschossen, wenn er es so eilig hatte?»

«Die Zeugen, Maloney. Er hatte Angst, gefaßt zu werden und ist deshalb abgehauen.»

«Aber weshalb sollte er das tun? Weshalb sollte er Wolke umbringen? Und kommen Sie mir jetzt nicht mit irgendeiner abgedroschenen Phrase aus dem Grundkurs *Psychologie für Polizeianwärter.*»

«Ihnen ist wirklich nicht mehr zu helfen, Maloney. Sie wittern hinter allem und jedem noch etwas anderes. Wenn Sie mich fragen, gibt es nichts zu wittern. Der Fall ist so gut wie abgeschlossen.»

Ich gab mir keine Mühe zu widersprechen. Statt dessen schaute ich mir den Tatort etwas genauer an. Stefan Rudolf saß tot in einem Ledersessel, der jedem Direktor gut unters Gesäß gepaßt hätte. Ich verließ das Büro und ging einen Stock höher. Ich klopfte, ohne daß etwas geschah. Auf einer elektronischen Tafel leuchteten die Worte: *Bitte Ruhe.* Ich drückte die Klinke der Tür, die zu der Leuchttafel gehörte.

«Verschönern Sie den Braten mit Treibhaustomaten», sagte eine junge Frau verführerisch.

«Stop. Stop. Was soll denn das? Was macht denn der Mann im Studio?»

«Meinen Sie mich oder die Treibhaustomate?» fragte ich.

«Können Sie nicht lesen? Wir sind mitten in einer Aufnahme.»

«Ich mache mal Pause», sagte die junge Frau, zündete eine Zigarette an und verließ das Studio.

«Hol's der Geier. O. K. Pause. Wir machen in einer halben Stunde weiter.»

«Fabrizieren Sie hier idiotische Werbespots, für die die Leute auch noch Unsummen bezahlen?»

«Sie sind doch wohl nicht einer dieser Miesmacher, oder?» Der Mann trug seine Haare lang, zu einem Roßschwanz gebunden.

«Es gibt Dinge, die sind so mies, daß man sie gar nicht mehr mies machen kann.»

«Meine Rede. Die Aufnahmen von heute sind tatsächlich mies. Hören Sie sich das mal an.»

Er drückte den Knopf eines Spulentonbandgerätes. Ich hatte das zweifelhafte Vergnügen, mir nochmals eine Botschaft aus den Niederungen der Werbung anzuhören.

«Umweltbewußtsein leicht gemacht, dank Biophosphat und grünem Giftstreifen. Waschen Sie sich sauber mit Greenfies, das neueste Produkt aus der Reihe: Markenartikel, die sich gewaschen haben.»

«Mist, verdammter», sagte der Roßschwanz.

«Allerdings», sagte ich.

«Haben Sie den Knall auch gehört?»

«Welchen Knall?»

«Auf der Aufnahme ist ein Knall, klingt beinahe wie ein Schuß.»

«Ein Schuß? Ach so. Unten hat jemand herumgeballert.»

«Wann? Heute morgen?»

«Nein. Während der letzten zwei Stunden.»

«Das kann nicht sein. Die Aufnahme haben wir heute morgen gemacht.»

Wir hörten uns das Band noch einige Male an. Es klang tatsächlich wie ein Schuß. Ich fuhr ins Krankenhaus und besuchte meine Klientin. Es ging ihr wieder etwas besser.

«Ich verstehe das alles nicht. Stefan hat mir nie auch nur eine Andeutung gemacht. Im Gegenteil. Er wußte, daß ich mich von meinem Mann trennen wollte. Und er wußte auch, daß es mir ernst war.»

«Ich glaube nicht, daß Stefan Rudolf Ihren Mann getötet hat.»

«Aber wer war es dann? Und weshalb sollte sich Stefan umbringen?»

«Gute Fragen haben Sie da auf Lager, Frau Wolke. Und ich werde Ihnen die passenden Antworten liefern.»

«Die Polizei hat den Fall abgeschlossen.»

Sie schloß ihre Augen. Eine Träne kullerte hervor. Sie erzählte mir von einer geplanten Heirat. Ich stellte ihr eine weitere Frage und erhielt prompt eine Antwort. Diese führte mich zu Herrn Zwahlen. Er sah ziemlich blaß aus. Und er gab sich Mühe, noch ein wenig blasser auszusehen.

«Die Polizei war bereits bei mir. Unfaßbar das Ganze. Ich habe Stefan gestern abend noch gesehen.»

«Mich würde etwas interessieren. Waschen Sie Ihr Toupet mit gewöhnlicher Seife oder mit Shampoo?»

«Ich trage kein Toupet.»

«Aber Sie hinken.»

«Ja, ein wenig. Meine Kniegelenke. Wieso?»

«Es gibt eine Zeugenaussage, daß beim Mord an Herrn Wolke ein hinkender Mann weglief.»

«Was soll das? Sind Sie übergeschnappt?»

«Das Timing, Herr Zwahlen, das Timing. Vieles im Leben hängt vom richtigen Timing ab, nicht wahr?»

«Ich verstehe nicht, worauf Sie hinauswollen.»

«Ganz einfach. Sie haben zuerst Stefan Rudolf getötet und erst anschließend Herrn Wolke. Sicher ist sicher, dachten Sie, denn eigentlich ging es Ihnen ja nur darum, Rudolf zu beseitigen.»

«Sie haben eine blühende Phantasie.»

«Und Sie benötigen bald welche, um das Dasein in der Zelle zu bewältigen. Rudolf wollte aus Ihrem gemeinsamen Geschäft aussteigen, um Frau Wolke zu heiraten, das hätte bedeutet, daß Sie ihn hätten auszahlen müssen, und das wäre Ihr Ruin gewesen. Also kamen Sie auf die Idee des Doppelmordes. Alles sollte so aussehen, als ob Rudolf den Ehemann seiner Geliebten umgebracht hätte und anschließend auch gleich sich selber. Ihr Pech, daß der Schuß auf Rudolf mitten in einen Werbespot fiel.»

Er sträubte sich vorerst, ehe er doch gestand. Frau Wolke erholte sich innerhalb weniger Tage und heiratete später einen dicken Börsenmakler. Zwei Jahre später ließ sie sich wieder von ihm scheiden. Ich dachte wieder eine Zeitlang über die grundsätzlichen Aspekte des menschlichen Daseins nach, ohne daß sich dabei mein Leben grundsätzlich veränderte. So geht das.

Der Spaziergänger

Der junge Mann klang ängstlich, als er mich anrief. Ich machte mich deshalb umgehend auf die Socken zu den Schrebergärten an der Wiesenthalstraße, wo er mich erwartete. Vor einigen der Häuschen waren Fahnenstangen montiert. Die Wappen stammten aus allen möglichen Ländern. Der junge Mann pfiff aus einem Häuschen mit einer deutschen Flagge. Ich ging auf ihn zu.

«Hier, Maloney», rief er und winkte mich zu sich.

«Ist es nicht ein bißchen kalt hier draußen?»

«Immer noch besser als in der Kühltruhe des Leichenschauhauses.»

«Da haben Sie auch wieder recht. Wer will Ihnen an den Kragen?»

«Meine Auftraggeberin.»

«Um was für einen Auftrag geht es?»

«Nichts Schlimmes. Ich sollte einem Mann eins über die Rübe geben. Harmlose Sache.»

«Wenn Sie das sagen, wird das schon stimmen.»

«Helfen Sie mir, Maloney.»

«Nun mal halblang. Wieso fürchten Sie sich vor Ihrer Auftraggeberin?»

«Ich habe ihren Auftrag gestern nacht ausgeführt. Heute morgen ging ich zu dem verabredeten Treffpunkt, um das Geld zu kassieren. Da hat mich ein Wagen beinahe überfahren.»

Der junge Mann sah mitgenommen aus. Schläger, die dafür auch noch Geld verlangen, sind mir an und für sich zuwider, aber dieser hier schien selbst in Gefahr zu sein. Ich hütete mich davor, eine Träne zu vergießen und fragte ihn, ob er mich bezahlen könne.

«Ich habe kein Geld. Aber ich kann immer welches auftreiben. Da müssen Sie keine Angst haben.»

«Und wie soll ich Ihre Auftraggeberin unschädlich machen?»

«Finden Sie heraus, wen ich gestern niedergeschlagen habe. Er muß ein Feind meiner Auftraggeberin sein.»

«Sie schlagen Leute nieder, ohne sie vorher nach ihrem Namen zu fragen?»

«Ich wußte, daß der Mann zu einem bestimmten Zeitpunkt einen Spaziergang mit seinem Hund macht. Da habe ich zugeschlagen.»

Ich versprach ihm, mich darum zu kümmern. Hinter den meisten kleinen Schlägern stecken größere Schläger, die ihre Hände lieber in Samthandschuhen spazierentragen, als sie mit fremdem Blut zu beschmutzen. Mein Weg führte mich ins Polizeipräsidium.

«Na, wieder mal ohne Beschäftigung, Maloney?»

«Ganz im Gegenteil. Ich beschäftige mich seit Monaten mit der Chaostheorie und beginne langsam zu begreifen, wie Polizistenhirne funktionieren.»

«Die funktionieren wenigstens. Haben Sie sonst noch etwas Erfreuliches zu vermelden, Maloney?»

«Gestern nacht wurde in der Stadt ein Mann zusammengeschlagen. Ich wüßte gerne nähere Einzelheiten.»

«Habe mir gleich gedacht, daß Sie wegen diesem Mord hier sind.»

«Mord? Was soll denn das wieder heißen?»

«Herbert Zölch. 66. Pensionierter Lehrer. Wurde gestern nacht, als er spazierenging, überfallen und niedergeschlagen. Erlag den Verletzungen noch am Tatort.»

«Hatte er einen Hund bei sich?»

«Ja, einen Neufundländer. Sonst noch was?»

«Sind Sie sicher, daß der Mann tot ist?»

«Na, hören Sie mal, Maloney. Wir sargen hier keine Scheintoten ein. Der Mann hatte einen Schädelbasisbruch und ein schwaches Herz. Kommt von den vielen Schülern, deren Spatzengehirne er ein Leben lang mit Unsinn wie diesem Lehrsatz des Pyromanen, oder wie der hieß, vollstopfte.»

«Pythagoras?»

«Wie bitte?»

«Der Lehrsatz. War das derjenige von Pythagoras?»

«Was weiß ich. Ich kenne nur einen Lehrsatz: Wo eine Leiche ist, ist auch ein Motiv.»

«Na, dann viel Spaß bei der Motivsuche. Einige Maler waren dabei schon wesentlich erfolgreicher als die Polizei.»

«Kann schon sein. Was haben Sie mit dem Fall zu tun, Maloney?»

«Reine Neugier. Wurde dem Toten etwas gestohlen?»

«Soweit wir wissen nicht viel. Nur etwa zweihundert Franken. Trotzdem gehen wir davon aus, daß es ein Raubmord war. Dem Toten wurde nämlich das Leben geraubt.»

Ich machte mich aus dem Staub, ehe mein Verstand noch ganz von der Polizeilogik weggefegt wurde. Unterwegs zu meinem Büro traf ich auf eine Frau, die mir unbedingt ihr Mikrophon unter die Nase halten wollte.

«Ich bin vom Radio und mache eine Umfrage.»

«Was kann ich dafür, daß Sie solchen Unsinn machen müssen?»

«Das ist kein Unsinn. Wir wollen unseren Hörerinnen und Hörern ein genaues Bild der Stimmungslage der Bevölkerung wiedergeben.»

«Dann geben Sie mal schön wieder. Mir ist es egal, in welcher Stimmungslage Ihre Hörer sind. Vom vielen Radiohören bekommen die Leute sowieso eine Stereophonie, und das ist schlimmer als Monotonie.»

«Darf ich das ausstrahlen?»

Ich rülpste der Frau ins Mikrophon und fuhr in mein Büro. Eine Zeichnung hing an der Tür. Unter der Zeichnung stand: *So sah meine Auftraggeberin aus.* Die Zeichnung war nicht schlecht. Der junge Mann hatte Talent. Aber es war zu wenig, um davon leben zu können. Als ich ihn im Schrebergarten besuchen wollte, lag er tot neben der deutschen Flagge. Jemand hatte ihm von hinten eine Kugel verpaßt.

Der kleine Schrebergarten war voll von Polizisten. Ich stand daneben und rauchte einen Zigarrillo, den einer meiner Klienten in meinem Büro liegengelassen hatte. Einer der Spurensicherer kroch am

Boden herum. Er bepinselte meine Schuhe und schaute zu mir hoch. Ich lächelte, während er davonkroch und sich leise schämte. Endlich wurde ich ganz offiziell zur Kenntnis genommen.

«Was hatte der junge Mann und was haben Sie hier verloren, Maloney?»

«Schön der Reihe nach. Der junge Mann hat hier sein Leben verloren und ich meine Jugend.»

«Das ist aber schon eine Weile her, nicht wahr, Maloney? Der Mann ist erschossen worden. Vermutlich einer dieser Strolche, die hier ab und zu übernachten.»

«Schon möglich. Kann ich jetzt gehen?»

«Sie sind doch wieder mitten in einem Fall, Maloney? Das spüre ich. Der unverwechselbare Duft von modrigen Leichen umgibt Ihre Aura, Maloney.»

«Wo haben Sie das wieder aufgeschnappt? Oder sind Sie nur ein wenig übergeschnappt?»

«Meine Nase, Maloney. Die täuscht sich nie.»

Er faßte sich mit der linken Pranke an sein krummes Riechorgan. Ich machte mich aus dem Staub. In meinem Büro sah ich mir die Zeichnung der Frau etwas genauer an. Sie kam mir nicht bekannt vor. Wäre auch zu schön gewesen. Ich besuchte das Haus, in dem der verblichene Lehrer Zölch zu Lebzeiten gewohnt hatte. Die gute Fee des Hauses war eine nach Krankenhaus riechende ältere Dame mit energischen Gesichtszügen.

«Sind Sie von der Polizei?»

«Damit kann ich leider nicht dienen. Sind Sie Frau Zölch?»

«Herr Zölch war Witwer. Ich bin seine Haushälterin. Nolle ist mein Name.»

«Na, dann schütteln Sie mal kräftig, Frau Holle.»

«Nolle, nicht Holle. Was ist das nur für eine Welt? Da wird ein liebenswerter Mann wie dieser Herr Zölch wegen ein paar Franken zu Tode geschlagen. Früher hat es so etwas nicht gegeben.»

«Ach, wissen Sie, früher gab es dafür liebenswerte Männer, die ganze Völker vergast haben.»

«Haben Sie wenigstens schon eine Spur? Diese Kerle sollte man an die Wand stellen.»

«Das würde Ihnen so passen, Frau Nolle. Aber unterhalten wir uns doch lieber über den liebenswerten Herr Zölch. Wetten, daß auch er Feinde hatte?»

«Herr Zölch? Nie im Leben.»

«Vielleicht einer seiner ehemaligen Schüler, der sich für eine schlechte Note rächen wollte? Die Leute kommen auf die seltsamsten Ideen, wenn sie eine Schraube locker haben.»

«Herr Zölch war ein sehr beliebter Lehrer.»

«Und die Nachbarn? Vielleicht hat einem der Nachbarn nicht gefallen, daß Herr Zölch in seiner liebenswerten Art ständig Richard Wagner auf quadrophonisch gehört hat?»

«Herr Zölch hörte nie Musik. Und er verstand sich ganz hervorragend mit seinen Nachbarn.»

«Aber irgend jemand muß einen Grund gehabt haben, Herrn Zölch eins auf die Rübe zu geben.»

«Die Zeit, Herr Maloney. Die Zeit. Es ist diese Zeit, dieses Jahrzehnt, das die Leute zu solchen Taten treibt.»

«Das Jahrzehnt hat ja noch nicht mal richtig begonnen.»

«Glauben Sie mir, eines Tages wird eine große Sintflut kommen und alles Böse wegschwemmen.»

«Dann kaufen Sie sich frühzeitig eine Schwimmweste, Frau Nolle.»

«Sind Sie auch einer dieser Ungläubigen?»

Ich rechnete schon damit, daß sie mir ihr Evangelium an den Kopf werfen würde. Statt dessen lächelte sie erhaben und zupfte sich ein imaginäres Haar vom Kleid. Menschen wie Frau Nolle konnte nichts aus der Ruhe bringen. Sie hatte die Sintflut und alle anderen Katastrophen auf ihrer Seite.

«Wissen Sie, ich glaube nicht, daß die Polizei den Fall aufklären wird. Raubmord. Was ist das schon? Und dann noch bei einem älteren, liebenswürdigen Herrn.»

«Wo steckt der Köter dieses liebenswürdigen Herrn?»

«Welcher Köter?»

«Der Neufundländer, den er immer bei sich hatte.»

«Ein Neufundländer? Herr Zölch hatte keinen Hund. Moment mal. Ach so, Sie meinen den Neufundländer von Herrn Gasser. Ein altes Tier, sieht kaum noch etwas und hinkt ein wenig.»

«Der Hund gehörte gar nicht Herrn Zölch?»

«Nein, das war der Hund des Nachbarn. Herr Gasser. Kein sehr sympathischer Mensch. Aber Herr Zölch hat den Hund von Herrn Gasser manchmal auf die Spaziergänge mitgenommen, die er jeden Abend machte.»

«Das ist es.»

«Was ist was?»

«Herr Zölch war der Falsche. Aber das erkläre ich Ihnen ein anderes Mal.»

«Ich bitte darum. Soll ich Ihnen vom Jüngsten Gericht erzählen?»

«Ich würde es vorziehen, das Jüngste Gericht zu essen. Aber so was kriegt man hier nicht.»

«Auch Sie werden eines Tages noch erwachen, auch Sie.»

Ich ließ die Frau bei ihren Jüngsten Gerichten. Das Haus des Nachbarn war ein wenig größer und einiges teurer. Als ich auf die Haustüre zuging, sah ich ein Gesicht hinter dem Fenster verschwinden. Es gibt Leute, die haben einfach Glück im Leben. Dieser Herr Gasser schien zu diesen Leuten zu gehören, an seiner Stelle lag Herr Zölch im Leichenschauhaus. Ich klingelte einige Male an Gassers Haustüre. Nichts regte sich. Ich hatte genügend Zeit, um zwei weitere Zigarillos zu rauchen und nachzudenken. Der junge Mann hatte den Auftrag erhalten, einen Spaziergänger niederzuschlagen, der regelmäßig mit seinem Hund Gassi ging. Als er Zölch mit dem Hund sah, schlug er ihn nieder und erwischte prompt das falsche Opfer. Das richtige Opfer öffnete endlich die Tür, als ich zum x-tenmal klingelte. Beharrlichkeit hat manchmal auch ihre Vorteile.

«Was wollen Sie?» fragte Gasser, ein großgewachsener Mann mit langen Nasenhaaren.

«Ich interessiere mich für Ihren Hund.»

«Meinen Hund? Der ist alt und lebt nicht mehr lange.»

«Da hat er mit Ihnen etwas gemeinsam.»

«Was soll der Blödsinn? Wollen Sie mir angst machen?»

«Wetten, daß Sie bereits Angst haben?»

«Quatsch. Wovor sollte ich mich fürchten? Ich muß jetzt in mein Büro. Sie entschuldigen mich.»

Er verschwand wieder im Haus. Es dauerte eine Weile, bis er mit seinem großen Wagen wegfuhr. Ich klingelte erneut. Diesmal ging es schneller, bis jemand öffnete. Sie sah bezaubernd aus. Leute wie dieser Gasser mußten in allen Belangen des Lebens übertreiben.

«Sind Sie von der Polizei?» fragte die schöne Frau Gasser.

«Können Sie mich nicht etwas Schöneres fragen?»

«Tut mir leid. Ich mache mir Sorgen um meinen Mann.»

Sie führte mich in das Haus. Eine Waffensammlung füllte das, was die Reichen großspurig den Salon nennen. Er sah eher aus wie ein Kriegsmuseum. Der Nebenraum war etwas gemütlicher. Frau Gasser füllte zwei Gläser mit Scotch. Ich war zufrieden.

«Mein Mann hat Angst.»

«Eben hat er das noch abgestritten.»

«Er würde es nie zugeben. Aber ich bin seine Frau. Vor mir kann er es nicht verheimlichen. Und da sind diese Briefe.»

«Erpressung?»

«Nein. Drohbriefe.»

«Kann ich die Briefe sehen?»

«Mein Mann hat sie weggeworfen. Jemand hat ihm gedroht, daß ihm etwas zustoßen könnte, wenn er nicht die Finger von einer bestimmten Liegenschaft lassen würde.»

«Ihr Mann ist einer dieser Spekulanten? Gehören Sie auch zum Inventar?»

«Machen Sie es sich da nicht etwas leicht? Wie heißen Sie eigentlich?»

«Maloney. Privatdetektiv. Ich mache es mir selten leicht. Liegt nicht in meiner Natur. Ich war schon als Kind schwer zu erziehen.»

«Sie wissen sicherlich, was gestern nacht geschah?»

«Allerdings. Herr Zölch machte seinen letzten Spaziergang.»

«Ein liebenswürdiger Mann.»

«Ich weiß. Und Sie wissen, daß eigentlich Ihr Mann hätte dran glauben sollen?»

«Er weiß es auch. Als er es erfuhr, hat er sofort daraus geschlossen, daß der Anschlag ihm gegolten hat. Aber mein Mann würde nie damit herausrücken. Er haßt es, Schwäche zu zeigen.»

«So sind sie, die Männer. Stark bis ins Grab. Haben Sie irgendeinen Verdacht, wer hinter dem Ganzen stecken könnte?»

«Keine Ahnung. Das Haus steht seit längerem leer. Mein Mann möchte es gerne kaufen und umbauen. Es gibt viele, die das nicht besonders gerne sehen.»

Ich kramte in meiner Jacke und holte die Zeichnung hervor. Ich zeigte sie Frau Gasser. Sie war beeindruckt.

«Nicht schlecht. Ist die von Ihnen?»

«Ein leider verkanntes und mittlerweile totes Genie. Kennen Sie die Frau auf der Zeichnung?»

«Ich habe sie noch nie gesehen. Hat die Zeichnung etwas mit meinem Mann zu tun?»

«Ist anzunehmen. Geben Sie mir die Adresse seines Büros, und ich werde es herausfinden.»

«Er wird keine Freude daran haben. Aber vielleicht ist es besser so.»

Sie gab mir die Adresse. Ich machte mich auf den Weg. Vor der schönen Fassade des Geschäftshauses, in dem sich Herr Gassers Immobilienfirma befand, blieb ich stehen. Ich nahm die Zeichnung aus meiner Jacke und verglich sie mit der Dame, die gerade dabei war, das Haus zu betreten. Ich hatte mich nicht geirrt. Ich folgte ihr, bis ich von einer eifrigen Vorzimmerdame aufgehalten wurde.

«Halt. Sie können da nicht rein.»

«Und ob ich das kann.»

«Sie sind nicht angemeldet, und Sie sehen nicht so aus, als ob Herr Gasser Sie empfangen möchte.»

«Na, meinetwegen. Dann warte ich hier und lese Ihnen den Stellenanzeiger vor.»

«Danke. Aber ich suche keine neue Stelle.»

«Wird aber Zeit, daß Sie es tun. Ihr Boß wird nämlich gerade in seinem Büro umgebracht.»

«Umgebracht? Weshalb haben Sie das nicht gleich gesagt? Sie dürfen selbstverständlich jetzt reingehen.»

Die Frau ging in Deckung, und ich öffnete die Tür. Herr Gasser sah noch ganz lebendig aus, und die Frau, die ihm gegenübersaß, sah nicht so aus, als würde sie demnächst abdrücken. Herr Gasser schaute mich wütend an.

«Was soll das? Hauen Sie ab.»

«Nicht bevor ich diese Dame der Polizei überstellt habe.»

«Sind Sie übergeschnappt? Wir machen gerade einen wichtigen Geschäftsabschluß. Herr Gasser und ich konnten uns nach wochenlangem Tauziehen endlich einigen.»

«Deshalb also der ganze Aufwand. Zwei Tote, und das alles für ein mieses kleines Geschäft.»

«Können Sie etwas deutlicher werden?» fragte Gasser irritiert.

«Und ob ich kann. Diese Frau hier hat jemanden damit beauftragt, Sie einzuschüchtern. Leider ist dabei einiges schiefgelaufen. Ihr Nachbar wurde getötet, und weil es plötzlich um Mord ging, hat die Frau auch gleich den einzigen Zeugen aus dem Weg geräumt. Den Schläger, den sie für Ihre erlauchte Birne engagiert hatte.»

«Das ist doch völliger Unsinn», sagte die Frau. «Hören Sie nicht auf ihn.»

Ich hielt ihr und Gasser abwechslungsweise das gemalte Porträt unter die Nase.

«Und was ist das hier?»

«Scheisse», fluchte die Frau.

«Ich finde das nicht schlecht», sagte Gasser. «Du bist gut getroffen, Kompliment dem Künstler.»

Die Frau war ebenfalls beeindruckt von dem Kunstwerk. So beeindruckt, daß sie gestand. Gasser, der um sein Leben fürchtete, wollte die Kaufoption auf die Liegenschaft loswerden, und er fand sofort eine Käuferin: die Frau, die über Leichen ging. Sie hieß Frau Seiffert und landete im staatlichen Gefängnis. Herr Gasser atmete in den folgenden Wochen hörbar auf und erwarb weitere Liegenschaften. Und ich saß wieder in meinem kleinen Büro und lebte mehr schlecht als recht von einer Hypothekarzinserhöhung bis zur nächsten. So geht das.

Tiefdruckgebiete

Das Wetter beschäftigt mich nur dann, wenn ich an einem Fall arbeite, den ich außerhalb meines Büros lösen muß. Da es mir in der Regel entweder zu heiß oder zu kalt, zu feucht oder zu trocken ist, gehöre ich zu jenen Menschen, denen es Petrus nie recht machen kann. Als mich Frau Ineichen aufsuchte, ahnte ich noch nicht, wie sehr einem das Wetter an sich zu schaffen machen kann.

«Mein Mann ist vor drei Tagen spurlos verschwunden.»

«Männer kommen und gehen. Vielleicht sollten Sie warten, bis wieder einer kommt.»

«Rafael ist nicht so. Wenn er mich verlassen wollte, würde er mir das von Angesicht zu Angesicht sagen und sich nicht einfach verdrücken. Nein. Es muß etwas passiert sein.»

«Waren Sie schon bei der Polizei?»

«Der Beamte sagte mir, daß die meisten Männer früher oder später wieder auftauchen. Was aber, wenn er früher oder später in einem See wieder auftaucht?»

«Ist Ihr Mann Nichtschwimmer?»

«Nein, er ist Hobbymeteorologe.»

«Auch nicht schlecht. Weckt er Sie jeweils mit einer falschen Wetterprognose auf?»

«Er ist gut, er ist sogar sehr gut. Seine Prognosen sind besser als jene der Profis. Er sollte heute am Kongreß der Hobbymeteorologen eine Rede halten.»

«Und Sie vermuten, daß das jemand verhindern wollte?»

«Ja. Aber wie kommen Sie darauf?»

«Berufsgeheimnis. Ihr Mann hatte Feinde?»

«Natürlich. Jeder außergewöhnliche Mensch hat Feinde.»

«Wem sagen Sie das. Wen verdächtigen Sie?»

«Die ganze Bande. All die Wetterfrösche, die ihre Nase im Wind drehen und keines eigenen Gedankens fähig sind. Sie haben Rafael nie gemocht, er war immer ein Außenseiter, sie hatten Angst vor ihm, Angst vor seinem Genie.»

Sie steigerte sich in eine Lobeshymne, die darin gipfelte, daß sie ihren Mann in eine Reihe mit Männern wie Einstein, da Vinci und Leonardo di Caprio stellte. Ich hörte ihr brav zu, nannte ihr meinen Tagesansatz und machte mich zwei Stunden später auf zum Kongreß der Hobbymeteorologen. Wie es sich gehörte, paßte sich das Wetter meiner Stimmung an.

«Ich habe eine zwanzigprozentige Wahrscheinlichkeit für Regen vorausgesagt. Das war gestern, heute würde ich eine Wahrscheinlichkeit von sechzig Prozent voraussagen.»

«Die Castellanus waren heute früh deutlich zu sehen.»

«Dafür ist Rafael Ineichen nirgends zu sehen», mischte ich mich in das Gespräch der beiden Wetterfrösche. Beide trugen Namensschilder, was die Zuordnung vereinfachte. Elisabeth Fuhrer zeigte mir ihre strahlend weißen Zähne.

«Sie suchen Ineichen? Er ist vermutlich gerade dabei, auf seinem Computer zu beweisen, daß der Dow-Jones-Index verläßliche Aussagen über das Reisewetter im Sommer zuläßt.»

«Vergessen Sie Ineichen, er ist ein Scharlatan», sagte Stefan Wicki, der einen Kopf kleiner war als Frau Fuhrer. «Er ist einer dieser Einzelgänger, die als Kinder in den Keller gesperrt wurden und sich jetzt mit idiotischen Thesen rächen.»

«Seine Frau hält ihn für ein Genie.»

«Vielleicht ist er das auch», sagte Wicki. «Wo und mit was auch immer, aber sicher nicht in der Wetterkunde. Frau Fuhrer ist ein Genie. Sie ist eine hochbegabte Dichterin, eine Poetin des Wetters.»

«Ich schreibe an einem Theaterstück. Eine Zirruswolke verirrt sich in einen Nimbostratus, kann fliehen und verliebt sich in eine Altokumulus.»

«Und wenn sie nicht gestorben sind, dann hängen sie noch immer am Himmel herum.»

Stefan Wicki schaute verächtlich zu mir hoch.

«Sind Sie ein Laie?»

«Sehe ich so aus?»

«Du mußt es ihm erklären. Sonst kapiert er die Poesie deines Stücks nicht.»

«Die Zirruswolke ist eine federartige, feine Wolke aus meist sehr feinen Eis- und Schneekristallen in sechs bis zehn Kilometer Höhe am blauen Himmel. Der Nimbostratus ist eine dichte, dunkle Wolkenschicht, aus der anhaltend Regen fällt. Und die Altokumulus ist die berühmte Schäfchenwolke, nicht zu verwechseln mit der Zirrokumulus, das sind kleine Schäfchenwolken.»

«Wenn Sie jetzt auch noch mit Blumenkohl kommen, lanciere ich eine Volksinitiative zur Abschaffung des Wetters.»

«Die Poesie des Wetters liegt darin, daß es sich formt wie ein Gemälde, das nie seine definitive Form findet. Aber einem Laien ist es schwer zu vermitteln, welche philosophischen Tiefen sich in einem Satellitenbild verbergen.» Frau Fuhrer fuhr sich durch ihr dünnes Haar.

«Als Laie interessiere ich mich vor allem dafür, wo sich Rafael Ineichen verbirgt.»

«Wo wird er schon sein? In die Hosen hat er sich gemacht. Sein Vortrag wäre eine Lachnummer geworden, wahrscheinlich wurde ihm das bewußt, und er verkroch sich bei der neuen Wetterstation in Grünwil.»

«Wir müssen jetzt wieder in den Kongreßsaal», sagte Wicki. «Unser italienischer Kollege Luigi Cumulieri hält einen Vortrag über den Zusammenhang zwischen Pasta und Gewitterfronten.»

«Da gibt es tatsächlich einen Zusammenhang?»

«Wahrscheinlich nicht, aber die Idee ist doch faszinierend, oder?» sagte Frau Fuhrer.

Ich wünschte mir einen Regenschirm herbei, doch keiner der Wetterfrösche hatte mit Nässe gerechnet, und so blieb ich ein Opfer der hohen Luftfeuchtigkeit. Als ich die Bahn bestieg, die mich zur Wetterstation oberhalb Grünwils bringen sollte, machte ich eine grauenhafte Entdeckung.

«Na, Maloney. Es soll Rentner geben, die praktisch den ganzen

Tag und die halbe Nacht im Zug verbringen, weil ein Generalabonnement billiger ist als jede Wohnung.»

«Es soll Beamte geben, die ihre Tage in einem Bahnabteil verbringen, weil da die Wahrscheinlichkeit gering ist, auf Arbeit zu stoßen.»

«Haben Sie eine Ahnung, Maloney. Gemordet wird heutzutage überall. Erst kürzlich wurde eine Frau ermordet in einem Solarium aufgefunden. So etwas war vor vierzig Jahren noch nicht einmal denkbar.»

«Die Zeiten werden härter. Aber schon bald kommt auch dagegen eine neue Wunderpille auf den Markt.»

«Gegen Haarausfall? Ich habe davon gelesen, Maloney. Ich persönlich finde ja, man sollte der Natur ihren freien Lauf lassen.»

«Bei Ihnen ist sie sehr frei gelaufen.»

«So, jetzt sind wir gleich da. Ich schaue mir die neue Wetterstation an. Meine Frau hat mir ein Buch über das Wetter geschenkt. Spannend, Maloney. Wußten Sie, was eine Absinkinversion ist? Ich weiß es zwar auch nicht, Maloney, aber in dem Buch ist diesem Phänomen eine ganze Seite gewidmet. Wußten Sie, daß ich wetterfühlig bin?»

«Ich weiß schon. Immer wenn Sie zu spät nach Hause kommen, gibt es ein Donnerwetter.»

«Nein, nein. Wenn mein linkes Knie juckt, wird es schön. Mein rechtes Knie juckt nie, dafür schläft mir der rechte Fuß ein, wenn ein Gewitter aufzieht.»

Als die Bahn die Endstation erreichte, waren wir die einzigen verbliebenen Passagiere. Ein Bahnbeamter winkte uns wie zwei Todgeweihten zu, tatsächlich fühlte ich mich nicht besonders gut. Auch nicht, als wir bei der Wetterstation auf einen Mann mit wirrer Haarpracht stiessen.

«Ich bin unschuldig. Ich wollte lediglich die Wetterstation in die Luft jagen.»

«Da haben wir es, je lausiger die Ermittlungsbeamten, um so beflissener die Verbrecher.»

«Sie wollen uns ein Verbrechen gestehen?» fragte Hugentobler und zückte sein Notizbuch. «In welcher Pensionskasse sind Sie?»

«Beeler ist mein Name. Ich wollte die Bombe zünden, da sah ich ihn. Ich habe nichts damit zu tun.»

«Vielleicht sollten Sie ihn nach der Pensionskasse der Bombe fragen?»

«Überlassen Sie das mir, Maloney. Wen haben Sie gesehen, und weshalb wollten Sie was in die Luft jagen?»

«Die Wetterstation. Ich führe Statistik. Nicht dieser El Niño ist an dem schlechten Wetter schuld, nein, jedes Jahr gibt es neue Wetterstationen, und die beeinflußen das Wetter. Deshalb muß man sie in die Luft jagen. Alle.»

«Die Wetterstation steht aber noch», stellte Hugentobler fest.

«Genau, weil ich die Leiche sah, da liegt sie, sehen Sie? Grauenhaft. Es ist Ineichen.»

«Der Hobbywetterfrosch?» fragte ich.

«Genau. Jemand hat ihn erstochen.»

«Schön der Reihe nach. Wie kommt es, daß hier alle außer mir die Leiche namentlich kennen? Sind Sie etwa in diese Bombengeschichte verwickelt, Maloney?»

«Ich habe die Bombe nicht gezündet. Ich hätte es tun können. Die Leiche wäre vielleicht nie gefunden worden. Aber mit Mord will ich nichts zu tun haben. Leichen haben keinen Einfluß auf das Wetter. Aber die Wetterstationen. Wußten Sie, daß überall da, wo Wetterstationen stehen, mehr Regen fällt als in Regionen ohne Wetterstationen? Die Wetterstationen werden eines Tages die Erde überfluten, wenn nicht etwas geschieht.»

Hugentobler fragte Beeler, ob er ihm erklären könne, was eine Absinkinversion sei. Beeler holte tief Luft, begann mit einer Erklärung und schwenkte dann wieder zu seinem Lieblingsthema um. Ich schaute auf die Wetterstation und auf den Mann meiner Klientin, der tot neben einem Baum lag.

Herr Beeler wurde nicht verhaftet, weil keiner der Polizisten sich zuständig fühlte. Er nahm mich in seinem Wagen nach Grünwil mit, wo wir es uns in einer kleinen Kneipe gemütlich machten. Ein Reisecar aus Brandenburg füllte die Kneipe mit trinkfreudigen Menschen.

«Vor zwei Jahren bin ich eher zufällig darauf gestoßen. Ich habe die Niederschlagsmengen vor und nach dem Aufbau einer Wetterstation in verschiedenen Gebieten verglichen. Das Resultat ist verblüffend. Wetterstationen sind weitaus gefährlicher als Starkstromleitungen.»

«Und deshalb wurden Sie zum Terroristen, der harmlose Wetterstationen in die Luft jagt?

«Ich habe Hunderte von Briefen geschrieben, mich an Politiker gewandt, habe versucht, die Medien zu mobilisieren, es war alles umsonst. Niemand will die Gefahr sehen. Ich bin wie der berühmte Prophet in der Wüste, nur daß sich diese Wüste bald in ein Meer verwandeln wird, wenn wir nicht handeln. Dieses Dorf hier wird in den Fluten versinken.»

«Was hielt Ineichen von Ihren Theorien?»

«Ach, Ineichen interessierte sich nicht für andere Forscher. Er war arrogant und besserwisserisch. Wissen Sie, ich bin kein Studierter, ich habe mir mein Wissen angelesen, das hat mich Jahre und zwei Ehen gekostet. Meinen Sohn aus erster Ehe habe ich seit sechs Jahren nicht mehr gesehen. Seine Mutter ist ausgerechnet in ein Haus unterhalb einer Wetterstation gezogen. Ich habe sie gewarnt, denn der große Regen wird kommen.»

Vorerst kam nur die Bedienung, eine junge Frau, die Kaugummi kauend auf uns zuschlurfte und uns strafend beäugte, als wir nichts Eßbares bestellten. Als die Getränke nach einer weiteren halben Stunde noch immer nicht aufgetischt wurden, verließen wir die Kneipe. Am nächsten Morgen besuchte ich meine Klientin. Sie machte einen gefaßten Eindruck.

«Der Anruf der Polizei war nur die Bestätigung für das, was ich seit Tagen vermutete. Hat er leiden müssen?»

«Die Stichverletzung war sofort tödlich, er hat vermutlich nicht einmal realisiert, was mit ihm geschieht.»

«Der Polizist sagte mir, daß mein Mann wahrscheinlich schon seit zwei Tagen tot ist.»

«Dann könnte Ihr Verdacht zutreffen.»

«Wie meinen Sie das?»

«Wäre er gestern ermordet worden, hätten alle anderen Hobbywetterfrösche ein Alibi gehabt. Bis auf Beeler, der die Leiche fand.»

«Beeler ist ein Spinner.»

«Spinner sind unberechenbar.»

«Hat die Polizei Beeler vernommen?»

«Er behauptet, daß er eine Wetterstation in die Luft sprengen wollte. Ich glaube aber, daß er nicht einmal Sprengstoff dabei hatte.»

«Das würde zu ihm passen.»

«Weshalb aber sollte er zum Tatort zurückkehren? Wenn er der Täter ist, konnte er davon ausgehen, daß die Leiche früher oder später gefunden wird.»

«Es gibt genügend andere Meteorologen mit einem Motiv.»

«Woran arbeitete Ihr Mann?»

«An einem Computerprogramm, das die Wetterprognostik revolutioniert hätte.»

«Besaß Ihr Mann eine eigene Wetterstation?»

«Nein. Sein Programm benutzte ganz andere Daten. Die Mondphasen zum Beispiel, die aktuelle Orangenernte in Kalifornien und die Anzahl der Neugeburten in Neukaledonien.»

«Und daraus kann man das Wetter ablesen?»

«Das Wetter ist eines der komplexesten Systeme, die man sich vorstellen kann. Deshalb sind einigermaßen präzise Voraussagen nur für wenige Tage möglich. Das Programm meines Mannes ist in der Lage, Prognosen für mehrere Wochen zu machen. Gute Prognosen. Mein Mann war dabei, die Software zu vervollkommnen. Es hätte weltweit Meteorologen überflüssig gemacht.»

Damit lieferte mir Frau Ineichen gleich ein paar Hundert Verdächtige. Ich fuhr zurück in mein Büro und schaute mir im Fernsehen eine Wetterprognose an. Eine lächelnde junge Frau zappelte vor einer Wetterkarte herum und versprach strahlend ein bißchen Sonne. Tatsächlich verzogen sich die Wolken, als ich zu Stefan Wicki fuhr.

«Dieser Mord geht mir nahe. Auch wenn ich Ineichen nicht ausstehen konnte, so etwas hat er dennoch nicht verdient.»

«Seine Frau vermutet den Täter unter den Hobbywetterfröschen.»

«Seine Frau hat immer loyal zu ihm gehalten, auch wenn ich mir nicht vorstellen kann, daß sie den Unsinn glaubte, den Ineichen verzapfte.»

«Sein Computerprogramm taugte in Ihren Augen nichts?»

«Geld- und Zeitverschwendung. Es gibt keine wissenschaftlich fundierte Methode, um das Wetter über Wochen hinweg präzise voraussagen zu können.»

«Welche Methode wenden Sie an?»

«Meine Frau.»

«Ist sie wetterfühlig?»

«Meine Frau ist ein Wettermedium.»

«Ich dachte, sie schreibt Theaterstücke über Wolkenformationen?»

Wicki schaute verlegen weg.

«Ach so, das ist nicht meine Frau. Frau Fuhrer ist eine Kollegin.»

«Und Ihre Frau weiß nichts davon?»

«Sie wollen mir eine Affäre andichten?»

«Ich suche nach Motiven.»

«Das ist absurd. Selbst wenn ich eine Affäre hätte, weshalb sollte ich Ineichen ermorden?»

«Vielleicht weil Ihre Frau es mit Ineichen bei der Wetterstation trieb?»

«Clara und Ineichen? Daß ich nicht lache. Kommen Sie ins Haus, ich stelle Ihnen Clara vor.»

Er amüsierte sich königlich über meinen Verdacht. Das Haus war nobel eingerichtet, und auch Frau Wicki machte einen noblen Eindruck. Sie trug ein schwarzes Kleid, das ihren Körper dezent, aber wirkungsvoll betonte.

«Das ist Philip Maloney. Er ermittelt im Mordfall Ineichen.»

«Sie sind auch im Wettergeschäft tätig, Frau Wicki?»

«Ich bin ein Medium.»

«Zeitung oder Fernsehen?»

«Privatdetektive müssen Zyniker sein, das gehört zum Berufsbild. Ist es nicht so?»

«Und wie steht es mit den Wetterfröschen? Ich habe den Eindruck, daß die meisten irgendwann zuviel Ozon abbekommen haben.»

«Oh, ich habe eine Vision», sagte Frau Wicki und berührte ihre Schläfen.

«Lassen Sie mich raten. Morgen ist es teils heiter, teils wolkig, teils regnerisch.»

«Ich sehe eine Kaltfront. Sie kommt auf uns zu.»

«Sie sehen sie? Wie sieht eine Kaltfront aus?»

«Sie sieht die Wetterphänomene als Farben», sagte Stefan Wicki. «Blau ist kalt, rot ist heiss, grün sind die Störungsfronten, gelb ...»

«Ist die Sonne?»

«Gelb sind wolkenlose Tage», sagte Clara Wicki.

«Sag ich doch.»

«Die Kaltfront wird uns in drei Wochen erreichen.»

«Das ist phänomenal», staunte Stefan Wicki. «Auf den Satellitenbildern ist nichts davon zu sehen.»

«Und wie lauten die Lottozahlen für die Ausspielung in vier Wochen?»

«Ich sehe einen Orkan», sagte Clara Wicki.

«Er kommt auf uns zu?»

«Er wird über die Stadt hinwegfegen.»

«Genug für heute», sagte Stefan Wicki und klatsche in die Hände. «Du solltest dich hinlegen. Komm, trink einen Schluck Grüntee.»

«Aber davon werde ich immer so müde, und dann schlafe ich ganz lange.»

«Du brauchst das, die Visionen zehren an deinen Kräften.»

Die Visionen zehrten auch an meinen Kräften. Ich verbrachte den Tag am Schreibtisch und verfaßte einen Bericht für einen Klienten, der seinen Hund beschatten ließ, weil er es nicht ertrug, daß sein Hund täglich eine Stunde ohne Herrchen spazierenging.

Am nächsten Morgen studierte ich die Wetterprognosen in drei verschiedenen Zeitungen. Bewölkung hatten alle vorausgesagt, die eine dichte, die andere lockere und die dritte nur vormittags. Ich studierte auch mein Horoskop. Darin wurde nichts von Damen erwähnt, trotzdem erschienen gleich zwei davon.

«Ich war zuerst», sagte Clara Wicki.

«Aber nur, weil Sie mich im Treppenhaus überholt haben», sagte Frau Ineichen.

«Was kann ich dafür, daß Sie nicht mehr die Jüngste sind?»

«Mit Ihnen nehme ich es jederzeit auf.»

«Ich habe Herrn Maloney in jeder Beziehung mehr zu bieten.»

«Sehen Sie etwa tropische Nächte auf uns zukommen?» fragte ich lächelnd.

«Nein, einen Auftrag», sagte Frau Wicki.

«Philip Maloney arbeitet bereits für mich», sagte Frau Ineichen.

«Ich weiß. Aber der Mord an Ihrem Mann wird früher oder später von der Polizei aufgeklärt. Mein Fall hingegen ist Privatsache.»

«Schön der Reihe nach. Alter vor Hellsicht, was bewegt Sie in mein Büro, Frau Ineichen?»

«Ich habe herausgefunden, daß mein Mann mit seinem Computer den Zentralrechner der meteorologischen Zentralanstalt angezapft hat.»

«Das ist typisch.»

«Ruhe jetzt.»

«Mein Mann hat sich illegal Daten besorgt, für die andere viel Geld bezahlen müssen.»

«Dann hätten wir jetzt noch ein Motiv.»

«Und jetzt bin ich an der Reihe», drängte Frau Wicki.

«Lassen Sie mich raten. Ihnen ist Ineichens Mörder im Traum begegnet. Er wandelte durch eine Gewitterfront.»

«Nein. Ich habe einen Liebesbrief gefunden.»

«Von Ineichen an Ihren Mann? Das wäre noch ein Motiv und was für eines.»

«Mein Mann schrieb keine Liebesbriefe», sagte Frau Ineichen.

«Der Brief stammt von Elsbeth Fuhrer», sagte Frau Wicki.

«Der Wetterpoetin?»

«Genau. Sie hat etwas mit meinem Mann. Ich möchte, daß Sie diese Frau unschädlich machen.»

«Soll ich sie heiraten?»

«Mir ist egal, wie sie vorgehen. Aber diese Frau muß weg. Mein Mann ist in Gefühlsdingen labil. Es gibt Frauen, die so etwas ausnutzen. Ich verzeihe ihm, nicht aber dieser Frau.»

«Stefan Wicki ist nicht labil», sagte Frau Ineichen abschätzig. «Er ist ein geiler Bock.»

«Woher wollen Sie das wissen?» fragte Frau Wicki erzürnt.

«Er ist seit Jahren hinter mir her.»

«Ein tolles Märchen», lachte Frau Wicki böse.

«Verschließen Sie nur die Augen vor der Realität. Das macht Ihre Wetterprognosen auch nicht besser.»

Die beiden gerieten sich heftig in die Haare. Ich tat, was ich in solchen Situationen immer tue: ich schmiß beide raus. Mein leerer Kühlschrank bewog mich, in der Stadt nach etwas Eßbarem zu fahnden. Vor einem Kaufhaus traf ich auf Herrn Beeler, der Flugblätter verteilte.

«In keinem anderen Land gibt es mehr Wetterstationen. Jeder Meteorologe baut eigene Stationen. Kachelmann und Konsorten zerstören das Klima.»

«Übertreiben Sie nicht ein wenig? Wetterfrösche sind zwar eine Plage, aber es genügt, rechtzeitig den Fernseher auszuschalten, um die Plage loszuwerden. Man muß sie nicht gleich umbringen.»

«Ineichen war ein Spinner, aber irgendwie habe ich ihn gemocht. Seine Frau ist unerträglich. Sie hat Ineichens Theorien in den Medien vermarktet. Sie hat überall herumposaunt, was für eine geniale Software ihr Mann programmierte. Sie hat ihn auf dem Gewissen.»

«Stimmt es, daß Stefan Wicki es auf Ineichens Frau abgesehen hat?»

«Das ist eine alte Geschichte. Wicki war in Ineichens Frau verliebt, als die beiden heirateten. Er hat das Ineichen nie verziehen. Aber jetzt muß ich gehen. Ich trainiere für die Zerstörung der Wetterstationen.»

«Mit Bomben?»

«Nein. Mit Geisteskraft. Ich stelle mich vor eine Wetterstation und konzentriere mich ganz intensiv. Bis die Wetterstation aufgibt. Auf diese Art und Weise kann ein Einzelner ganze Kriege gewinnen.»

Ich wünschte ihm viel Glück bei seinem Unterfangen und kaufte eine Menge Leckereien, mit denen ich meinen Kühlschrank beinahe zum Erliegen brachte. Nachdem ich meine Gedanken mit einem Glas Whisky angeregt hatte, rief ich meine Klientin an, erfuhr Erstaunliches und traf wenig später vor ihrem Haus auf Hugentobler.

«Üble Sache, Maloney. Frau Ineichen hat diesem Herrn hier den Mord an ihrem Gatten gestanden.»

«So ist es», sagte Stefan Wicki. «Sie rief mich an und fragte, ob ich sie heiraten möchte. Ich sagte nein, und sie brach in Tränen aus und erzählte mir von ihrer unglücklichen Ehe.»

«Die Liebe, Maloney. Sie ist verantwortlich für schlechte Fernsehserien und ein paar Morde.»

«Und die Polizei ist dafür verantwortlich, daß die Mörder ungeschoren davon kommen.»

«Ich werde Frau Ineichen verhaften und zwar auf der Stelle.»

«Tun Sie das. Aber vielleicht sollte dieser Herr auch ein paar Handschellen abkriegen.»

«Ich? Das ist absurd.»

«Genau, Maloney. Dieser Mann hat kein Motiv für die Tat.»

«Sie haben Ineichen gehaßt, weil er Ihnen die Frau wegheiratete, die sie liebten. Sie haben heute Frau Ineichen gestanden, noch immer in sie verliebt zu sein, Frau Ineichen aber will nichts mehr von Ihnen wissen. Dann haben Sie ihr den Mord gestanden. Und jetzt versuchen Sie, ihr den Mord in die Schuhe zu schieben.»

«Moment mal. Jetzt steht Aussage gegen Aussage. Das ist interessant, das läßt sich nur mit Psychologie lösen, Maloney. Ich werde Frau Ineichen in Hypnose versetzen lassen, und diesen Herrn hier werden wir in eine Dunkelzelle sperren.»

«Ich möchte auch hypnotisiert werden», sagte Stefan Wicki.

«Meinetwegen. Aber nur, wenn Sie uns versprechen, den Mord zu gestehen.»

«Aber nicht ohne meinen Anwalt.»

Und so kam es. Wickis Haß auf Ineichen hatte sich bei der Wetterstation entladen, kurz vor dem Kongreß, an dem Ineichen mit seinen abstrusen Theorien für Aufsehen gesorgt hätte. Am Abend rief ich die Wetterpoetin an und fragte, ob sie Lust hätte, sich mit mir über mein Tiefdruckgebiet zu unterhalten. Sie hängte wortlos ein. So geht das.

Der Tote im Park

Es war nicht gerade das schönste Wetter für einen Spaziergang. Aber unsereins kann sich das nicht aussuchen. Ich machte mich auf den Weg, der mich an die Lindenbachstraße 23 führte. Ich ging die Straße zweimal auf und ab, entdeckte jedoch kein Haus mit der Nummer 23. Nach der 21 kam ein Park. Ich ging hinein und fragte nach dem Weg. Ein ungepflegter junger Mann kratzte zuerst seine Bartstoppeln, anschließend den Schritt seiner Hose, und schließlich landete einer seiner Finger im linken Ohr.

«Lindenbach 23? Ja, da bist du hier richtig. Neu in der Stadt?»

«Ich bin schon länger hier. Ich sehe nirgendwo ein Haus.»

«Gut beobachtet. Hier gibt es nämlich kein Haus. Aber wer braucht heutzutage schon ein Haus? Wo doch die Mietzinsen dauernd steigen.»

«Da hat sich vermutlich jemand einen Scherz erlaubt.»

«Die Banken und die Politiker! Das sind alles Scherzkekse. Mir können die nichts mehr vormachen.»

«Ich dachte eher an jemand anderen. Kennen Sie einen Mann namens Schulz?»

«Schulz? Moment mal. Na klar, ich heiße Schulz. Hätte ich beinahe vergessen. Kleiner Scherz, du verstehst?»

«Weshalb haben Sie mich hierherbestellt?»

«Ich dich bestellt? Wo denkst du hin? Nur weil hier eine Bank frei geworden ist, bestelle ich doch keine neuen Pennbrüder hierher.»

«Ich muß doch sehr bitten, ich bin nicht Ihr Bruder.»

«Tut mir leid. Aber ich erwarte noch jemanden. Einen richtigen Detektiv, verstehst du?»

«Ich bin Detektiv.»

«Guter Witz. Darf ich den weitererzählen?»

Der Mann drehte sich um und wollte weggehen, den Finger noch immer im Ohr. Ich folgte ihm. Unsereins läßt sich nicht ungestraft nach draußen locken.

«Was soll das? Weshalb läufst du hinter mir her?»

«Wenn Sie einen Moment stehen bleiben, kann ich Ihnen meine Karte zeigen. Philip Maloney, Privatdetektiv.»

«Sie sind das? Weshalb haben Sie das nicht gleich gesagt?»

«Sehe ich wirklich so desolat aus?»

Er musterte mich, und nach ein paar Bohrbewegungen zog er den Finger aus dem Ohr.

«Bei uns würden Sie kaum auffallen.»

«Was denn? Sie sind nicht alleine? Gibt es hier noch mehr Parkwächter?»

«Parkwächter ist gut. Wir leben hier. Die Parkbank da hinten. Auf der schlafe ich.»

«Interessant. Und was hat das mit mir zu tun?»

«Die Bank gleich daneben, das ist die Parkbank, auf der Willi immer geschlafen hat. Bis sie ihn vor einer Woche tot aufgefunden haben. Mit gebrochenem Genick.»

«Verstehe. Man hat ihn umgebracht?»

«Die Polizei glaubt, daß er besoffen war und unglücklich hingefallen ist. Ich glaube aber, daß ihm jemand dabei behilflich war.»

«Haben Sie Beweise dafür?»

«Das hat die Polizei auch gefragt. Ich habe keine Beweise. Habe nur meine Nase.»

Er tippte sich an sein Riechorgan. Es hätte mich nicht erstaunt, wenn sein Finger in einem der Löcher nach etwas Essbarem gesucht hätte.

«Sieht übel aus.»

«Meine Nase sagt mir, daß man ihn ermordet hat. Mir ist ein Mann aufgefallen, der seit einigen Wochen um den Park herumschleicht.»

«Können Sie ihn beschreiben?»

«Nein. Aber ich würde ihn wiedererkennen. Seine Schritte. Jeder Mensch hat einen ganz speziellen Gang. Ich habe viel Zeit. Und ich beobachte die Leute beim Gehen. Sie gehen zum Beispiel unregelmäßig, Maloney, Sie belasten Ihr linkes Bein stärker.»

«Das ist mir noch nie aufgefallen. Und Sie glauben, daß Sie den Mann an der Gangart erkennen können?»

«Selbstverständlich.»

Schulz machte mir die Gangart des Mannes vor. Ich konnte sie nicht unterscheiden von all den anderen Gängen, die einem täglich über den Weg liefen. Vielleicht hatte der Mann eine Schraube locker, aber so etwas hat mich noch nie davon abgehalten, einen Fall anzunehmen.

«Willi war in Ordnung. Seine Frau hat ihn verlassen, und kurz darauf wurde ihm die Arbeitsstelle gekündigt. Das mit der Arbeitsstelle hat er nie verkraftet. Und so ist er bei uns gelandet.»

«Das werde ich auch bald tun, wenn ich diesen Fall annehme.»

«Keine Angst, ich habe das mit den anderen abgesprochen. Wir werden Ihr Honorar zusammenkriegen. Das hier ist so eine Art Anzahlung. Sie mögen doch Whisky, oder?»

Es gibt Leute, die tun für Geld alles. Bei mir darf es ab und zu auch etwas Flüssiges sein. Eine Flasche Whisky war ein passabler Grund, um die Polizei ein wenig zu ärgern. Und das tat ich dann auch.

«Na, Maloney. Trinken Sie jetzt schon in aller Öffentlichkeit?» fragte Hugentobler und fixierte die Whiskyflasche.

«Wieso sollte ich meine Gewohnheiten ändern? Sie sollten auch mal einen Schluck nehmen, denn ganz nüchtern betrachtet, ist Ihnen wieder mal ein Mord durch die Lappen gegangen.»

«Ein Mord? Wo, wann und weshalb?»

«Im Park an der Lindenbachstraße.»

«Ach so, der tote Penner. Willi Berchtold. Genickbruch. Der Mann hatte über drei Promille im Blut, Maloney. Es gab keinerlei Spuren, die auf einen Mord hindeuteten.»

«Manchmal frage ich mich, ob die Penner im Park oder im Polizeipräsidium zu Hause sind.»

«Jetzt mal halblang, Maloney. Wenn Sie unbedingt Ihre Zeit totschlagen wollen, dann kümmern Sie sich um den Fall. Aber lassen

Sie meine Beamten in Ruhe. Und wenn Ihnen zufällig ein Mörder über den Weg läuft, dann können Sie ihn uns per Paketpost zustellen. Aber vergessen Sie nicht, das Paket zu frankieren.»

Er kümmerte sich wieder um andere Dinge. Genaugenommen tat er nichts anderes, als das Telefon anzustarren. Offenbar gehört auch das zum Beamtendasein. Mein Dasein führte mich zu Frau Berchtold, der Frau, die sich von ihrem Willi getrennt hatte, ehe dieser im Park landete. Der Park vor ihrem Haus war beinahe so groß wie jener, in dem ihr Exmann das Zeitliche gesegnet hatte.

«Ein Privatdetektiv? Tut mir leid, aber was mein Ex trieb, interessiert mich nicht.»

«Auch nicht, daß er tot ist?»

«Früher habe ich ihn durchaus gemocht. Aber das ist lange her. Gestorben ist er für mich schon vor vielen Jahren.»

«Sie haben sich das Leben wieder ganz hübsch eingerichtet. Gehört das alles Ihnen?»

«Ich habe wieder geheiratet.»

«Und da paßt ein versoffener Pennbruder nicht mehr gut zum Image, nicht wahr?»

«Was wollen Sie damit sagen?»

«Gar nichts. War nur so eine Idee.»

«Ich glaube, es ist besser, wenn Sie jetzt gehen.»

Die Frau ließ mir keine Wahl. Ich wartete vor dem Grundstück und inspizierte nach einer Viertelstunde die Garage des Hauses. Da soll mal einer sagen, daß Privatdetektive kein Gespür für Dramaturgie haben. In der Garage fand ich ein paar Schuhe, an denen Erde klebte und eine Schaufel, an der Blut klebte. Ich klingelte noch einmal bei Frau Berchtold. Sie sah nicht gerade begeistert aus, als sie mir öffnete.

«Ich habe Ihnen doch gesagt, daß ich nicht mit Ihnen sprechen möchte.»

«Vielleicht sprechen Sie lieber mit der Polizei. Ich persönlich würde Ihnen davor abraten. Polizisten hinterlassen einen unangenehmen Geruch im Haus.»

«Ich habe nichts verbrochen.»

«Schon möglich. Aber in Ihrer Garage liegt eine Schaufel, an der Blut klebt. Und Ihr Exmann wurde mit gebrochenem Genick aufgefunden. Das könnte doch hinhauen, oder etwa nicht?»

«Die Schaufel gehört meinem Mann. Meinem jetzigen Mann. Sie glauben doch nicht ernsthaft, daß er ein Mörder ist?»

Ich lächelte und Frau Berchtold wurde ein wenig verlegen. Ich wartete in der guten Stube. Es dauerte eine Stunde, bis ihr Mann auftauchte. Ich blätterte in der Zwischenzeit ein wenig in den Zeitschriften, die im Haus herumlagen. Der neue Mann von Frau Berchtold sah blendend aus und roch nach Deo und frischen Geschäftsabschlüssen.

«Mein Name ist Huber. Sie sind also Privatdetektiv?»

«Ja. Und ich untersuche den Mordfall Willi Berchtold.»

«Willi wurde nicht ermordet. Das war ein Unfall.»

«Das sagt die Polizei. Aber Polizisten tippen öfters daneben, deshalb gibt es auch so wenige Lottomillionäre bei der Polizei.»

«Deshalb das Theater um die Schaufel?»

«Genau. An der Schaufel klebt Blut, Herr Huber. Wenn Sie nichts dagegen haben, werde ich die Schaufel bei der Polizei untersuchen lassen.»

«Da habe ich allerdings etwas dagegen. Was fällt Ihnen eigentlich ein? Meine Frau ist durch den Tod dieses Mannes und das Zusammenleben davor schon genug in Mitleidenschaft gezogen worden.»

«Sie wird noch viel mehr in Mitleidenschaft gezogen werden, wenn ihr jetziger Mann plötzlich im Gefängnis sitzt.»

«Du hast doch nicht etwa ...», sagte Frau Berchtold und starrte auf die Hände von Herrn Huber.

«Unsinn. Das Blut an der Schaufel stammt von einem Marder, den ich erschlagen habe. Er wollte sich durch die Gummischläuche im Wagen beißen. Und jetzt bitte ich Sie zu gehen, wir erwarten Gäste.»

Ich ging. Die Schaufel nahm ich gleich mit. Herr Huber hatte genug Geld, um sich eine Million neue Schaufeln zu kaufen. Und unsereins hat nicht mal genug Schaufeln, um sich das eigene Grab zu schaufeln. Ich ging in mein Büro, trank aus meiner Flasche Whisky und legte mich unter den Schreibtisch. Ein paar Stunden später erwachte ich mit heftigen Kopfschmerzen. Das hat man nun davon, wenn man sich in Naturalien bezahlen läßt. Ich machte einen Spaziergang, der mich an die Lindenbachstraße führte. Die Idylle wurde durch einen Autofahrer gestört, der vergeblich versuchte, seinen Wagen anzulassen.

«He, Maloney. Ist das Zufall? Oder hat man Ihnen die Wohnung gekündigt?» rief Herr Schulz begeistert.

«Ich erhole mich nur von dem Fusel, den Sie mir als Anzahlung gegeben haben.»

«Gewohnheitssache. Aber Moment mal. Sehen Sie das da?»

«Was?»

«Da hinten», sagte er und zeigte in den Park.

«Da liegt einer am Boden», sagte ich. «Nach den Wohnungen sind jetzt auch die Parkbänke knapp geworden.»

Schulz zerrte mich quer durch den Park. Schließlich standen wir vor dem Mann, der gekrümmt am Boden lag. Aus einer Wunde am Kopf sickerte Blut. Ich fühlte ihm den Puls. Da war nichts mehr zu machen. Der Mann war tot.

«Das ist Theo», sagte Schulz. «Die Schweine! Theo war ein Arschloch, aber das ist noch lange kein Grund, ihn umzubringen.»

«Haben Sie jemanden beobachtet? Vielleicht eine spezielle Gangart?»

«Ich war heute bei ein paar Freunden eingeladen. Unten am See. Auch ein hübscher Park. Allerdings nicht sehr windgeschützt.»

«Vielleicht hat sonst jemand etwas gesehen. Scheint aber niemand hier im Park zu sein.»

«War ziemlich kalt in der Nacht. Da ziehen es die meisten vor, im Obdachlosenasyl zu schlafen. Warten Sie mal. Da drüben, die Frau, sie versucht ihr Auto zu starten. Die war schon hier, als ich ankam.»

Tatsächlich saß eine Frau am Steuer des Autos. Sie machte einen nervösen Eindruck. Als ich neben ihrem Auto stand, sah sie mich erschrocken an. Genau in diesem Augenblick sprang der Motor an, und der Wagen brauste davon.

«Die hat es aber eilig.»

«Wetten, daß die etwas weiß, oder gesehen hat? Schade, daß ich mir die Autonummer nicht gemerkt habe.»

«Wenn Sie mich zum Frühstück einladen, sage ich sie Ihnen, Maloney.»

«Sie haben die Autonummer notiert?»

«Ein weiteres Hobby von mir. Ich präge mir Autonummern ein, um mein Gedächtnis zu trainieren.»

Wir erhielten unerwartet Besuch. Hugentobler näherte sich behende wie ein Tier, das auf Beutefang war. Vielleicht hatte er im Polizeipräsidium das Aas gerochen.

«Ich habe schon immer gewußt, daß Sie einmal hier enden werden, Maloney.»

«Hat Sie Ihre Frau von der Bettkante gestoßen, oder sind das erste Anzeichen von seniler Bettflucht?»

«Nichts dergleichen, Maloney. Ein Anwohner hat uns angerufen. Im Park soll ein toter Mann liegen.»

«Allerdings. Ein neues Mordopfer.»

«Das werden wir ja sehen.»

Schon bald war der Park mit Polizisten gefüllt. Schulz zog es vor, das Spektakel aus gebührender Distanz zu beobachten. Ich trank zwischendurch mit ihm einen Kaffee in einer Kneipe, die neben dem Park lag. Hugentobler trank eine dunkle Brühe aus einem Pappbecher, als ich mich zu ihm gesellte.

«Üble Sache, Maloney. Sieht ähnlich aus wie bei diesem Willy Berchtold. Seltsam ist nur, daß an der Parkbank kein Blut ist. Irgendwo muß sich der Mann gestoßen haben. Aber auch das werden wir noch herausfinden.»

«Daran zweifle ich keine Minute. Sie waren schon immer gut im Herausfinden von Dingen, die in Wirklichkeit gar keine Dinge waren.»

«Sie reden wieder einmal in Rätseln, Maloney. Diese Leute trinken einfach zu viel. Und dann fallen sie um. Und ab und zu fällt einer zu Tode. Daran ist nichts Ungewöhnliches, Maloney.»

«Einmal ist keinmal, aber zweimal ist schon mehr als Zufall. Alte Maloney-Weisheit.»

«Tun Sie, was Sie nicht lassen können, Maloney.»

Er winkte ab, und ich ging zusammen mit Schulz in mein Büro und blätterte im Verzeichnis der kantonalen Autokennzahlen. Schon bald hatte ich, was ich brauchte. Die Frau wohnte in einem kleinen Haus in der Altstadt. Das Haus war so klein, daß man im Treppenhaus nicht aneinander vorbeigehen konnte. Ich klingelte im zweiten Stock. Schulz stand hinter mir und schnaufte wie ein Marathonläufer, dem man einen Zentnersack auf den Rücken gebunden hatte.

«Sie sind doch der Mann aus dem Park? Sie haben mir einen schönen Schrecken eingejagt. Was wollen Sie von mir?»

Frau Wittwer starrte mich durch eine modische Brille an.

«Ein Geständnis, wenn es recht ist.»

«Was soll ich gestehen?»

«Zwei Morde.»

Sie lachte. «Haben Sie sonst noch ein Problem?»

Ich zuckte mit den Schultern, und Frau Wittwer knallte die Wohnungstüre zu.

«Ich kenne die Frau, Maloney», sagte Schulz und bohrte den kleinen Finger ins rechte Ohr.

«Weshalb haben Sie das nicht gleich gesagt?»

«Ich war mir nicht sicher. Ich habe sie ja nicht gehen sehen. Und wenn ich jemanden nicht gehen sehe, kann ich ihn schwer wiedererkennen.»

«Das habe ich total vergessen. Sie sind auf die Beine fixiert. Und wer ist die Frau?»

«Die gehört zu dem komischen Verein, der sich um die öffentlichen Parkanlagen bemüht. Sie kam ab und zu, goß die Blumen im Park. Eine ziemlich seltsame Frau.»

Die Tür der Nachbarwohnung öffnete sich, und ein Mann erschien im Treppenhaus.

«Entschuldigung. Darf ich mal durch?» sagte er und zwängte sich zwischen mir und Schulz durch. Schulz zupfte an meiner Jacke und zeigte auf den Mann, der eilig nach unten ging.

«Das ist er, Maloney», flüsterte Schulz. «Diese Gangart. Ich habe sie gleich wieder erkannt. Das ist der Mann, der vor Willis Tod im Park herumschlich. Dieses leichte Nachziehen des rechten Fußes. Typisch für sehr ehrgeizige Leute. Die haben ständig Angst, neben den Schuhen zu stehen.»

Ich bewegte meine beiden Füße nach unten und folgte dem Mann. Schulz versuchte dranzubleiben, gab aber nach einigen Metern resigniert auf. Zwei Straßenecken weiter hatte ich den Mann eingeholt.

«Was machen Sie da? Lassen Sie mich los!» schrie er.

«Das Loslassen kommt später. Zuerst packe ich zu und Sie aus.»

«Ich rufe die Polizei», sagte er und öffnete schon mal heftig den Mund.

«Ist mir auch lieber, wenn Sie das machen. Mich mag die Polizei nicht sonderlich. Aber an einem Doppelmörder haben sie Freude.»

«Ich muß weg. Ich habe eine dringende Sitzung, verstehen Sie?»

«Dann sitzen Sie mal schön. Wie wäre es mit lebenslänglich?»

«Sie können mir nichts anhängen.»

«Und ob ich das kann. Hier, sehen Sie?»

«Was ist das?»

«Eine Anstecknadel. Ich kann Ihnen noch viel mehr anhängen, wenn Sie nicht endlich gestehen.»

Ich steckte ihm die Nadel ans Hemd, nicht ohne dabei ein wenig von seiner Haut zu durchstechen.

«Also gut, aber erst nach der Sitzung. Ich werde heute zum Präsidenten des Vereins zur Verschönerung der städtischen Parkanlagen gewählt. Bis heute war ich nur Vorstandsmitglied.»

«Und als solches haben Sie den Park an der Lindenbachstraße mit zwei Leichen verschönert?»

«Ich habe die Leute gewarnt. Der Park war mustergültig, bis diese Penner auftauchten. Die Arbeit von Jahren wurde durch sie vernichtet. Und meine Chancen auf das Präsidium ebenfalls.»

«Und da haben Sie zugeschlagen.»

«Diese Leute sind doch sowieso schon so gut wie tot. Ich habe sie nur erlöst. Was glauben Sie, was die für eine Zukunft gehabt hätten?»

«Jedenfalls eine freiere als die Zukunft, die Sie vor sich haben. Leute wie Sie sollte man zu Suppenwürfel verarbeiten. Ich glaube allerdings nicht, daß irgend jemand diese Suppe auslöffeln möchte.»

«Diese Stadt erstickt im Dreck dieser Leute. Die Touristen bleiben aus, und die Parkanlagen verkommen zu Kloaken. Der Verein zur Verschönerung der städtischen Parkanlagen hat es sich zum Ziel gesetzt, diese Stadt wieder zum Blühen zu bringen.»

Ich hörte dem blühenden Unsinn noch eine Weile zu. Danach übergab ich den Mann der Polizei. Schulz bezahlte meine Bemühungen mit ein paar Flaschen übelriechenden Whiskys. Ich besuchte ihn später noch einige Male im Park. Wer weiß schon, wo er eines Tages enden wird? Ich jedenfalls würde es vorziehen, im Park bei den Pennbrüdern zu enden, als in irgendeinem Büro Anweisungen von irgendwelchen Pennern ausführen zu müssen. So geht das.

Die Blumen des Bösen

Es war ein hübsches Mietshaus im Norden der Stadt. Vor dem Haus standen einige Fahrräder. Die Fassade war frisch gestrichen, und alles sah ganz ordentlich aus. Nichts deutete darauf hin, daß hier jemand in der Nacht Angst und Schrecken verbreiten würde. Und doch war ich genau deswegen angerufen worden. Frau Diepholz empfing mich in ihrer Wohnung. Sie bot mir eine Tasse Kaffee an. Ich lehnte dankend ab.

«Ich bin eigentlich keine besonders ängstliche Person. Aber das, was in den vergangenen Nächten vor sich ging, hat mich sehr beunruhigt.»

«Sie sagten am Telefon etwas von einem Irren. Können Sie das präzisieren?»

«Ja. Der Mann lacht.»

«Zugegeben, das ist in der heutigen Zeit nicht ganz normal, aber das ist noch lange kein Grund, um durchzudrehen.»

«Sie haben dieses Lachen auch nicht gehört, Herr Maloney. Es ist ein völlig irres Lachen, geradezu maliziös.»

«Maliziös?»

«Sie müssen entschuldigen, das ist mir so rausgeflutscht. Haben Sie übrigens den Dachfirst unseres Hauses schon gesehen? Ist er nicht maliziös?»

«Doch, doch, ich habe noch selten so einen maliziösen Dachfirst gesehen. Was macht denn der Irre noch, außer daß er nachts lacht?»

«Genügt das nicht? Er schleicht ums Haus und lacht. Ich möchte, daß Sie das Haus bewachen und den Irren überstellen.»

«Was denn? Überstellen soll ich ihn auch noch? Würde es nicht genügen, wenn ich ihm heimlich ein Bein stelle?»

«Egal. Hauptsache, Sie machen ihn unschädlich und sorgen dafür, daß wir hier nachts wieder in aller Ruhe rammdösig werden können.»

Ich schaute mir die Dame genauer an. Ihr linkes Auge zuckte, und ihr Haar hatte die letzte Dauerwelle nur mit Mühe und Not überstanden. Sie lächelte wie eine liebe Nachbarin. Während ich mir so meine Gedanken machte, schlich sich eine müde alte Katze ins Wohnzimmer und legte sich neben Frau Diepholz.

«Das ist mein Kater Bresthaft.»

«Wie heißt der Kerl?»

«Bresthaft. So nannte man früher Menschen, die mit einem Gebrechen behaftet sind. Sie müssen wissen, daß ich Präsidentin der Vereinigung zur Förderung seltener Wörter der deutschen Sprache bin. Wir haben uns zum Ziel gesetzt, selten gebrauchte Wörter vermehrt in den Wortschatz der Menschen einfließen zu lassen.»

«Daher kommt ihr Kauderwelsch? Ich verstehe.»

«Kauderwelsch! Was für ein schönes Wort. Wird leider auch viel zu selten gebraucht.»

«Haben Sie den Irren einmal zu Gesicht bekommen?»

«Nein. Die Dunkelheit in der Nacht ist ja hageldicht.»

«Es hat gehagelt?»

«Nein, die Nacht war hageldicht. Das heißt soviel wie die Dunkelheit war so dicht wie ein Hagelsturm. Da sieht man nichts.»

«Wenn Sie mich fragen, sind Ihre seltenen Wörter nicht gerade kommunikationsfördernd. Genaugenommen wird man richtig bresthaft, wenn man Ihnen zu lange zuhört.»

«Ich bitte Sie! Sie wollen sich doch nicht mit mir über die Sprache streiten, oder? Nehmen Sie den Fall an, und bringen Sie den Irren dahin, wo er hingehört!»

Langsam hatte ich meine Zweifel, daß Frau Diepholz an dem Ort war, wo sie hingehörte. Ich nahm den Fall dennoch an. In meinem Büro holte ich die Taschenlampe aus dem Schreibtisch, wartete bis es dunkel wurde und fuhr zurück zu dem Haus. Es kamen immer mal wieder ein paar Leute vorbei, einige lachten auch, aber es klang nicht irrer als das Lachen der Leute, die damit im Fernsehen Geld verdienten. Als es mir zu langweilig wurde, machte ich einen Streifzug durchs Haus. In der zweiten Etage vernahm ich ein seltsames Geräusch. Ich klingelte. Eine junge Frau öffnete.

«Ist was?»

«Allerdings. Was ist das für ein Geräusch in Ihrer Wohnung?»

«Das ist meine Transalpin. In genau 25 Minuten fährt sie im Bahnhof ein, dann ist Feierabend. Möchten Sie sich meine Eisenbahn mal anschauen? Ich habe zwölf Tunnels gebaut. Ist doch toll, nicht?»

Ich nickte und machte mich aus dem Staub. Das Haus schien voll von Irren zu sein, die entweder seltsame Wörter oder eine Unmenge von Tunnels gebrauchten, um dem Leben etwas abzugewinnen. Frau Diepholz kam aus ihrer Wohnung gestürmt und rannte mich beinahe über den Haufen.

«Haben Sie es gehört, Maloney? Infernalisch, sag ich Ihnen, geradezu kodderig.»

«Kodderig? Ist das was Unanständiges?»

«Kodderig heißt soviel wie unverschämt.»

«Und wer war unverschämt zu Ihnen?»

«Das Lachen, Maloney, das Lachen! Ich glaube, es kam von ganz weit unten! Vielleicht aus dem Keller?»

Ich hatte zwar nichts gehört, und ich nahm auch nicht an, daß außer Frau Diepholz sonst noch jemand etwas gehört hatte. Aber schließlich wurde ich dafür bezahlt, mir diesen Unsinn anzuhören, und so ging ich mit Frau Diepholz in den Keller. Selbstverständlich lachte im Keller niemand, nicht mal eine betrunkene Kellerassel. Frau Diepholz ließ sich nicht beirren.

«Vielleicht kam es aus der Waschküche? Schauen wir uns den Waschzuber an?»

«Meinetwegen.»

«Haben Sie eine Waffe dabei? Menschen, die lachen, können gefährlich sein.»

Frau Diepholz ließ nicht locker. Gemeinsam gingen wir in die Waschküche. Der Anblick war nicht zum Lachen. Neben der Waschmaschine lag eine Frau in einer Blutlache.

«Ist sie tot?»

«Sie hat garantiert ausgelacht. Kennen Sie die Frau?»

«Ja. Das ist Frau Jäger aus dem Parterre. Die Frau hat immer nur ganz gemeine Wörter gebraucht. Nie, aber auch gar nie hat sie ein seltenes Wort benutzt.»

«Das wird wohl kaum das Motiv für den Mord gewesen sein. Sehen Sie mal, da liegen Blumen. Was macht eine Frau in der Waschküche mit einem Blumenstrauß?»

«Woher soll ich das wissen, Sie sind der Detektiv. Glauben Sie, daß Frau Jäger so irre gelacht hat?»

Ich zuckte die Schultern. Man soll sich nicht über das Schicksal beklagen, aber mir juckte nicht gerade das Herz vor Freude. Denn daß neben der Toten und Frau Diepholz auch noch die Polizei in dem seltsamen Haus auftauchen würde, machte die Sache nicht besser. Ich zündete mir eine Zigarette an und rauchte, während Frau Diepholz in ihrem Gehirn nach einem seltenen Wort für *Mord* suchte.

Die Polizisten wunderten sich über den Blumenstrauß. Die Tote dagegen war für sie nichts Ungewöhnliches. Frau Diepholz lieferte ihre Version der Geschichte und reicherte sie mit seltenen Wörtern an. Ich versuchte, möglichst klar und deutlich zu bleiben.

«Das ist mal ganz was Neues, Maloney. Normalerweise gehen Sie doch Blumen aus dem Weg, oder?»

«Die waren auch nicht für mich bestimmt.»

«Unter uns, Maloney. Diese Frau Diepholz hat einen Sprung in der Schüssel, nicht wahr?»

«Die hat einfach zuviel im Duden geblättert. Sie glaubt im übrigen, daß hier irgendein Irrer unterwegs ist.»

«Ein Irrer? Könnte stimmen. Ein normaler Mensch legt doch keine Blumen neben eine Leiche. Vielleicht hat der Täter die Blumen hier vergessen. Soll ja vorkommen.»

«Vielleicht wollte er der Dame Blumen schenken und die hat ihm anstelle einer Vase einen Korb gegeben. Auch so was kann vorkommen.»

«Interessante These, Maloney. Ich bin sicher, daß die Leute von der Spurensicherung mehr herausfinden. Ist noch keine vier Stunden her. Die Frau ist erschlagen worden. Fragt sich nur, womit?»

Ich ließ ihn fragend zurück und ging die Treppe hoch. Frau Diepholz und ihr Kater erwarteten mich.

«Ich glaube, ich weiß, wer der Mörder ist. Das war dieser leptozephale Mann.»

«Laptop? Ein Computermann?»

«Leptozephal heißt schmalköpfig. Dieser Gärtner hat einen ganz schmalen Kopf. Sieht ein wenig aus wie der Kopf einer dieser Etruskerfiguren.»

«Ein Gärtner? Haben Sie das der Polizei erzählt?»

«Der Polizei? Selbstverständlich nicht. Die werden dafür bezahlt, daß sie die Täter selber ausklamüsern.»

«Blumen und Gärtner passen zusammen. Aber was hatte der Grünmann für ein Motiv?»

«Ganz einfach. Der Gärtner wurde vor einigen Monaten rausgepfeffert, weil sich einige Mieter über sein stümperhaftes Hantieren beschwert haben. Die Tote hatte sich auch beschwert.»

Frau Diepholz nannte mir den Namen und die Adresse des Gärtners. Ich notierte mir alles fein säuberlich, schlich mich in mein Büro und legte mich unter meinen Schreibtisch. Es war Zeit, ein wenig zu schlafen. Als ich wieder erwachte, war ein neuer Tag mit voller Wucht und schon seit zehn Stunden über die Stadt und mich hereingebrochen. Ich stand trotzdem auf und machte mich auf den Weg zum Gärtner.

«Morgen. Sie wünschen?»

«Mein Name ist Maloney. Privatdetektiv. Wo waren Sie gestern abend zwischen zwanzig Uhr und Mitternacht?»

«Was geht Sie das an?»

«Eine ganze Menge. Es gibt Leute, die glauben, daß Sie nachts in fremde Waschküchen steigen und Blumen verteilen.»

«Blödsinn. Ich war gestern abend bei einem Vortrag über Gartenbau.»

«Die ganze Nacht?»

«Habe anschließend noch mit zwei Kollegen bis etwa um halb drei gesoffen. Genügt das?»

Das genügte vorerst. Das Alibi war leicht nachzuprüfen. Ich überließ das der Polizei. Der Gärtner verzog sich in seiner Wohnung und kam in Berufskleidern wieder zum Vorschein. Er wollte sich einen Garten anschauen, den ihm jemand empfohlen hatte. Ich fragte, ob ich ihn begleiten dürfe. Er hatte nichts dagegen einzuwenden.

«Mal ehrlich. Weshalb sind Sie zu mir gekommen?»

«In einem Haus, bei dem Sie bis vor kurzem als Gärtner gearbeitet haben, wurde gestern nacht eine Frau ermordet. Man hat Sie entlassen, weil Ihre Gartenschere nichts taugte.»

«Wissen Sie, die Leute in dem Haus sind Banausen. Wollten einen idiotischen Ziergarten, wie man ihn überall in der Stadt sieht. Scheußliche Dinger. Bin eigentlich ganz froh, daß ich den Job loswurde.»

Er klang nicht verbittert. Der Mann machte einen ganz zufriedenen Eindruck. Langsam hatte ich das Gefühl, daß Frau Diepholz zwar eine gute Nase, aber keinen dazugehörigen Verstand besaß. Der Gärtner parkte vor einem Haus, das auch nicht viel besser aussah als all die anderen. Vor dem Haus standen zwei Wagen der Polizei. Der Gärtner wunderte sich. Ich ging ins Haus und erlebte eine Überraschung.

«Maloney und der geheimnisvolle Blumenmörder. Scheint eine Art Symbiose zu sein.»

«Nun übertreiben Sie mal nicht, mit all den fremden Wörtern. Kann ganz schön ins Auge gehen.»

«Ich frag Sie jetzt lieber nicht, wie Sie hierhergefunden haben, Maloney.»

«Wieso denn nicht? War doch ganz einfach. Die Straße ist auf jedem Stadtplan eingezeichnet.»

«Nur die Leichen sind auf keinem Plan vermerkt.»

«Ich höre immer das Wort Leichen», sagte ich. «Dabei habe ich noch nicht mal gefrühstückt.»

«Sind Sie deshalb noch nüchtern, Maloney? Ernsthaft: da oben liegt tatsächlich eine Leiche. Und daneben liegt wieder so ein Blumenstrauß.»

«Ist nicht wahr? Ich habe es immer gesagt: Blumen sind ungesund.»

«Blumen schlagen niemandem den Kopf ein, Maloney. Aber dieser Frau Loob hat jemand ganz schön was auf den Schädel geknallt.»

Ich verzichtete darauf, mir die Leiche genauer anzusehen. Die Tote hieß Karin Loob, war vierzig Jahre alt und alleinstehend. Das allein war allerdings auch noch kein ausreichendes Tatmotiv. Irgendwo in der Stadt lief einer herum, der etwas ganz Spezielles durch die Blume sagen wollte. Doch zwei seiner Kunden konnten das nicht mehr verstehen.

In meinem Büro lag noch kein Blumenstrauß, dafür klingelte das Telefon. Frau Diepholz war am Apparat und wünschte meine Anwesenheit in ihrer Wohnung. Ich machte mich auf den Weg. Sie empfing mich freundlich, aber ein wenig ungeduldig.

«Ich weiß jetzt, wer der Irre ist.»

«Der Blumenmörder? Wollen Sie mich noch einmal auf eine falsche Fährte locken?»

«Hat der Gärtner nicht gestanden?»

«Nein. Aber dafür gab es heute morgen noch eine Leiche zu besichtigen. Aber schön der Reihe nach. Welchen Irren meinen Sie?»

«Der Irre, der lacht. Es ist ein Schauspieler von gegenüber. Heute morgen hat er wieder losgewiehert. Ich habe ihn vom Erkerfenster aus beobachtet und sofort zur Rede gestellt.»

«Wunderbar. Dann kann ich den Fall abschließen?»

«Das können Sie. Der Mann hat nämlich eine Rolle gekriegt beim Radio. Irgend so ein Hörspiel. Darin stand als Regieanweisung: homerisches Gelächter. Das hat er seit Tagen und Nächten geübt. Verrückte Erdenwürmer, diese Schauspieler, finden Sie nicht?»

Ich tat, was ich in solchen Situationen immer tue: artig nicken.

Frau Diepholz holte aus der Tiefe ihres Oberkörpers eine Menge Luft nach oben und setzte diese in Töne um.

«Mir ist da noch etwas eingefallen. Diese Entseelte in der Waschküche besaß eine Eigentumswohnung. Die hat sie vermietet, und sie selber hauste hier. Ist doch seltsam, nicht?»

«Zumindest nicht uninteressant. Wo finde ich diese Eigentumswohnung?»

«Ich habe doch gewußt, daß Sie das erwartungsvoll macht, Herr Maloney. Hier, ich habe Ihnen die Adresse aufs Papier geschmotzt.»

Ich bedankte mich und machte mich auf den Weg. Ich versprach mir nicht viel davon, allerdings konnte ich auch nicht mehr als noch eine Leiche mit noch einem dieser widerlichen Blumensträuße antreffen. Doch anstelle der Leiche traf ich vorerst nur auf einen Polizisten.

«Ertappt, Maloney. Diesmal sind Sie aber ganz schön auf dem falschen Dampfer. Hier im Haus leben noch alle.»

«Sind Sie ganz sicher? Liegt nicht über jedem Haus der Geruch von Fäulnis und Tod? Es gibt Leute, die sind schon längst tot und leben trotzdem weiter.»

«Ich nehme an, daß Sie zu Frau Loob wollen, Maloney?»

«Loob? Ich dachte, die sei tot?»

«Ist sie auch. Aber wir haben festgestellt, daß sie hier ebenfalls als Mieterin registriert war. Üble Sache, Maloney. In der Wohnung leben vier Leute in Untermiete. Ich werde einfach nicht schlau aus den Morden. Nirgendwo gibt es ein Motiv.»

«Das Motiv liegt vielleicht gerade dort, wo Sie es nicht vermuten. Soll vorkommen.»

«Glauben Sie, Maloney? Vielleicht hat die Befragung der Blumengeschäfte schon etwas ergeben. Ich werde mich darum kümmern. Soll ich Sie ein Stück mitnehmen, Maloney?»

«Danke, aber mein Herz ist auch nicht mehr das beste. Ist wohl besser, wenn ich es schone.»

«Schnüffeln Sie ruhig noch ein wenig im Haus herum. Ich hoffe, daß Ihre Nase dabei was abbekommt.»

Ich ging zwei Stockwerke höher und klingelte an einer Tür, neben der vier mit Kugelschreiber bekritzelte Namensschilder klebten. Es öffnete niemand. Dafür ging die Tür gegenüber auf. Eine neugierige Frau mit großen Augen und kurzen Haaren stand vor mir.

«Sind Sie von der Polizei?»

«Nein, tut mir leid, mir geht es gut.»

«Wird langsam Zeit, daß sich jemand um diese Wohnung kümmert. Wenn Sie mich fragen, ist das Betrug. Aber das kümmert anscheinend niemanden.»

«Wer betrügt hier wen?»

«Seit der alte Mann ins Altersheim gezogen ist, geht es in der Wohnung drunter und drüber. Ständig wechseln die Mieter. Die vermietet ihre Eigentumswohnung zimmerweise. Und das zu völlig übersetzten Mietzinsen. Ein Skandal ist so etwas.»

Die Frau ereiferte sich mächtig. Ich ließ es dabei bewenden und fuhr zurück in mein Büro. Zwölf Telefonanrufe später war mir alles klar. Ist schon ein nützliches Ding, so ein Telefon. Ich machte mich auf den Weg ins Altersheim Sonnenhalde. Es lag im Schatten eines riesigen Bürogebäudes. Ich entdeckte ihn im zweiten Stock. Er hatte gerade wieder eine seiner Überraschungen in der Hand.

«Na, Herr Loob? Wen wollen Sie denn jetzt noch mit Blumen beglücken?»

«Lassen Sie mich. Nur noch eine Viertelstunde. Dann dürfen Sie mich verhaften.»

«Eine Viertelstunde? Nicht übel für Ihr Alter. Es gibt jüngere, die brauchen viel länger, um jemandem die Birne einzuschlagen.»

«Was machen Sie da? Lassen Sie mich los. Dieses Luder hat mir wieder das Gebiß versteckt. Dafür werde ich sie jetzt bestrafen.»

Der Mann war erstaunlich kräftig. Ich trat ihm mit voller Wucht auf seine Pantoffeln. Es nützte. Er ließ den Blumenstrauß fallen. Aus dem Strauß fiel ein Gummihammer. Schließlich setzte sich Herr Loob auf einen Stuhl und gestand.

«Meine Tochter und diese Besitzerin der Wohnung steckten unter einer Decke. Sie machten gemeinsame Sache, verstehen Sie?»

«Und was machten die beiden unter der Decke? Doch nicht etwas Unanständiges, oder?»

«Meine Tochter überredete mich, aus der Wohnung auszuziehen, weil die Besitzerin angeblich eine Familie darin unterbringen wollte. Ich ging ins Altersheim. Als ich aber vor zwei Wochen einen Spaziergang zu meiner alten Wohnung machte, stellte ich fest, daß die Wohnung zu völlig überrissenen Bedingungen an vier Personen vermietet worden war.»

«Und da stellten Sie Ihre Tochter zur Rede?»

«Sie hat alles abgestritten. Aber ich sah, daß sie in ihrer Wohnung alles neue Geräte hatte. Video und so. Die hat von der Besitzerin der Wohnung Geld kassiert, damit sie offiziell als Mieterin ihren Namen hergab.»

«Schön und gut. Aber weshalb dann gleich zum Hammer greifen?»

«Weshalb nicht? Wissen Sie, ich habe mein Leben lang nie richtig auf den Tisch gehauen. Und jetzt habe ich dafür mal so richtig auf den Kopf gehauen.»

Er lachte und schaute liebevoll auf den Hammer, der zwischen uns auf dem Boden lag.

«Und was hat es mit den Blumen auf sich?»

«Meine Schwester und die Besitzerin der Wohnung haben mir einmal im Monat einen Blumenstrauß ins Altersheim geschickt. Da wollte ich mich revanchieren.»

Der alte Herr Loob lachte auch noch, als die Polizei ihn abführte. Sein Gebiß wurde wenig später in einer Dose Puderzucker gefunden. Frau Diepholz wurde ein paar Wochen später verhaftet, weil sie einen Polizisten mit den Worten *Staatlicher Gummiknüppelschwinger* tituliert hatte. Die Vereinigung zur Förderung seltener Wörter der deutschen Sprache zeichnete sie dafür mit dem großen Duden-Verdienstkreuz aus gestampften Altpapier aus. Ich blieb bei meinem kleinen Duden. Ein größerer hätte in meinem Büro keinen Platz gehabt. So geht das.

Schmuckstücke

Mein neuer Klient war ein junger Journalist, der mir sogleich sympathisch war, weil er mich in eine Bar einlud. Leider stellte sich die Bar als alternative Bar heraus, was wiederum hieß, daß darin kein Whisky, dafür seltsame Gemüsesäfte ausgeschenkt wurden. Ich verzichtete, während Herr Gstrein ein Glas mit grünem Inhalt leerte.

«Vor drei Monaten begann ich mit der Recherche zu einem Buch. Mein erstes Buch. Ich werde es meiner Mutter widmen.»

«Hat Sie Ihre Mutter in der Kindheit mit schrecklichen Gemüsesäften gefoltert, und jetzt kommen Sie nicht mehr davon los?»

«Meine Mutter hat mich gefördert. Als ich sieben war, da wollte ich Comics lesen. Sie aber schenkte mir ein Abonnement des *Spiegels.*»

«Solche Rabenmütter werden heutzutage in Talkshows geoutet und ausgebuht.»

«Dank ihr bin ich Journalist geworden. Mit zehn schrieb ich meine erste Reportage. Mit zwölf erhielt ich meinen ersten Preis. Mit vierzehn hatte ich eine Krise und wollte Lehrer werden.»

«Und jetzt haben Sie die Krise überstanden und möchten ein Buch schreiben?»

«Über Originale.»

«Das bringt mehr ein als ein Buch über Fälschungen?»

«Mein Buch erzählt die Lebensgeschichten von Stadtoriginalen. Menschen, die aus dem Rahmen fallen. Sie sind auch so etwas wie ein Original.»

«Danke, aber über mich müssen Sie nichts schreiben. Ihre Mutter würde das nicht gerne lesen.»

«Sie kennen meine Mutter?»

«Ich hoffe nicht.»

«Sie ist einmalig. Deshalb muß ich die Schmuckstücke wiederbekommen.»

«Haben Sie mit 13 Jahren gelernt in Rätseln zu sprechen, oder kam das später?»

«Meine Mutter hat mir ein paar Schmuckstücke zur Aufbewahrung überlassen. Sehr alt, sehr wertvoll. Leider wurden diese Schmuckstücke gestohlen.»

«Aber zur Polizei gehen Sie erst, wenn Sie vierzig sind?»

«Ich möchte nicht, daß der Dieb strafrechtlich belangt wird.»

«Sie wissen, wer es war? Ist sie groß, schlank und unwiderstehlich?»

«Als ich vier war, wußte ich, daß ich mir nichts aus Frauen mache. Daran hat sich bis heute nichts geändert.»

«Vielleicht sollte sich Ihre Mutter klonen lassen, damit Sie später doch noch heiraten können.»

«Beschaffen Sie mir den Schmuck. Die Stadtoriginale waren alle mindestens einmal in meiner Wohnung. Ich verdächtige niemanden konkret. Aber es muß einer meiner Interviewpartner gewesen sein.»

«Kein Problem. Ich werde die Damen und Herren Originale kräftig durchschütteln, bis sie sich als Fälschung zu erkennen geben.»

«Ich verabscheue Gewaltanwendung. Gehen Sie behutsam vor, mit psychologischem Geschick. Diese Menschen sind hochsensibel und verletzlich. Mit einer Ausnahme. Diese Ausnahme müssen Sie finden.»

Er überreichte mir eine Adreßliste. Einige der Originale lebten in richtigen Wohnungen, andere in einer Baumhütte. Da es regnerisch war, zog ich es vor, mich zuerst in einer Wohnung umzusehen. Die Wohnung entpuppte sich jedoch als potemkinsche Fassade. Dahinter lauerte der nackte Irrsinn.

«Willkommen im Reich der grauen Federn, hugh. Ich bin Häuptling Graue Feder, ein Nachkomme der Yotayota-Indianer.»

«Und ich bin Philip Maloney, ein Nachkomme irischer Säufer und Schweizer Alphornbläser.»

«Feuerwasser ist in meinem Tipi verboten. Wenn Sie möchten, können wir zusammen eine Friedenspfeife rauchen. Aber nur, wenn Sie in friedlicher Absicht gekommen sind.»

«Ich schreibe an einem Artikel über die letzten Indianer der Stadt. Man hat mir Ihre Adresse genannt, da außer Ihnen nur noch dieser übergewichtige Sänger behauptet, Indianer zu sein.»

«Alles nur Folklore. Ich habe echtes Indianerblut in mir. In einem früheren Leben wurde ich am Missouri von der Kavallerie verfolgt und getötet. Sehen Sie diese Narbe? Eindeutig eine Schußwunde.»

«Ich wußte gar nicht, daß sich Schußwunden vererben.»

«Das ist eine Art Stigma. Sie kennen das sicherlich, die Menschen, die plötzlich an Händen und Füßen zu bluten beginnen. Bei mir ist das anders. Ich spüre das Leid, das meinem Volk angetan wurde.»

«Und weshalb wandern Sie nicht aus und gehen zu Ihren Stammesbrüdern in ein Reservat?»

«Das geht leider nicht. Ich bin der einzige Überlebende meines Volkes. Die Yotayota-Indianer finden Sie in keinem Geschichtsbuch. Sie sind ausgerottet und vergessen. Mit einer Ausnahme. Sie steht vor Ihnen.»

«Dann kann ich Sie für meinen Artikel nicht gebrauchen. Ich schreibe nur über eingebildete Indianer.»

«Ich bin nicht eingebildet. Ich bin echt.»

«Ich schreibe gleichzeitig einen Artikel über alte Broschen und anderen Schmuck.»

«Ich besitze nur Indianerschmuck. Und eine Lebensversicherung. Eigentlich lehnen wir Indianer es ab, unser Leben zu versichern. Aber meine Wohnung gehört der Versicherungsgesellschaft, und die schmeißen mich raus, wenn ich die Versicherung kündige. Aber vielleicht könnte ich bei Ihnen unterkommen? Ich könnte mein Tipi in Ihrem Büro aufstellen und Ihnen weise Indianersprüche diktieren. Damit könnten Sie reich werden.»

Ich zog es vor, ein armer Schlucker zu bleiben und mich mit anderen Stadtoriginalen herumzuschlagen. Carlo Pronto war ein Künstlername. Doch der Mann, der sich so nannte, war kein Künstler, sondern ein Geisterjäger. Er war gerade dabei, in einer alten Villa nach dem Rechten zu sehen. Von überall her vernahm man Geräusche, die wie Rülpsen und Furzen klangen.

«Das geht den ganzen Tag und die ganze Nacht so. Es ist richtig unanständig.»

Frau Pfarr sah schlank und edel aus. Dazu paßte das teure Kleid und die hochhackigen Schuhe.

«Der Geist ist ein Proletarier, das ist ungewöhnlich. Die meisten Geister stammen aus der Oberschicht.»

Herr Pronto sah wie ein italienischer Coiffeur aus. Dunkle Brusthaare ragten aus seinem Hemd.

«Dieser Geist scheint Verdauungsprobleme zu haben», sagte ich, nachdem ein Rülpsen das Haus erschüttert hatte.

«Kein Problem. Ich werde dem Geist den Garaus machen, danach wird dieses Haus für immer geistfrei sein.»

«Das möchte ich aber nicht», sagte die edle Frau Pfarr.

«Ich soll den Geist nicht verjagen?»

«Ich möchte, daß Sie diesen Geist durch einen anderen ersetzen. Einen zivilisierten, einen gebildeten Geist. Ich habe dieses Haus gekauft, weil es darin spukt, aber ich ahnte nicht, daß dieser Geist keine Manieren hat.»

«Vielleicht sollten Sie beim nächsten Mal zuerst einen Katalog anfordern», schlug ich vor. «Pflegeleichte Geister sind möglicherweise teurer.»

«Was wissen Sie schon?»

«Ich weiß nur, daß ich mit Herrn Pronto sprechen möchte.»

«Aber erst, nachdem er diesen Rüpelgeist verjagt hat.»

«Zwei bis drei Tage müssen Sie mir schon Zeit lassen. Ich muß Tag und Nacht hier sein, muß mit dem Geist Kontakt aufnehmen. Wo ist er nachts zu hören?»

«In meinem Schlafzimmer.»

«Dann werde ich mich zu Ihnen legen.»

«Wenn es der Sache dient.»

«Moment mal, so leicht komme ich nie in das gemachte Bett einer Klientin», beschwerte ich mich.

«Sie sind im Gegensatz zu Herrn Pronto auch nicht gerade der südländische Typ.»

«Herr Maloney ist Privatdetektiv. Er interessiert sich für Geisterjäger, weil er glaubt, damit nebenbei etwas Geld verdienen zu können.»

«Ich glaube nicht, daß er für diesen Job geeignet ist.»

«Ich habe von einem Geist gehört, der alte Broschen sammelt. Kommt Ihnen das bekannt vor, Herr Pronto?»

«Geister sind in der Regel keine Sammler. So, und jetzt mache ich mich an die Arbeit. Wir sollten in Ihrem Schlafzimmer beginnen, Frau Pfarr. Wußten Sie, daß Geister durch nackte Körper irritiert werden?»

«Tatsächlich? Ich schlafe immer im Nachthemd.»

«Das sollten Sie umgehend ändern.»

«Umgehend?»

«Umgehend.»

«Aber nicht vor diesem Mann.»

Sie wies mir die Tür, und der Geisterjäger Pronto schaute lüstern auf das Hinterteil der reichen jungen Dame. Wieder einmal wurde mir bewußt, daß es angenehmere Berufe gibt als jenen, den ich gewählt hatte. Dieser Eindruck verstärkte sich, als ich in die Wohnung von Herrn Klauser, einem weiteren Stadtoriginal, kam. Klauser lag mausetot auf dem Küchenboden.

Ich rief meinen Klienten an, und dieser versprach, an den Tatort zu kommen, um jene Fragen der Polizei zu beantworten, die nur er beantworten konnte.

«Das soll mal einer verstehen, Maloney. Der Tote hatte weder Verwandte noch Bekannte, und auch im Haus kann sich niemand daran erinnern, je einen Satz mit ihm gewechselt zu haben. Zudem hatte der Tote keine Arbeit. Saß den ganzen Tag in seiner Wohnung. So etwas kann Ihnen auch mal blühen, Maloney.»

«Immerhin mußte der Tote sich nie mit einem Polizisten unterhalten. Ein solches Leben hat auch etwas für sich.»

«Und Sie, junger Mann, in welchem Verhältnis standen Sie zu dem Toten?»

«Ich wollte über ihn schreiben», sagte mein Klient.

«Das ist wieder typisch. Die Journalisten interessieren sich nur für das Abnormale, das Perverse, das Negative. Über einen Polizeibeamten, der tagein tagaus seinen Dienst versieht, wird nie etwas geschrieben.»

«Dafür erscheinen nette Artikel über Polizisten, die sich als Drogenkuriere versuchen und so dämlich sind, Rauschgift in einer Lautsprecherboxe zu verstecken.»

«Noch ist nichts erwiesen, Maloney. Vielleicht sind diese Polizisten unschuldig. Vielleicht sind das gar keine Polizisten, vielleicht wurde alles nur von den Medien erfunden. Die Medien brauchen schließlich Geschichten. Es fällt nicht jeden Tag ein Kennedy vom Himmel.»

«Herr Klauser war ein Genie. Er wäre berühmt geworden, wenn ich seine Geschichte veröffentlicht hätte.»

«Und was hat dieses Genie gemacht?» fragte Hugentobler. «Wie ein Künstler sieht der Tote nicht gerade aus.»

«Herr Klauser hat vor zehn Jahren ein beträchtliches Vermögen geerbt.»

«Seit wann ist Erben ein Geniestreich?»

«Die einen erben Geld, die anderen Intelligenz und der Rest ein Dienstreglement», sagte ich.

«Herr Klauser hat sich völlig zurückgezogen und in der Abgeschiedenheit eine eigene Sprache erfunden. Eine Sprache, die nur er selber beherrschte.»

«Und wozu soll das gut sein?» fragte Hugentobler. «Sprachen, die niemand spricht, gibt es genug. Denken Sie nur an Latein, Esperanto oder Rätoromanisch.»

«Herr Klauser hat sich nur noch in seiner eigenen Sprache verständigt. Wenn man sich Mühe gab und sich Zeit nahm, konnte man ihn verstehen. Mir ist es gelungen, einige seiner Worte zu deuten. Magadoguwugo hieß zum Beispiel Niederdruckheizung.»

«Ein Wort, das in der alltäglichen Konversation nicht fehlen darf», sagte ich.

«Es reicht. Ich bin hier, um einen Mord aufzuklären. Dazu genügen mir Name und Adresse des Opfers, Blutgruppe, AHV-Nummer und Impfausweis. Das geben wir in unseren Computer ein, und schon haben wir ein Motiv. Und wenn kein Motiv herausschaut, haben wir wenigstens eine schöne Liste. Die kann man ausdrucken und vervielfältigen. Ganz im Gegensatz zu diesem Mogadischu-Unsinn, den Sie uns erzählen.»

«Magadoguwugo.»

«Sag ich doch.»

Mein Klient begleitete mich in eine Bar. Ich genehmigte mir etwas Alkoholisches, während er sich mit einem Tomatensaft begnügte. Er fragte nach dem Stand meiner Ermittlungen, und ich verwies ihn auf das beinahe leere Glas. Er nickte nachdenklich und riet mir, auch die anderen Originale aufzusuchen. Am nächsten Morgen besuchte ich Frau Fähndrich, die unnützes Wissen sammelte.

«In meinem Computer habe ich drei Gigabyte unnützes Wissen gesammelt.»

«Und wozu soll das gut sein?»

«In unserer Zeit muß alles einen Nutzen haben. Dabei vergißt man, daß vieles, was auf den ersten Blick nutzlos erscheint, später von großer Wichtigkeit sein kann. Nehmen Sie zum Beispiel den Fahrplan der schwedischen Eisenbahn aus dem Jahre 1976. Ich kann Ihnen jederzeit sagen, welche Züge zu welcher Zeit zwischen Stockholm und Göteborg fuhren.»

«Die Wahrscheinlichkeit, daß ich das je wissen muß, ist relativ gering.»

«Aber vielleicht wird eines Tages ein Skelett gefunden und bei dem Skelett eine Bahnfahrkarte, die aber nicht mehr leserlich ist. Die Polizei muß herausfinden, wann dieses Skelett wohin gefahren ist.»

«1976 in Schweden? Besitzen Sie noch mehr alte Fahrpläne?»

«Ich digitalisere alles, was mir in Antiquariaten und Brockenhäusern in die Finger kommt. Zum Beispiel ein Adreßbuch aus Turin, 1954.»

«Zweifellos eine spannende Lektüre.»

«So ist es. Diese Bücher erzählen Geschichten. Unser Leben ist ein Puzzle, von dem wir nur die großen Stücke im Gedächtnis behalten. Ich interessiere mich für das, was unser Gedächtnis nicht speichert, weil wir es für unnütz halten.»

«Und wie finanzieren Sie sich dieses unnütze Hobby?»

«Ich erhalte Stipendien und Forschungsaufträge. In ein paar Jahren wird an jeder Universität unnützes Wissen gelehrt.»

«Das war schon immer so.»

«Unnützes Wissen lehrt uns, daß alles an Bedeutung verlieren kann. Ein Adreßbuch zum Beispiel ist nur interessant, solange es ständig aktualisiert wird. Ist es nicht auch bei den Menschen so? Solange sie leben und sich aktualisieren, interessiert man sich für sie, und wenn sie sterben, werden sie vergessen, früher oder später. Wie das Turiner Adreßbuch aus dem Jahre 1954. Dagegen kämpfe ich an. Gegen das Vergessen.»

Ich wünschte ihr ein Elefantengedächtnis und fuhr zurück in mein Büro. In einer Schreibtischschublade fand ich eine ganze Beige unnützen Wissens. Zum Beispiel ein uraltes Telefonbuch und eine Wettervorhersage aus dem Jahre 1986. Und auf einem alten Stadtplan fand ich den Wald, in dem Herr Rauber hauste. Auch er ein Stadtoriginal.

«Dieser Journalist möchte ein Buch über mich schreiben.»

«Über Sie alleine? Haben Sie denn so viele Seiten zu bieten?»

«476 Stofftiere. Alle geben Geräusche von sich.»

«Das ist ja ekelhaft. Kein Wunder, haben Sie Ihre Wohnung verloren.»

«Ich habe mich freiwillig in den Wald zurückgezogen. Meine Nachbarn machten sich über mich lustig, und die Polizei vermutete, daß ich mit meinen Stofftieren Kinder in die Wohnung locken wollte. Dabei versuchte ich nur, Schwingungen zu erzeugen. Die Stofftiere verursachen Geräusche, die mein Skrotum in Schwingung versetzen.»

«Ihr Skrotum?»

«Wenn ich ein anderes Wort dafür verwende, klingt es unanständig. So ist es aber nicht gemeint. Es gibt eine direkte Verbindung vom Skrotum zum Stammhirn. Wird diese Verbindung durch Schwingung animiert, werden im Gehirn Glückshormone freigesetzt. Die Folge ist die unendliche Glückseligkeit.»

«Und die erleben Sie hier im Wald?»

«Nicht ganz. Erst in der Vereinigung mit einer geliebten Frau wird das Glück vollkommen.»

«Und diese Frau muß eine Waldfee sein?»

«Sie muß vor allem akzeptieren, daß die körperliche Verschmelzung auf Stofftieren geschehen muß. Die Geräusche sind wichtig für die gemeinsame Glückseligkeit.»

«Und wie finanzieren Sie sich die Stofftiere?»

«Ich lebe bescheiden, erlege ab und zu ein Wildtier und verkaufe es. Stofftiere sind nicht teuer. Jetzt aber möchte ich mein Skrotum in Schwingung versetzen.»

Er tat dies, indem er mehrere Stofftiere gleichzeitig zum Quietschen brachte. Seine Augen verdrehten sich in Verzückung, und ich suchte das Weite. Erst Stunden später hatte ich mich von den beiden letzten Stadtoriginalen einigermaßen erholt. Am nächsten Morgen rief mich Herr Pronto, der Geisterjäger, an. In seiner Wohnung spukte es.

«So etwas ist mir noch nie passiert. Der Geist, den ich aus Frau Pfarrs Haus vertrieben habe, ist mir gefolgt.»

«Soweit ich informiert bin, genügt es, wenn Sie sich nackt ins Bett legen, um ihn zu verjagen.»

«Das funktioniert nur in fremden Häusern.»

«Und bei fremden Frauen?»

«Eine Frau liegt in meinem Bett.»

«Donnerwetter, Sie haben ein Tempo drauf. Gestern noch im fremden Bett und jetzt im trauten Bett mit fremder Dame?»

«Die Frau ist nicht fremd. Ich habe sie bei diesem Journalisten kennengelernt. Sie sammelt seltsame Informationen. Busfahrpläne und anderen Mist.»

«Alte Adreßbücher aus Turin?»

«Alles, alles. Die Frau ist nicht ganz dicht, aber wie soll ich sagen, ungemein, Sie wissen schon.»

«Und jetzt liegt sie in Ihrem Bett und verlangt nach dem Mailänder Telefonbuch aus dem Jahre 1987?»

«Sie verlangt gar nichts mehr. Sie ist tot.»

«Sie haben Frau Fähndrich umgebracht?»

«Nein, nein, sie lag da, tot in meinem Bett, erschossen.»

«Und weshalb haben Sie nicht die Polizei verständigt?»

«Die Polizei, genau. Ich überlegte, was ich machen sollte, aber es fiel mir nicht ein. Mit Geistern komme ich alleine klar, aber mit dem Vorstadium von Geistern, mit echten Toten, da kenne ich mich nicht aus. Rufen Sie die Polizei, ich trinke in der Zwischenzeit eine Flasche Grappa.»

Tatsächlich leerte er locker eine Flasche, während ich mit der Einsatzzentrale sprach. Als die Polizei eintraf, kümmerten sich die Beamten umgehend um Herrn Pronto, der regungslos auf dem Sofa lag. Ich machte die Beamten darauf aufmerksam, daß die eigentliche Leiche im Schlafzimmer lag.

Mit dem Erscheinen der Polizei verstummte der rüpelhafte Geist in Herrn Prontos Wohnung. Wahrscheinlich sah er ein, daß er gegen die Beamten keine Chancen hatte. Herr Pronto duschte kalt und war wieder ansprechbar. Er versuchte, seine Dienste der Polizei schmackhaft zu machen.

«Viele Verbrechen sind auf Geister zurückzuführen.»

«Davon wissen wir nichts. In unseren Statistiken kommen keine Geister vor.»

«Die Leute werden durch die Geister verrückt und begehen Morde. Deshalb ist es wichtig, auch gutmütige Geister zu verjagen.»

«Dann könnten Sie gleich das ganze Polizeipräsidium ausmisten.»

«Die Frau in Ihrem Bett wurde erschossen. Mit einer Schußwaffe. Geister benutzen keine Schußwaffen, das kann man in jedem Gruselkrimi nachlesen.»

«Das ist alles Schund. Ich befasse mich seit über dreihundert Jahren mit dieser Materie.»

«Seit dreihundert Jahren? Ist das wieder einer Ihrer bekloppten Klienten, Maloney?»

«Er behauptet, Geisterjäger zu sein, aber offenbar hält er sich selber für einen Geist.»

«Ich wurde auf die Erde geschickt, um meinesgleichen zu bekämpfen.»

«Und um die Betten junger Damen zu erobern», ergänzte ich.

«Frauen schätzen es, wenn ein Mann Jugendlichkeit und Erfahrung mitbringt.»

«So jung sehen Sie auch wieder nicht aus, Herr Pronto. Aber egal. Schon bald können Sie uns beweisen, ob Sie tatsächlich etwas Geistiges, ich meine Geisthaftes an sich haben. Dann nämlich, wenn Sie in einer Einzelzelle schmoren.»

«Ich habe mit dem Mord nichts zu tun. Frau Fähndrich hat sich ohne mein Wissen in mein Bett gelegt. Wir haben uns bei diesem Journalisten kennengelernt und danach miteinander geschlafen. Aber das war es auch schon. Die Frau interessierte sich für seltsame Dinge. Sie wollte wissen, wie meine Nachbarn in meiner Kindheit hießen.»

«Die Frau sammelte unnützes Wissen. Darin war sie der Polizei nicht unähnlich.»

«Die Polizei sammelt Fakten, Maloney. Jedes Detail ist wichtig.»

«Zum Beispiel der Busfahrplan von Boston nach Washington aus dem Jahre 1964.»

«Genau, Maloney. War die Tote Amerikanerin? Dann könnten wir mit unseren Kollegen vom FBI zusammenarbeiten. Wußten Sie, daß beim FBI ein Mann arbeitet, der in zwei Stunden fünfzig Kreuzworträtsel lösen kann? Diese Amerikaner müssen in allem übertreiben. Sie sind verhaftet, Herr Pronto.»

«In Wirklichkeit heiße ich Hablützel. Ernst Hablützel.»

«Das spielt keine Rolle. Unsere Zellen sind nicht angeschrieben, bei uns wird jeder Name gleich schlecht behandelt.»

Der Geisterjäger packte Kleider und Bücher in eine Tasche und ließ sich widerstandslos abführen. Ich ging ebenfalls und besuchte den Indianerhäuptling. In seinem Tipi traf ich auf meinen Klienten, der sich seltsame Laute anhörte.

«Faszinierend. Ist das echt?» fragte Herr Gstrein den seltsamen Indianer.

«Ein Cherokee-Häuptling», sagte der Häuptling und schaltete das Tonbandgerät aus. «Herr Klauser hat sich dieses Band immer und immer wieder angehört. Er war fasziniert von dieser Sprache, auch wenn sie ganz anders klang, als die Sprache, die Klauser erfunden hatte.»

«Sie vermuten, daß Klauser wegen seiner Sprache ermordet wurde?» fragte ich.

«Menschen werden nicht wegen ihrer Sprache ermordet, sondern wegen dem, was sie sagen. Wer mit gespaltener Zunge spricht, muß sich nicht über einen gespaltenen Schädel wundern.»

«Ich habe aus dem Radio vernommen, daß auch Frau Fähndrich ermordet worden ist», sagte Herr Gstrein.

«Tragisch, aber die Frau lebte riskant», sagte der weise Häuptling.

«Weil sie unnützes Wissen sammelte?» fragte ich.

«Sie sammelte auch, wie soll ich sagen, unnütze Männerbekanntschaften.»

«Sie starb im Bett von Herrn Pronto», sagte ich.

«Der Geisterjäger hat die Frau erschossen?» fragte Herr Gstrein. «Das kann ich nicht glauben.»

«Müssen Sie auch nicht. Er behauptet, nichts mit dem Mord zu tun zu haben.»

«Ganz unter uns», sagte der Häuptling leise. «Frau Fähndrich hat auch mir Avancen gemacht.»

«Die Frau kannte offenbar keine Schamgrenze.»

«Als Häuptling warte ich jedoch auf die auserwählte Squaw. Frau Fähndrich konnte nicht kochen. So eine Frau paßt nicht in ein Tipi. Herr Klauser war leider nicht so wählerisch.»

«Er hatte mit Frau Fähndrich ein Verhältnis?» fragte ich.

«Sie war begeistert von seiner Sprache. Total unnützes Wissen, sagte sie. Sie wollte seine Sprache digitalisieren.»

«Ich habe diese Menschen zusammengebracht», sagte Herr Gstrein nachdenklich. «Ich habe Schicksal gespielt. Und was ist mit meinem Schmuck?»

«Frau Fähndrich trug alten Schmuck, als sie mich besuchte.»

«Wir müssen in ihre Wohnung. Sie hat eine Zweitwohnung, davon weiß niemand etwas. Ich habe sie dort, nun ja, privat, sie verstehen ...»

«Ich dachte, Sie machen sich nichts aus Frauen, Herr Gstrein?»

«Ich habe sie fotografiert. Ich möchte einen Fotoband veröffentlichen. Über Frauen, die anders sind.»

«Wieso machen Sie keinen Fotoband über Indianer, die anders sind? Ich würde meinen Körper bemalen und rituelle Tänze aufführen. Möchten Sie sehen?»

Er begann, sich andächtig zu bewegen. So andächtig, daß schon bald sein Tipi wackelte und wir wenig später unter dem schweren Zelt begraben wurden. Ich kämpfte mich frei und half meinem Klienten aus der beklemmenden Situation. Gemeinsam mit Hugentobler suchten wir die Zweitwohnung von Frau Fähndrich auf. Die Tür war nicht abgeschlossen.

«Das ist seltsam», sagte Gstrein. «Und dieser Geruch. Riecht es hier nach Tannennadeln?»

«Wir scheinen nicht die einzigen Überraschungsgäste zu sein», sagte ich.

«Das ist illegal, Maloney. Auch wenn die Türe nicht abgeschlossen war, darf man nicht einfach in eine fremde Wohnung eindringen. Laut Dienstreglement geht das nur, wenn vorher ein Schußwechsel stattgefunden hat.»

«Dann ballern Sie ein wenig in die Decke», schlug ich vor.

«Da, sehen Sie?» Gstrein ging auf einen Sekretär zu. «Das ist der Schmuck, der mir gestohlen worden ist.»

«Nichts anfassen, junger Mann. Wir werden alle Spuren sichern und danach den Tatort abriegeln.»

«Was denn für ein Tatort?» fragte ich erstaunt. «Hier liegt keine Leiche herum.»

«Wo Maloney ist, ist auch eine Leiche. Das ist das fünfte Gesetz der Thermodynamik, Maloney.»

«Haben Sie wieder aus Langeweile in einem Lexikon geschmökert?»

Hinter mir begann es zu spuken. Doch diesmal gab der Geist andere Geräusche von sich. Er bekam einen Niesanfall.

«Ich habe etwas gehört», sagte Gstrein.

«Und ich habe etwas gefunden», sagte ich und nahm eines der Stofftiere in die Hand. Es quietschte laut, als ich es zusammendrückte.

«Was soll das, Maloney? Wir sind nicht hier, um mit Stofftieren zu spielen.»

Der Geist nieste erneut. Ich ging zum Schrank und öffnete die Tür.

«Dieser Herr spielt gerne mit Stofftieren, damit sein Skrotum vibriert», sagte ich und zeigte auf Lorenz Rauber, den Waldmenschen, der gekrümmt zwischen Hosen und Kleidern stand.

«Ich habe sie geliebt», sagte der Waldmensch.

«Herr Rauber?» fragte Gstrein kopfschüttelnd. «Deshalb riecht es in dieser Wohnung nach Wald.»

«Es ist egal, wie es hier riecht», sagte Hugentobler. «Dieser Mann hält sich illegal in einem fremden Schrank auf. Im Namen des Kleiderschrankes, Sie sind verhaftet, auf der Stelle.»

«Sie hat mich nicht beachtet. Sie sagte, Stofftiere seien kein unnützes Wissen und deshalb für sie nicht interessant. Ich habe ihr meine schönsten Tiere geschenkt und Schmuck.»

«Den Sie mir gestohlen haben», sagte Gstrein böse.

«Ein Dieb, ein Mörder und ein sich illegal in Schränken Aufhaltender? Die Welt ist aus den Fugen, Maloney.»

«Er hat auch Klauser erschossen.»

«Sie wollte zu Klauser ziehen, ihn heiraten, seine Sprache erlernen. Ich dachte, wenn Klauser tot ist, habe ich bessere Chancen bei ihr. Ich beobachtete sie, folgte ihr und sah, wie sie sich bei diesem Geisteridioten ins Bett legte. Da knallten bei mir alle Sicherungen durch.»

«Dann ist dieser Geisterjäger unschuldig? Egal, Maloney. Er sitzt noch immer. Damit wäre bewiesen, daß er kein Geist ist. Das ist doch immerhin etwas. Finden Sie nicht, Maloney?»

Der Waldmensch verlangte nach einem Anwalt und er wollte unbedingt einige seiner Lieblingsstofftiere mit in die Untersuchungshaft nehmen. Mein Klient zeigte sich erkenntlich und schenkte mir eine alte Brosche. Als ich sie verhökern wollte, kriegte der Händler einen Lachanfall, an dem er beinahe gestorben wäre. So geht das.

Die Klinik

Auf dem Weg zur Klinik hatte ich ein unangenehmes Gefühl im Magen. Seit man mir vor Jahren den Blinddarm rausgenommen hatte, habe ich eine Abneigung gegen alles, was mit Ärzten zu tun hat. Mein Klient klang am Telefon besorgt.

«Ich heiße Alder, und ich bin Pfleger.»

«Keine schlechte Kombination. Und was habe ich damit zu tun?»

«In der Klinik, in der ich arbeite, ereignen sich seltsame Dinge, um die sich jemand wie Sie kümmern müßte.»

«Sind Ihre Aussagen immer so präzise wie jene von Politikern?»

«Ich kann jetzt leider nicht mehr sagen. Sie dürfen aber nicht einfach vorbeikommen. In unserer Klinik ist eine Stelle als Nachtportier offen. Bewerben Sie sich, und dann kommen Sie zu mir. Ich erkläre Ihnen danach alles weitere.»

Es klang alles ziemlich mysteriös. Da meine Neugier größer war als mein Bankkonto, bewarb ich mich um die Stelle und wurde prompt angestellt. Es war mein erster vernünftiger Job seit Jahren. Meine Mutter wäre stolz auf mich gewesen. Die Klinik entpuppte sich als eine mondäne Villa, in der selbst die Blinddärme vergoldet waren. Eine junge Frau instruierte mich.

«Es ist ganz einfach. Sie müssen bloß hier sitzen und das Telefon abnehmen, wenn es klingelt.»

«Ist das alles? Man hat mir nicht gesagt, daß man hier nur einen Anrufbeantworter benötigt.»

«Es geht in erster Linie um den guten Eindruck. Sonnenblick ist eine Privatklinik mit hohen Ansprüchen. Wenn Angehörige mitten in der Nacht anrufen, sollen sie den Eindruck bekommen, daß wir Tag und Nacht für sie da sind.»

«Und was mache ich mit den Angehörigen?»

«Sie drücken auf diesen Knopf. Dann wird mein Suchgerät aktiviert, und ich nehme den Anruf entgegen. Das ist alles.»

Sie zeigte auf einen grünen Knopf, in dessen Nachbarschaft sich auch noch blaue und rote Knöpfe tummelten.

«Und wenn ein Notfall reinkommt?»

«Bei uns gibt es keine Notfälle.»

«Und wenn sich vor der Klinik ein Autounfall ereignet?»

«Wir sind eine psychiatrische Klinik, kein Spital.»

«Arbeitet Herr Alder heute nacht? Er hat mir die Stelle empfohlen.»

«Alder? Tut mir leid. Bei uns arbeitet kein Herr Alder.»

Entweder hatte ich mich in der Adresse geirrt, oder mein Klient war einer der Patienten, was die Sache auch nicht angenehmer machte. Ich saß zwei Stunden herum, ohne daß das Telefon aus seinem Tiefschlaf erwachte. Um nicht einzurosten, spazierte ich ein wenig in den Gängen der Klinik umher. Bald schon wurde ich verfolgt. Eine Frau klopfte mir auf die Schulter. Ich blieb stehen.

«Was machen Sie da? Das ist nicht erlaubt.»

«Nicht erlaubt? Ich suche die Toilette. Oder muß ich mir dazu eine Genehmigung einholen?»

«Ach so. Vorne links.»

Ich ging vorne nach links und kehrte nach einer Minute wieder zurück. Aus einem der Zimmer hörte ich eine Stimme. Ich drückte die Klinke, die Tür war verschlossen. Ich ging zurück in die Portierloge und holte mir einige Büroklammern. Wenig später war die Tür offen. Ein junger Mann lag in einem Bett und führte Selbstgespräche.

«Mein Vater ist berühmt», sagte ein schmächtiger junger Mann mit Ziegenbart. «Er wird mich hier herausholen.»

«Und wie heißt der berühmte Vater?»

«Ich bin nicht verrückt.»

«Das habe ich auch nicht behauptet.»

«Niemand hier in dieser Klinik ist verrückt. Wir sind alle ganz normal.»

«Wenn Sie das sagen, wird es schon stimmen.»

«Haben Sie auch einen berühmten Vater?»

«Keine Ahnung. Meine Mutter hat mir nie von ihm erzählt.»

«Aber Sie müssen einen berühmten Vater haben. Sonst stimmt meine Theorie nicht mehr.»

«Was für eine Theorie?»

«Nur die Söhne und Töchter berühmter Väter landen in dieser Klinik.»

«In der Tat, eine interessante Theorie. Damit könnten Sie die Geschichte der Psychiatrie neu schreiben. Das *Berühmte-Väter-Syndrom.* Klingt nicht übel. Vielleicht sollten Sie ein Buch darüber schreiben. Nennen Sie es doch einfach: *Warum berühmte Väter zu sehr lieben.*»

«Alle hier sind ganz normal.»

«Wenn Sie so weitermachen, glaube ich Ihnen kein Wort mehr.»

«Die glauben, ich sei zu dämlich, um sie zu durchschauen. Dabei weiß ich alles. Ich bin nämlich normal, müssen Sie wissen. Meine Mutter, die ist verrückt. Die arbeitet nämlich.»

«So gesehen ist die Welt voller verrückter Leute. Da hat es natürlich keinen Platz mehr für normale Leute wie Sie. Wie heißen Sie eigentlich?»

«Ich bin der Sohn eines berühmten Mannes.»

Es war sinnlos. Der Junge redete zwar keinen größeren Unsinn als die meisten Kerle in seinem Alter. Aber er schien keine allzu breite Palette an Unsinn draufzuhaben. Ich verließ das Zimmer wieder und schlich zurück zu meinem Arbeitsplatz. Unterwegs wurde ich jedoch aufgehalten. Ich weiß bis heute nicht genau, was es war. Es fühlte sich an wie ein Vorschlaghammer, und es hämmerte genau auf meinen Hinterkopf. Meine Knie wurden wacklig, und der Boden hob sich plötzlich und kam ganz nahe an mein Gesicht. Dann knipste jemand das Licht aus, und ich verlor mein Bewußtsein.

Ich erwachte in einem hellen Zimmer. In meinem Hinterkopf spielten einige Leute Tennis und schmetterten ihre Aufschläge an meine Schädeldecke. Eine Frau saß am Bettrand und schaute mich mit professioneller Besorgtheit an.

«Geht es besser?»

«Ich fühle mich prächtig. Haben Sie vielleicht irgendwo ein Lager, wo man mir einen neuen Kopf herholen kann?»

«Es ist bloß eine leichte Gehirnerschütterung. Sie sind unglücklich gefallen. In ein paar Tagen ist alles wieder in Ordnung.»

«Was heißt hier gefallen? Jemand hat mich von hinten niedergeschlagen.»

«Sie sind ausgerutscht und umgefallen», sagte die Pflegerin und lächelte gütig.

«Sehe ich etwa aus wie jemand, der einfach ausrutscht und auf den Hinterkopf fällt?»

«Das kommt davon, wenn man nachts durch dunkle Gänge spaziert.»

«Zugegeben, ich war neugierig und habe ein Zimmer betreten, aus dem ich eine Stimme hörte. Da liegt ein Mann, der behauptet, normal zu sein. Zimmer 12, wenn ich mich nicht irre.»

«Zimmer 12 ist nicht belegt.»

«Ich würde gerne mit dem Leiter dieser Klinik sprechen.»

«Das geht leider nicht. Frau Friedrich ist gerade in einer wichtigen Sitzung.»

«Frau Friedrich? Gehört ihr diese Klinik?»

«Ja. Ich muß jetzt wieder gehen. Ruhen Sie sich aus. In zwei Stunden gibt es Mittagessen.»

Mein Magen war leer und fühlte sich an wie ein zu groß geratener Fußball, den gerade jemand mit voller Wucht getreten hatte. Ich hatte keine große Lust aufs Mittagessen. Ich stand auf, zog mich an und verließ mein Zimmer. Es dauerte eine Weile, bis ich das Büro von Frau Friedrich fand.

«Was wollen Sie hier? Wer hat Ihnen erlaubt einzutreten? Sind Sie bei uns angestellt?»

«Ein bißchen viel Fragen aufs Mal. Mein Name ist Maloney. Ich bin der neue Nachtportier.»

«Soweit ich mich erinnern kann, ist es schon seit einigen Stunden Tag. Was machen Sie also noch hier?»

«Ich wurde niedergeschlagen und bin erst vor wenigen Minuten wieder aufgewacht.»

«Niedergeschlagen? In meiner Klinik? So etwas gibt's hier nicht.»

«Es scheint hier eine ganze Menge nicht zu geben. Auch einen Herrn Alder scheint es hier nicht zu geben.»

«Alder? Tut mir leid. Der Name sagt mir nichts. Sie müssen mich jetzt entschuldigen, ich habe noch einen wichtigen Termin.»

Sie schaute auf ihre Uhr, und ich verzog mich. In den Gängen der Klinik war es totenstill. Keiner der Patienten war zu hören oder zu sehen. Plötzlich stand die besorgte Pflegerin wieder vor mir.

«Ich sagte Ihnen doch, daß Sie liegenbleiben sollen. Mit einer Gehirnerschütterung ist nicht zu spaßen.»

«So leicht läßt sich unsereins nicht erschüttern. Im übrigen spaße ich für mein Leben gern. Wie heißen Sie eigentlich?»

«Schaad. Ich bin erst seit ein paar Wochen hier. Ich bitte Sie, mir keine Unannehmlichkeiten zu machen.»

«Aber, aber. Ich bin von Haus aus sehr annehmlich. Wie wäre es, wenn wir uns in Ruhe hinsetzen und zusammen ganz annehmlich miteinander umgehen würden?»

«Ich habe von Frau Friedrich erfahren, daß sie sich einen neuen Nachtportier sucht.»

«Umso besser. Ich bin eigentlich sowieso zu Höherem berufen. Wie wäre es, wenn wir gemeinsam ins obere Stockwerk gehen und uns in Zimmer 12 umschauen?»

«Zimmer 12 ist nicht belegt. Das sagte ich Ihnen schon.»

«Dann werde ich mich alleine auf den Weg machen. Unsereins ist sich Einsamkeit gewohnt.»

«Wenn Sie so weitermachen, muß ich Frau Friedrich benachrichtigen.»

«Wer wird denn gleich zur Anstaltsleitung rennen? Bleiben Sie bei mir. Ich kann genauso resolut sein wie diese Frau Friedrich.»

«Ist das eine Drohung?»

«Wenn Ihnen das zusagt, fassen Sie es als solche auf. Und jetzt ab ins Zimmer 12.»

«Wenn ich meine Stelle verliere, ist das Ihre Schuld.»

«Keine Angst. Ich werde Sie mit Suppe verpflegen und Ihnen Obdach gewähren. Schließlich hat auch unsereins ein großes Herz und manchmal auch eine große Matratze.»

«Also gut. Ich komme mit.»

Die Angst machte ihr Gesicht noch hübscher, als es eh schon war. Ich lächelte und ging voran. Frau Schaad schlich auf ihren kleinen Füßen lautlos hinter mir her. Dann landeten wir vor Zimmer 12.

«Und wenn es abgeschlossen ist? Unbelegte Zimmer sind immer abgeschlossen.»

«Dann spielen wir *Sesam öffne Dich,* damit habe ich schon ganz andere Dinge aufgebracht.»

«Sie sind kein Nachtportier, nicht wahr? Sind Sie Detektiv oder etwas Ähnliches?»

Ich zwinkerte ihr zu. Dann drückte ich die Türklinke. Die Tür war nicht abgeschlossen und das Zimmer war belegt. Ein Mann lag im Bett, seine Augen waren geöffnet und starrten an die Zimmerdecke. Eine Hand hatte sich um das Laken gekrallt. Frau Schaad wagte es nicht, den Körper zu berühren.

«Ist er tot?»

«Sieht ganz danach aus. Kennen Sie ihn?»

«Nein. Er trägt die Kleider eines Pflegers.»

«Sie sagten, daß hier in der Klinik niemand arbeitet, der Alder heißt?»

«Nein. Frau Friedrich hat den Namen auch nie erwähnt.»

Ich war mir so gut wie sicher, daß der tote Mann im Bett mein Klient war. Jetzt hatte ich endlich einen Grund, ganz offiziell meinen Beruf zu wechseln. Auch wenn es kein großer Sprung auf der Karriereleiter ist, wenn man vom Nachtportier zum Detektiv aufsteigt. Aber der Tote im Bett war kein Fall für den Nachtportier.

Die Polizisten machten sich ganz gut in der Klinik. Trotz der allgemeinen Aufregung war auch jetzt nichts von den anderen Patienten zu sehen. Die Klinik machte den Eindruck eines leerstehenden

Hotels. Auch Frau Friedrich war nicht auffindbar. Dafür ein Herr, dessen Nerven auch nicht immer die besten waren.

«Sind Sie zur Kur hier, Maloney, oder hat man Sie eingeliefert?»

«Weder noch. Ich wollte ein wenig Polizistenseelen studieren. Die sollen nicht viel anders sein als diejenigen von Dauerpatienten in dieser Klinik.»

«Soweit wir das beurteilen können, hat sich der Mann selber umgebracht. Mit Tabletten.»

«Irgend etwas stimmt nicht in dieser Klinik. Haben Sie schon mit der Klinikleiterin gesprochen?»

«Frau Friedrich? Sie genießt einen ausgezeichneten Ruf. In dieser Klinik werden nur Leute aus den besten Häusern der Stadt behandelt.»

«Alles Söhne und Töchter von berühmten Vätern.»

«Auch bei denen ist mal eine Schraube locker, Maloney. Und nicht jeder kann sich so etwas zum Berufsethos machen.»

«Bei Ihnen gibt es so etwas wie Polizeipsychologen, oder? Ziemlich stressiger Beruf, vermute ich mal.»

«Ich kümmere mich jetzt wieder um andere Fälle. Dieser Mann hier hat einige Monate in der Klinik gearbeitet. Alder hieß er. Wurde vor einigen Wochen entlassen. Vielleicht hat er das nicht verkraftet, ist hierher zurückgekehrt und hat sich umgebracht.»

Er ging und mit ihm ging auch ein Hauch von Leben aus dem Gebäude. Frau Schaad saß im Aufenthaltsraum und wunderte sich.

«Ich habe diesen Alder tatsächlich nie gesehen.»

«Ich glaube Ihnen. Mich würde interessieren, ob Sie überhaupt schon mal einen der Patienten zu Gesicht bekommen haben?»

«Ich kümmere mich hier nur um die Langzeitfälle. Das sind bloß drei. Einer davon hält sich für Muhammad Ali. Er ist 1.53 groß und dünn wie eine Fahnenstange. Die anderen beiden sind kaum ansprechbar.»

«Mir will einfach nicht aus dem Kopf, was mir der Patient gestern nacht gesagt hat. Er machte einen ganz normal verrückten Eindruck.»

«Die wenigsten sind so auffällig, daß man auf Anhieb bemerkt, wenn mit ihnen etwas nicht stimmt. Man kann sogar jahrelang mit jemanden zusammenleben, ohne eine Psychose zu bemerken.»

«Mal angenommen, die meisten Leute hier wären gar nicht verrückt. Wer hätte ein Interesse daran, diese Leute hier einzusperren?»

«Die Patienten stammen aus gutem Haus. In diesen Kreisen hat niemand ein Interesse daran, einen psychisch Kranken in der Familie zu haben.»

Das stimmte mich nachdenklich. Ich beschloß der Sache nachzugehen. Frau Schaad machte einen besorgten Eindruck, als ich ihr sagte, daß ich mit einigen Patienten reden wollte.

«Sie haben nur noch ein paar Minuten Zeit. Wenn Frau Friedrich wieder in der Klinik ist, müssen Sie verschwinden. Es gibt hier einige Pfleger, die ganz schön grimmig aussehen und mit Ihnen kurzen Prozeß machen würden.»

«Das habe ich schon zu spüren bekommen. Moment mal, sehen Sie den Mann da?»

Ich zeigte auf die dünne Gestalt, die vor uns aus einem Raum kam.

«Ja. Er war wohl gerade auf der Toilette. Das ist einer der Neuen. Gehört nicht zu meinem Aufgabenbereich.»

«Das ist der Mann, den ich vergangene Nacht in Zimmer 12 gesehen habe.»

«Besorgen Sie mir einen neuen Job, wenn ich hier rausfliege?»

«Ich kann Ihnen noch einiges mehr besorgen.»

«So habe ich das nicht gemeint.»

Sie schaute mir tief in die Augen. Ehe sie ganz darin verschwand, stand ich auf und ging auf das Zimmer zu, in dem der Patient verschwunden war. Frau Schaad folgte mir.

«Mein Vater ist berühmt», sagte der Ziegenbart. «Er holt mich hier heraus.»

«Das sagten Sie gestern schon. Weshalb sind Sie eigentlich hier?»

«Ich schlief ein und erwachte hier. Dann sagte man, ich sei krank. Ich bin müde. Mein Kopf ist schwer.»

«Das macht nichts. Schwere Köpfe sind besser als schwere Jungs und leichte Mädchen.»

Der Ziegenbart legte sich zur Seite und schlief ein.

«Er wurde mit Medikamenten vollgepumpt», sagte die schöne Pflegerin.

«Wissen Sie, wie der Mann heißt?»

«Nein. Wir erfahren die Namen der Patienten nicht. Aus Rücksichtnahme. Es sind oft Angehörige von sehr einflußreichen Leuten.»

«Berühmte Väter? Langsam dämmert mir was. Ist Frau Friedrichs Büro abgeschlossen?»

«Sie wollen bei ihr einbrechen?»

Genau das hatte ich vor. Auf einem der Gänge kam ein bulliger Pfleger auf uns zu. Er versuchte mich anzugreifen. Ich schrie und stand ihm mit voller Kraft auf den linken Fuß. Er schrie noch lauter als ich und versuchte, mir ins Gesicht zu schlagen. Ich duckte mich und rammte ihm meinen Kopf in die Magengegend. Es tat höllisch weh. Wenig später lag der Pfleger groggy auf dem Boden, und ich betrat mit der Pflegerin das Büro von Frau Friedrich.

«Da ist ja alles in Kisten verpackt.»

«Macht den Anschein, als wolle sich Frau Friedrich in Luft auflösen. Und unsereins soll diesen Dreck dann wieder einatmen.»

«Wäre es nicht besser, wenn wir die Polizei verständigen?»

Ich schüttelte den Kopf und wühlte in den Kisten. Wenig später hatte ich gefunden, was ich suchte. Die Pflegerin sah mich skeptisch an.

«Was ist das?» fragte sie und zeigte auf das Buch in meinen Händen.

«Eine Art *Who is Who?* der hiesigen Gesellschaft. Alles Namen von Töchtern und Söhnen berühmter Väter.»

«Und was hat das zu bedeuten?»

«Das möchte ich auch gerne wissen», sagte eine strenge Stimme hinter uns. «Verlassen Sie sofort mein Büro. Frau Schaad, Sie sind entlassen.»

«Nur nicht übertreiben, Frau Friedrich», sagte ich. «Das Flugzeug wird ohne Sie abfliegen.»

«Ich fliege nicht. Ich fahre mit dem Zug.»

«*Es fährt ein Zug nach Nirgendwo.* Kennen Sie das Lied?»

«Was soll das?»

«Soll ich jetzt die Polizei verständigen?» sagte Frau Schaad.

«Meinetwegen», sagte ich.

«Hier wird niemand verständigt», sagte Frau Friedrich.

«Sie halten Leute gefangen, Frau Friedrich. Sie entführen junge Leute aus gutem Haus und verständigen die Eltern und erklären diesen, daß ihre Söhne und Töchter verrückt geworden seien. Die reichen Eltern bezahlen eine Menge Geld, nur damit Sie niemandem weitererzählen, daß ihre Kinder nicht ganz normal sind.»

«Was sind das für Hirngespinste?»

«Es würde mich nicht wundern, wenn Sie höchstpersönlich veranlaßt haben, daß der Pfleger Alder umgebracht wurde.»

«Deshalb durfte ich mit diesen Patienten nie sprechen», sagte Frau Schaad. «Das könnte tatsächlich stimmen, Maloney.»

«Und ob es stimmt. Die Söhne von berühmten Vätern kehren zu ihren Eltern zurück, doch niemand glaubt ihnen, daß man sie entführt hat. Solche Episoden werden in besseren Kreisen lieber vergessen als aufgeklärt. Sie wußten genau, wie Ihre Opfer mit solchen Dingen umgehen, Frau Friedrich.»

«Sie können mir nichts nachweisen.»

Es war tatsächlich nicht einfach. Doch einige der Opfer waren schließlich bereit auszupacken. Frau Friedrichs lukrative Klinik wurde geschlossen, und Frau Schaad zog vorübergehend in mein kleines Büro. Es war eine angenehme Zeit. So geht das.

Ein seltsames Paar

Ich saß an meinem Schreibtisch und erledigte einige Dinge. Als diese erledigt waren, erholte ich mich vom Erledigen, ehe ich selber erledigt war. Ich nahm den Hörer ab, als es klingelte, und spulte meinen üblichen Spruch runter. Am anderen Ende der Leitung war eine Frau.

«Ich brauche Ihre Hilfe, Maloney. Ich glaube, ich bin in etwas hineingeraten, das sehr gefährlich für mich werden kann.»

«Geht es um einen Mann? Oder ist es was Ernsthaftes?»

«Ich habe Angst. Könnten wir bei mir über die Sache reden?»

«Geben Sie mir wenigstens einen Anhaltspunkt. Mehr verlangt unsereins nicht.»

«Mehr kann ich leider nicht sagen. Wenn Sie wollen, gebe ich Ihnen meine Adresse.»

Ich wollte und sie gab. Sie wohnte in einem großen Haus mit lauter kleinen Zellen, die man mit ein wenig Nachsicht auch als Wohnungen bezeichnen konnte. Meine Klientin wohnte in einer Zelle im vierten Stock und hieß Löffler. Ich klopfte an die Tür, die einen Spalt weit offen stand. Ich hatte keine Vorstellung, wie meine Klientin aussah, was ich dann aber erblickte, war mir allzu vertraut.

«Üble Sache, Maloney. Was gibt es Schlimmeres als eine Leiche zur Vorspeise und Maloney zum Dessert?»

«Ihren Magen möchte ich nicht geschenkt. Was ist los? Liegt da drin eine tote Frau mit einem auf meinen Namen ausgefüllten Check in der Hand? Letzteres würde mich brennend interessieren.»

«Das glaube ich Ihnen gerne, Maloney. Aber aus dem Check wird nichts. Die Dame hat weder einen Check in der Hand noch irgendwelche Kleidungsstücke am Körper.»

«Kann ich mir das genauer ansehen?»

«Das könnte Ihnen so passen. War das eine Klientin von Ihnen?»

Er schaute mich herausfordernd an. Ich sagte nichts, bis ich in der

Wohnung war. Es gab nicht mehr viel zu sehen. Auf dem Bett klebte eine Menge Blut. Das Zimmer war durchwühlt worden, und es lagen Papiere und Kleidungsstücke verstreut herum.

«Die Tür ist in Ordnung. Kein Einbruch. Eine Freundin der Toten hat die Leiche entdeckt.»

«Und wo ist diese Freundin jetzt?»

«Auf dem Präsidium. Es gab Kommunikationsprobleme.»

«Verstehe. Wurde die Tote vergewaltigt?»

«Sieht nicht danach aus. Was wollte die Frau von Ihnen, Maloney?»

«Sie rief mich heute an und sagte, daß sie in Schwierigkeiten stecke.»

«Sind Sie da ganz sicher, Maloney?»

«Was soll denn das wieder heißen?»

«Sie sagten, daß die Frau Sie angerufen hat. Ihnen ist dabei nichts aufgefallen?»

«Was hätte mir denn auffallen sollen?»

«Nun, zum Beispiel, daß diese Frau Löffler nicht sprechen konnte.»

«Wenn ich es mir recht überlege, wäre mir dies wahrscheinlich aufgefallen.»

«Frau Löffler war gehörlos. Genauso wie ihre Freundin, die die Leiche entdeckt hat. Ich sagte Ihnen doch, daß es Kommunikationsprobleme gab.»

Ich kratzte mich am Ohrläppchen und schaute auf das blutige Laken. Der Polizist erklärte mir, daß Frau Löffler bereits tot war, als ich den Anruf erhielt. Wenn ich es mir richtig überlegte, konnte da etwas nicht stimmen. Ich ging zurück in mein Büro und trank einen Schluck Whisky. Danach war ich auch nicht klüger. Dafür klingelte erneut das Telefon. Eine Männerstimme röchelte leise an mein Ohr.

«Hotel Conti ... Zimmer 144. Schnell!»

Das war alles. Genug, um mich erneut auf den Weg zu machen. Ich rief vorsichtshalber gleich eine Ambulanz und die Polizei. Als ich im Conti eintraf, war von den Helfern und Rettern noch nichts zu sehen. Die Tür zu Zimmer 144 war nur angelehnt. Ich warf einen Blick auf den Mann, der auf dem Bett lag. Der Telefonhörer lag neben ihm. Dann erschien die Ambulanz und wenig später auch die Polizei.

«Kannten Sie den Mann, Maloney?»

«Er hat bei mir angerufen. Vermutlich auch ein Gehörloser.»

«Schon gut, Maloney. Hat er etwas gesagt, das uns weiterhilft?»

«Nein. Aber ich mache mit Ihnen eine Wette, daß der Schuß auf ihn aus derselben Waffe kam wie der Schuß auf Frau Löffler.»

«Das werden wir abklären. Vorerst gibt es aber nur einen Zusammenhang zwischen den beiden Mordfällen. Und das sind Sie, Maloney.»

Es hatte keinen Sinn zu widersprechen, denn ausnahmsweise hatte er recht. Doch der Zusammenhang war noch etwas größer, als er glaubte. Er bestand aus den beiden Toten und jener Frau, die bei mir angerufen hatte. Ich hatte ihre Stimme, mehr nicht. Aber selbst Politiker können aus einer einzigen Stimme eine ganze Menge machen, weshalb sollte mir nicht etwas Ähnliches gelingen? Eigentlich gab es keinen Grund für mich, mich mit den beiden Leichen herumzuschlagen. Schließlich war niemand da, der für meine Spesen aufkam. Und dennoch trieb es mich am nächsten Morgen ins Polizeipräsidium.

«Sie hatten recht, Maloney. Es war die gleiche Waffe. Wer aber hat ein Motiv, um eine Gehörlose und einen Arbeitslosen umzubringen?»

«Ein Arbeitsloser? Das Hotel, in dem er gefunden wurde, ist aber alles andere als ein Obdachlosenasyl.»

«Allerdings. Der Mann hatte im voraus bezahlt. Für eine ganze Woche.»

«Und wie hieß der Mann?»

«Wartburg. Liegt nichts gegen ihn vor. Ziemlich undurchsichtige Angelegenheit.»

«Vielleicht hatten die beiden etwas zusammen. Und das paßte jemand anderem nicht in den Kram. Soll vorkommen.»

«So wie es aussieht, kommt Eifersucht als Motiv nicht in Frage. Es gibt nämlich niemanden, der eifersüchtig war oder ist. Nein, da muß etwas Anderes dahinterstecken.»

Ich ließ ihn weiter rätseln und ging zurück in mein Büro. Dort wurde ich bereits erwartet. Sie war groß und rümpfte die Nase, als sie mich sah. Vermutlich hatte sie Tom Cruise oder einen anderen Affen erwartet, und war jetzt enttäuscht, nur einen Mann vor sich zu haben.

«Sie sind also Philip Maloney?»

Ich erkannte ihre Stimme sofort wieder, ließ mir aber nichts anmerken.

«Sie haben sich meine Wenigkeit ganz anders vorgestellt? Aber das macht nichts. Ich kann mir meine Klienten auch nicht aussuchen.»

«Wie wäre es mit einer Klientin? Monika Dürr ist mein Name.»

«Klientinnen kann ich mir noch viel weniger aussuchen. Was glauben Sie, was sonst los wäre in meinem Büro?»

«Sie sind nicht interessiert?»

«An Ihnen oder an Ihren Problemen? Kommt zwar in der Regel auf dasselbe heraus, aber wir könnten es ja mal versuchen. Geschäftlich interessiert mich ein größerer Check. Privat gebe ich mich auch mit einem kleineren zufrieden.»

«Ich habe Sie heute morgen angerufen.»

Sie machte eine Pause und wartete auf meine Reaktion. Ich tat so, als ob mich das Ganze nichts anginge. In Tat und Wahrheit versuchte ich herauszufinden, ob die schöne Dame einen Revolver auf sich trug. Man kann ja nie wissen heutzutage.

«Ich habe gehört, daß Doris erschossen wurde.»

«Doris Löffler?»

«Sie war eine Freundin von mir.»

«Haben Sie ihr außer Ihrer Stimme auch noch anderes ausgeliehen?»

«Sie gab mir einen Zettel mit dem Text drauf und sagte, daß ich Sie eines Tages anrufen soll.»

«Das verstehe ich nicht. Der Text klang ziemlich dramatisch, und trotzdem hatte sie es nicht eilig?»

«Doris war oft etwas überspannt. Ich habe es nicht für so wichtig gehalten.»

«So kommen wir der Sache schon näher. Sie haben es also verschlampt? Und jetzt fühlen Sie sich an ihrem Tod mitschuldig?»

«Es beschäftigt mich sehr. Ich kann nicht tatenlos herumsitzen und warten, bis die Polizei etwas unternimmt.»

«Da haben Sie auch wieder recht. Kannten Sie einen gewissen Wartburg? Ein Arbeitsloser, mehr weiß ich leider nicht.»

«Philip Wartburg?»

«Philip? Muß denn das sein?»

«Was ist mit Philip?»

«Er ist auch tot. Die beiden kannten sich?»

«Ja. Sie waren befreundet.»

«Interessant. Fällt Ihnen irgend etwas ein, das uns auf die Spur des Mörders bringen könnte?»

«Philip war ein Abenteurer. Er träumte davon, reich zu werden und möglichst nichts dafür zu tun.»

«Mit diesem Traum steht er nicht alleine da. Einige schaffen das auch. Aber eine Grundvoraussetzung wäre zumindest ein wohlhabendes Elternhaus oder der Job bei einer Bank und Computerkenntnisse.»

«Philip hatte nichts dergleichen. Aber seit die beiden von den Philippinen zurückgekommen waren, taten sie sehr geheimnisvoll. Sie schotteten sich ab. Ich hatte das Gefühl, daß die beiden etwas austüftelten. Vielleicht erfahren wir etwas von Charlotte.»

«Wer ist Charlotte?»

«Bei Charlotte hat Philip Wartburg ab und zu übernachtet. Die beiden waren früher mal zusammen.»

Ich zog mir die Jacke an und machte mich mit Monika Dürr auf den Weg zu Charlotte. Sie wohnte in einem Altbauhaus mit hübschen Erkern und riesigen Balkonen. Früher hatte ich auch mal von so etwas geträumt, war aber immer wieder in meinem kleinen Büro aufgewacht.

«Philip ist tot», sagte Frau Dürr.

«Zum Glück gibt's noch andere davon», sagte ich.

«Das ist Philip Maloney. Ein Privatdetektiv.»

«Ich weiß leider auch nicht mehr», sagte Charlotte gefaßt. «Philip war anfangs letzter Woche das letzte Mal bei mir.»

«Hat er dir erzählt, woher er das Geld hatte, um sich in dem Hotel einzuquartieren?»

«Er hatte kein Geld, als er aus Manila zurückkam.»

«Darf ich mich ein wenig umsehen?»

«Meinetwegen.»

Das Zimmer, in dem Philip Wartburg manchmal übernachtet hatte, war schön ordentlich aufgeräumt. Persönliche Dinge lagen praktisch keine herum. Nur ein paar Hemden, Hosen und eine Jacke. In der Jacke fand ich Zigaretten, ein wenig Kleingeld und einen Zettel.

«Haben Sie etwas gefunden?» fragte Frau Dürr.

«Bloß einen Zettel.»

«Das ist Philips Handschrift», sagte Charlotte und nahm mir den Zettel ab. *Angie Lovekiss ist ein Anagramm,* stand auf dem Zettel.

«Wieviel Gramm wiegt so eine Anna?»

«Ein Anagramm ist eine Art Pseudonym», sagte Frau Dürr. «Man stellt die Buchstaben eines Namens so um, daß daraus ein neuer entsteht.»

«Aus Ihrem Namen könnte man zum Beispiel Al Money machen», sagte Charlotte.

«Das wäre zu schön, um wahr zu sein. Und Sie glauben, wenn man diese Angie Lovekiss umdreht, kommt eine Mörderin dabei heraus?»

«Könnte doch sein, oder?» sagte Frau Dürr und drehte in Gedanken die ersten Buchstaben um. Ich nickte und kratzte mich am Kinn. In einem Spielwarengeschäft kaufte ich mir ein Scrabble. Ich ließ es mir als Geschenk einpacken und fuhr zurück in mein Büro. Frau

Dürr kam eine Stunde später, und bei einer Flasche Whisky legten wir Buchstaben aneinander. Es war eine ziemlich ermüdende Angelegenheit, und ich konnte mir beim besten Willen nicht vorstellen, daß es Leute gab, die so etwas spielten, um sich zu entspannen.

«Wie wäre es mit Olga Evi Kissen?»

«Gibt es nicht. Langsam habe ich das ungute Gefühl, daß wir uns hier nur Kopfschmerzen und eingeschlafene Beine holen.»

«Spielen Sie nicht gerne?»

«Ich bevorzuge Spiele, bei denen eine Matratze zum Spielgerät gehört.»

«Wir könnten auf dem Bett weitermachen.»

«So habe ich das auch nicht gemeint. Mal davon abgesehen gibt es in meinem Büro kein Bett.»

«Haben Frauen in Ihrem Leben keinen Platz?»

«Doch, doch. Aber nur Frauen, die ein eigenes Bett haben.»

«Das ist lustig.»

«Was ist denn daran so lustig?»

«Hier, sehen Sie? Man kann aus dieser Angie Lovekiss auch Evelin K. Sagiso machen.»

«Sagten Sie Sagiso?»

«Ja. Diese Schauspielerin, die den jungen Howald heiraten wird.»

«Den Millionenerben?»

«Es stand überall in den Klatschspalten. Der Millionenerbe und das Waisenkind.»

«Tatsächlich. Es funktioniert. Evelin K. Sagiso.»

«Sie glauben doch nicht, daß sie etwas mit den Morden zu tun hat?»

«Schauen Sie sich ab und zu einen Porno an?»

«Ab und zu. Aber ich stehe mehr auf softere Sachen. Wollen Sie mich etwa in einen Pornoschuppen abschleppen?»

«Vielleicht. Es geht hier immerhin um Mord.»

«Lösen Sie Ihre Fälle immer, wenn andere stöhnen?»

«Wenn ich selber stöhne, kann ich normalerweise keinen Fall lösen. Mir ist da etwas aufgefallen. Angie Lovekiss klingt nach einem Pseudonym. Wer aber legt sich ein solches Pseudonym zu?»

«Eine Pornodarstellerin!» rief Frau Dürr und weckte die ganze Nachbarschaft. «Glauben Sie, daß diese Sagiso früher in Pornos mitgespielt hat?»

«Schon möglich. Vielleicht haben Wartburg und diese Löffler auf den Philippinen einen Porno entdeckt, in dem diese Sagiso unter dem Pseudonym Angie Lovekiss mitspielte. Und vielleicht wollten die beiden Frau Sagiso damit erpressen.»

«Aber wer greift gleich zur Pistole? Heute gehört es doch schon fast zum guten Ton, daß Schauspielerinnen zumindest mal im *Playboy* waren oder in einem Softporno.»

«Vielleicht gehört dieser junge Millionärssohn zu denjenigen, die mit derart guten Tönen nichts anfangen können. Und als diese Sagiso ihre Millionen entschwinden sah, hat sie vielleicht durchgedreht.»

«Ich weiß nicht. Einer dieser Filme könnte jederzeit wieder auftauchen.»

«Nach der Heirat wäre das nur noch halb so wild.»

«Da haben Sie auch wieder recht. Und was machen wir jetzt?»

«Wir besorgen uns ein Foto dieser Sagiso und einen Porno mit dieser Lovekiss.»

«Besorgen Sie das Foto, ich besorge Ihnen jemanden, der sich in Pornos auskennt», sagte Frau Dürr und stand auf. Zwei Stunden später saßen wir in Monika Dürrs Wohnung. Es klingelte, und eine ältere Frau erschien.

«Das ist Philip Maloney», sagte Frau Dürr.

«Ich bin Katrin», sagte die ältere Frau. «Sie interessieren sich für einen Porno?»

«Sie sind eine Spezialistin?»

«Ich kenne ziemlich alles, was auf dem Markt ist. Und ich kann auch alles besorgen.»

«Arbeiten Sie beim Jugendschutz?»

«Nein. Ich interessiere mich privat für solche Filme.»

«Allerhand.»

«Bist du fündig geworden?» drängte Frau Dürr.

«War gar nicht einfach. Ist ein ziemlich billiger Streifen aus Asien.»

«Von den Philippinen?»

«Schon möglich. Wollt Ihr ihn euch ansehen?»

Sie schaute mich an, und ich nickte. Wir setzten uns vor den Videorecorder. Der Film ging ziemlich zur Sache. Die Bildqualität war lausig, und die Darsteller mühten sich ab, als seien sie mutierte Hasen. Und alle stöhnten wie ein vollgepferchtes Militärlazarett.

«Billigware», sagte die Kennerin. «So etwas kauft hier kaum jemand.»

«Haben Sie schon eine Frau entdeckt, die dieser Sagiso ähnlich sieht?» fragte Frau Dürr.

«Nein», sagte ich. «Ist die Sagiso eigentlich Philippinin?»

«Ihre Mutter war Philippinin. Ihr Vater irgend etwas anderes.»

Und dann war es so weit. Eine zierliche Frau mit schwarzen Haaren und einer schmalen langen Nase erschien auf dem Bildschirm, zusammen mit einer anderen Frau, die ein Dienstmädchen spielte. Beide gingen sogleich mächtig zur Sache.

«Ich werde verrückt», sagte Frau Dürr. «Das ist sie tatsächlich.»

Wir schauten uns die Szene noch einige Male an. Jedesmal wurde die Faszination ein wenig größer. Ich nahm die Kassette zu mir, verständigte die Polizei und fuhr zu Frau Sagiso. Sie wohnte in einem Appartement in der Innenstadt. Der Millionärssohn war nicht anwesend. Dafür aber die Polizei.

«Was soll das, Maloney?» fragte Hugentobler. «Es ist schon beinahe Mitternacht.»

«Das möchte ich auch gerne wissen» sagte Frau Sagiso.

«Haben Sie Handschellen dabei?» fragte ich Hugentobler.

«Soll ich diese Frau verhaften? Sie lesen wohl keine Klatschspalten, Maloney? Diese Frau ...»

«Möchte gern einen Millionärssohn heiraten. Ich weiß.»

«Ich bitte Sie jetzt, meine Wohnung zu verlassen. Ich bin müde.»

«Ausruhen können Sie sich im Gefängnis», sagte ich.

«Ich verstehe nicht. Was wollen Sie von mir?»

«Das hier», sagte ich und warf Hugentobler die Videokassette zu.

«Was soll das, Maloney? Das ist ein Porno.»

«Allerdings. Gestehen Sie, Frau Sagiso, das macht alles einfacher.»

«Gut, ich komme mit», sagte Frau Sagiso resigniert.

«Kann mir jemand sagen, was los ist?» fragte Hugentobler, dessen Blick an dem Schutzumschlag klebte.

«In diesem Porno spielt eine gewisse Angie Lovekiss mit. An ihren Gesichtszügen werden Sie sie unschwer als Frau Sagiso wiedererkennen. Auch der Oberkörper stimmt mit dem überein, was wir jetzt vor uns haben. Der Rest erinnert allerdings nicht unbedingt an Frau Sagiso.»

«Gesicht? Porno? Oberkörper? Rest? Ich verstehe noch immer nichts.»

«Frau Sagiso war früher mal ein Mann. Jemand hat das herausgefunden und wollte sie damit erpressen. Und sie hat die Erpresser erschossen.»

«Stimmt das, Frau Sagiso?»

Frau Sagiso nickte. Die Sache erregte einiges Aufsehen. Frau Sagiso landete im Knast, aber es kam noch schlimmer. Der Millionärssohn sagte ihr später, daß er sie trotz allem geheiratet hätte. Frau Sagiso verstand die Welt nicht mehr. Und der Millionärssohn wurde später häufig in Begleitung gutaussehender Männer gesehen. Mich konnte man einige Male auf Monika Dürrs Matratze beim Spielen beobachten. Dabei gerieten nicht nur einige Buchstaben in Unordnung. So geht das.

Haarige Zeiten

Es gibt Paare, die schneiden sich gegenseitig die Haare, und es gibt Menschen, die lassen sich die Haare wachsen, bis sie wieder genug Geld haben, um sie sich kürzen zu lassen. Unsereins benötigt regelmässig einen Haarschnitt, um bei den Klienten keinen falschen Eindruck zu erwecken. Herr Pauli bot mir in seinem Coiffeursalon allerhand an.

«Ein bißchen Farbe oder ein modischer Kurzhaarschnitt?»

«Kurz genügt, für die Mode sind andere zuständig.»

«Leider habe ich heute keinen freien Termin mehr. Eine meiner Angestellten ist nicht zur Arbeit erschienen.»

«Deshalb bin ich hier.»

«Das verstehe ich nicht. Sind Sie Coiffeur?»

«Ich bin Privatdetektiv.»

«Melone oder so ähnlich?»

«So ähnlich.»

«Meine Angestellte Nicole ist seit zwei Tagen spurlos verschwunden. Kein Lebenszeichen, nichts. Das paßt nicht zu ihr.»

«Und ich soll jetzt eine Aushilfe für Sie finden? Ist der Arbeitsmarkt dermassen ausgetrocknet?»

«Sie sollen nach Nicole suchen.»

«Sie sind aber ein rühriger Chef.»

«Nicole ist eine hervorragende Coiffeuse und auch menschlich tipptopp.»

«Ist sie menschlich gut gebaut?»

«Setzen Sie sich. Ich muß gleich eine Kundin bedienen. Schwieriger Fall. Dünne Haare, möchte aber eine Haarpracht wie ein junges Mädchen. «

Ich setzte mich und wenig später erschien die Kundin. Sie sah aus wie mehrfach geliftet, entfettet und silikonmässig erweitert. Mich würdigte sie keines Blickes. Ich tat, was ich in solchen Situationen immer tue: mich vor sie hinstellen und grinsen. Ihr Gesicht rötete sich, und Herr Pauli war die Situation sichtlich unangenehm. Er gab mir die Adresse der Freundin, mit der Nicole eine Wohnung teilte. Sie hieß Vreny Gygax, und sie lebte zusammen mit einer Maus.

«Das ist Charlie. Nicole hat ihn eines Tages mit nach Hause gebracht.»

«Die Maus scheint nervös zu sein.»

«Seit Nicole weg ist, benimmt sie sich seltsam. Wie wenn sie spüren würde, daß etwas nicht stimmt. Charlie hat übersinnliche Fähigkeiten.»

«Tatsächlich? Kann er mit dem großen Mäusegott kommunizieren?»

«Egal, wann Nicole nach Hause kommt, Charlie wartet eine Viertelstunde, bevor sie kommt, schon hinter der Tür.»

«Da kann Charlie nur hoffen, daß die Tür nicht eines Tages allzu heftig geöffnet wird.»

«Sie mögen keine Tiere?»

«Auf dem Teller jederzeit.»

«Sie würden Charlie essen?» fragte sie angewidert.

«Millionen von Schlangen können sich nicht irren.»

«Mir ist seit gestern nicht mehr nach Essen zumute.»

«Vielleicht ist Nicole mit einem Mann durchgebrannt und kommt wieder zurück, wenn beide abgebrannt sind. Das ist das Feuer der Liebe.»

«Nicole ist tatsächlich verliebt. Ganz frisch. Ich habe den Mann noch nicht zu Gesicht bekommen. Er ist älter als Nicole. Mehr wollte sie mir nicht verraten.»

«Wenn er älter ist, hat er wahrscheinlich genug Geld, um die schöne Nicole in die Karibik einzuladen.»

«So schön ist Nicole auch wieder nicht. Und sie hat keinen Stil.»

«Höre ich Eifersucht aus Ihrem Munde tropfen?»

«Ich finde das unerträglich. Sie macht sich möglicherweise eine schöne Zeit, und wir machen uns Sorgen.»

«Und wenn ihr etwas zugestoßen ist?»

«Charlie scheint etwas zu ahnen. Man müßte ihn zum Sprechen bringen.»

«Vielleicht kann er schreiben. Haben Sie es schon mal mit einem Kugelschreiber versucht?»

«Man kann sich mit Tieren verständigen, das ist erwiesen. Man muß nur auf sie eingehen. Ich werde Charlie genau beobachten. Vielleicht gibt er mir einen versteckten Hinweis. Ich werde Sie anrufen, wenn Charlie soweit ist.»

Ich gab ihr meine Handynummer und fuhr zum Polizeipräsidium. Hugentobler war gerade dabei, in einem Nebenraum ein seltsames Gerät zu testen, indem er einen Monolog sprach.

«Mögen Sie Hunde? – Ja, ich mag Hunde. – Mögen Sie Maloney? – Ja, ich mag Maloney.»

«Ist das eine Art ‹Ich bin ein Idiot, du bist ein Idiot›-Kursus?»

«Das ist ein Lügendetektor, Maloney. Aus den USA importiert. Ich bin gerade dabei, ihn zu testen. Das war natürlich gelogen vorhin, ich mag weder Hunde noch Maloney, deshalb müßte das Gerät ausschlagen.»

«Das Gerät hat sich nicht bewegt.»

«Der Zeiger schlägt aus, nicht das Gerät. Aber irgendwie schlägt es bei mir immer aus.»

«Wahrscheinlich lügen Sie sich ständig etwas vor.»

«Haben Sie Hunger?»

«Danke, aber auf den Kantinenfraß kann ich verzichten.»

«Nein, ich habe keinen Hunger. Jetzt aber! Sehen Sie diese Kurve, Maloney? Das Gerät hat erkannt, daß ich Hunger habe. Ist das nicht toll?»

«Kann man das Gerät auch an eine Maus anschließen?»

«Tierversuche sind im Polizeipräsidium nicht gestattet. Hier werden nur Menschen gefoltert, wenn überhaupt, Maloney.»

«Wie viele Menschen verschwinden täglich, ohne daß sich bei der Polizei auch nur ein Hinterteil bewegt?»

«Haben Sie wieder einen Klienten, Maloney? Vielleicht jemand, der nach einem Teenager sucht? Die verschwinden heute und kommen morgen zurück. Und die wenigen, die nicht zurückkommen, landen früher oder später alle bei uns. Entweder als Leichen oder als Kriminelle. Immerhin hat die moderne Technik dafür gesorgt, daß viele der spurlos Verschwundenen mit einem einzigen Anruf wieder aufgefunden werden können. Die jungen Leute verschwinden nämlich selten ohne ihr Handy oder ihren Pager.»

Er ging wieder dazu über, sich selber zu befragen. Der Lügendetektor gab plötzlich seinen Geist auf, und ein beißender Rauch stieg aus dem Gerät auf. Hugentobler ging in Deckung und ich suchte das Weite. Die Mäuseflüsterin sagte mir am Telefon, daß Nicole ihr Handy in der Wohnung zurückgelassen hatte. Keine gute Nachricht, die ich meinem Klienten dafür brühwarm überbrachte.

«Das ist schlecht, ganz schlecht. Nicole hat ihr Handy immer dabei gehabt. Es klingelte oft, auch während der Arbeit.»

«Ich könnte sofort beginnen», sagte eine ältere Frau, die sich zwischen uns drängte. «Oder erst morgen.»

«Womit, bitte schön, möchten Sie beginnen?» fragte Pauli.

«Als Aushilfe.»

«Sie haben keine Ausbildung.»

«Ich könnte putzen, oder Haare waschen. Dazu braucht man keine Ausbildung.»

«Danke, aber ich brauche niemanden.»

«Sie können mich anrufen, jederzeit.»

Die Frau verabschiedete sich winkend, nachdem sie Pauli eine Visitenkarte in die Hand gedrückt hatte.

«Was für eine Nervensäge.»

«Sie suchen bereits einen Ersatz für Nicole?»

«Die Frau kam einfach herein und fragte, ob sie für mich arbeiten könne. Sie bettelte förmlich darum.»

«Weiß sie vom Verschwinden von Nicole?»

«Woher sollte sie?»

«Ein seltsamer Zufall.»

«Finden Sie? Die Frau ist vielleicht verzweifelt, kommt mit ihrer

Rente nicht über die Runden und sucht nach einem Job, der ihr ein paar Franken einbringt. Was haben Sie herausgefunden?»

«Entweder ist es Liebe oder dann etwas Unangenehmes.»

«Auch die Liebe kann äußerst unangenehm sein.»

«Wenn sie nicht erwidert wird.»

«Sie denken, ich sei in Nicole verliebt und möchte nicht, daß sie sich mit einem anderen vergnügt? Ich bitte Sie, mein Geschäft füllt mich voll aus, in meinem Alter muß man seine Energie gut einteilen.»

Die nächste Kundin erschien. Sie hielt Pauli ein buntes Heft unter die Nase. Aus fünfzig Frisurvorschlägen hatte sie zwei ausgewählt, die garantiert nicht auf ihren Kopf paßten. Pauli lächelte und versuchte, der Frau sanft eine andere Frisur schmackhaft zu machen.

Am Abend besuchte ich die Wohnpartnerin von Nicole, da ich in der Wohnung Hinweise und Anhaltspunkte vermutete, die mich auf die Spur der Verschwundenen führen konnten. Als Frau Gygax mich herein ließ, stand bereits die ältere Frau, die auf Jobsuche war, im Flur.

«Ich glaube, ich gehe jetzt besser. Sie können jederzeit auf mein Angebot zurückkommen.»

«Ich brauche Ihr Geld nicht.»

«Man kann nie wissen.»

«Charlie wird Ihnen gleich den Marsch blasen.»

«Charlie ist Ihr Freund? Ist er nicht ein wenig alt für Sie?»

Die ältere Frau musterte mich, den etwas jüngeren Privatdetektiv, abschätzig.

«Charlie ist putzmunter, und er kommt gleich um die Ecke», sagte ich.

«Sie haben ein Kind?» fragte die Frau erfreut. Als sie jedoch das Krabbeln vernahm und Charlie in Windeseile um die Ecke brauste, wandelte sich ihr Gesicht in Entsetzen. Ein Schrei, ein paar Schritte, und die Frau ward nicht mehr gesehen.

«Nicht schlecht, dieser Charlie», sagte ich. «Vielleicht sollte ich mir auch einen kaufen. Ab und zu wäre ich froh, wenn Klienten so reagieren würden wie diese Frau.»

«Sie klingelte, nannte ihren Namen nicht, bot mir statt dessen Geld an.»

«Einfach so?»

«Einfach so, ja.»

«Die Frau hat auch Herrn Pauli ihre Hilfe angeboten.»

«Glauben Sie, daß die Frau etwas mit dem Verschwinden von Nicole zu tun hat?»

«Schon möglich. Aber ich glaube kaum, daß ich sie jetzt noch einholen kann.»

«Ich dachte, Detektive müßten durchtrainiert sein.»

«Mein Bauch ist mir heilig, und meinen müden Beinen gönne ich jederzeit eine Rast.»

«Ich bin auf dem Sprung. Lange können Sie nicht bleiben.»

«Lange will ich auch nicht. Haben Sie Nicoles Handy gefunden?»

«Leider nicht.»

«Ich dachte, es sei hier in der Wohnung?»

«Hier ist auch eines, aber nicht jenes, das sie normalerweise am Mittwoch benutzt.»

«Sie hat für jeden Tag ein anderes Handy?»

«Sie besitzt drei. Und sie wechselt ab. Zwei sind verschwunden.»

«Sind auf dem Handy Nummern gespeichert?»

«Ja, aber der Chip steckt nicht in dem Handy. Ich habe noch etwas anderes gefunden. Eine Adresse, die sie sich notiert hat. Wiesendorfstraße 23, erster Stock.»

Ich notierte mir die Adresse und fuhr zurück in mein Büro. Im Fernsehen lief ein alter Film mit John Wayne. Nach zwei Gläsern Bourbon fühlte ich mich stark genug, um John Wayne nicht mehr aus den Augen zu lassen. Am nächsten Morgen fuhr ich zur Wiesendorfstraße und landete im ersten Stock bei einem seltsamen Herrn.

«Ich glaube, Sie sind hier am falschen Ort.»

«Das kann schon sein. Aber zuerst müssen Sie mir verraten, wo ich hier bin.»

«Das ist die Mütterberatungsstelle.»

«Dann sind wir hier beide am falschen Ort.»

«Wieso? Trauen Sie mir nicht zu, Mütter zu beraten? Ich habe Kurse besucht, ich meditiere zusammen mit anderen Männern und stelle mir dabei vor, schwanger zu sein.»

«Und ich stelle mir vor, nüchtern zu sein. Vielleicht sollte mich jemand in den Arm zwicken.»

«Berührungen zwischen Beratern und Hilfesuchenden sind streng verboten.»

«Ich bin keine Mutter.»

«Viele der Frauen, die zu uns kommen, sind noch keine Mütter. Aber sie möchten wissen, was auf sie zukommt.»

«Und was kommt auf werdende Mütter zu?»

«Ich berate keine Männer.»

«Sie beraten ausschließlich werdende Mütter?»

«Das sagte ich schon. Herrgott noch mal! Verschwinden Sie endlich, damit ich mich wieder ganz auf werdende Mütter einstellen kann. Die Frauen vertrauen mir. Ich habe schon über ein Dutzend Schwangere auf ihrem Weg zur Mutterschaft begleitet. Das ist beinahe so, als würde man selber gebären.»

Ich ließ ihn im dritten Monat zurück und schnappte im Freien nach Luft. Eine Stunde später stand ich bei meinem Klienten, der mir Haarlack in die Lunge sprayte.

«Ich muß diesen Geruch aus dem Salon bringen.»

«Hatte eine Kundin Blähungen?»

«Nein, diese unmögliche Frau hat den Föhn ins Wasser fallen lassen.»

«Und wer ist gestorben?»

«Niemand, aber der Föhn ist hinüber, riechen Sie es nicht? Verschmorte Plastikteile.»

«Und die Mitarbeiterin haben Sie entlassen?»

«Fristlos.»

«Dann sind Sie jetzt ganz alleine mitten in all den Scheren und Trockenhauben?»

«Nicht diese Mitarbeiterin. Ich habe die ältere Frau entlassen, die gestern hier war. Sie kam wieder, ich sagte okay, auf Probe könne sie mir zur Hand gehen. Eine Katastrophe war das. Eine Kundin hat sie beim Haarewaschen beinahe verbrüht.»

«Die Frau scheint die Nähe zu den Leuten zu suchen, die Nicole kannten.»

«Kann schon sein, aber als Hilfskraft taugt sie nichts.»

Mein Handy klingelte. Pauli schaute sich betrübt um.

«Ist das Ihr Handy? Jedesmal wenn ich es klingeln höre, denke ich an Nicole. Wo sie jetzt wohl gerade steckt?»

Es dauerte keine zwei Minuten und ich wußte, wo Nicole steckte. Frau Gygax teilte mir am Telefon aufgeregt mit, daß man die Leiche ihrer Wohnpartnerin in einer Kiesgrube außerhalb der Stadt gefunden hatte.

Herr Pauli raufte sich die wenigen Haare, die er seitlich des Kopfes wellenförmig frisiert hatte. Er fuchtelte mit einer Schere herum, und eine Frau, die unter einer Trockenhaube saß, weitete ängstlich ihre Augen. Hugentobler roch an einem Haarwasser.

«Muß man in der heutigen Zeit immer mit dem Schlimmsten rechnen?»

«Die Welt ist aus den Fugen, Herr Pauli. Da Sie der Hauptverdächtige sind, dürfte sie der Mord an Ihrer Mitarbeiterin nicht weiter überraschen.»

«Ich bin verdächtig? Aber warum nur? Wurde sie etwa mit einer Schere erstochen?»

«Nicole wurde erwürgt», sagte ich. «Und verdächtig sind Sie nur, solange die Polizei keinen DNA-Test gemacht hat.»

«Ein Test? Aber wozu?»

«Ihre Mitarbeiterin war schwanger. Wußten Sie das nicht?»

«Schwanger? Aber doch nicht von mir.»

«Das werden unsere Apparate einwandfrei feststellen», sagte Hugentobler.

«Sie wollen ihn an den Lügendetektor anschließen?»

«Vielleicht, Maloney. Dieser Mann lügt, das spüre sogar ich.»

«Ich habe nicht mit Nicole geschlafen. Können wir das nicht woanders besprechen?»

«Wieso? Ist doch ganz angenehm hier. Niemand, der uns stört, eine beinahe familiäre Atmosphäre. Wir könnten natürlich auch nach hinten gehen. Sind Sie mit dieser Nicole ab und zu nach hinten gegangen?»

«Ja natürlich, das ist unser Aufenthaltsraum. Da trinken wir Kaffee, entspannen uns.»

«Und bei den Entspannungsübungen ist diese Nicole schwanger geworden?»

«Nein und nochmals nein. Wollen Sie mein Attest sehen? Ich habe es zu Hause.»

«Ihre Angestellte hat Ihnen ein Attest ausgestellt?» fragte ich.

«Ein ärztliches Attest. Es besagt, daß meine Spermien harmlos sind. Ich kann nicht Vater werden.»

«Sie sind also zeugungsunfähig!» brüllte Hugentobler, und die Kundin unter der Trockenhaube räusperte sich.

«Ja. Und jetzt verschwinden Sie endlich.»

«Haben Sie die Adresse der Frau, die unbedingt für Sie arbeiten wollte?» fragte ich Pauli.

«Die Frau ist unbegabt, sie kann nicht mit Haaren umgehen.»

«Was für eine Frau, Maloney?» fragte Hugentobler. «Suchen Sie eine Assistentin? Eine, die die Leichen wegräumt, mit denen Ihr mühseliger Lebenspfad gepflastert ist?»

Die Adresse führte mich am nächsten Morgen in eine Gegend, in der ich die Frau nicht vermutet hätte. Schöne Gärten umsäumten Häuser, die schon seit gut hundert Jahren betuchte Menschen beherbergten. Offenbar gab es unter den Betuchten auch ein paar Sozialfälle. Frau Noth hieß zwar so, sah aber nicht danach aus.

«Als ich heute die Zeitung aufschlug, stockte mir beinahe der Atem», sagte Frau Noth.

«Sie kannten Nicole?»

«Sie war einmal bei mir.»

«Weshalb wollten Sie unbedingt für Herrn Pauli arbeiten?»

«Ich versuchte, Nicole telefonisch zu erreichen, erfuhr aber nur, daß sie nicht erreichbar war. Da bekam ich es mit der Angst zu tun. Ich wollte in ihre Nähe, ich wollte wissen, was passiert ist.»

«Der Leichenfund kam demnach nicht überraschend für Sie?»

«Nicole kam zu mir, weil sie abtreiben wollte.»

«Sie sind eine Engelsmacherin?»

«Ich bin Ärztin, praktiziere aber seit einigen Jahren nicht mehr. Ich habe ein paar Frauen in ihrer Not geholfen. Vor allem Ausländerinnen, die weder ein noch aus wußten, und deren Männer nie in einen Schwangerschaftsabbruch eingewilligt hätten.»

«Woher hatte Nicole Ihre Adresse?»

«Bei der Mütterberatungsstelle arbeitet jemand, den ich gut kenne.»

«Nicole hat nicht abgetrieben, oder?»

«Ich habe ihr davon abgeraten. Ich sah, wie sie sich auf das Kind freute.»

«Das ist schön und gut, weshalb aber trieben Sie Ängste und ein schlechtes Gewissen in den Coiffeursalon?»

«Nicole hatte eine Affäre mit einem verheirateten Mann. Ein aufstrebender Unternehmer, der vom Geld seiner Gattin abhängig ist.»

«Und der natürlich mit einem außerehelichen Kind nichts anfangen konnte.»

«Ich hätte ihr nie und nimmer dazu raten sollen.»

«Wozu haben Sie ihr geraten?»

«Mit dem Mann zu reden, ihm klar zu machen, daß sie das Kind will und daß sie ihn liebt.»

«Wie heißt der untreue Gatte und Mörder?»

«Er muß es gewesen sein, ganz klar. Wer käme sonst in Frage? Seien Sie vorsichtig. Dieser Mann geht über Leichen. Verrückt, wie solche oft gesagten Sätze plötzlich eine ganz reale Bedeutung bekommen.»

Der Mann hieß Schaad und war der Gründer einer Softwarefirma, die für das Internet Programme entwickelte. Er war nicht im Geschäft anzutreffen, auch nicht zu Hause. Schließlich erfuhr ich, daß er sich in einer Privatklinik aufhielt.

«Sie müssen mir versprechen, die Polizei erst zu verständigen, wenn ich mein Einverständnis dazu gebe.»

«Und wenn Sie damit zwanzig Jahre zuwarten?»

«Nur ein paar Tage, mehr nicht. Ich werde Sie für Ihr Schweigen entschädigen.»

«Das klingt nicht schlecht. Zuerst aber möchte ich erfahren, was vorgefallen ist.»

«Nicole rief mich an, sie sagte mir, daß sie das Kind wolle. Ich war natürlich perplex, damit hatte ich nicht gerechnet. Ich erzählte Nicole von meiner Frau, die ich trotz allem liebe.»

«Und deren Geld Sie für Ihre Firma benötigen.»

«Geld, Liebe, dreht sich nicht das ganze Leben um diese zwei magischen Worte?»

«Wie reagierte Nicole?»

«Sie war enttäuscht, weinte, sagte, daß sie mich liebe. Ich fand keine Worte mehr, und ich mußte an ein wichtiges Meeting. Als ich am späten Abend nach Hause kam, lag Nicole neben dem Sofa. Meine Frau saß auf dem Sofa und lächelte.»

«Ihre Frau hat Nicole erwürgt?»

«Meine Frau sagte: Willst du das Geschenk nicht auspacken? Ach so, ja, du hast es ja schon einige Male ausgepackt. Dann pack es jetzt besser wieder ein und bring es fort. Meine Frau war nicht bei Sinnen.»

«Und jetzt schläft sie sich den Mord aus dem Kopf?»

«Eine Schlaftherapie, sieben Tage und sieben Nächte. Danach ist sie stark genug für den Prozeß. Ich werde ihr beistehen. Meine Frau schluckte Tabletten, sie war nicht zurechnungsfähig. Ich werde bei ihr bleiben und über sie wachen. Und Sie können mir die Tage, bis ich die Polizei verständige, in Rechnung stellen.»

Das tat ich auch. Mit dem Honorar fuhr ich mit der Bahn Richtung Süden und ließ es mir einige Tage gut gehen. Hugentobler schickte ich ein italienisches Kreuzworträtsel und mir selber eine Flasche Vecchia Romagna nach Hause. So geht das.

Endstation Sehnsucht

Der Mann trug Schwarz. Ansonsten war er unauffällig und sehr gepflegt. Mit ihm hätte sich jede Frau an jedem Opernball der Welt blicken lassen können. Ich persönlich mache mir nichts aus Opernbällen.

«Ulmer ist mein Name. Mein Sohn ist erschossen worden.»

«Dafür ist die Polizei zuständig.»

«Ach, die Polizei. Die ermitteln, und was kommt dabei heraus? Sie verfolgen nicht einmal die naheliegendste Spur.»

«Und was wäre Ihrer Meinung nach die naheliegendste Spur?»

«Mein Sohn war Tramführer.»

«Sie glauben, daß er von einem Tram erschossen wurde?»

«Mein Sohn hat vor einer Woche einen älteren Herrn angefahren. Es war ein Unfall. Aber der Mann starb auf der Stelle.»

«Das klingt schon besser. Aber wenn es ein Unfall war, weshalb sollte man ihn dann deswegen umbringen?»

«Das hat die Polizei auch gesagt. Aber ich bin sicher, daß zwischen dem Vorfall und dem Mord an meinem Sohn ein Zusammenhang besteht.»

«Hatte Ihr Sohn keine anderen Feinde?»

«Ich glaube nicht. Er war ein sehr zurückhaltender Mensch. Sehr korrekt. Er hat schwer gelitten nach dem Unfall. Er hatte Alpträume und war mit den Nerven völlig fertig.»

Ich versprach Herrn Ulmer, der Sache mal nachzugehen. Nachdem ich zweimal quer durch die Stadt gefahren war, traf ich endlich einen Wagenführer, der gesprächiger war, als dies die Dienstvorschrift erlaubte.

«War ein prima Kerl, dieser Ulmer. Ein wenig scheu, keiner von denen, die ständig eine große Klappe führen. Guter Fahrer.»

«Dennoch hat er einen Mann überfahren.»

«Die Leute haben keine Ahnung, wie das ist, wenn man hier vorne sitzt. Ständig rennen Leute vor dem Tram vorbei, jeder glaubt, daß er schnell genug ist, und die Autos sind etwa so rücksichtsvoll wie junge Versicherungsvertreter. Wenn Sie mich fragen, kann das jedem früher oder später passieren. Ich habe auch schon einige Male Glück gehabt.»

«War an diesem Ulmer irgend etwas auffällig? Hat er vielleicht gespielt oder Kontakt zu zwielichtigen Gestalten?»

«Im Gegenteil. Er war ein sehr korrekter Typ. Das einzig Auffällige an ihm war seine Freundin. Sehr hübsch.»

«Wissen Sie, was er in seiner Freizeit sonst noch trieb?»

«Ja, er saß in Cafés herum.»

«In Cafés?»

«Ja. In diesen edlen Cafés, in denen sich die edlen Damen an einem Kännchen festhalten. Keine Ahnung, was er daran so toll fand.»

Ich bedankte mich bei dem Mann und versprach ihm, künftig ab und zu eine Fahrkarte zu lösen, damit es mit den Verkehrsbetrieben wieder aufwärts ging. Zuerst ging ich aber noch abwärts. Ins Polizeipräsidium.

«Übler Fall, Maloney. Es gibt keinerlei Hinweise. Dieser Ulmer war ein völlig unauffälliger Typ. Hat sein Vater Sie auf den Fall angesetzt?»

«Kein Kommentar. Ich möchte von Ihnen nur den Namen jenes Mannes erfahren, der von Ulmer überfahren wurde.»

«Das ist kein Geheimnis. Stand in der Zeitung. Karl Luchsinger.»

«Der ehemalige Stadtrat?»

«Genau der. War ein ziemlich hohes Tier in der Wirtschaft. Hatte Chancen, der neue Chef einer Kulturstiftung zu werden. Wie hieß die gleich? Pro irgend etwas.»

«Wurde der Unfall untersucht?»

«Zeugen haben ausgesagt, daß Luchsinger nicht aufgepaßt hat.»

Ich fuhr zurück in mein Büro und rief meinen Klienten an. Wir trafen uns vor der Wohnung des Ermordeten.

«Glauben Sie, daß Sie in der Wohnung einen Anhaltspunkt finden?»

«Schon möglich.»

«Moment mal. Hören Sie das?»

Ich gab mir Mühe, hörte aber zuerst nichts. Doch dann vernahm ich die leisen Geräusche, die aus der Wohnung kamen. Es gab keinen Zweifel, jemand war in der Wohnung und versuchte, möglichst keinen Lärm zu machen.

«Wer kann das sein?» fragte Ulmer, das Ohr an die Tür gedrückt.

«Fragen Sie mich etwas Leichteres. Wir können zumindest davon ausgehen, daß in der Wohnung nicht der Geist Ihres Sohnes wütet, oder?»

«Soll ich die Tür aufschließen?»

«Wetten, daß die Tür offen ist?»

«Und was ist, wenn diese Person bewaffnet ist?»

Ehe Herr Ulmer richtig Angst bekommen konnte, waren wir schon in der Wohnung drin. Es war niemand zu sehen.

«Vielleicht haben wir uns getäuscht?»

«Ganz bestimmt nicht», sagte ich. «Es hat keinen Sinn. Wer auch immer Sie sind, kommen Sie raus aus Ihrem Versteck.»

«Hinter der Tür!» rief Ulmer.

«Sie sind umstellt. Hände in die Höhe und Füße auf den Boden.»

«Bitte. Nicht schießen», die Stimme war hoch und ängstlich.

«Aber nicht doch», sagte ich ruhig. «Ich schieße nicht auf wehrlose Frauen. Wenigstens nicht sofort.»

«Wer sind Sie?» fragte Ulmer.

Eine dunkelhaarige Frau in Jeans und Turnschuhen kam hinter der Tür hervor. Die jugendliche Kleidung konnte nicht darüber hinwegtäuschen, daß das Alter der Frau näher bei der Altersrente als bei den Jugendrabatten anzusiedeln war. Sie schaute verlegen auf die Gummiränder ihrer Schuhe.

«Es war ein Fehler, ich weiß. Ich hätte nicht vorbeikommen sollen.»

«Woher hatten Sie einen Schlüssel?» fragte Ulmer.

«Von Franz», sagte die Frau.

«Franz? Franz war mein Sohn, Maloney.»

«Jetzt mal schön der Reihe nach», sagte ich. «Wer sind Sie, und was machen Sie hier?»

«Mein Name ist Luchsinger, Eva Luchsinger.»

«Die Witwe von Karl Luchsinger?» fragte ich, und ihr Nicken bestätigte meinen Verdacht.

«Das ist ja ein tolles Ding», sagte ich zu Ulmer.

«Meinen Sie die Frau? So toll finde ich sie nicht.»

Herr Ulmer stand Frau Luchsinger ziemlich ratlos gegenüber. Diese setzte sich, und ich wartete darauf, daß sie ihre Erklärung abgab. Und das tat sie dann auch.

«Sie wundern sich sicher darüber, daß ich hier bin.»

«Allerdings», stimmte ich ihr zu. «Es kommt zwar vor, daß Mörder an den Tatort zurückkehren, aber wenn es eintrifft, ist es immer wieder eine kleine Überraschung.»

«Was wollen Sie damit sagen?» fragte Frau Luchsinger.

«Haben Sie meinen Sohn Franz erschossen?» fragte Herr Ulmer traurig.

«Aber nicht doch. Wie Sie wissen, bin ich selbst in Trauer.»

«Ihr Mann wurde von Franz Ulmer getötet», sagte ich. «Das wäre immerhin ein Motiv.»

«Das war Schicksal. Absurdes Schicksal.»

«Wie lange kannten Sie Franz Ulmer schon?» fragte ich.

«Seit zwei Monaten. Ich lernte ihn im Café Strauß kennen. Er war sehr charmant.»

«Sie könnten seine Mutter sein. Mindestens.»

«Ich weiß. Aber das schien ihn nicht zu stören. Er sagte, er habe eine Vorliebe für reifere Frauen.»

«Sie hatten ein Verhältnis mit Franz Ulmer?» fragte ich.

«Das ist unerhört», sagte mein Klient.

«Nach kurzer Zeit begriff ich, um was es Franz in Wirklichkeit ging. Er wollte mich erpressen.»

«Sie lügen», sagte mein Klient und trat einen Schritt auf Frau Luchsinger zu.

«Franz Ulmer hat ein Verhältnis mit Ihnen gehabt, um Sie danach zu erpressen?» fragte ich.

«Er sagte, er würde es meinem Mann sagen oder zur Presse gehen. Sie können sich vorstellen, was das für einen Wirbel verursacht hätte.»

«Deshalb trieb sich Franz in diesen vornehmen Cafés herum?»

«Sie glauben doch dieser Frau nicht etwa, Maloney? Franz war kein Erpresser.»

«Es war leider so, Herr Ulmer.»

«Das wäre ein Grund mehr, Ihren Sohn zu erschießen», sagte ich.

«Es spricht einiges gegen mich», sagte Frau Luchsinger. «Deshalb bin ich auch hier.»

«Das verstehe ich nicht», sagte Herr Ulmer.

«Ich habe Franz eine größere Summe Geld zukommen lassen. Und ich habe ihm einen Brief geschrieben, in dem steht, daß ich nicht bereit bin, noch mehr zu bezahlen.»

«Verstehe», sagte ich. «Sie wollten den Brief, damit die Polizei nichts von der Erpressungsgeschichte erfährt.»

«Es war verrückt. Ausgerechnet vor das Tram von Franz lief mein Mann.»

«Sie glauben Ihr diese idiotische Geschichte doch hoffentlich nicht, Maloney?» schrie Ulmer und verwarf beide Hände. Ich kratzte mich am Ohrläppchen. Die Geschichte war so verrückt, daß ich mir nicht vorstellen konnte, daß ein halbwegs vernünftiger Mensch sie sich ausdenkt, um sich zu entlasten. Wir suchten nach dem ominösen Brief, fanden jedoch nur ein paar Liebesbriefe einer anderen Frau. Ich vermutete, daß diese von der schönen Freundin des Toten stammten. Es war an der Zeit, daß ich mich um sie kümmerte. Wir trafen uns in einer Bar. Sie hieß Katja Förster und sah tatsächlich blendend aus.

«Ich weiß nicht, wie ich Ihnen weiterhelfen kann.»

«Das lassen Sie mal meine Sorge sein.»

«Ich kann mir einfach nicht vorstellen, wer Franz so haßte, daß er ihn umbrachte.»

«Wußten Sie, daß Franz Ulmer älteren Damen nachstellte?»

«Soll das ein Witz sein? Sehen Sie mich an. Glauben Sie, daß ein Mann, der so etwas im Bett hat, älteren Frauen nachsteigt?»

«Männer sind seltsame Wesen.»

«Franz war glücklich.»

«Manchmal macht erst Geld das Glück perfekt.»

«Franz verdiente nicht schlecht. Ich weiß gar nicht, worauf Sie hinauswollen.»

Ehrlich gesagt wußte ich das auch nicht so recht. Aber es gab zwei Dinge, die mich an der jungen Frau irritierten. Das eine war ihre Schönheit und das andere ihre Gereiztheit. Sie gab sich Mühe, mir schöne Augen zu machen. Und ihre Bemühungen waren durchaus von Erfolg gekrönt.

«Sind Sie verheiratet?» fragte sie neckisch.

«Nicht daß ich wüßte. Eine seltsame Frage für eine Frau, die gerade ihren Freund verloren hat.»

«Das Leben geht weiter.»

«Wir haben in Franz Ulmers Wohnung einige Liebesbriefe von Ihnen gefunden.»

«Und? Ist das so ungewöhnlich?»

«Wenn man die liest, kommt man zum Schluß, daß Sie diesen Franz sehr geliebt haben. Mehr als er Sie liebte.»

«Das stimmt nicht. Franz war ganz verrückt nach mir. Ich muß jetzt leider gehen. Ich glaube kaum, daß ich Ihnen weiterhelfen kann.»

Sie kramte in ihrer Tasche und klaubte Kleingeld hervor. Normalerweise interessiert es mich nicht sonderlich, was junge Frauen in ihren Taschen herumtragen. Aber in diesem speziellen Fall gab es etwas, daß mich stutzig machte. Für einen kurzen Moment konnte ich den Lauf einer Pistole sehen. Frau Förster hatte meinen Blick bemerkt und schloß eilig die Tasche. Wenn mich nicht alles täuschte, war es eine Browning. Sie verabschiedete sich hastig. Ich fuhr anschließend ins Polizeipräsidium.

«Üble Sache, Maloney. In der Stadt hat es wieder zu hohe Ozonwerte. Wenn das so weitergeht, müssen meine Beamten Gasmasken tragen.»

«Das würde kaum jemanden auffallen. Wissen Sie zufällig, mit welcher Waffe dieser Franz Ulmer erschossen wurde?»

«Mit einer 9-Millimeter-Browning. Hübsche Waffe. Aber natürlich nur, wenn sie in den richtigen Händen ist.»

«Ich weiß nicht, ob es für so etwas richtige Hände gibt.»

«Sie haben doch nicht etwa die Waffe gefunden, Maloney?»

Ich schüttelte den Kopf und ging. Draußen war es warm, und die Leute flanierten, als ob die Welt noch immer ihnen gehören würde. Und irgendwo ging eine junge Frau mit einer Browning spazieren. Einer Browning, aus deren Lauf der Tod ab und zu jemandem einen Besuch abstattete.

Es war wieder einmal viel Liebe im Spiel. Und bei solchen Spielen bleibt meist jemand auf der Strecke, früher oder später. Ich wollte gerade die schöne Katja Förster besuchen, als in meinem Büro das Telefon klingelte.

«Maloney. Private Ermittlungen.»

«Ich habe den Brief gefunden», sagte mein Klient und atmete dazu schwer.

«Was für ein Brief?»

«Den Brief, den diese Luchsinger meinem Sohn geschickt hat. Es scheint tatsächlich zu stimmen, daß Franz sie erpreßt hat. Das ist doch ein guter Grund, um Franz umzubringen, nicht?»

«Nach dem Tod ihres Mannes hatte Frau Luchsinger keinen Grund mehr. Ihr Mann war derjenige, der nichts erfahren durfte. Da er tot war, war das gewährleistet.»

«Und wenn Frau Luchsinger meinen Sohn dazu angestiftet hat, ihren Mann zu überfahren?»

«Daran habe ich auch schon gedacht. Aber Ihr Sohn war Tramführer. Mit einem Tram können Sie nicht eine bestimmte Person willentlich überfahren. Es sei denn, diese Person kommt Ihnen mehr als nur einen Schritt entgegen.»

«Da haben Sie auch wieder recht. Aber wer zum Teufel hat dann meinen Sohn getötet?»

«Kennen Sie Katja Förster?»

«Die Freundin von Franz? War mir nie sonderlich sympathisch. Ziemlich hochnäsig.»

«Aber eine sehr hübsche hohe Nase.»

«Franz hat sich nicht sehr viel aus ihr gemacht. Sie aber hing wie eine Klette an ihm.»

«Glauben Sie, daß er mit ihr Schluß machen wollte?»

«Ich weiß es nicht. Schon möglich.»

«Ich glaube, ich werde der Dame nochmals einen Besuch abstatten.»

«Nehmen Sie sich in acht vor ihr. Die kann einen ganz schön um den Finger wickeln. Und danach sind Sie bloß noch ein Schmuckstück an ihrer Hand.»

Ich wußte, was auf mich zukam. Doch vorerst gelang es mir nicht, sie zu erreichen. Zwei Stunden später klingelte bei ihr zu Hause das Telefon. Und sie nahm ab und Maloney war am Draht. Ihre Stimme klang gebrochen. Irgend etwas hatte sie mehr erschüttert als der Tod ihres Freundes.

«Gut, daß Sie anrufen, Maloney. Es ist etwas Fürchterliches passiert.»

«Ist Ihr Make-up im Eimer?»

«Meine Mutter.»

«Ist ihr etwas passiert?»

«Sie hat mir gestanden, daß sie Franz umgebracht hat.»

Ich schluckte einmal leer und wartete. Es kam nichts. Dann hörte ich, wie sie sich eine Zigarette anzündete.

«Sie hat es mir gestanden, Maloney.»

«Weshalb zum Teufel sollte Ihre Mutter Franz Ulmer umbringen?»

«Franz wollte sich von mir trennen. Es ging mir sehr schlecht in den letzten Wochen. Meine Mutter konnte das nicht mehr mitansehen. Sie wollte Franz zur Vernunft bringen, sie wollte, daß er zu mir zurückkehrt. Aber Franz hat nur gelacht, als sie mit ihm über alles reden wollte.»

«Ziemlich seltsame Geschichte. Nicht die erste seltsame Geschichte in diesem Fall.»

«Ich gehe jetzt zu meiner Mutter. Können wir uns bei ihr treffen? Ich möchte nicht alleine zu ihr.»

Sie gab mir die Adresse ihrer Mutter. Ich machte mich auf den Weg. Die Dame wohnte außerhalb der Stadt. Während ich im Taxi saß, ging mir plötzlich wieder die Browning durch den Kopf.

«Kehren Sie wieder um, schnell», sagte ich zum Taxifahrer.

«Wie bitte?»

«Umkehren. Ich will zurück in die Stadt.»

«Haben Sie etwas vergessen?»

«Allerdings. Schnell. An die Burckhardt-Straße.»

«Meinetwegen können wir auch noch einen kleinen Ausflug zum Mond machen. Solange Sie bezahlen, ist mir alles egal.»

«Fahren Sie schneller. Es geht um Leben und Tod.»

«Was Sie nicht sagen. Den Spruch kenne ich. Leben und Tod ist eine schnuckelige Kleine, hä?»

Es dauerte eine Ewigkeit bis ich endlich vor dem Haus stand, in dem Katja Förster wohnte. Aber ich kam zu spät, draußen stand ein Krankenwagen, und die Polizei war auch schon da.

«Zu spät, Maloney. War das nicht die Freundin des ermordeten Tramführers?»

«Ist sie tot?»

«Beinahe. Hat versucht, sich zu erschiessen. Die Ärzte sagen, daß sie Chancen hat, durchzukommen.»

«Sie hat ihren Freund erschossen. Er wollte sie verlassen.»

«Wieso sind Sie eigentlich hier, Maloney?»

«Sie sagte mir am Telefon, daß ihre Mutter ihr gestanden habe, ihren Freund erschossen zu haben. Mir fiel erst unterwegs zu ihrer Mutter ein, daß Katja Förster die Mordwaffe schon bei sich trug, bevor die Mutter angeblich ein Geständnis machte.»

«Damit wäre der Fall aufgeklärt, Maloney. Ich brauche noch Ihre Aussage. Aber Sie wissen ja, wo Sie mich finden können.»

Ich ging wieder zurück in mein Büro. Katja Förster hätte gute Chancen gehabt, noch einmal lebend davonzukommen. Doch sie wollte nicht mehr weiterleben. Ihr Körper fügte sich und schaltete sich zwei Tage später endgültig aus. So geht das.

Hawaii einfach

Sie sah nicht aus wie eine Frau, die Hilfe benötigte. Sie schaute mich selbstsicher an, und nur ihre Hände, die sich ein wenig in ihre Handtasche verkrallten, verrieten, daß sie in Schwierigkeiten steckte. Ansonsten hätte sie auch eine gute Oma oder eine Bankangestellte mit Prokura abgegeben.

«Mein Name ist Gächter. Ich bin verheiratet.»

«Nachdem wir das hinter uns gebracht haben, teilen Sie mir sicherlich auch noch mit, was Ihr Ehemann mit Ihrem Besuch bei mir zu tun hat.»

«Er ist verschwunden.»

«Einfach so? Kommt das öfters vor?»

«Wie meinen Sie das?»

«Wörtlich, Frau Gächter. Ist es das erste Mal, daß Ihr Mann verschwunden ist, und wenn ja, wie lange schon?»

«Es ist das erste Mal, daß ich keine Ahnung habe, wo er ist. Und das nun schon seit einer Woche.»

«Waren Sie schon bei der Polizei?»

«Ja. Die haben sein Verschwinden zur Kenntnis genommen.»

«Dann haben Sie schon viel erreicht. Steckte Ihr Mann in Schwierigkeiten?»

«Allerdings. Er hatte bei mehreren Banken Schulden. Kredite.»

«Glauben Sie, daß er deswegen untergetaucht ist?»

«Schon möglich. Mir hat er gesagt, daß er drauf und dran ist, das Geld hereinzuholen. Ich weiß allerdings nicht, was er genau damit meinte.»

«Schade. Das hätte uns sicherlich weitergeholfen.»

«Möchten Sie ein Foto meines Mannes?»

Ich nickte, und sie überreichte mir ein Foto. Herr Gächter sah aus wie ein Geschäftsmann aus einer Fernsehserie. Er hatte einen nahezu kahlen Kopf und ein kantiges Gesicht. Er war der Typ Mann, dem man mehr Kredit gab, als er verdiente.

«Glauben Sie, daß Sie meinen Mann finden werden?»

«Schon möglich. Was aber ist, wenn er nicht alleine untergetaucht ist?»

«Auf was wollen Sie hinaus?»

«Auf was wohl?»

«Suchen Sie meinen Mann, egal was bei der Suche herauskommt.»

Das war ein Wort. Frau Gächter ging, wie sie gekommen war: durch die Tür. Kurz darauf nahm ich denselben Weg und landete im Polizeipräsidium. Hugentobler telefonierte gerade.

«Tut mir leid. Wir haben keine Kleber. Wie bitte? Nein, wir haben auch keine Kleber konfisziert. Was? Na, hören Sie mal, wir haben Wichtigeres zu tun, als Kleber unter die Leute zu verteilen. Was? Nein, Sie sprechen hier nicht mit dem Bahnhofskiosk. Wie bitte? Einfach eingehängt. Tja, Maloney, seit eine Radiostation Kleber verteilt, bekommen wir ständig solche Anrufe. Anscheinend kann man Reisen an den Südpol gewinnen.»

«Das wäre doch etwas für Sie und Ihre Kollegen. Am Südpol könnten Sie Eisberge versetzen.»

«Vorläufig gibt es in dieser Stadt noch genügend Berge, die versetzt werden müssen. Wenn Sie wollen, zeige ich Ihnen gerne den Aktenberg, den ich noch abtragen muß.»

«Später vielleicht. Es sei denn, unter Ihrem Aktenberg liegt ein gewisser Herr Gächter.»

«Gächter? Ist das nicht eine Vermißtmeldung?»

«Genau. Und erzählen Sie mir jetzt nicht, daß er am Südpol gesichtet wurde.»

«Würden Sie mit Ihrer Freundin an den Südpol reisen?»

«Gächter hat eine Freundin?»

«Allerdings. Hübsche Frau. War seine Angestellte. Sie ist ebenfalls seit einer Woche verschwunden.»

«Und wie heißt die junge Dame?»

«Gehe ich recht in der Annahme, daß Sie das sauer ersparte Geld von Frau Gächter verjubeln, Maloney?»

«Berufsgeheimnis.»

«Geht mich nichts an, Maloney. Die Frau heißt Lydia König.»

Ich bedankte mich und ging. Unterwegs schaute ich bei der Post vorbei und wühlte mich durch das Telefonbuch. Zehn Anrufe später landete ich bei Herrn Fritz König, dem Vater der verschwundenen Dame. Ich besuchte ihn in seiner geräumigen Wohnung.

«Gerade eben wollte ich die Polizei anrufen», sagte Herr König.

«Wieso? Ist Ihre Tochter wieder aufgetaucht?»

«Ja.»

«Interessant. Kann ich mit ihr sprechen?»

«Das geht leider nicht.»

«Wieso? Hat sie ihr Gehör und den Verstand verloren?»

«Nein. Das heißt, vielleicht doch. Meine Tochter ist auf Hawaii.»

«Hawaii?»

«Ja, Hawaii. Ein Bundesstaat der USA.»

«Was Sie nicht sagen. Und was macht sie auf Hawaii?»

«Sie will zu sich selber finden.»

«Hat sie bei Ihnen angerufen?»

«Nein, sie hat geschrieben. Hier, sehen Sie? Eine Ansichtskarte. Schön, nicht?»

Er überreichte mir die Karte, auf der die üblichen Strände zu sehen waren.

«Und was steht drauf? Das ist ja eine saumässige Schrift.»

«Ja, eindeutig von meiner Tochter. *Lieber Vater.* Damit meint Sie mich.»

«Darauf wäre ich nie gekommen.»

«Lieber Vater», las Herr König. *«Mir geht es gut. Du mußt Dir keine Sorgen machen. Ich brauche etwas Distanz. Es ist Zeit, daß ich zu mir selber finde. Ich werde mich bei Dir melden. Hawaii ist eine sehr schöne Insel. Gruß Lydia.»*

«Ist das alles?»

«Ja. Ich bin beruhigt. Meiner Lydia geht es gut.»

«Kennen Sie Herrn Gächter?»

«Ihr Chef? Ja, Sie hat mir von ihm erzählt.»

«Wußten Sie, daß Ihre Tochter ein Verhältnis mit ihm hatte?»

«Nein. Und wenn, dann ist das ihre Sache. Sie ist alt genug für solche Dinge.»

Mehr wollte Herr König nicht sagen. Der Fall war für ihn erledigt. Für mich begann er jetzt erst richtig. Ich atmete tief durch und fügte mich meinem Schicksal, und dieses Schicksal trug einen Namen: Hawaii.

Ich kaufte mir ein paar Strandsandalen, eine Sonnencreme und besuchte meine Klientin. Sie wunderte sich, als sie mich sah.

«Ist es in Ihrem Beruf üblich, daß man bei diesem Wetter eine Sonnenbrille trägt?»

«Die trage ich nur, um nicht aufzufallen.»

«Mir ist seit Wochen niemand mit einer Sonnenbrille begegnet.»

«Hier schon, aber auf Hawaii sieht das ganz anders aus.»

«Hawaii? Fahren Sie in die Ferien? Und was ist mit meinem Mann?»

«Ich habe Anhaltspunkte, daß sich Ihr Mann auf Hawaii aufhält.»

«Hawaii? Das geht leider nicht.»

«Sie müssen nicht unbedingt mitkommen.»

«Ich sagte Ihnen schon, daß mein Mann hoch verschuldet ist. Ich lebe von der Hand in den Mund. Ich kann Ihnen keinen Flug nach Hawaii bezahlen.»

«Kann ich wenigstens die Sonnenbrille auf die Spesenrechnung nehmen?»

«Wenn es sein muß. Ihr normales Honorar kann ich selbstverständlich bezahlen.»

Hawaii war in weite Ferne gerückt. Und es war auch nicht gerade ermutigend zu hören, daß selbst eine Frau, die eigentlich pleite war, mein Honorar problemlos bezahlen konnte. In Gedanken versunken, verließ ich Frau Gächters Wohnung. Ich versuchte, so gut es ging, den letzten Arbeitstag von Herrn Gächter zu rekonstruieren. Nach unzähligen Gesprächen landete ich in jener Kneipe, vor der Gächter zum letzten Mal gesehen worden war.

«Möchten Sie was essen?» fragte eine weibliche Bedienung nicht gerade freundlich.

«Ich nehme ein paar Erdnüsse und einen Whisky.»

«Sonst noch etwas?»

«Können Sie mir sagen, was ein Mann der hoch verschuldet ist, hier verloren hat?»

«Sie haben Schulden?»

«Na ja, wie man es nimmt.»

«Erdnüsse und Whisky. Bin gleich wieder da.»

Die Frau verschwand hinter einer Tür. Kurz darauf erschien sie wieder und mit ihr ein Mann, der nach Ärger aussah. Als er an meinem Tisch stand, war mir eines klar: der Mann sah nicht nur nach Ärger aus, er roch auch danach.

«Der Whisky geht in Ordnung. Aber danach hauen Sie ab.»

«Ich möchte nur eine Auskunft. Die Polizei würde sich damit nicht zufrieden geben.»

«Wer sind Sie?» fragte der rabiate Geselle.

«Maloney. Privatdetektiv. Ich suche diesen Mann hier.»

Er starrte abwechselnd auf das Foto und auf mich.

«Wenn die Polizei in den nächsten Tagen bei mir auftaucht, sind Sie dran. Verstanden?»

«Nun aber zum freundlichen Teil Ihrer Auskunft.»

«Der Mann war vor einer Woche hier und hat gespielt.»

«Gespielt?»

«Hinten», sagte der Mann und zeigte zu der Tür, durch die er gekommen war. «Damit wir uns richtig verstehen: ich weiß nichts davon, daß in meinem Lokal gespielt wird.»

«Alles klar. Hatte der Mann überhaupt Geld bei sich?»

«Ein paar Tausend. Ein Bekannter von ihm hat ihn vermittelt. Er hat volles Risiko gespielt. Und gewonnen.»

«Wieviel?»

«200 000.»

«Allerhand. Und wer war der Bekannte, der ihn hier eingeführt hat?»

«Ihr Whisky ist alle, Maloney. Zeit abgelaufen, Sie verstehen?»

Ich verstand und ging. Der Mann begleitete mich mit einem unfreundlichen Blick. Ich schaute noch einmal bei Frau Gächter vorbei.

«Haben Sie schon etwas herausgefunden?»

«Allerdings. Wieviel Schulden hatte Ihr Mann?»

«Um die 100 000 Franken.»

«Ihr Mann hat, kurz bevor er verschwand, die doppelte Summe gewonnen. In einer illegalen Spielhölle.»

«Aber dann wäre er ja saniert gewesen.»

«Genau. Die Frage ist jetzt, was hat er mit dem Geld gemacht? Wissen Sie, bei welchen Banken Ihr Mann Schulden hatte?»

«Soll ich mich erkundigen?»

Ich nickte, und sie erkundigte sich. Es dauerte eine Ewigkeit, bis sie sich zu den jeweiligen Sachbearbeitern durchgeredet hatte. Schließlich hatte sie alles beisammen.

«Nichts. Die Banken haben kein Geld von meinem Mann erhalten.»

«Bleibt die Frage, wo ist das Geld geblieben? Vielleicht sollte ich doch nach Hawaii fliegen. Jetzt, wo zumindest theoretisch wieder genug Geld da ist, um meine Reisespesen zu bezahlen.»

«Da stimmt etwas nicht. Ich habe langsam das ungute Gefühl, daß meinem Mann etwas zugestoßen ist.»

Ich ließ Frau Gächter mit ihren unguten Gefühlen in ihrer Wohnung zurück und fuhr in mein Büro. Ungute Gefühle werden einem meist von unguten Personen bestätigt. Und genau dies geschah auch.

«Üble Sache, Maloney. Wir haben soeben die Leiche von Herrn Gächter gefunden.»

«Wo?»

«In einem Waldstück. Meine Kollegen gaben über Funk durch, daß sie einen Toten gefunden haben. Ausweise inbegriffen.»

«Dann haben wir es jetzt mit einem Mord zu tun.»

«Irrtum, Maloney. Die Waffe lag neben der Leiche. Sieht nach einem Selbstmord aus.»

Ich machte mich auf zum Leichenfundort. Denn das Wort Selbstmord klang in diesem Fall etwas seltsam. Zudem hatte ich nichts Besseres vor.

«Grauenhaft, Maloney», sagte Hugentobler angewidert.

«Seit wann sind Sie so gefühlvoll im Umgang mit Leichen?»

«Das Wetter, Maloney. Es ist nicht zum Aushalten.»

«Das dürfte kaum der Grund sein, weshalb Gächter hier tot im Wald liegt, oder?»

«Hier, Maloney. Ein Abschiedsbrief. Haben wir in der Brieftasche des Toten gefunden.»

«*Glück im Spiel ist nur die eine Seite der Medaille. Alles hat auch noch eine schmutzige Seite. Ich habe alles versucht, und alles ist schief gelaufen.* Klingt nach einer existentiellen Krise. Und das nach dem größten Gewinn seines Lebens.»

«Ein wenig wirr. Aber das kommt öfters vor.»

«Weshalb sollte sich Gächter umbringen?

«Das haben Sie doch gerade vorgelesen, Maloney. Ich zitiere: *Alles ist schiefgelaufen.* Der Mann hatte Schulden, Maloney.»

«Der Mann hat vor einer Woche 200 000 gewonnen.»

«Etwa bei diesem Kleberspiel?»

«In einem illegalen Spielclub. Gächter war saniert, es gab keinen Grund mehr, sich umzubringen.»

«Sie können ihn ja selber fragen. Bei Ihren Ermittlungsmethoden wäre es nicht das erste Mal, daß sich eine Leiche im Grabe umdreht. Es deutet alles auf Selbstmord hin. Schmauchspuren, die Lage der Waffe, der Einschußkanal, alles eindeutige Anzeichen von Selbstmord.»

Ich prägte mir den Abschiedsbrief genau ein und machte mich auf die Socken. Frau Gächter war nicht ansprechbar, und deshalb ging ich zu Herrn König. Er hatte wieder eine Ansichtskarte aus Hawaii erhalten.

«Das verstehe ich nicht.»

«Was verstehen Sie nicht? Daß der Chef Ihrer Tochter Selbstmord begangen hat?»

«Nein. Hier, die Karte meiner Tochter. Sie schreibt, daß sie auf Hawaii bleiben möchte. Für immer.»

«Das scheint ein langer Weg zu sein, der Ihre Tochter zu sich selber führen soll.»

«Und dabei hat sie mir immer von diesem Haus in der Toskana vorgeschwärmt. Aber das ist jetzt auch weg.»

«Was für ein Haus?»

«Sie wollte ein altes Haus in der Toskana kaufen und renovieren. Ich habe mich gestern erkundigt. Das Haus ist schon verkauft. Ich wollte ihr das Haus kaufen, in der Hoffnung, daß sie dann vielleicht zurückkommt. Die Toskana ist nicht so weit weg wie dieses Hawaii.»

«Da haben Sie allerdings recht.»

«Ich dachte immer, ich kenne meine Tochter. Aber offensichtlich habe ich mich getäuscht.»

Da war ich mir nicht so sicher. Ich überredete Frau Gächter, meine Spesen für eine Bahnfahrt in die Toskana zu übernehmen. Von Herrn König bekam ich die Adresse des Hauses. Am nächsten Tag stand ich nach einer achtstündigen Bahnfahrt vor dem Haus. Eine junge Frau stand mir gegenüber. Ansonsten war der Süden auch nicht mehr das, was er mal war: es regnete in Strömen.

«Come stà?» fragte die junge Frau.

«Klingt nicht übel. Aber mir können Sie nichts vormachen, Frau König.»

«Ich weiß nicht, wovon Sie reden», sagte die junge Frau und errötete.

«Und ob Sie das wissen. Gestern wurde Herr Gächters Leiche aufgefunden.»

«Wer zum Teufel sind Sie?»

«Maloney ist mein Name. Und Leute wie mich läßt man nicht ungestraft im Regen stehen.»

«Also gut, kommen Sie herein.»

Die Innenausstattung des Hauses bestand aus einer Matratze, ein paar Pfannen und einer Menge Gerümpel. In einer Ecke standen zwei Kisten. Wir setzten uns darauf.

«Wie haben Sie mich gefunden?»

«Das war gar nicht so schwer. Zuerst bin ich aber mit Fragen dran. Sie hatten ein Verhältnis mit Ihrem Chef?»

«Das war nichts Ernsthaftes.»

«Ich nehme an, daß er anders darüber dachte?»

«Er war in mich verliebt. Aber ich habe ihm immer klar gemacht, daß es für mich keine Liebe war. Stimmt es wirklich, daß er tot ist?»

«Daran gibt es nichts zu rütteln. Und Sie sind schuldig an seinem Tod.»

«Das stimmt nicht. Ich habe ihn nicht umgebracht.»

«Das behauptet nicht mal die Polizei. Aber wegen Ihnen hat er sich umgebracht. Es dauerte eine Weile, bis mir klar wurde, was sein Abschiedsbrief bedeutete.»

«Er hat einen Abschiedsbrief hinterlassen?»

«Ja. Ich zitiere: *Glück im Spiel ist nur die eine Seite der Medaille. Alles hat auch noch eine schmutzige Seite. Ich habe alles versucht, und alles ist schief gelaufen.* Sie sind die schmutzige Medaille, Frau König.»

«Das verstehe ich nicht.»

«Gächter war verschuldet. Sein Spielglück hätte ihn seiner Schulden entledigt. Doch dann verdufteten Sie mit dem Geld. Zurück blieb ein gebrochener Mann, ohne Geld und ohne jene Frau, die er liebte. Er hätte es vermutlich nicht mal fertiggebracht, Sie anzuzeigen.»

«Ich wußte nicht, daß er Schulden hatte. Er sagte mir nie etwas davon. Im Gegenteil. Ich dachte, er sei steinreich. Er zeigte mir die 200 000 und sagte: *Wer hat, dem wird gegeben.*»

«Und da sagten Sie sich, wem gegeben wird, dem kann man ruhig etwas wegnehmen.»

«Ich habe jahrelang von diesem Haus geträumt.»

«Und wie kamen die Ansichtskarten von Hawaii in den Briefkasten Ihres Vaters?»

«Eine Freundin von mir war letztes Jahr in Hawaii. Ich sagte ihr, daß ich eine Zeitlang meine Ruhe haben möchte. Ich gab ihr etwas Geld, und sie flog nach Hawaii in die Ferien. Die Karten waren noch von ihrer letzten Reise. Ich schrieb sie zu Hause und gab sie ihr mit.»

Lydia König sah nicht so aus, als ob sie schon begriffen hatte, daß sie mit ihrem Diebstahl den Tod ihres Geliebten verursacht hatte. Sie zündete sich eine Zigarette an und schaute mir in die Augen. Es war nicht unangenehm.

«Wieviele Jahre kriege ich?»

«So wie es aussieht, interessiert sich die Polizei nicht für das Geld. Schliesslich war es illegal gewonnen, und der Gewinner ist tot. Sie haben also zumindest das kleine Los gezogen.»

«Und Sie?»

«Ich schlage vor, Sie übernehmen das Honorar, das Frau Gächter mir schuldet und legen noch etwas drauf. Der Rest interessiert mich nicht. Vielleicht werden Sie hier unten glücklich, vielleicht auch nicht.»

«Sie verachten mich. Nicht wahr?»

Ich schaute durch das Fenster in den Regen. Lydia König gab mir ein Bündel Banknoten, und danach verzog ich mich. Ich habe nie wieder etwas von ihr gehört. So geht das.

Der Klabautermann

Es war kein Badewetter, und deshalb tummelten sich am See nur ein paar Liebespaare, Hundebesitzer und ein Mann namens Bigler, dem die Ehre zukam, mein neuer Klient zu sein. Er zeigte auf ein Boot.

«Das ist eines der wenigen Boote, das noch nicht angezündet worden ist. Seit Monaten geht der Klabautermann um.»

«Ich habe davon gelesen. Nennt sich der Brandstifter selber Klabautermann, oder hat man ihn in den Medien auf diesen Namen getauft?»

«Er soll angeblich bei einer Zeitung angerufen haben. Allerdings nur ein einziges Mal, und man weiß nicht, ob es sich beim Anrufer tatsächlich um den Brandstifter handelt.»

«Geht die Polizei davon aus, daß es sich immer um den gleichen Täter handelt?»

«Ja. Obwohl man natürlich nicht ausschließen kann, daß es Trittbrettfahrer gibt. Allerdings spricht einiges dafür, daß es nur einen Täter gibt. Er schlägt immer nach Mitternacht zu und benutzt Brandbeschleuniger.»

«Ich soll nach Mitternacht auf den Täter warten und ihn mit Haftbeschleuniger behandeln?»

«Diese Unsicherheit muß ein Ende nehmen. Die Bootsbesitzer haben zusammengelegt. Sie möchten, daß der Täter endlich gefaßt wird.»

«Meine Nachtzulage ist exorbitant. Vor allem, wenn es sich um einen Freilufteinsatz handelt.»

«Geld darf keine Rolle spielen. Meine Julia ist mit Geld nicht aufzuwiegen.»

«Julia ist Ihre Jacht?»

«Ein bescheidenes Boot. Der Gedanke, daß es eines Nachts in Flammen stehen könnte, ist unerträglich.»

Er führte mich zu einem anderen Bootssteg und zeigte mir die

Überreste einer kleinen Jacht, die am Wochenende gebrannt hatte. Tränen kullerten über seine Wangen. Der Himmel heulte ebenfalls, und Regentropfen wurden mir von einem kühlen Wind ins Gesicht geblasen. In meinem Büro wärmte ich mich auf, und kurz vor Mitternacht fuhr ich, in eine warme Jacke gehüllt, wieder ans Seeufer. Eine junge Frau kam auf mich zu.

«Haben Sie Feuer?»

«Welches Boot möchten Sie anzünden?»

«Nur eine Zigarette. Ich rauche nicht mehr vor Mitternacht. In zehn Minuten ist es soweit.»

«Genaugenommen ist es immer vor Mitternacht, außer, wenn es Punkt zwölf schlägt.»

«Das verstehe ich nicht.»

«Macht nichts. Ich habe kein Feuer, weder für Zigaretten noch für Schiffe.»

«Haben Sie auch keine Augen für Schiffe?»

«Erst nach Mitternacht. Vorher benötige ich meine Augen für andere Dinge. Zum Beispiel für Frauen, die nur nach Mitternacht rauchen.»

«Geben Sie sich keine Mühe. Unter zwölf Metern ist bei mir nichts zu wollen.»

«Ganz schön anspruchsvoll, die Dame.»

«Allerdings. Ich träume schon lange von einer Luxusjacht vor Saint-Tropez.»

«Und ich träume von einer Luxusnacht in Saint-Tropez.»

«Nicht schlecht. Sind Sie reich genug, um uns beide glücklich zu machen?»»

«Ich habe beschlossen, nur noch nachmittags reich zu sein. Abends und nachts bin ich ein armer Schlucker.»

«Schade. Mit den meisten Neureichen kann man sich nicht unterhalten. Sind ziemlich doof. Aber was nützen mir gute Gespräche, wenn sie nicht auf einer Jacht stattfinden?»

«Gute Frage. Sind Sie jede Nacht hier?»

«So oft ich kann.»

«Dann müßten Sie dem Klabautermann schon einmal begegnet sein.»

«Dem Brandstifter? Dem würde ich die Eier ..., ich meine, ich würde sofort die Polizei verständigen. Jemand, der Boote anzündet, gehört eingesperrt, lebenslänglich, in einen Kerker, ohne Licht.»

Sie gab mir ihre Karte und bat mich, sie anzurufen, wenn ich in den Besitz einer Jacht kommen sollte. Unsereins spielt zwar ab und zu Lotto, aber die Millionäre sind immer die anderen. Es war kurz vor zwei, als ich auf einen Mann traf, dem offenbar das letzte Hemd gestohlen worden war. Er schwamm in der Dunkelheit.

«Ich schwimme jede Nacht im See. Egal, wie kalt es ist. Kommen Sie doch auch rein. Zu zweit macht es mehr Spaß.»

«Danke, aber ich bleibe lieber am Ufer und einsam.»

«Wenn der Mond auf das Wasser scheint, glaubt man in einer anderen Welt zu sein. Das Paradies ist mitten unter uns, und niemand sieht es.»

«Mein Paradies ist trockener. Haben Sie keine Angst vor brennenden Booten?»

«Der Klabautermann hat offensichtlich etwas gegen Schiffe und Boote, nicht aber gegen Schwimmer. Ich schwimme nie zu nahe an Boote heran. Wußten Sie, daß man beim Schwimmen klarere Gedanken hat als im Büro? Hier kann man richtig abschalten oder umschalten.»

«Und welcher Fisch drückt auf die Fernbedienung?»

«Wasser wird an keiner Börse gehandelt, deshalb kann ich so ruhig darin schwimmen. In Kaffee würde ich nie baden, weil ich ständig an die Börse denken müßte. Entscheidend ist, daß man keine Badehose trägt. Sonst sammelt sich alles Negative in der Badehose. Nackt aber fließt alles Negative aus dem Körper.»

«Und verunreinigt den See.»

«Im Gegenteil. Nackt bin ich eins mit den Fischen, eins mit der Welt. Ich werde jetzt ein wenig tauchen. Das ist phantastisch, man taucht sozusagen ins Nichts.»

Tatsächlich war wenig später nichts mehr von ihm zu sehen. Ich hatte keine Lust, auf sein Auftauchen zu warten und ging weiter dem Seeufer entlang, bis lodernde Flammen die dunkle Nacht erhellten. Mein Klient stand kopfschüttelnd neben einer brennenden Jacht.

«Ein Trauerspiel. Der Klabautermann schlug unbarmherzig zu. Die Feuerwehr muß gleich hier sein. Mich würde interessieren, wo Sie gesteckt haben, Maloney.»

«Ich habe mich mit verdächtigen Personen unterhalten. Es ist ganz erstaunlich, was für Leute sich mitten in der Nacht am See aufhalten.»

«Ich habe Sie nicht engagiert, um am See soziologische Studien zu betreiben. Der Klabautermann war hier, und Sie haben ihn nicht einmal gesehen.»

«Sie aber waren sofort zur Stelle, als es brannte?»

«Was wollen Sie damit sagen? Verdächtigen Sie mich? Ich bezahle Sie, Maloney.»

«Sie wären nicht der erste Täter, der einen Detektiv engagiert, um von sich abzulenken.»

«Das ist lächerlich. Jedes brennende Boot ist wie ein Stich in mein Herz. Wenn ich zwischen einer Frau und einem Boot wählen müßte, ich würde das Boot nehmen.»

«Und wenn ich zwischen einem Klienten und einem Kahn wählen müßte, dann würde ich das Weite suchen.»

«48 Stunden gebe ich Ihnen Zeit. Schnappen Sie sich diesen Klabautermann. Tot oder lebendig.»

Vorerst schnappte ich nach Luft. Die Feuerwehr löschte den Brand innert weniger Minuten. Die Spurensicherung dauerte etwas länger. Auf dem Boot wurden nämlich die sterblichen Überreste einer Frau gefunden.

Die Polizei ging eifrig ans Werk, wie sie das immer tut, wenn Journalisten herumstehen und Fernsehkameras auf die Gesichter der Beamten gerichtet sind. Als sich die Aufregung in andere Gebiete verlagerte, stand ich mit dem ermittelnden Beamten am Seeufer und lauschte den Enten.

«Üble Sache, Maloney. Die Frau wurde wahrscheinlich erwürgt, und danach wurde das Boot angezündet.»

«Und wie heißt die Tote?»

«Verena Klaus. Die Frau war dafür bekannt, daß sie nachts am Seeufer die Boote anhimmelte. Eine Fanatikerin, eine Fetischistin, die es auf Boote abgesehen hat.»

«Ich bin der Frau kurz vor ihrem Tod begegnet.»

«Das überrascht mich nicht, Maloney. Sie sollten eine Plakette auf sich tragen, auf der steht: *Nur Lebensmüde lassen sich auf mich ein.* Weshalb spazieren Sie nachts am Seeufer, Maloney? Der Frau Ihres Lebens werden Sie garantiert nicht mehr begegnen.»

«Aber vielleicht dem Klabautermann?»

«Das darf doch nicht wahr sein. Hat Sie einer dieser reichen Bootsbesitzer engagiert? Diese Leute würden gescheiter die Polizei finanziell unterstützen. Wir planen die Anschaffung von Nachtsichtgeräten, die sind aber teuer. Vorerst müssen wir uns mit neuen Taschenlampen begnügen.»

«Vielleicht ist der Klabautermann ein Polizist, der nachts gerne Zeitung liest und deshalb für ein wenig Licht sorgt?»

«Wir haben in unserem Computer ein praktisch perfektes Täterprofil. Der Klabautermann nennt sich so, weil er darauf hinweisen will, daß er eine helle und eine dunkle Seite hat.»

«Sozusagen eine mit und eine ohne Nachtsichtgerät.»

«Klabautermänner gelten bei den Seefahrern einerseits als Glücksbringer, aber auch als Vorboten von Unheil. Ein Klabautermann kann den Untergang eines Schiffes ankündigen.»

«Kein Wunder, wenn er es danach selber anzündet.»

«Unser Computer hat anhand der Daten, die wir eingaben, ein Täterprofil erstellt. Demnach handelt es sich um einen Mann. Er wurde in Niedergösgen geboren und im Kindergarten wegen seiner abstehenden Ohren gehänselt. Er machte in Grünwil eine Lehre als Tischler, und er hat sich während der Rekrutenschule in eine Wirtin verliebt, der er fünf Kinder schenkte. Im Jahre 1946 wanderte er nach Connecticut aus, wo er zehn Jahre später, also 1956 verstarb.»

«Das klingt interessant. Weshalb aber dauerte es so lange, bis der Mann als Klabautermann wiedergeboren wurde?»

«Unser Computer ist natürlich nicht perfekt. Aber Sie können sicher sein, daß zumindest die Hälfte der Angaben richtig ist. Wir haben das getestet.»

«Und was für ein Motiv vermutet der Computer hinter den Brandstiftungen und dem Mord?»

«Der Täter wurde vermutlich von der jungen Frau überrascht. Sie hat ab und zu auf fremden Booten geschlafen. Jetzt muß ich aber zurück ins Präsidium. Wir erhalten Besuch aus Tallin, das ist in Estland, Maloney.»

«Kollegen, die sich darüber wundern, daß hier in der Stadt keine Morde aufgeklärt werden?»

«Ganz im Gegenteil, Maloney. Die Kollegen aus Tallin interessieren sich für unser Dienstregelement. Sie möchten es gerne übernehmen. Das ist eine große Ehre. Kaum ein einheimischer Dichter wird auf Estnisch übersetzt, wohl aber unser Dienstreglement. Ist das nicht toll, Maloney?»

Mein Klient interessierte sich nicht für Dienstreglemente. Er saß mit ernster Miene in seinem Büro und faxte, was das Zeug hielt. Es waren Mitteilungen an die Medien.

«Daran sind die Sozialisten schuld.»

«An den hohen Telefonkosten, die durch das verschicken unnützer Faxmeldungen verursacht werden?»

«In den Medien wird nicht objektiv berichtet. Das sind alles linksgrüne Waschlappen. Der Brandstifter ist ein Roter, ganz eindeutig. Der Klabautermann hat es auf ein Symbol des Kapitalismus abgesehen. Schöne Boote und Jachten sind der Inbegriff für Erfolg und Freiheit.»

«Übertreiben Sie da nicht ein bißchen? Nur weil jeder Neureiche sich ein größeres Pedalo kauft, müssen die Brandstiftungen noch lange nicht der Ausdruck von Klassenkampf sein.»

«Ich kenne diese Typen. Neid ist die Wurzel allen Übels. Die Leute sollten stolz darauf sein, daß es Menschen gibt, die intelligenter und erfolgreicher sind als sie selber. Sie sollten jubeln über jeden, der sich ein Boot leisten kann. Statt dessen zerstören sie alles.»

«Ich glaube nicht, daß der Brand von gestern nacht etwas mit dem Klabautermann zu tun hat.»

«Ich habe Sie nicht engagiert, damit Sie mir Ihren Glauben nahebringen. Ich will Fakten.»

«Der Brand könnte dazu dienen, dem Klabautermann den Mord an der Frau in die Schuhe zu schieben.»

«Wenn es so ist, dann interessiert mich dieser Mord nicht. Ich bin einzig und allein daran interessiert, diesen verrückten Sozialisten aus dem Verkehr zu ziehen.»

«Und wenn es sich um einen strammen Rechten handelt?»

«Fakten, Maloney. Hier in meinem Büro finden Sie keine. Rufen Sie mich an, wenn Sie etwas gefunden haben.»

Ich fuhr zurück in mein Büro und zappte mich durch die verschiedenen Fernsehprogramme. Der Schrott, der von lokalen Sendern produziert wird, hat wenigstens den Vorteil, daß er aus der Umgebung stammt und deshalb manchmal hilfreich ist. Ich entdeckte eine junge Frau, die entsetzt in die Kamera schaute und sich als beste Freundin der Toten zu erkennen gab. Die beste Freundin hieß Diana Felder und lebte in einem heruntergekommen Haus in einer Gegend, in die sich kaum je erfolgreiche Bootsbesitzer verirren.

«Ja, ich war Verenas beste Freundin. Ehrlich gesagt war ich ihre einzige Freundin. Sie hat sich nämlich immer mehr abgekapselt in den letzten Wochen, seit sie arbeitslos war.»

«Wann begann der Spleen mit den Jachten?»

«Das gehörte zu ihr wie der schiefe Schneidezahn. Sie redete immer nur über Jachten und Kapitäne. Im Fernsehen schaute sie sich immer nur Mist wie Traumschiff oder Autorennen an.»

«Sie träumte von einer Jacht und einem Formel-1-Rennwagen?»

«Nein, aber wenn die in Monaco herumfuhren, hat sie immer zugeschaut, weil man da die Jachten im Hafen sieht. Sie glaubte ernsthaft, daß ihr eines Tages ihr Kapitän begegnen würde.»

«Und was sagte die beste Freundin dazu?»

«Was sollte ich schon zu ihr sagen? Sie hatte sich das in den Kopf gesetzt. Ich selber bin wasserscheu, ein Kapitän wäre das Letzte, was ich mir wünschen würde. Wenn schon, dann einen Piloten. Es gibt nichts Erregenderes als einen Steigflug. Finden Sie nicht?»

«Ich fliege selten, und wenn, dann sitze ich meist neben dicken Männern, die in der Nase bohren oder Frauen, die in Parfüm badeten, ehe sie zum Flughafen fuhren.»

«Ja, Economy ist nicht das Wahre. Mein Traum wäre es, ganz allein in einem Jet zu sitzen, einem Jet, der immer höher und höher steigt. Allerdings dürfte er nicht übers Meer fliegen. Das würde mich beunruhigen.»

In meinem Büro legte ich mich unter meinen Schreibtisch und döste. Als es Nacht wurde in der Stadt, machte ich mich auf den Weg. Der Himmel war bewölkt, aber kein Tropfen netzte meine Haare. Dafür drohte mir anderes Unheil in Form eines Feuerwehrmannes und eines Polizisten.

«Es ist eindeutig. Ich habe das auf einer Karte eingezeichnet. Die Boote konnten sich alle sehen. Das ist verblüffend, das ist ungewöhnlich.»

«Dieser Herr arbeitet bei der freiwilligen Feuerwehr Grünwil», sagte Hugentobler. «Er hat eine interessante Theorie zu den Schiffsbränden.»

«Allerdings. Die Schiffe, die brannten, haben alle einen Brand gesehen.»

«Dieser Satz sollte genügen, um Sie zu entmündigen. Danach bleiben Ihnen nur noch zwei Möglichkeiten. Entweder Sie landen in der Psychiatrie oder bei der Polizei.»

«Sehen Sie, Maloney, Sie denken zu eindimensional. Die Welt ist nicht immer das, als was sie uns erscheint, Maloney. Denken Sie nur an die schwarzen Löcher. «

«Genau, genau. Die Schiffe haben eine Seele, alles hat eine Seele.»

«Nur die Wurst hat zwei», sagte ich.

«Schiffe sind in der Nacht einsam. Niemand braucht sie. Da kann man schwermütig werden, wenn man nicht gebraucht wird. Es genügt ein Funke, ein Boot, das sich selber in Brand setzt. Ich habe es auf der Karte eingezeichnet. Die Boote haben gesehen, wie andere Boote sich angezündet haben, da sind sie dem Beispiel gefolgt. Die Boote wollen auf ihre Einsamkeit aufmerksam machen.»

«Natürlich ist das nur eine Theorie», sagte Hugentobler. «Ich habe ein Buch gelesen, Maloney. Von einem Sheldrick oder so ähnlich. Alles ist mit allem verbunden. Wenn ich Sie jetzt anfasse, Maloney, dann entsteht zwischen uns eine Verbindung, die auch noch in hundert Jahren besteht.»

«So lange möchte ich aber nicht mit Ihnen verheiratet sein.»

«Da drüben, sehen Sie? Schon wieder ein Boot, ein einsames Boot, das um Hilfe ruft.»

«Sieht mir eher nach dem Klabautermann aus.»

«Den schnappen wir uns, Maloney.»

«Aber dieses Boot hat es aus Verzweiflung getan», sagte der Feuerwehrmann bestimmt.

«Schon gut, junger Mann. Gehen Sie jetzt schlafen. Falls das Boot einen Abschiedsbrief hinterlassen hat, werden wir Ihnen das unverzüglich mitteilen.»

Er zückte seine Dienstwaffe und feuerte in die Luft. Ein Liebespaar erschrak und suchte das Weite. Wir näherten uns dem Feuer, doch vom Klabautermann war nichts zu sehen.

Am nächsten Morgen rief mich mein Klient an, und ich machte mich schlaftrunken auf den Weg. Er führte mich lächelnd in den Keller. Ich gähnte und fragte nach dem Sinn dieses Abstechers, doch er schwieg und öffnete eine Tür. Hinter der Tür saß Frau Felder auf einem Stuhl. Nicht ganz freiwillig.

«Das ist Freiheitsberaubung», schrie Frau Felder.

«Halten Sie den Mund», sagte Bigler. «Ich habe sie gesehen, ich bin ihr gefolgt, ich habe sie überwältigt.»

«Er hat mich niedergeschlagen und verschleppt. Dieser Mann hat einen Dachschaden.»

«Sie ist der Klabautermann. Ich brauche einen Zeugen. Ich werde sie hier schmachten lassen, bis sie gesteht.»

«Binden Sie die Frau los», sagte ich.

«Das ist mein Keller. Hier fessle ich, wen ich will und wie lange ich will. Vielleicht mag sie es ja. Diese Sozialisten sind verdorben.»

«Was reden Sie für einen Stuß daher?» sagte Frau Felder. «Ich hasse Sozialisten, wenn es nach denen geht, sollte man weniger fliegen. Das ist barbarisch, Fliegen ist ein Menschenrecht.»

«Sie sind keine Sozialistin? Auch keine Grüne?»

«Ich bin nicht mal Feministin. Aber das heißt noch lange nicht, daß ich mich von reichen Kerlen entführen lasse.»

«Was haben Sie mitten in der Nacht am See gemacht?» fragte ich Frau Felder. «Sie erzählten mir, Sie seien wasserscheu.»

«Das bin ich auch.»

«Wunderbar.» Bigler rieb sich freudig die Hände. «Ich werde sie in meinen Swimmingpool werfen. Dann wird sie gestehen.»

«Dann werde ich ertrinken. Ich kann nicht schwimmen.»

«Und trotzdem gingen Sie am See spazieren?» fragte ich.

«Das gehört zur Therapie. Ich will mich langsam ans Wasser gewöhnen.»

«Kein Problem», sagte Bigler. «Ich kann den Pool nur halb auffüllen.»

«Sie füllen höchsten ein Glas», sagte ich. «Mit Whisky, für mich.»

«Ich bin dabei», sagte Frau Felder.

«Ich trinke nicht», sagte Bigler.

«Das macht nichts. Ich bin es mir gewohnt, alleine zu trinken.»

«Ich habe irgendwo eine Flasche Bier», sagte Bigler. «Ist aber schon ein paar Jahre alt.»

«Reich und kein Stil, das ist typisch», beschwerte sich Frau Felder. «Vielleicht ist es doch gut, daß ich mich in einen armen Schlucker verliebt habe. Er ist Taucher, deshalb will ich mich ins Wasser wagen. Beni war in Verena verliebt, die hatte aber überhaupt nichts für ihn übrig. So, und jetzt binden Sie mich los, sonst zeige ich Sie wegen versuchter Vergewaltigung an.»

«Daß ich nicht lache.»

«Wenn Sie nicht sofort tun, was Frau Felder verlangt, werde ich mich ihrer Aussage anschließen.»

«Aber das können Sie nicht tun. Sie arbeiten für mich, Maloney.»

«Und ob ich das kann.»

«Also gut. Ich binde Sie los, aber nur, wenn Sie von einer Anzeige absehen.»

«Jetzt macht er sich in die Hosen. Typisch. Wo Beni jetzt steckt? Ich denke ununterbrochen an ihn. Wenn er sich doch nur in mich verlieben würde. Vielleicht tut er es, wenn ich ihm beweise, wie sehr ich ihn liebe. Darf ich in Ihrem Swimmingpool üben?»

«Meinetwegen», sagte Bigler.

«Am Anfang darf aber die Wasserhöhe höchstens dreißig Zentimeter betragen.»

Die beiden schlossen Frieden, und Herr Bigler prüfte mit einem Maßstab die Wassertiefe seines Pools. Frau Felder machte sich frei, sehr frei, und stieg in das temperierte Wasser. Bigler starrte gierig auf Frau Felders Kurven, und ich kratzte dieselbige. Bei der Polizei war man weniger offenherzig bekleidet.

«Einige unserer Streifenbeamten möchten im Sommer gerne in Shorts patrouillieren. Wie finden Sie das, Maloney?»

«Da die Polizei sowieso meist mit abgesägten Hosen dasteht, spielt das keine Rolle.»

«Ich persönlich bin dagegen. Stellen Sie sich vor, ein Verbrecher wird von einem Polizisten in kurzen Hosen gejagt. Das ist ein unwürdiges Schauspiel. Wenn schon, müßte man auch die Verbrecher dazu bringen, Shorts zu tragen.»

«Vielleicht trägt der Klabautermann Shorts, aber niemand weiß es, weil ihn niemand zu Gesicht bekommen hat.»

«Die Welt ist aus den Fugen, Maloney. Es gibt keine Spuren, keine Zeugen, nichts. Der Kerl löst sich nach der Tat jeweils in Luft auf.»

«Oder in Wasser.»

«Das ist Unsinn, Maloney. Diese Redewendung funktioniert nur mit Luft.»

«Aber verschwinden kann man auch im Wasser. Ein Taucher könnte an die Boote heran schwimmen, sie in Brand stecken und wieder im Wasser verschwinden.»

«Ein Taucher? Aber der sieht nichts in der Nacht. Das ist viel zu gefährlich. Nein, nein, Maloney, ich habe eine ganz andere Theorie.»

«Die Boote haben Selbstmord gemacht?»

«Es gehört zu unseren Aufgaben, allen Bürgern zuzuhören, auch jenen, die Unsinn erzählen. Das gilt für freiwillige Feuerwehrmänner genauso wie für Privatdetektive. Meine Theorie aber ist alles andere als Unsinn. Die Boote werden von jemandem angezündet, der in seiner Kindheit nie auf einem Schiff mitfahren durfte. Das hat tief in ihm drin Haßgefühle entstehen lassen. Das ist Psychologie, Maloney.»

Er erzählte mir, daß unzählige Beamte ausgeschwärmt seien, um alle männlichen Bewohner der Stadt nach ihren Kindheitserinnerungen, die mit Schiffen zu tun hatten, zu befragen. Seiner Schätzung zufolge mußte der Klabautermann durch diese etwas übertriebene Ringfahndung, in spätestens acht Jahren dingfest gemacht werden. Ich hatte es eiliger und besuchte deshalb Beni Taucher. Nomen est omen, wie der Lateiner schon wußte.

«Wichtig ist, daß meine Wohnung am Wasser liegt. Alles andere ist zweitrangig.»

«Ihre Wohnung ist ein klägliches Schrebergartenhäuschen. Geben Sie all Ihr Geld für Ihr Hobby aus?»

«Wüßte nicht, was Sie das angeht.»

«Ich ermittle in Sachen Klabautermann.»

«Sehen Sie hier einen Klabautermann? Bin Taucher.»

«Sie waren in Verena Klaus verliebt.»

«Stimmt nicht.»

«Sie lügen.»

«War nicht in Verena verliebt. Bin es immer noch.»

«Verena ist tot.»

«Menschen kann man töten. Liebe kann man nicht töten.»

«Verena Klaus interessierte sich nicht für arme Schlucker.»

«Sie war geblendet vom Reichtum, von den Leuten in ihren teuren Jachten. Wäre vorbeigegangen, alles geht vorbei. War auch verblendet, dachte, müsse meinem Vater etwas beweisen. Dann kam der Unfall. Der Schlauch der Sauerstofflasche war defekt. Bekam keine Luft mehr. Wurde bewußtlos. Danach war ich ein anderer Mensch. Muß jetzt niemandem mehr etwas beweisen. Bin ganz ich selbst.»

Ich fragte ihn nach seinen Alibis für die verschiedenen Tatzeiten, doch er sagte kein Wort mehr. Auch nicht, als Diana Felder auftauchte. Sie tat es im Trockenen.

«Lassen Sie Beni in Ruhe.»

«Er ist noch immer in Ihre tote Freundin verliebt.»

«Das stimmt nicht, Sie lügen.»

«Hau ab, Diana. Will dich nicht mehr sehen.»

«Aber Beni. Ich werde mir Mühe gegen. Ich werde mich an das Wasser gewöhnen.»

«Werde mich nie an dich gewöhnen.»

«Vielleicht sollten Sie es zuerst einmal mit dreißig Zentimetern von ihr versuchen.»

«Will es nicht versuchen.»

«Beni, bitte, gib mir eine Chance.»

«Dachte, es würde bei Verena auch funktionieren.»

«Was sollte bei Verena funktionieren?» fragte ich.

«Sauerstoffmangel. Dachte, wenn sie wieder aufwacht, ist sie gesund und will keine Jacht mehr. Ist aber nicht mehr aufgewacht.»

«Was sagst du da?»

«Er hat Verena Klaus erwürgt.»

«Das kann ich nicht glauben.»

«Wachte einfach nicht mehr auf.»

«Du bist der Klabautermann?»

«Zumindest einmal ist er in diese Rolle geschlüpft.»

«Mag es, unter brennenden Schiffen zu tauchen. Lodernde Flammen, wenn du auftauchst. Wollte Verena zeigen, daß Schiffe vergänglich sind, nicht aber meine Liebe.»

«Wenn das so ist, höre ich sofort mit meinem Schwimmunterricht auf.»

«Können mich nicht verhaften. Tauche unter.»

«Das werden Sie nicht tun», sagte ich, doch Beni Taucher war schneller. Er nahm ein Tauchermesser in die Hand und kam auf mich zu. Ich ging zur Seite. Beni Taucher rannte an mir vorbei und stürzte sich kopfvoran in den Fluß. Die Polizei suchte tagelang vergeblich nach seiner Leiche. Wahrscheinlich schwimmt und taucht er noch immer irgendwo in einem Fluß, als eine Art unendliche Liebeserklärung an seine geliebte Verena. So geht das.

Hopfen und Malz

Ich saß in meinem Büro und schaute einer Spinne zu, die langsam über den Schreibtisch kroch. Ich begrüßte meine neue Untermieterin mit einem kräftigen Schlag auf die Schulter. Die Spinne legte sich flach, und ich holte einen Waschlappen, um den Schreibtisch zu säubern. Der Säuberungsaktion fiel auch ein Sandwich zum Opfer, das da seit einigen Tagen nutzlos herumlag. Dann klopfte es. Die Frau war ziemlich groß und hatte kleine Augen und einen Mund, der mich an Werbespots für Pralinen erinnerte.

«Guten Tag. Ich heiße Rita Morell, und bei mir ist eingebrochen worden.»

«Ich hoffe, daß Sie gut versichert sind.»

«Es gibt Dinge, die kann man nicht versichern.»

«Da haben Sie auch wieder recht.»

«Die Polizei vermutet, daß es sich um einen ganz normalen Einbruchdiebstahl handelt. Ich habe meine Zweifel.»

«Unsere ganze Kultur ist auf Zweifeln aufgebaut. Und auch unsereins profitiert vom großen Zweifeln. Also zweifeln Sie ruhig. Solange Sie nicht an meinen Fähigkeiten zweifeln, werden wir uns bestens verstehen.»

«Mein Exmann hat Sie mir empfohlen. Ich möchte, daß Sie herausfinden, wer bei mir eingebrochen hat.»

«Da wären wir wieder mal beim berühmten Maloney-Triumvirat.»

«Wieso? Sind Sie zu dritt?»

«Nein, nein. Das Maloney-Triumvirat ist eine kombinierte Fragestellung.»

«Und wie lautet diese Fragestellung?»

«Wo? Wie? Wann?»

«Was?»

«Wieso?»

«Warum wieso?»

«So kommen wir nicht weiter. Wo wurde eingebrochen?»

«In meine Wohnung.»

«Wie wurde eingebrochen?»

«Das Fenster wurde eingeschlagen.»

«Parterrewohnung?»

«Ja.»

«Wann geschah der Einbruch?»

«Vorgestern.»

«Hat die Polizei Spuren oder Fingerabdrücke sicherstellen können?»

«Nein.»

«Was wurde gestohlen?»

«Bargeld und Schmuck.»

«Das übliche also.»

«Ich habe erst einige Stunden später bemerkt, daß auch eine Diskette verschwunden ist.»

«Eine Diskette? Interessant. Was für Musik war auf der Diskette?»

«Wie bitte? Auf einer Diskette sind Daten. Auf der Diskette war ein Gutachten. Praktisch fertig, aber noch nicht ausgedruckt und auch nicht gesichert.»

«Sie haben ein Gutachten geschrieben?»

«Ich bin eine international anerkannte Sexualwissenschafterin.»

«Ach, du meine Güte. Darf ich Sie etwas fragen?»

«Sie fragen schon, seit ich hier bin.»

«Das gehört nun mal zu meinem Beruf. Mich würde interessieren, ob Sie das alles selber auch ausprobieren, diese Stellungen und Positionen und wie die alle heißen.»

«Der Selbstversuch ist noch immer eine anerkannte wissenschaftliche Untersuchungsmethode.»

Langsam begann mich die Frau zu interessieren. Rein beruflich, versteht sich. Schließlich möchte auch unsereins ab und zu wieder einmal eine andere Position ausprobieren. Ich wartete gespannt, doch

Rita Morell schwieg. Dann begann sie von ihrem Gutachten zu schwärmen.

«Es ist die erste umfassende Untersuchung über die Frage, ob Bier impotent macht.»

«Und, macht es?»

«Darüber möchte ich noch nicht sprechen. Das Gutachten wird erst in einem Monat veröffentlicht. Das heißt, wenn es bis dahin wieder auftaucht. Sie verstehen?»

«Und Sie glauben, die Täter haben es vor allem auf dieses Gutachten abgesehen?»

«Es gibt sicherlich Kreise, die sich vor dem Resultat der Untersuchung fürchten. Dreimal dürfen Sie raten, welche Kreise ich meine.»

«Verstehe.»

«Haben Sie sonst noch eine Frage?»

«Ja, gibt es in diesem Zusammenhang vielleicht auch Untersuchungen über Whisky?»

«Wieso? Haben Sie etwa Erektionsprobleme?»

Ich schaute auf die alte Standuhr und machte einen geschäftigen Eindruck. Rita Morell lächelte herausfordernd. Ich wußte nicht, ob sie gerade einen Selbstversuch ins Auge faßte, ich wußte nur, daß ich den Fall übernehmen würde. Frau Morell ging, und ich machte mich kurz darauf auf den Weg in die Direktionsetage einer bekannten Brauerei. Herr Vollmer hatte keinen Bierbauch, und sein Blick war weder trübe noch ungefiltert.

«Was führt Sie zu mir, Herr Maloney?»

«Nun, es geht um eine kleine Wette. Ein Freund von mir behauptet nämlich, daß Bier impotent mache.»

«Sind Sie von der Presse?»

«Ich bin ganz privat.»

«Wissen Sie, seit diese Sextante angekündigt hat, daß Sie ein Gutachten für die Gesundheitsbehörde macht, ist bei uns der Teufel los. Die Damen und Herren Journalisten rennen uns die Bude ein. Ich sag immer: Sehen Sie mich an, sehe ich etwa aus wie ein impotenter Biertrinker?»

«Sie fürchten sich vor dem Gutachten?»

«Blödsinn. Heute weiß doch jedes Kind, daß zuviel Saufen die Leber kaputt macht und die Gehirnzellen zerstört. Bei dem Gutachten geht es doch nur darum, Steuergelder zum Fenster hinauszuschmeißen und dieser Sex-Rita zu noch mehr Popularität zu verhelfen. Wenn Sie mich fragen, ist das Ganze ein gigantischer Leerlauf. Möchten Sie vielleicht ein Bier?»

«Danke, aber ich muß noch arbeiten. Und dazu benötige ich einen Whisky.»

«Jedem das seine, sag ich immer. Mir persönlich ist es egal, wieviel Bier in diesem Land getrunken wird. Wir füllen auch Mineralwasser ab. Nur mit Whisky kann ich leider nicht dienen.»

Ich ließ den gestreßten Manager in seiner Brauerei zurück und überlegte mir, was ich als nächstes unternehmen sollte. Ich schnappte mir ein Taxi und fuhr zu einer Bar. Im Taxi hörte ich Radio.

«Wie wir soeben erfahren haben, wurde die bekannte Sexualwissenschafterin Rita Morell bei einem Attentat verletzt. Bei einem Empfang im Hotel Metropolis explodierte eine ferngezündete, fünfhundert Gramm schwere Tischbombe. Rita Morell wurde sofort ins Krankenhaus eingeliefert. Wir machen weiter mit Musik.»

Ich machte mich auf den Weg ins Spital. Frau Morell lag in einem hübschen Zimmer mit Seesicht. Sie war nicht allein. Ein Mann saß anteilnehmend an ihrem Bett. Sie beachtete ihn nicht mehr, als sie mein strahlendes Wesen erblickte.

«Hallo, Maloney. Wie Sie sehen, war alles nur halb so wild.»

«Das freut mich. Ich wünsche allen meinen Klienten ein langes Leben. Vor allem dann, wenn Sie mir keinen Vorschuß gegeben haben.»

«Schon passiert, Maloney. Der Check ist unterwegs. Haben Sie etwas herausgefunden?»

«Ich verfolge eine Spur. Muß mich aber noch etwas genauer in die Materie einarbeiten. Glauben Sie, daß der Anschlag eine Warnung war?»

«Aber sicher. Welcher Idiot käme auf die Idee, mit einer Tischbombe ein ernstgemeintes Attentat zu verüben? Wollen Sie sich nicht ein wenig zu mir setzen?»

«Aber Rita», sagte der Mann, der neben ihr saß.

«Darf ich vorstellen: Harry Morell, mein Exmann.»

«War das auch eine Art Selbstversuch?»

«Ja, aber ein mißglückter.»

«Aber Rita», sagte der Mann, der neben ihr saß.

«Nachzulesen in meinem Buch: *Die Bettflasche – Männer mit Trauring.*»

«Aber Rita», sagte der Mann, der neben ihr saß.

«Vielleicht ist es besser, wenn ich später noch einmal komme.»

«Nein, bleiben Sie nur. Mein Exmann wollte sowieso gerade gehen.»

«Aber Rita», sagte der Mann, der neben ihr saß.

«Scheint mir ein Fall von Zwangsneurose zu sein.»

«Haben Sie den Brauereibossen schon auf die Finger geklopft?» fragte Frau Morell.

«Ja, einem. Aber der gab sich sehr gelassen.»

«Nur nicht locker lassen. Ich bin sicher, daß die Bierbosse dahinter stecken.»

Der Mann, der neben Rita Morell saß, hauchte noch einige Male seine zwei Lieblingsworte, ehe er sich von dannen schlich. Er wartete vor dem Spital auf mich und sprach mich auf der Straße an.

«Könnten Sie nicht ein gutes Wort für mich bei ihr einlegen?»

«Was denn? Ihr Vokabular ist größer, als ich zuerst dachte. Möchten Sie nochmals zum Bestseller Ihrer Frau werden?»

«Sie ist so ungeduldig. Und Sie möchte ständig in den Schlagzeilen stehen. Sie ist richtig, wie soll ich sagen ... publicitygeil.»

«Na ja, irgendeine Befriedigung muß der Mensch in seinem Leben haben.»

«Es stimmt nicht, was in dem Buch steht. Wir waren sehr, sehr glücklich. Nur diese ständige Suche nach Publizität, ich habe das einfach nicht mehr ausgehalten.»

«Und da haben Sie Ihrer Exfrau die Diskette geklaut und eine Tischbombe gezündet, um Sie von ihrem Erfolgstrip runterzuholen?»

«Aber Herr Maloney.»

«Sie möchte doch Ihre Frau zurückgewinnen? Und dazu ist Ihnen jedes Mittel recht.»

«Aber Herr Maloney.»

«Geben Sie es zu?»

«Aber Herr Maloney.»

Er wiederholte noch einige Male meinen Namen, ehe er zu weinen begann. Ich reichte ihm ein Taschentuch und ließ ihn stehen. Er war einer von der Sorte, die sich nicht einmal vorstellen konnten, daß man sie irgendeines Verbrechens beschuldigen könnte. Ich ging zurück ins Büro und kaufte unterwegs noch ein. Ein Mann erwartete mich bereits. Ich öffnete, ließ ihn herein und stellte die Flaschen auf den Schreibtisch.

«Mein Name ist Tuborg.»

«Sieh an. Sie wollte ich mir gerade genehmigen.»

«Wie bitte?»

Ich zeigte auf die Flaschen.

«Tuborg, Budweiser, Wittekop, Heineken, Feldschlösschen, Calanda, Löwenbräu, Paulaner und wie die Dinger alle heißen.»

«Ich wollte eigentlich nur fragen, ob ich Ihre Wohnung übernehmen kann, falls Ihnen was zustößt.»

«Wieso sollte mir etwas zustoßen? Statistisch gesehen sterben viel mehr Sekretärinnen als Privatdetektive.»

«Ich bin seit fünf Jahren auf Wohnungssuche, und da möchte ich mich frühzeitig anmelden.»

«Wissen Sie was, guter Mann? Bleiben Sie einfach hier sitzen. Ich muß mich jetzt nämlich in einen komplizierten Fall hineinarbeiten und ich weiß nicht, ob ich das überleben werde.»

Ich öffnete alle Flaschen und begann abwechslungsweise zu trinken. Es schmeckte grauenhaft. Unsereins kann sich leider die Fälle nicht immer aussuchen. Aber so hart hatte es mich schon lange nicht mehr getroffen. Ich sah Herrn Tuborg in die Augen, während ich trank und zitterte um Haus und Leber.

«Soll ich vielleicht schon mal ein Transportunternehmen verständigen?»

«Nun mal ganz sachte, guter Mann. Noch bin ich nüchtern betrachtet erst ein wenig besoffen.»

Das Telefon klingelte. Meine Klientin klang gesund und munter.

«Ich wollte Ihnen lediglich mitteilen, daß Sie den Fall abschließen können.»

«Was denn? Dann war meine ganze Arbeit umsonst? Ich riskiere mein Leben, und Sie blasen die ganze Übung einfach ab? Das können Sie doch nicht tun.»

«Das darf Sie nicht!» rief Tuborg entsetzt.

«Sie halten den Mund, Sie Leichenfledderer.»

«Wie bitte?» fragte Frau Morell.

«Ist das Gutachten wieder aufgetaucht?» fragte ich.

«Ja.»

Plötzlich knallte es ganz gewaltig in der Leitung. Frau Morells Stimme klang nicht mehr so gesund.

«Was soll das? Sind Sie übergeschnappt. Lassen Sie das ...»

Danach war die Verbindung tot.

«Da soll mal einer daraus schlau werden. Zuerst will sie, daß ich den Fall zu den Akten lege, und gleich danach fallen Schüsse.»

«Könnten Sie mir vielleicht die Adresse der Dame nennen? Ich nehme an, daß ihre Wohnung frei geworden ist.»

Ich ließ all die Flaschen in meinem Büro stehen und machte mich auf zur Wohnung meiner Klientin. Herr Tuborg, der Mann auf Wohnungssuche, folgte mir beharrlich. Rita Morell wohnte in einer der besseren Gegenden der Stadt in einer riesigen 4-Zimmerwohnung. Ich klingelte, klopfte und wartete, ehe ich die Türklinke drückte. Die Tür war offen. Ich ging hinein, Tuborg folgte mir.

«Ich glaube nicht, daß ich mir diese Wohnung leisten kann.»

«Und ich glaube nicht, daß diese Wohnung zu haben ist, guter Mann.»

«Wieso?»

«Sehen Sie hier etwa eine Leiche?»

«Da!»

«Wo?»

«Da hinten!»

«Ich sehe bloß einen Kamin.»

«Ist er nicht wunderschön? Eine solche Wohnung habe ich mir schon immer gewünscht.»

Tuborg begann zu schluchzen. Es gelang mir nur mit Mühe, ihn daran zu hindern, alles anzufassen. Mit Tränen in den Augen inspizierte er die Wohnung. Ich suchte nach Spuren. In der Wand und im Parkettboden fand ich zwei Einschußlöcher. Aber es waren keine Blutspuren zu sehen. Dafür lag auf dem Schreibtisch eine Diskette.

«Phantastisch. Bad und WC getrennt.»

«Nun machen Sie mal eine Pause. Können Sie mit Disketten umgehen?»

«Aber sicher.»

Er schaltete den Computer ein und schob die Diskette ins Laufwerk. Es dauerte ein paar Sekunden, ehe das Gutachten auf dem Bildschirm erschien. Tuborg drückte auf der Tastatur herum, bis die letzten Zeilen des Gutachtens erschienen:

... kann es zweifelsfrei als erwiesen gelten, daß selbst die Einnahme von kleinen Mengen von Bier über einen längeren Zeitraum zu größeren Potenzproblemen führt.

«Blödsinn», sagte Tuborg. «Impotenz ist meistens ein psychisches Problem. Ich bin davon überzeugt, daß die akute Wohnungsnot zu viel größeren Potenzproblemen führt als das Biersaufen.»

Das war es also. Verständlich, daß die Schlußfolgerung des Gutachtens gewissen Leuten nicht in den Kram paßte. Weshalb aber war Rita Morell verschwunden? Und weshalb wurde vor wenigen Minuten in ihrer Wohnung geschossen? Ich warf Tuborg raus und wischte mit einem Taschentuch in der Wohnung herum. Danach warf ich das Taschentuch in den Abfalleimer. Dort lag eine Flasche Wein. An ihrem Hals klebte ein wenig Blut. Ich nahm die Flasche und die Diskette mit und ging zurück in mein Büro. Rita Morells Exmann erwartete mich.

«Rita ist verschwunden.»

«Ich weiß, ich weiß.»

«Aber Rita.»

«Nun beginnen Sie nicht auch noch zu heulen. Manchmal sehne ich mich nach den guten alten Zeiten zurück, in der Männer nicht heulten und Frauen nicht einfach verschwanden. Hat Ihre Frau ab und zu Wein getrunken?»

«Rita? Nein. Rita trinkt nur Champagner.»

«Und wie kommt diese Flasche in den Abfalleimer Ihrer Frau?»

Ich streckte ihm die Flasche hin, er wich instinktiv zurück.

«Wissen Sie, das war vor ein paar Wochen. Da kam irgend so ein Weinbauer und schenkte Rita die Flasche und wünschte ihr alles Gute für das Gutachten. Ich war gerade bei ihr, weil ich noch meine beiden Meerschweinchen abholen wollte.»

Ich ließ den Exmann in meinem Büro zurück und machte mich auf die Socken. Der Name des Weingutes stand auf der Etikette. Es dauerte zwei Stunden, bis ich dort ankam. Der Weinbauer war ein älterer Herr mit grauen Schläfen und einem schleppenden Gang, der mich ein wenig an ein fußkrankes Dromedar erinnerte.

«Sie interessieren sich für meinen Wein?»

«Ja. Ich möchte ein paar hundert Flaschen kaufen und einlagern. Soll ein Geschenk für meine Urenkel werden.»

«Da sind Sie bei mir genau richtig. Möchten Sie vielleicht degustieren?»

Ich ahnte Schlimmes. Dieser Fall nahm immer neue, noch grauenhaftere Dimensionen an. Der Weinbauer führte mich in den Keller, der vollgestopft war mit großen Fässern. Er drückte mir ein Glas in die Hand und zapfte ein wenig von dem Saft ab. Ich nippte heroisch an dem Glas.

«Ganz langsam. Das Bouquet muß sich langsam im Gaumen entfalten.»

«Das schmeckt grauenhaft. Haben Sie nicht vielleicht einen kleinen Whisky zum Nachspülen?»

«Sie Barbar! Whisky! Bier! Diese Welt kommt geschmacklich total auf den Hund! Wir leben inmitten einer neuen Weltverschwörung! Bald wird auch der ganze Ostblock im Bier und Whisky ersaufen. Wo bleibt da die Kultur?»

«Die Kultur möchte wohl aus dem Faß.»

«Wie bitte?»

«Da klopft jemand. Das wird doch nicht der Weingeist sein?»

«Ich höre nichts.»

«Wenn Sie nicht sofort dieses Faß hinter uns öffnen, werde ich mich ab sofort als Werbeträger für sämtliche Bierbrauereien zur Verfügung stellen.»

«Nein! Tun Sie das nicht! Ich mache alles was Sie wollen!»

Der alte Weinbauer begann zu zittern und öffnete das Faß. Rita Morell entstieg demselbigen. Sie roch nach dem neuesten Jahrgang und war dennoch ein wenig gealtert. Ich half ihr auf die Beine, die trotzdem ein wenig einknickten.

«Ich wußte, daß Sie kommen würden, um mich zu retten, Maloney. Dieser Kerl hat mich entführt.»

«Das war eine kulturelle Verzweiflungstat.»

«Er hatte jemanden beauftragt, um bei mir einzubrechen und die Diskette zu klauen. Danach tauchte er plötzlich auf und zwang mich, das Gutachten umzuschreiben. Als ich ihm sagte, daß ich Sie angeheuert hätte, zwang er mich unter Waffengewalt, Sie anzurufen. Dann lösten sich plötzlich zwei Schüsse.»

«Er hat Sie entführt und hierhergebracht. Er hätte Sie solange eingelagert, bis das gefälschte Gutachten publiziert worden wäre und die ganze Welt gewußt hätte, daß Biertrinken impotent macht.»

«Ich wollte nur, daß die Menschen wieder mehr Wein trinken.»

Ich ließ den alten Weinbauern stehen und ging mit Rita Morell in eine Bar. Es war höchste Zeit für einen Whisky. Frau Morell roch immer noch nach Wein.

«Trinken Sie immer soviel?»

«Nur wenn ich wach bin. Wie ist das nun, macht Bier impotent oder nicht?»

«Das läßt sich nicht schlüssig beweisen. Es gibt zwar impotente Biertrinker. Es gibt aber auch impotente Milchtrinker. Und es gibt natürlich auch impotente Whiskytrinker.»

«Wie wäre es mit einer Versuchsanordnung bei Ihnen zu Hause?»

«Ich hoffe nur, daß daraus keine Fallstudie wird», sagte sie lächelnd.

Ihre Wohnung war noch immer groß und schön. Die folgenden Stunden entschädigten mich für die gewaltigen Anstrengungen, die mir bei diesem Fall abverlangt wurden. Bis heute hat Rita Morell kein Buch über mich geschrieben. Ich rätsle noch immer darüber, ob dies ein gutes oder ein schlechtes Zeichen ist. So geht das.

Ein Hundeleben

Es war später Nachmittag an einem kalten Wintertag. Ich überlegte mir, ob ich lange Unterhosen kaufen sollte, ließ es jedoch bei einer heißen Dusche bewenden und freute mich darüber, ohne Auftrag zu sein, und damit auch ohne Grund, mein Büro zu verlassen. Doch noch während ich mich freute, klingelte das Telefon.

«Järmann am Apparat. Ich muß dringend mit Ihnen sprechen.»

«Machen Sie das, guter Mann. Ich bin ganz Ohr.»

«Nicht am Telefon.»

«Kommen Sie in mein Büro. In einer Stunde habe ich noch einen freien Termin.»

«Nein, Sie müssen sich das anschauen. Wenn es stimmt, was ich vermute, dann ist das ein Riesenskandal. Eine Schweinerei! Verstehen Sie?»

«Was denn nun? Skandal oder Schweinerei?»

«Eine Unverschämtheit! Eine Katastrophe!»

«Ein bißchen viel aufs Mal. Oder stehen Sie vor dem Bundeshaus? Oder vor einem Fernsehstudio?»

«Nein, nein. Im Kirchenfeldpark.»

«Mitten im Park? Bei dieser Kälte?»

«Sie müssen unbedingt vorbeikommen. Schon gut, Hasso. Hasso ist mein Hund. Es geht ihm nicht gut.»

Ich hörte im Hintergrund einen Hund bellen. Es klang jämmerlich.

«Kein Wunder, bei dieser Kälte kriegt Hasso Rheuma, und Rheumawäsche für Hunde ist schwierig zu kriegen.»

«Wenn Sie nicht in einer Stunde bei mir sind, gebe ich den Auftrag an einen Ihrer Kollegen weiter. Die wissen einen Tausender sicherlich zu schätzen.»

«Sagten Sie tausend?»

«Mehr kann ich mit meiner Bankkarte im Moment nicht abheben.»

Ich setzte mich neben die Heizung und trank einen Whisky. Laut Statistik kommt es selten vor, daß Privatdetektive bei der Ausübung ihres Berufes erfrieren. Aber wer glaubt schon an Statistiken? Während ich mir so meine Gedanken machte, klingelte es erneut. Man soll Telefonanrufe nehmen, wie sie kommen, oder den Anrufbeantworter einschalten. Ich entschied mich für ersteres. Schon wieder bellte ein Hund, doch diesmal war Herrchen nicht zu hören. Vermutlich hatte der Hund die falsche Nummer gewählt. Kein Wunder, wenn alle Zeitungen voll sind mit Inseraten von Schmusekätzchen, die für zwei Franken in der Minute um die Wette stöhnen. Ich zog mir eine dicke Jacke an und machte mich auf den Weg. Der Wind pfiff mir um die Ohren, und die Passanten bewegten sich so, als hätte man ihnen eine letzte Frist gegeben, um all ihre Versäumnisse nachzuholen. Der Kirchenfeldpark war praktisch menschenleer, bis auf einen gesetzteren Mann, der in der öden Parklandschaft über die Öde seines Lebens nachdachte.

«Na, Maloney? Auch Feierabend? Mögen Sie diese Jahreszeit? Der Nebel, der alles in Watte packt, und das Laub, das durch die Luft weht?»

«Sie sind ja ein richtiger Romantiker, Hugentobler. Schreiben Sie heimlich Gedichte und wundern sich darüber, daß niemand die lyrische Qualität Ihrer Rapporte würdigt?»

«Polizisten sind auch nur Menschen, Maloney.»

«Bewaffnete Menschen. Das macht den Unterschied.»

«Mögen Sie es nicht, wenn in der Adventszeit überall die Kerzen brennen?»

«Ist Ihnen eine Zündkerze durchgebrannt? Nehmen Sie Ihren Advent mit aufs Revier. Ich habe zu arbeiten.»

«Hier im Park? Sie haben ja nicht einmal eine Schaufel dabei.»

«Die werde ich auch nicht benötigen. Ich muß jetzt weiter. Da vorne wartet ein Klient.»

«Ein Klient? Da vorne sehe ich nur einen Hund. Sind Sie jetzt ganz auf den Hund gekommen?»

«Mir ist das Herrchen lieber. Hunde haben keine Brieftasche.»

«Da vorne hat es kein Herrchen, Maloney. Nur ein entlaufener Hund, der einsam bellt. Ich habe schon meine Kollegen verständigt.»

«Und deswegen sind Sie hier im Park?»

«Nein. Ich habe Feierabend, Maloney. Da, sehen Sie? Der Hund ist alleine.»

Er hatte recht. Der Hund war allein. Als er uns sah, verschwand er in einem Gebüsch. Dann kam er wieder hervor und bellte weiter. Ich trat einen Schritt näher, der Polizist hielt mich zurück.

«Vorsicht, Maloney. Vielleicht hat er Tollwut.»

«Unsinn. Der Hund will uns etwas sagen. Sie sollten das verstehen. Sie sind es doch gewohnt, von Ihren Vorgesetzten angebellt zu werden.»

«Sieht beinahe so aus, als wolle er uns in das Gebüsch führen.»

Das wollte er tatsächlich. Der Hund begann zu winseln und setzte sich neben den Mann, der im Gebüsch lag. In seinem Mantel waren zwei Löcher. In der Hand hielt der Tote ein Handy, und neben dem Mann lag ein kleiner Feldstecher. Der Polizist brummte etwas, das wie Feierabend klang, und schaute auf seine Uhr. Ich schaute auf den Toten und tat, was ich in solchen Situationen immer tue: den Mantelkragen hochschlagen.

«Und der Mann hat Ihnen natürlich nicht gesagt, weshalb er Sie sprechen wollte?» fragte Hugentobler, nachdem seine Kollegen den Tatort gesichert hatten.

«Könnte vielleicht einer Ihrer Kollegen den Hund abstellen? Das Gebell geht mir auf den Geist.»

«Ihr Geist in Ehren, Maloney, aber hier geht es um Mord. Und der Hund ist ein Zeuge.»

«Der ist etwa gleich zuverlässig wie alle anderen Zeugen. Ich verlasse mich lieber auf den Instinkt. Und der sagt mir, daß man bei diesem Wetter nicht aus Spaß in den Park geht, auch nicht, um zu telefonieren.»

«Ach wissen Sie, die Leute tragen heute ihre Telefone spazieren wie früher die Frauen ihre Frisuren. Alles nur Prestige. Das höchste aller Gefühle ist es, wenn bei ihrer eigenen Beerdigung das Telefon im Sarg klingelt, nur um zu beweisen, daß sie auch dann noch gebraucht werden.»

«Und was ist mit dem Feldstecher? Haben Sie für den auch eine Theorie?»

«Wozu braucht man einen Feldstecher, Maloney?»

«Um etwas zu beobachten.»

«Genau, Maloney. Und was kann man in einem Park beobachten? Vögel, Maloney. Oder sehen Sie hier irgendwo Liebespaare?»

«Der Mann ging Ihrer Meinung nach in den Park, beobachtete Vögel, rief mich an, ließ sich erschießen und versuchte mit letzter Kraft, mich noch einmal anzurufen? Das glauben Sie doch selber nicht.»

«Zugegeben. Es fehlt ein Motiv. Aber das werden wir kaum hier am Tatort finden. Vielleicht war dieser Järmann kein unbeschriebenes Blatt? Den Hund nehmen wir mit. Können wir Sie auch mitnehmen, Maloney? Das städtische Tierheim hat sicher auch für Sie noch einen Platz frei.»

Während er fragte, knöpfte er sich den Mantel enger zu. Danach ging er. Ich blieb im Park und sah mich um. Von der Stelle aus, an der der Tote gefunden wurde, konnte man nur ein einziges Haus sehen. Der Blick auf die Straße war versperrt. Man sah nur den Eingang. Im ersten Stock brannte Licht. Ich ging zu dem Haus. Unten waren Geschäftsräume. Im ersten Stock hatte ein Tierarzt seine Praxis. Järmann hatte erwähnt, daß es seinem Hund nicht gut ging. Mir ging es dafür umso besser.

«Ich kann Ihnen die Adresse eines Kollegen geben, wenn es ein Notfall ist. Ich fühle mich nicht sehr gut», sagte der Tierarzt, der jedoch putzmunter aussah.

«Sagt Ihnen der Name Järmann etwas?»

«Järmann? Nein. Um was geht es, einen Hund oder eine Katze?»

«Weder noch. Hasso hat kein Herrchen mehr.»

«Hasso? Ja, ein Hasso war bei mir in Behandlung. Eine Verletzung an einer Pfote. Geht es dem Hund wieder besser?»

«Interessante Frage. Noch interessanter ist die Frage, weshalb Hassos Herrchen tot ist.»

«War er auch krank?»

«Seine Pfote war nicht verletzt. Dafür hatte er zwei Löcher in der Brust. Er wurde erschossen.»

«Und wer kümmert sich jetzt um Hasso?»

«Die Polizei.»

«Dann muß ich sofort die Polizei anrufen. Hasso ist nämlich krank. Irgendeine neue Krankheit. Ich hatte in den vergangenen Wochen auch noch einen anderen Hund mit ähnlichen Symptomen. Hasso war verletzt, und ich hatte ihn einige Tage zur Pflege hier. Die Verletzung verheilte gut, aber Hasso wurde immer apathischer und müder. Muß irgendein Virus sein.»

«Sie können ganz beruhigt sein. Hasso bellt wieder.»

«Tatsächlich? Dafür fühle ich mich immer kränker. Seltsam. Ich war nie richtig krank. Und jetzt erwischt es mich doch. Vermutlich eine Grippe oder ein grippaler Infekt.»

«Wer ist sonst noch hier im Haus?»

«Schwertfeger. Ein Transportunternehmen.»

«Schwertfeger? Der Name kommt mir bekannt vor.»

«Kein Wunder. Der Mann hatte bis vor einem Jahr ein riesiges Immobilienunternehmen. Alles zusammengekracht. Jetzt hat er auf die Transportbranche umgesattelt. Der Mann hat praktisch bankrott gemacht.»

Es dauerte noch ein paar Sekunden, bis ich mich an Schwertfeger erinnerte. Er war vor ein paar Jahren einer meiner Klienten. Damals ging es um mysteriöse Morde auf einem Golfplatz. Ich verließ den Tierarzt und beendete den angebrochenen Abend in einer Bar. Am nächsten Morgen suchte ich Schwertfegers Transportunternehmen auf. Es war niemand da. Der Tierarzt fühlte sich noch immer krank, als er mir die Privatadresse Schwertfegers gab. Vor zwei Jahren residierte er in einer Villa und war Präsident eines Golfclubs. Wenn unsereins pleite macht, schlafen wir unter der Brücke. Die Schwertfegers behielten ihre Villa, allzu übel konnte ihre Lage nicht sein. Ich wurde von Frau Schwertfeger empfangen. Sie war viel älter, als ich sie in Erinnerung hatte.

«Seine Frau hat ihn verlassen. Diese jungen Dinger verschwinden einfach, wenn es einmal nicht mehr so rund läuft. Ich habe Alois schon immer gesagt, daß Priska nur auf das Geld aus war.»

«Und Sie begnügen sich mit der Seele, falls so etwas bei Herrn Schwertfeger überhaupt vorhanden ist.»

«Ich bin seine Schwester. Alois ist in Schwierigkeiten. Er verließ heute morgen ganz aufgebracht das Haus. Das heißt, zuerst hat er seine Mitarbeiter angerufen. Alle. Er sagte ihnen, daß sie unter keinen Umständen zur Arbeit erscheinen sollen.»

«Ist Ihr Bruder seit neuestem Gewerkschaftsfunktionär?»

«Nein. Ich verstand auch nicht, weshalb er das tat. Alois war völlig außer sich. Er nahm seine Waffe und ging.»

«Ihr Bruder besitzt eine Waffe?»

«Ja. Ich befürchte, daß etwas passiert. Helfen Sie meinem Bruder.»

«Und Sie haben keine Ahnung, weshalb Ihr Bruder so aufgebracht war?»

«Er war in den letzten Tagen sehr nervös. Als er aber heute morgen die Zeitung las, stürmte er sofort zum Telefon.»

Frau Schwertfeger zeigte mir die Zeitung. Sie war auf jener Seite geknickt, auf der ein Bericht über einen Toten zu lesen war. Es war der Bericht über die Schüsse, die Herrn Järmann im Kirchenfeldpark töteten. Da ich keine Lust hatte, in der Kälte nach Schwertfeger zu suchen, ging ich ins Polizeipräsidium.

«Über diesen Järmann liegt nichts vor. Ein ganz normaler Bürger. Der Mann wurde aus größerer Distanz erschossen. Da hat wohl jemand gewußt, daß er sich in dem Gebüsch versteckte.»

«Järmann hat ein Haus beobachtet. Irgendetwas stimmt da nicht.»

«Ich weiß, Maloney. Der Tierarzt. Järmann hat seinen Hund bei ihm in Behandlung gegeben. Aber der Hund wurde dabei immer kränker.»

«Ich würde mir gerne Järmanns Wohnung ansehen.»

«Da gibt es nicht viel zu sehen. Eine schlichte 2-Zimmerwohnung. Wir haben keinerlei Hinweise gefunden.»

Nach einigem Zureden war er bereit, mit mir zusammen Järmanns Wohnung erneut aufzusuchen. Es war tatsächlich eine ganz durchschnittliche Wohnung.

«Keine Briefe, keine Hinweise, nichts. Järmann arbeitete als Kontrolleur bei den Verkehrsbetrieben. Er hat einen Bruder, der Physiker ist.»

«Und was ist das hier?» fragte ich und zeigte auf ein seltsames Gerät.

«Ein Wecker oder irgendein Meßgerät. Wir verplempern hier unsere Zeit.»

Ich steckte das Meßgerät unauffällig ein. In einem Spezialgeschäft erfuhr ich, wozu es diente. Es war ein ziemlich aufschlußreiches Gespräch. Ich besuchte noch einmal den Tierarzt. Ich schaltete das Gerät ein, und das laute Knacken verunsicherte den Tierarzt.

«Was soll das? Sie sehen doch, daß ich mich nicht wohl fühle.»

«Kein Wunder. Ihre Praxis ist verseucht.»

«Verseucht?»

«Das ist ein Geigerzähler.»

«Radioaktivität? Ist ein Atomkraftwerk in die Luft gegangen?»

«Dann würden wir beide nicht mehr hier stehen. Die Strahlungsquelle muß irgendwo hier im Haus sein.»

«Jetzt verstehe ich. Deshalb wurden die Tiere bei mir krank. Und deshalb fühle ich mich so matt. Ich muß mich sofort behandeln lassen.»

Er rief einen Kollegen an, der auf Menschen und deren Gesundheit spezialisiert war. Ich ging mit dem Geigerzähler durch das Haus, und stellte fest, daß die Strahlungsquelle im Keller war. Dort lagerten einige Kisten. Der Zähler gab vor Freude über den radioaktiven Fund seinen Geist auf.

«Das ist ein Skandal. Was haben die Kisten hier zu suchen?»

«Die Frage ist die: Wem gehören diese Kisten? Wer hat sie hier eingelagert?»

Die Antwort lieferte uns ein Mann, der noch immer unsympathisch aussah.

«Das war ich, Maloney.»

«Schau an. Der ehemalige Immobilienkönig. Ich habe Sie mir strahlender vorgestellt, Herr Schwertfeger.»

«Keine Witze, Maloney. Das, was Sie da sehen, ist gefährlich.»

«Dann verschwinde ich lieber», sagte der Tierarzt.

«Die Strahlung ist nicht so stark, daß sie unmittelbar eine Gefahr für die Gesundheit darstellt. Wer sich ihr aber über Tage und Wochen aussetzt, kann Krebs bekommen.»

Der Tierarzt rannte die Treppe hoch. Schwertfeger führte mich vor das Haus, dort trafen wir auf ein Rudel Polizisten, die dabei waren, das Haus großräumig abzusperren.

«Herr Schwertfeger hat uns verständigt», sagte Hugentobler. «Im Keller dieses Hauses lagert radioaktiver Müll.»

«Ohne mein Wissen», sagte Schwertfeger, beide Hände unschuldig in die Höhe gestreckt.

«Jetzt aber der Reihe nach», sagte ich. «Wie kamen die Kisten in den Keller?»

«Nach dem Zusammenbruch meiner Immobilienfirma bot mir ein Mann ein Geschäft an. Ich sollte Ersatzteile nach Rußland liefern. Ein gutes Geschäft. Ich war finanziell am Boden. Es reichte gerade noch, um zwei Lastwagen zu kaufen.»

«Wer war Ihr Auftraggeber?»

«Er nannte sich Gudinow. Ein Zwischenhändler. Er ist verschwunden. Ich wollte ihn heute morgen zur Rede stellen.»

«Und weshalb wurde Järmann umgebracht?»

Hugentobler schaute kurz von seinem Notizblock auf, auf dem er schweigend aufschrieb, was Schwertfeger von sich gab.

«Järmann stand plötzlich in meinem Büro. Mit einem Geigerzähler in der Hand. Er sagte, daß das Haus verseucht sei. Er hatte bei seinem Hund, der beim Tierarzt in Behandlung war, erhöhte Strahlung festgestellt. Ich dachte sofort an die Kisten, die im Keller lagerten und informierte Gudinow.»

«Und weshalb informierten Sie nicht die Polizei?» mischte sich Hugentobler ein.

«Wenn es stimmte, was ich vermutete, dann wäre das das Ende für mich gewesen. Ich habe alles, was ich noch hatte, in das Unternehmen gesteckt.»

«Gudinow tötete Järmann», sagte ich. «Und als Sie das aus der Zeitung erfuhren, wußten Sie, was es geschlagen hatte.»

«Er sagte, daß er sich um den Mann kümmern werde. Ich konnte nicht ahnen, daß er ihn umbringt.»

«Ich muß Sie verhaften, Herr Schwertfeger», sagte Hugentobler mit der ihm eigenen Feierlichkeit in der Stimme.

«Ich bin unschuldig. Ich wußte nichts davon, daß es radioaktives Material war. Wenigstens wußte ich lange Zeit nichts davon. Sie müssen diesen Gudinow verhaften.»

Die Polizei tat ihr Bestes. Doch das genügte nicht. Gudinow tauchte nie wieder auf. Und es blieb auf ewig ein Geheimnis, woher das spaltbare Material kam, das Schwertfeger ohne sein Wissen in den Osten verfrachtet hatte. So geht das.

Weidmannsheil

Der Wald ist nicht unbedingt das, was unsereins als idealen Aufenthaltsort empfindet. Vor allem nicht, wenn es kalt ist und regnet. Frau Stein wollte mir unbedingt zeigen, wo ihr Mann das Zeitliche gesegnet hatte. Ich sah nur Bäume, sie aber sah viel mehr.

«Da drüben hat man seine Leiche gefunden. Er muß erschossen worden sein, als er sich auf die Lauer legte. Die Polizei glaubt, daß ihn eine verirrte Kugel getroffen hat. Ich glaube, daß er einem Anschlag zum Opfer gefallen ist.»

«Was hatte Ihr Mann hier im Wald verloren?»

«Mein Mann war Jäger.»

«Hier im Wald wird gejagt?»

«In diesem Herbst hatte es so viel Wild wie schon lange nicht mehr. Die Jagd dient der Regulation. Das Wild hat bei uns keine natürlichen Feinde.»

«Auch der Mensch hat kaum natürliche Feinde. Von ein paar Viren und Mördern abgesehen. Hatte Ihr Mann natürliche Feinde?»

«Mein Mann war ein recht erfolgreicher Unternehmensberater. Aber was ihn wirklich interessierte und faszinierte war die Jagd.»

«Und wie hielt er es mit der Jagd auf Frauen?»

«Ich glaube nicht, daß mir mein Mann immer treu war, aber wir führten eine gute Ehe, und wir liebten uns.»

«Vielleicht ist der Täter im beruflichem Umfeld Ihres Mannes zu suchen?»

«Das ist möglich. Allerdings war mein Mann nicht sehr ehrgeizig im Beruf.»

«Weshalb glauben Sie nicht an die Theorie der verirrten Kugel? So etwas soll ab und zu vorkommen.»

«Die Polizei hat mir einige Beispiele genannt. Tatsache ist aber, daß sich kein anderer Jäger in der Nähe meines Mannes aufhielt. Tatsache ist auch, daß ich das Gefühl nicht loswerde, daß mein

Mann ganz gezielt ermordet wurde. Sollten Sie bei Ihren Ermittlungen ebenfalls zum Schluß kommen, daß es sich um einen Unfall handelte, werde ich das akzeptieren.»

Sie zeigte mir die genaue Fundstelle. Es waren eine Menge Bäume drum herum. Eine verirrte Kugel mußte sich schon sehr schön verirren, um einen Mann zwischen den Bäumen tödlich zu treffen. Ich wünschte mir besseres Wetter herbei, und schon nach wenigen Minuten hörte es auf zu regnen. Meine Klientin ließ mich im Wald zurück, und nachdem ich mich beinahe verirrt hatte, begegnete ich einem Jäger.

«Das war ganz tragisch. Ich konnte es zuerst gar nicht glauben. Erschossen von einem anderen Jäger. Da hinterfragt man sich. Es könnte jeden treffen. Man muß sich das einmal vorstellen. Man geht in den Wald und fällt tot um. Unglaublich, so etwas. Da helfen all die Versicherungen überhaupt nichts. Wenn es sein muß, muß es sein. Meine Mutter sagte immer: *Kommt Zeit, kommt Rat.* Meine Mutter hat sich nämlich Gedanken gemacht.»

«Und wenn Herr Stein nicht einfach so getroffen wurde? Vielleicht hat jemand auf ihn gezielt. Hat Ihre Mutter sich darüber auch schon Gedanken gemacht?»

«Meine Mutter lebt nicht mehr. Sie sagte immer: *Alles nimmt seinen Lauf.* Über so etwas könnte ich stundenlang nachdenken, aber das geht nicht, ich muß arbeiten. Früher hatten die Menschen Zeit, sich Gedanken zu machen. Jetzt habe ich Ihre Frage vergessen.»

«Herr Stein ist möglicherweise ermordet worden.»

«So, so, ist er das?»

«Wie gut kannten Sie ihn?»

«Wir waren Kollegen. Ja, ich würde sagen, wir waren Freunde. Ich weiß zwar nicht viel über ihn, aber wir haben oft zusammen eine Suppe gegessen. Das verbindet. Wissen Sie, wir Jäger reden nicht viel. Meine Mutter sagte immer: *Zuerst soll man denken und dann reden.* Als Jäger habe ich keine Zeit zum Denken, also schweige ich lieber.»

«Das hört man.»

«Der Jäger muß ein tolles Gehör haben. Er muß den Kopf frei haben für sein Gehör. Wer immer nur denkt, sieht und hört nichts mehr. Meine Mutter sagte immer: *Die Gedanken sind frei.* Weshalb also soll ich sie im Kopf einsperren, wenn sie lieber frei sind?»

«Hat sich Herr Stein vor seinem Tod ungewöhnlich benommen? Ängstlich oder gereizt?»

«Ein bißchen seltsam war er schon. Redete manchmal von einer fremden Armee, die in unser Land eindringt. Ich glaube, er hatte diese Midlifekrise. Das ist das mit den jungen Frauen, oder? Ausgerechnet eine Tierschützerin hat er sich angelacht. Meine Mutter sagte immer: *Gegensätze ziehen sich an.* Und manchmal ziehen sie sich auch aus. Der ist von mir. Nicht schlecht, oder?»

Er setzte dazu an, einen Witz zu erzählen, in dem ein Jäger vorkam. Ich unterbrach ihn und fragte ihn nach der Tierschützerin. Er gab mir die Adresse eines Tierheims. Die junge Frau Münch kümmerte sich um Hunde und Katzen.

«Er hat mich belogen. Hat gesagt, daß er Tiere liebt.»

«Sie wußten nicht, daß Herr Stein Jäger war?»

«Als ich es erfuhr, habe ich sofort Schluß gemacht mit ihm.»

«Sie haben ihn im Wald erschossen?»

«Ich habe ihm gesagt, er soll sich zum Teufel scheren. Ich kann nicht verstehen, weshalb jemand auf Tiere schießt.»

«Die Jagd dient der Regulation.»

«Ich sage ja nichts gegen die Jagd an sich. Aber mit Männern, die das tun, will ich nichts zu tun haben.»

«Und wie steht es mit Privatdetektiven?»

«Sie schnüffeln in fremden Schlafzimmern herum.»

«Nur wenn es unbedingt sein muß. Manchmal liege ich einfach nur in fremden Schlafzimmern herum.»

«Ich erwarte von meinen Lovern, daß sie gewisse ethische Voraussetzungen erfüllen.»

«Ich trinke nie vor dem Frühstück, und ich dusche regelmäßig.»

«Vergessen Sie es. Herr Stein hat mich hereingelegt. Ich habe die Nase voll von Männern, wenigstens vorläufig.»

«Wir könnten zusammen ein Steak essen gehen.»

«Herr Stein hat mir unter anderem gefallen, weil er mindestens zehn Jahre jünger war als Sie.»

«Und es ist Ihnen egal, daß vielleicht sein Mörder frei herumläuft?»

«Früher oder später sterben wir alle. Auch sein Mörder. Und all die anderen Mörder. Auch die Menschen, die diese Tiere hier ausgesetzt haben.»

Sie drückte mit der einen Hand die Finger der anderen zurück, bis es laut knackte. Sie lächelte diabolisch, und es wurde Zeit, daß ich mich verdrückte. In meinem Büro schaltete ich den Fernseher an und staunte über einen neuen Sender, der den gleichen Schrott, den die anderen schon lange sendeten, noch ein bißchen schlechter machte. Da mich meine Ermittlungen nicht weiterbrachten, lag ich unter meinem Schreibtisch, bis ich durch Sonnenstrahlen geweckt wurde. Wenig später ging ich durch den Wald und traf am Tatort auf Hugentobler, der sich seltsame Gedanken machte.

«Eine ältere Frau hat sich darüber beschwert, daß in diesem Wald Außerirdische gelandet sind und einen Höllenlärm machen. Unser neues Computerprogramm hat sofort einen Zusammenhang mit dem toten Jäger hergestellt.»

«Der Jäger wurde von keinem Raumschiff erschlagen, sondern von einer irdischen Kugel erlegt.»

«In einem Science-fiction-Film habe ich gesehen, wie Außerirdische Kugeln, die man auf sie feuerte, abprallen ließen. Und zwar so, daß die Schützen getroffen wurden. Seltsam ist nur, daß die ballistische Untersuchung keine Übereinstimmung zwischen der tödlichen Kugel und dem Gewehr des Toten brachte. Aber die Kugel stammt aus einem Jagdgewehr.»

«Wenn ein Jäger auf einen anderen schießt und tödlich trifft, kann das kein Zufall sein.»

«Alles ist möglich, Maloney. Wir gehen zwar von einem Unfall aus, aber seit einigen Wochen erhalten wir immer wieder Meldungen über seltsame Vorkommnisse in diesem Waldgebiet. Drüben in

Grünwil behauptet ein Bauer, daß auf seinem Feld eine Granate eingeschlagen hat.»

Während wir uns unterhielten, näherte sich Herr Bühler, der Jäger mit der klugen Mutter. Er gesellte sich zu uns und erzählte von Wildschweinen und anderen seltsamen Waldbewohnern.

«Das Wildschwein ist an sich ein friedliches Tier. Erst im Rudel kann es gefährlich werden. Ein einzelnes Wildschwein ist viel zu scheu und fürchtet sich vor uns Menschen. Meine Mutter sagte immer: *Vorsicht ist die Mutter aller Wildschweine.*»

«Ich gehe regelmäßig in den Wald und habe noch nie ein Wildschwein gesehen», sagte Hugentobler. «Nur Jogger, die sich wie Wildschweine benehmen.»

«Polizisten sehen manchmal vor lauter Schweinen die Sau nicht mehr.»

«Wildschweine kann man riechen», sagte Bühler. «Nicht, weil sie stinken, nein, nein, sie sondern nur Geruch ab, um die Weibchen auf sich aufmerksam zu machen. Die Sau riecht das, und ich rieche das auch. Jetzt zum Beispiel liegt auch so ein Geruch in der Luft.»

«Wahrscheinlich ist das der Geruch, den Sie aus Ihrem Büro mit in den Wald tragen, Maloney. Seltsam ist nur, daß ich nichts rieche.»

«Das ist auch besser so. Polizisten sind miserable Schnüffler.»

«Jetzt rieche ich es ganz deutlich. Das muß ein Wildschwein sein. Meine Mutter sagte immer: *Nur der Nase nach.*»

«Das ist Unsinn. Hier gibt es keine Wildschweine.»

Tatsächlich aber tauchte ein Tier vor uns auf, das wütend schnaubte und dem heimischen Schwein nicht unähnlich war.

«Das klingt wie ein Beamter kurz vor Feierabend», sagte ich und zeigte auf das Tier.

«Das ist ein Wildschwein. Wir sollten in Deckung gehen.»

«Ich dachte, ein einzelnes Tier sei harmlos?» fragte ich.

«So ist es. Aber man kann nie wissen. Die Tiere sind heute verdorben durch Fernsehen, schlechtes Essen und Mobiltelefone. Da ist es nicht erstaunlich, wenn ab und zu eines dieser Tiere durchdreht. Sehen Sie? Es rennt auf uns zu.»

Tatsächlich näherte sich uns das Tier, das immer größer wurde. Der Polizist zog seine Dienstwaffe und schoß, ohne jedoch zu treffen. Der Jäger rannte weg, und auch ich zog es vor, dem wilden Tier aus dem Weg zu gehen. Der Polizist sprang hoch und versuchte sich an einem Ast hochzuziehen. Ich sah ihn aus einiger Entfernung hängen und auf das Wildschwein einreden, das unter ihm stand. Ich irrte durch den Wald, bis ich auf einem Schlachtfeld landete. Militärische Befehle und Artillerieknaller belebten den Wald.

«Ein Zivilist! Was haben Sie hier verloren? Möchten Sie rekrutiert werden?»

«Ich möchte meine Ruhe haben», sagte ich zu dem seltsamen Militär.

«Das ist typisch. Wir sind hier, weil alle anderen ihre Ruhe haben möchten. Die Schweizer Armee taugt nichts mehr, deshalb machen wir privat, was der Staat vernachlässigt.»

«Das ist eine Privatarmee?»

«Wir werden die Schweiz gegen alles verteidigen, was ihr Schaden könnte. Wir werden gegen linkes und grünes Gesindel vorgehen, gegen ausländische Interventionen, gegen Ausländer überhaupt.»

«Ihre Männer klingen nicht gerade schweizerisch.»

«Unsere Ausbildner sind Amerikaner. Profis, keine verweichlichten Korporale. Wenn Sie zu uns kommen wollen, dann können Sie gleich beim Exerzieren mitmachen.»

«Soldatenspiele interessieren mich nicht.»

«Hohe politische Kreise schützen uns, wir sind geheim, aber wir machen kein Geheimnis daraus.»

«Und wie viele Zivilisten hat Ihre Truppe schon auf dem Gewissen?»

«Das Gelände, auf dem wir üben, ist schwer zugänglich. Zudem haben wir Wachposten, die Neugierige fernhalten sollen. Wie sind Sie überhaupt hierhergekommen?»

«Ich bin vor einem Wildschwein geflüchtet.»

«Typisch. Verweichlichte Städter, die ihren Arsch nur noch bewegen, wenn sie viel Geld dafür kriegen. Bei uns kriegen Sie nichts, unser Dienst ist ein Dienst am Vaterland.»

«Privatarmeen sind in diesem Land verboten.»

«Wirtschaftskriminelle sind in diesem Land auch verboten, und trotzdem gibt es unzählige. Jetzt muß ich mich wieder meiner Truppe widmen. Die Disziplin läßt nach, wenn der Kommandant sich mit Zivilisten unterhält. Ich bitte Sie zu gehen, da Sie sonst erschossen werden könnten.»

«Wie der Jäger im Wald?»

«Wir erschießen keine Jäger. Leichen sind schlecht, solange unsere Truppe nicht offiziell anerkannt ist. Wir werden eines Tages die Schweizer Armee ablösen. Dieser elende Haufen, der sich Milizarmee nennt, ist nicht mehr zeitgemäß.»

Meine Klientin saß in der Küche und trank einen Espresso. Ich erzählte ihr von der seltsamen Privatarmee im Wald, und sie nickte stumm. Sie ging zur Kaffeemaschine und erzählte mir von den Beobachtungen ihres Mannes.

«Er hat mir davon erzählt, aber ich habe das nicht ernst genommen. Ich glaubte, er wollte von seiner Affäre ablenken.»

«Sie wußten von dem Verhältnis Ihres Mannes mit der Tierpflegerin?»

«Ich ahnte es. Doch eines Abends hatte ich Gewißheit. Diese Frau hatte die Unverfrorenheit, hier anzurufen. Sie hängte nicht mal ein, als ich den Hörer abnahm. Sie sagte mir, daß mein Mann eine Verabredung mit ihr hätte, und ich solle ihn daran erinnern.»

«Und was sagten Sie?»

«Ich war schockiert und brachte kein Wort über die Lippen. Mein Mann kam eine Stunde später nach Hause, und er sagte mir, daß er einen Fehler gemacht hätte.»

«Einen Fehler?»

«Er gestand, mit dieser Frau geschlafen zu haben. Aber er sagte, daß er mit ihr Schluß gemacht habe.»

«Die Frau behauptet, daß Sie Schluß gemacht habe, weil sie erfuhr, daß er Jäger war und sie nichts mit einem Mann anfangen konnte, der Tiere tötete.»

«Die Frau lügt. Mein Mann sagte mir, daß er die Frau im Wald kennengelernt habe, als er auf der Jagd war.»

Wie so oft kam ein Motiv zum anderen. Neben der seltsamen Armee, die vielleicht einen Zeugen loswerden wollte, gab es jetzt auch eine Geliebte, die, links liegengelassen, vielleicht auf böse Gedanken gekommen war.

Ich verbrachte mehrere Stunden damit, die junge Tierschützerin zu beschatten. Sie verließ ihre Wohnung nur einmal kurz, um einzukaufen, dann geschah zwei Stunden lang nichts, bis sie einen Bus bestieg und in den Wald fuhr. Ich folgte ihr und traf auf einen müden Beamten.

«Üble Sache, Maloney. In diesem Wald wird angeblich scharf geschossen. Es gibt immer mehr Beschwerden, sogar Vögel hat man vor dem Polizeipräsidium gesichtet. Fehlt noch, daß dieses Wildschwein aufkreuzt.»

«In diesem Wald treibt eine Privatarmee ihr Unwesen.»

«Eine Privatarmee? Wird in diesem Land alles privatisiert? Es sollte doch reichen, daß man mit Privatdetektiven schlechte Erfahrungen gemacht hat.»

«Die Truppe existiert, und sie ist gefährlich.»

«Das ist doch wieder so ein Medienfurz. Diese Journalisten saugen sich etwas aus den Fingern. Jeden Tag ein neuer Skandal. Und warum, Maloney? Weil es sehr viel schwieriger ist, über die schönen Dinge im Leben zu berichten. Zum Beispiel über einen schönen, ruhigen Wald. All die schönen Tannen, der mit Laub bedeckte Boden, die frische Luft und diese majestätische Ruhe.»

In die idyllische Ruhe platzte eine Granate, lautstark.

«Waren Sie das, Maloney?»

«Das ist der Waldgeist. Er hat Blähungen.»

«Das war eine Granate, Maloney. Man will uns töten.»

«Die üben den Ernstfall.»

«Das ist nicht erlaubt, Maloney. Ich werde diese Truppe verhaften. Und zwar auf der Stelle.»

Er zückte seine Dienstwaffe und ballerte in die Baumwipfel. Herr Bühler kam mit erhobenen Armen hinter einem Baum hervor.

«Im Namen der Waldschneise, Sie sind verhaftet.»

«Ich ergebe mich.»

«Wer sind Sie?»

«Das ist ein Jäger namens Bühler», sagte ich.

«So ist es. Ich jage Wild und werde gejagt. Soldaten sind hinter mir her. Meine Mutter sagte immer: *Wer sucht, der findet.* Ich suche Deckung.»

«Hier wird niemand gedeckt. Wer ist hinter Ihnen her, und weshalb?»

«Diese seltsame Armee. Sie machen ein Manöver, und ich habe sie fotografiert. Jetzt wollen sie mich töten. Dabei wollte ich die Fotos gar nicht verkaufen.»

«Wahrscheinlich mußte deshalb auch Herr Stein sterben», vermutete ich.

«Wegen der Fotos, die dieser Mann gemacht hat?»

«Wir müssen in Deckung», sagte Bühler, nachdem erneut eine Granate einschlug. «Sie kommen immer näher.»

«Ich werde Verstärkung anfordern. Wenn es sein muß, lasse ich diesen Wald bombardieren.»

«Aber erst, wenn ich wieder unter meinem Schreibtisch liege.»

«Schauen Sie nur, da vorne kommt die Tierschützerin», sagte Bühler und zeigte auf Frau Münch. «Sie hat ein Gewehr in der Hand.»

«Bald werden wir von einer Armee alleinerziehender Mütter terrorisiert werden», sagte Hugentobler. «Die müssen zu einer Waffe greifen, um mit ihren Kindern klarzukommen.»

Der Polizist erzählte von einer Nachbarin, deren Sohn in der Schule wie ein Mafioso Schutzgelder einzog und die sich bewaffnete, um sich vor ihrem Sprössling einigermaßen sicher zu fühlen. Frau

Münch, die tierliebende Frau mit Jagdgewehr, ließ sich wenig später vom Polizisten ihre Rechte vorlesen.

«Was soll das? Weshalb werde ich wie eine Verbrecherin behandelt?»

«Vor dem Gesetz sind alle gleich. Deshalb behandle ich lieber alle wie Verbrecher als umgekehrt. Wer unschuldig ist, hat nichts zu befürchten.»

«Außer ein Justizirrtum», sagte ich.

«Genau. Ich bin ein Justizirrtum.»

«Vielleicht könnten wir noch einmal in aller Ruhe über mein Angebot reden», sagte Bühler und näherte sich Frau Münch eindeutig.

«Was für ein Angebot?» fragte ich.

«Er will mich heiraten.»

«So ist es. Es hat mich getroffen wie der Blitz. Meine Mutter sagte immer: *Zu jedem Topf gehört ein Deckel.* Möchtest du mein Topf sein?»

«Laß mich in Frieden.»

«Sie hören doch, daß diese junge Frau sich nicht zu Ihnen hingezogen fühlt», sagte Hugentobler und hielt Bühler die Dienstwaffe unter die Nase.

«Dann muß ich meine Beobachtung aktenkundig machen.»

«Sie haben gesehen, wie Frau Münch Herrn Stein erschoß?» fragte ich Bühler.

«So ist es.»

«Er ist nur verärgert, weil er bei mir abgeblitzt ist.»

«Sie hat das Gewehr vergraben. Ich weiß auch wo.»

«Dann haben wir jetzt einen Mord und eine Mörderin», sagte Hugentobler. «Was aber war das Motiv?»

«Frau Münch blitzte beim Toten ab, dieser kehrte reumütig zu seiner Frau zurück.»

«Ich war noch nie so verletzt in meinem Leben», sagte Frau Münch. «Es war erniedrigend. Ich habe es für mich und für all die Tiere getan.»

«Für mich wolltest du nichts tun. Im Wald begegnen mir viele schöne Frauen, aber die meisten sind außer Atem vom Joggen. Du warst ganz ruhig und schön. Und du hattest etwas mit einem Jäger. Ich hätte dich nie so verletzt. Meine Mutter sagte immer: *Frauen soll man behandeln wie das wertvollste Gut.*»

«Bevor Sie Frau Münch in einen Tresor sperren, zieht sie es vielleicht doch lieber vor, in Untersuchungshaft genommen zu werden.»

«So ist es.»

«Und was ist mit dieser Armee?» fragte Hugentobler.

«Sie existiert. Es wird einen Militärputsch geben, und dann herrscht endlich wieder Ordnung in diesem Land. Meine Mutter sagte immer: *Ordnung ist das halbe Leben.* Und ich bin jetzt schon über vierzig.»

Der Polizist versuchte zu ergründen, was uns Herr Bühler damit sagen wollte, scheiterte jedoch kläglich. Die Verstärkung erschien und führte Frau Münch ab. Herr Bühler ging ebenfalls mit. Zusammen mit dem Polizisten durchkämmte ich den Wald, und nach einer Stunde stießen wir auf einen an einen Baum gefesselten Mann und ein Wildschwein.

«Binden Sie mich los, dieses Tier will mich verspeisen», sagte der Militärkopf.

«Wildschweine essen keine anderen Wildschweine», sagte ich. «Dieses hier sitzt brav da und schaut sie an.»

«Sind Sie ein Gefangener dieser Privatarmee?» fragte Hugentobler.

«Sozusagen», sagte der Militärkopf.

«Er ist der Kommandant», sagte ich.

«Knall ist mein Name. Man hat mich abgesetzt, gemeuert, geputscht haben sie. Diese Schwächling, diese Memmen, diese Hosenscheisser und Landesverräter.»

«Wer hat gemeutert, und wo ist Ihr Schiff?» fragte Hugentobler.

«Er wurde von seiner Truppe im Stich gelassen», erklärte ich.

«Diese jungen Kerle haben zu viele Computerspiele gespielt. Die wollen angreifen, sie wollen in Grünwil einmarschieren. Diese Idioten. Nicht einmal die Nahkampfausbildung wollten sie beenden.»

«In Grünwil einmarschieren? Das hat uns gerade noch gefehlt. Ich werde eine Sondereinheit aufbieten.»

«Und was machen wir mit diesem Knallkopf hier?» fragte ich.

«Ich bin kein Knallkopf. Ich bin ein alter verlassener Mann. Was soll ich tun? Wenn man über fünfzig ist, hat man keine Chance mehr. Kein Diktator will mich mehr einstellen.»

«Wir lassen ihn hier», entschied Hugentobler. «Das Wildschwein wird dafür sorgen, daß er keine Dummheiten macht.»

«Und wenn es mich angreift?»

«Nahkampf heißt die Devise», sagte ich.

«Aber ich bin gefesselt.»

«Mit ein wenig Willenskraft ist alles möglich. Ich muß jetzt nach Grünwil, um das Schlimmste zu verhindern.»

Er ging, doch das Schlimmste wäre auch ohne ihn nicht eingetreten. Die Privatarmee verirrte sich im Wald und ergab sich nach zwei Tagen ermattet und hungrig den Polizeibehörden. So geht das.

Mord nach Noten

Ich las einen Bericht über einen PR-Berater, der sich selber als Waschmittel verkauft hatte und danach als Weichmacher in der Kläranlage endete. Ein Mann, der sich Mühe gab, nicht wie ein Weichmacher auszusehen, betrat wenig später mein Büro. Er trug eine abgewetzte Lederjacke und Stiefel, die aussahen wie eine Stichwaffe aus dem 19. Jahrhundert.

«Tach. Mein Name ist Kuster, aber alle nennen mich Jimmy.»

«Daran kann ich auch nichts ändern.»

«Macht nichts. Ich hab ein ganz anderes Problem.»

«Das erstaunt mich nicht.»

«Jemand will mir das Geschäft vermiesen.»

«Soso. Und was machen Sie für Geschäfte?»

«Ich bin Konzertveranstalter.»

«Und davon kann man leben?»

«Ich bin die Nummer 1 in der Branche. Habe mich auf härtere Sachen spezialisiert.»

«Harte Sachen? Habe gar nicht gewußt, daß Pornomusik live aufgeführt wird.»

«Sie verstehen nichts von Musik? Noch nie was von Hardcore gehört? Trash, Speed Metal und so Zeugs?»

«Klingt übel.»

«Unter uns gesagt, ich mag das Zeug auch nicht sonderlich. Aber die Kids fahren völlig darauf ab. Soll ich Ihnen erklären, was das für Musik ist?»

«Ach, wissen Sie, über Musik zu reden ist etwa gleich idiotisch, wie Bücher zu essen. Sagen Sie mir, was Sie von mir wollen, und ich esse dafür das Telefonbuch nicht auf.»

«Coole Sache. Wie gesagt, mir will jemand das Geschäft vermiesen. Seit einiger Zeit erhalten wir vor den Konzerten jeweils Bombendrohungen. Einmal mußten wir sogar ein Konzert abbrechen.

Und die Leute werden langsam unsicher. Die Besucherzahlen gehen zurück.»

«Vielleicht lassen sich die Besucher zwischenzeitlich ein neues Trommelfell einpflanzen.»

«Normalerweise ist der Laden gerammelt voll.»

«Haben Sie einen konkreten Verdacht?»

«Nichts Konkretes. Als wir die Konzertsäle durchsuchten, fanden wir immer einen Kalender, auf dem ein Datum rot angestrichen war. Aber es ist jedesmal ein anderes Datum. Und es rückt immer näher zum jeweiligen Konzerttag. Ich vermute, daß das Datum eines Tages übereinstimmen wird.»

«Und Sie glauben, daß an diesem fraglichen Datum eine Bombe hochgeht?»

«Ich hoffe es nicht. Aber wenn etwas geschieht, bin ich ruiniert.»

«Haben Sie Konkurrenten, die gerne die Nummer 1 werden möchten?»

«Die würden sich selber auch schaden, wenn etwas passiert. Nein, das muß jemand von außerhalb der Branche sein.»

«Und was soll ich tun?»

«Heute abend ist ein Konzert. Schauen Sie sich beim Eingang um. Wir können nicht alle Leute durchsuchen, vielleicht fällt Ihnen etwas auf.»

Ich nahm den Fall an. Ich kaufte mir Ohrenpfropfen und legte mich ein wenig unter meinen Schreibtisch. Am Abend verließ ich mein Büro und ging zu dem Konzertsaal. Es war ein ziemlich großer Schuppen. Als die Kasse und die Türen geöffnet wurden, stellte ich mich unauffällig neben den Eingang. Es dauerte nicht lange, bis ich eine verdächtige Person entdeckte.

«He Sie, was machen Sie da?» fragte mich die ältere Frau, als ich sie berührte.

«Ich durchsuche Ihre Taschen. In Ihrem Alter geht man nicht mehr an solche Anlässe. Schämen Sie sich.»

«Was soll das? Mein Sohn spielt heute. Er ist Gitarrist.»

«Haben Sie einen Kalender dabei?»

«Was denn für einen Kalender? Wenn Sie nicht sofort aufhören, mich zu betatschen, hole ich Jimmy.»

Ich ließ die Frau gehen. Mein Blick fiel auf eine andere, jüngere Frau, die unter ihrem Pullover etwas verbarg, das wie ein Karton aussah. Sie schaute sich unauffällig um. Ich ging auf sie zu und überrumpelte sie.

«Heute nicht», sagte ich und hielt sie am Arm fest.

«Wie bitte?»

«Ich sagte: *heute nicht.*»

«Was soll das?»

«In Ihrem Kalender stimmt das Datum nicht.»

«Wer sind Sie, und was wollen Sie von mir?»

«Ich will den Kalender, den Sie unter Ihrem Pullover tragen.»

«Haben Sie es endlich herausgefunden? Albernes Spiel. Habe nie begriffen, worum es eigentlich geht.»

«Was denn für ein Spiel?»

«Ach, der alte Knacker hat mir einen Hunderter bezahlt, wenn ich einen dieser albernen Kalender im Konzertsaal verstecke. Ein Spiel, das er sich für einen Freund ausgedacht hat. Sind Sie der Freund?»

«Nein. Aber Sie kommen jetzt mit mir hinter die Bühne.»

«Moment mal, dafür will ich mehr als einen Hunderter.»

«Wie wäre es mit zwei Jahren?»

«Hast wohl deine Eier zu lange gekocht, hä?»

Sie sträubte sich zuerst, folgte mir dann aber hinter die Bühne. Es dauerte eine Weile, bis ich den Raum fand, in dem mein Klient untergebracht war. Ich trat ein. Die junge Frau folgte mir.

«He. Da liegt ja einer», sagte die junge Frau und zeigte auf den Mann am Boden.

«Tatsächlich», sagte ich und kniete mich neben den Mann.

«Ist der ins Jenseits entflogen?»

«Sieht ganz danach aus», sagte ich und fühlte dem Mann den Puls, obwohl es nichts mehr zu fühlen gab.

«Kann ich jetzt wieder verduften? Ich möchte mir das Konzert anschauen.»

«Ist auch nicht viel besser als das Betrachten einer Leiche.»

«Sind Sie von der Polizei, oder was?»

«Nein, aber die wird auch gleich hier sein. Der Tote ist Jimmy Kuster. Und er ist zweifellos erschossen worden. Und Sie haben die Kalender verteilt.»

«Na und? Ist der Typ mit einem Kalender erschossen worden?»

Die Frau verzog ihr Gesicht zu einer Grimasse und streckte die Zunge raus. Ich zündete mir eine Zigarette an, während das Konzert begann. Es klang wie ein Schnellzug, der auf dem Trommelfell vorbeidonnerte.

Auf der Bühne tobten ein paar Musiker, und in dem kleinen Raum tobte die junge Frau, weil die Polizei es nicht zuließ, daß sie sich das Inferno auf der Bühne ansehen konnte.

«Eine Frechheit ist das! Freiheitsberaubung! Ich werde mich bei Ihren Vorgesetzten beschweren.»

«Tun Sie das ruhig», sagte Hugentobler. «Aber zuerst beantworten Sie mir einige Fragen.»

«Muß ich das?» fragte mich die junge Frau.

«Ich bin kein Anwalt, und selbst wenn ich einer wäre, würde ich Sie garantiert nicht verteidigen.»

«Das kommt davon, wenn man jemandem einen Gefallen tun möchte. Ich habe schon immer gewußt, daß ich zuviel Vertrauen habe.»

«Vertrauen hin oder her, ich möchte jetzt von Ihnen ganz genau wissen, wie der Mann aussieht, für den Sie diese Kalender an den Konzerten deponiert haben», fragte Hugentobler.

«Der Mann ist alt, ein Grufty wie Sie. Mehr weiß ich nicht.»

«Und Sie haben von ihm Geld gekriegt?»

«Er hat mir gesagt, es sei eine Überraschung für einen seiner Freund, so eine Art Spiel.»

«Und die Spielregeln hat er nicht erklärt?» fragte Hugentobler.

«Er sagte nur, daß diese Kalender Anhaltspunkte sind. Eine Art Rätsel. Was weiß ich? Sie sind Polizist.»

Hugentobler schüttelte den Kopf und ging zum Gerichtsmediziner, der die Leiche von Jimmy Kuster untersucht hatte. Hugentobler nickte einige Male, während ihm der Mediziner einige Fakten oral verabreichte. Schließlich wandte er sich wieder der jungen Frau zu.

«Wie heißen Sie?»

«Patty Schmid. Aber meine Freunde nennen mich Patrizia.»

«Wo haben Sie sich mit diesem alten Mann getroffen?»

«Im Café Nierenstein. In der Zeitung hatte er ein kleines Inserat gemacht. Nur ein Satz: *Ein Konzert für Patrizia.* Da wußte ich, daß er am Nachmittag wieder im Café Nierenstein sitzen würde. Aber ich weiß weder, wie der Mann heißt, noch, was das alles bedeuten soll.»

«Wenn es recht ist, verziehe ich mich jetzt. In meinem Büro warten zwei Spinnen und drei Fliegen auf mich. Und drei Fliegen können sich nicht irren.»

«Sie haben zu alledem überhaupt nichts zu sagen, Maloney?»

«Diese schreckliche Musik, ein toter Klient und dazu noch die gelben Zähne eines Polizisten, das ist ein bißchen viel aufs Mal.»

«Kann ich jetzt auch endlich gehen?» fragte Patrizia Schmid.

«Nein, Sie kommen mit. Wir brauchen Ihre Aussage schriftlich. Und lassen Sie sich unterwegs eine bessere Geschichte einfallen.»

Ehe die junge Frau einen Tobsuchtsanfall kriegen konnte, verließ ich den Raum und drängelte mich zum Ausgang. In meinem Büro suchte ich mir die Nummer des Cafés Nierenstein heraus. Es meldete sich niemand, als ich dort anrief. Ich versuchte es später in Jimmy Kusters Wohnung. Eine Frau öffnete mir.

«Wenn Sie zu Jimmy wollen, kommen Sie zu spät. Er ist tot.»

«Ich weiß. Sind Sie seine Frau?»

«Seine Freundin, Buchhalterin und Haushälterin, suchen Sie sich raus, was Ihnen am besten gefällt.»

«Bleiben wir vorerst bei der Freundin. Sie scheinen nicht gerade erschüttert zu sein über Jimmys Tod?»

«Seit er ein Großer im Geschäft geworden ist, habe ich ihn kaum noch gesehen. Und wenn, dann war er entweder müde oder sauer.»

«Hat er Ihnen von den Bombendrohungen erzählt?»

«Er hat kaum von etwas anderem gesprochen in letzter Zeit. Er sagte immer wieder, daß die ihn fertigmachen wollen.»

«Aha. Und wen meinte er?»

«Keine Ahnung.»

Ich ließ es dabei bewenden und fuhr zurück in mein Büro. Das Telefon klingelte. Ich ließ es vorerst klingeln, nahm den Hörer nach dem dritten Anlauf doch noch ab.

«Neuigkeiten, Maloney. Wir haben im Fall Kuster soeben eine Tatverdächtige festgenommen.»

«Patty Schmid? Wenn Sie mich fragen, ist die so harmlos wie ein Walkman ohne Batterien.»

«Das wissen wir, Maloney. Wir haben Kusters Freundin festgenommen. Frau Bernet.»

«Haben Sie eine Pistole in ihren Seidenstrümpfen gefunden?»

«Soweit sind wir nicht vorgedrungen. Aber wir haben einen Zeugen, der Frau Bernet im Konzertsaal gesehen hat. Und ein Musiker hat ausgesagt, daß es zwischen Jimmy und Frau Bernet zu einem heftigen Streit gekommen sei. Und raten Sie mal, wo dieser Streit stattfand? Die beiden haben sich in jenem Raum gestritten, in dem später die Leiche gefunden wurde. Na, was sagen Sie nun, Maloney?»

Ich sagte gar nichts, sondern legte den Hörer auf und mich nieder. Es steht schon in der Bibel, daß ER es den Seinen im Schlafe gibt. Ich hatte allerdings noch nicht herausgefunden, was es genau war, was da im Schlafe auf unsereins wartete.

Die Polizei war zufrieden, nur unsereins rümpfte die Nase und machte sich auf den Weg in das Café Nierenstein, in dem dieser mysteriöse alte Mann angeblich Kalender verteilte. Ich setzte mich unauffällig in eine Ecke. Ein unbeholfener Kellner kam auf mich zu und kippte die Zuckerdose über meine Hose.

«Tut mir leid, Maloney», sagte der Kellner, der unschwer als Hugentobler zu identifizieren war. «Aber die Hose müßten Sie sowieso wieder einmal waschen.»

«Hat man Sie endlich von der Pensionsliste gestrichen, oder jobben Sie hier schwarz, um Ihre Alimente zusammenzukriegen?»

«Aber nicht doch, Maloney, ich habe keine Kinder.»

«Die Kinder, die Sie nicht haben, werden Ihnen dafür dankbar sein.»

«Darf ich Ihnen etwas anbieten? Wie wär es zum Beispiel mit einem doppelten Pfefferminztee?»

«Muß das sein? Gehe ich recht in der Annahme, daß Sie hier nach dem unbekannten alten Mann Ausschau halten?»

«Genau, Maloney. Reine Routine. Es soll niemand behaupten, daß wir nicht jeder erdenklichen Spur nachgehen.»

«Und was ist mit Frau Bernet?»

«Ist noch in Untersuchungshaft. Sie behauptet, daß sie nach dem Streit mit Jimmy Kuster den Konzertsaal verlassen hat und danach nach Hause gegangen ist.»

«Ein miserables Alibi. Ich hätte der Frau mehr zugetraut.»

«Ich muß jetzt wieder arbeiten, sonst falle ich hier noch auf.»

Er verließ meinen Tisch und rempelte einen jüngeren Mann an, der rückwärts über einen Cockerspaniel stolperte und sich den Kopf am Knie einer Frau anstieß. Die Frau sprang von ihrem Stuhl und riß dabei mit einer Handbewegung ein Bild von der Wand, dessen Glasrahmen zerbrach. Einige Scherben landeten in einer Cremeschnitte am Nebentisch. Ansonsten verhielt sich der Polizist unauffällig und zurückhaltend. Etwas später stand ich einer Frau gegenüber, die es gewohnt war, seltsame Wünsche zu erfüllen.

«Haben Sie den Text bereits formuliert, oder möchten Sie lieber ein Bild abdrucken?»

«Weder noch. Ich möchte eine Auskunft.»

«Tut mir leid. Ich nehme nur Inserate entgegen.»

«Zum Beispiel von älteren Herren, die ein Konzert für Patrizia geben?»

«Soll das Inserat morgen wieder erscheinen?»

«Nein. Ich möchte wissen, wie der Herr heißt, der das Inserat aufgegeben hat.»

«Der Herr hat jeweils bar bezahlt.»

«Und wieviel Inserate muß ich bei Ihnen aufgeben, damit Sie mir mehr verraten?»

«An den Inseraten verdiene ich nichts.»

«Wieviel wollen Sie?»

«Zweihundert.»

Ich kramte in meiner Brieftasche und klaubte zwei Hunderter hervor, die ich mir für solche Gelegenheiten aufgespart hatte. Sie sahen zerknittert aus und waren auch sonst nicht mehr die jüngsten.

«Der Mann heißt Heinz Lauritz, und er wohnt an der Oberdorfstraße 12.»

«Sie sind sogar noch teurer als die Telefonauskunft.»

«Dafür stecke ich nicht in den roten Zahlen.»

Um zweihundert Franken erleichtert, ging ich an die Oberdorfstraße 12 und klingelte bei Herrn Lauritz. Ein schüchterner älterer Herr öffnete mir.

«Sie wünschen?»

«Ich komme von der staatlichen Kalenderkontrolle und wollte mich vergewissern, daß bei Ihnen die kritischen Tage noch vorhanden sind.»

«Wie bitte?»

«Sie sind doch Heinz Lauritz, der Kalender und Bombendrohungen unters Volk bringt?»

«Ich habe mir schon gedacht, daß die Polizei eines Tages bei mir aufkreuzen wird», sagte er müde lächelnd.

Ich überzeugte ihn davon, daß ich mit diesem Verein nichts zu tun hatte, und er ließ mich in der guten Stube Platz nehmen.

«Ich habe diese Musik nie gemocht.»

«Wenn alle, die irgendeine Musik nicht mögen, Bombendrohungen machten, wäre ganz schön was los in dieser Stadt.»

«Ich weiß, ich weiß. Aber sehen Sie, ich bin davon überzeugt, daß das Teufelsmusik ist. Diese Musiker wollen unsere Jugend verderben.»

«Die Jugend verdirbt in der Regel erst mit dem Alter. Ist ein natürlicher Prozeß. Und diese Rockmusiker sind viel zu dämlich, um jemanden ernsthaft zu gefährden.»

«Trotzdem. Als dieser Kuster plötzlich meine Tochter, na, wie soll ich sagen, regelrecht verführt hat er sie. Sie schwärmte nur noch von diesem Mann. Grauenhaft, sage ich Ihnen, dabei hat sie schon als Siebenjährige Rilke gelesen.»

«Da sehen Sie, wohin das führen kann. Mit Mickymaus wäre ihr das vielleicht nicht widerfahren.»

«Ich mußte einfach etwas gegen diesen Kuster unternehmen.»

«Mord ist ein bißchen viel an unternehmerischem Risiko.»

«Mit Mord habe ich nichts zu tun. Die Bombendrohungen nehme ich auf meine Kappe, aber Mord? Nein, das ist unter meiner Würde.»

Er schaute mich würdevoll an und zeigte mir ein Foto seiner Tochter. Sie war jung und hübsch, und ihr Vater war alt und stolz. Ich ließ Herrn Lauritz in seiner heilen Welt zurück und besuchte die unheilige Welt des Polizeipräsidiums.

«Alles paletti, Maloney. Frau Bernet ist unschuldig, und den alten Mann haben wir ausfindig gemacht. Hat uns eine Menge Arbeit gekostet.»

«Zweihundert Franken, oder haben Sie mehr bezahlt?»

«Über so etwas reden wir nicht.»

«Sie können sich die Mühe sparen, der Mann ist unschuldig.»

«Das kann nicht sein, Maloney. Zwei Unschuldige aufs Mal übersteigt unser Budget. Wir haben recherchiert. Lauritz ist ein fanatischer Gegner der Rockmusik, und seine Tochter hatte ein Verhältnis mit Jimmy Kuster. Ist doch ein prima Motiv.»

«Ja, für Frau Bernet. Ich wette, daß sie demnächst gestehen wird.»

«Die Wette gehe ich ein. Der Verlierer zahlt eine Flasche Wein.»

Zwei Tage später saß ich vor einem übelriechenden Glas Wein. Das hat man davon, wenn man sich auf Wetten mit Polizisten einläßt. Frau Bernet wanderte hinter Gitter, Herr Lauritz nur bedingt, und seine Tochter verliebte sich wenig später in einen drogensüchtigen Geigenspieler. Man kriegt in diesem Leben selten das, was man sich erträumt, aber noch seltener das, was einem guttut. Noch während ich darüber nachdachte, spülte ich den Wein runter – in die Toilette. So geht das.

Das Freudenhaus

Das Haus lag am Rande der Stadt in einer idyllischen Gegend, mit einem alten Dorfbrunnen und restaurierten Bauernhäusern, in denen Lehrer und Beamte mit ihren netten Frauen lebten und gutaussehende Kinder großzogen. Frau Kamber paßte nicht ganz ins Bild, sie lebte allein in einem alten Haus, dessen Räume so niedrig waren, daß ich es vorzog, mich mit ihr in einem nahegelegenen Gasthof zu unterhalten.

«Die Polizei hat die Einbrüche längst zu den Akten gelegt. Mir aber wollen sie nicht aus dem Kopf.»

«Zwei Einbrüche innert zwei Wochen, ohne daß etwas Wertvolles gestohlen wurde?»

«Das ist es ja, was mich beunruhigt. Es scheint, als suche jemand etwas ganz Bestimmtes in meinem Haus.»

«Und Sie haben eine Vorstellung, was es sein könnte?»

«Nein. Ich habe gehört, daß auch in der Nachbarschaft eingebrochen worden ist, aber nur bei mir geschah es zweimal.»

«Beide Male auf die gleiche Art und Weise?»

«Ja. Eine Fensterscheibe wurde eingeschlagen. Ich gehe gerne aus. Kino, Oper und Theater. Ich bin manchmal drei Abende hintereinander nicht im Haus.»

«Wurden Schubladen durchwühlt?»

«Ja. Es wurde auch etwas Geld gestohlen, aber es lag mehr herum, auch Schmuck, den man verkaufen könnte.»

«Sie befürchten, daß die Einbrecher noch einmal kommen?»

«Wenn sie nicht gefunden haben, was sie suchten, dann werden sie noch einmal kommen.»

«Das wäre ganz schön riskant. Und nur wer unbedingt muß, geht ein solches Risiko ein.»

«Ich habe einen jungen Mann beobachtet, der durch die Gegend streift. Er ist gestern viermal an meinem Haus vorbeigekommen, und danach hat er beim Nachbarn geklingelt.»

«Und wer ist dieser Nachbar?»

«Herr Ziller. Ein seltsamer Mensch. Man munkelt, daß er steinreich ist. Das läßt er sich allerdings nicht anmerken. Er trägt seit Jahren dieselben Sachen, und er macht abends kaum Licht. Ein Geizhals, wie er im Buche steht.»

«Haben Sie den jungen Mann zuvor schon einmal beobachtet?»

«Allerdings. Lange bevor die beiden Einbrüche geschahen. Zuerst fuhr er auf einem Fahrrad vorbei. Dann sah ich ihn in einem Auto. Ein teures Auto und ganz neu. Überhaupt ist dieser junge Mann das pure Gegenteil von Herrn Ziller. Immer neue Kleider und Schuhe. Das ist mir aufgefallen.»

«Wann haben Sie den jungen Mann zuletzt gesehen?»

«Heute morgen. Er saß in seinem Wagen und las Zeitung. Finden Sie heraus, ob er etwas mit den Einbrüchen zu tun hat. Die Polizei läßt sich nicht mehr blicken. Nicht einen einzigen Streifenwagen habe ich in den letzten Tagen gesehen.»

Ich verbrachte den Nachmittag wie ein alter Opa, spazierte auf dem Gehsteig, pfiff jungen Mädchen hinterher und schaute in Nachbars Garten. Es vergingen über zwei Stunden, bis ich einen jungen Mann sah, auf den die Beschreibung meiner Klientin paßte. Er kam aus dem Haus von Herrn Ziller. Ich folgte ihm und sprach ihn an.

«Was soll das? Ich lasse mich nicht einfach auf der Straße anquatschen. Wenn Sie auf junge Männer stehen, dann gehen Sie zum Bahnhof oder in eine einschlägige Bar.»

«Ich stehe mehr auf Einbrecher. Gibt es dafür auch eine einschlägige Bar?»

«Hier in der Gegend wird dauernd eingebrochen, aber das kümmert mich nicht. Ich wohne nicht hier.»

«Weshalb lungern Sie in der Gegend herum?»

«Ich lungere nicht herum. Ich bin geschäftlich unterwegs.»

«Sie arbeiten für Herrn Ziller?»

«Das geht Sie nichts an. Wer sind Sie überhaupt? Etwa einer von der Steuerfahndung?»

«Maloney ist mein Name. Ich bin Privatdetektiv.»

«Echt? Das wollte ich auch mal werden. Aber dann entschied ich mich für einen anständigen Beruf. Ich wurde Rausschmeißer in einem Bordell, danach fuhr ich zur See, bis ich genug vom Wasser hatte und eine Ausbildung als Computerprogrammierer machte.»

«Das hört sich an wie die Kurzbiographie eines lausigen Schriftstellers.»

«Schreiben kann ich nicht. Aber singen. Auf dem Schiff nannte man mich den Freddy Quinn der Alpen.»

«Und was arbeiten Sie heute?»

«Großes Geheimnis. Sie sind Detektiv, finden Sie es heraus. Honorar gibt es keines. Jetzt muß ich weiter. Wenn Sie mir folgen, rufe ich die Polizei.»

Er hielt mir sein Handy unter die Nase. Ich lächelte und zeigte ihm meines. Wir blieben eine Weile stehen, bis sein kleines Ding Beethovens Fünfte intonierte. Er erschrak so sehr, daß er das Handy beinahe fallenließ. Ich verabschiedete mich und klingelte bei Herrn Ziller. Er empfing mich in seinem ungeheizten Haus.

«Das überrascht mich nicht. Früher oder später mußte jemand auf die Idee kommen, einen Detektiv zu engagieren. Die Einbrüche häufen sich, auch bei mir wurde vor drei Monaten eingebrochen. Aber zu holen gibt es bei mir nichts.»

«Haben die Einbrecher die Heizung mitgenommen?»

«Ich heize nicht. Ich benutze auch kein warmes Wasser. Ich wasche mich mit Regenwasser, die Tonne steht hinter dem Haus. Und ich esse nur, was in meinem Garten wächst.»

«Wachsen da auch Rinder und Schafe?»

«Nein, aber Maden, Schnecken und Würmer. Alles eßbar und erst noch gesund. Zudem haben Maden den Vorteil, daß man sie nicht kochen muß. Sie sind zart wie Butter und schmecken ausgezeichnet zu Löwenzahn.»

«Was riecht hier so seltsam?»

«Die Toilettenspülung ist eine Verschwendung. Es genügt völlig, wenn man einmal in der Woche spült. An den Geruch gewöhnt man sich. Möchten Sie die Toilette benutzen? Ich habe vor drei Tagen gespült.»

«Danke, aber mein Darm fühlt sich leer an.»

«Das kommt von der falschen Ernährung. Wir gehen an unserem Wohlstand zugrunde. Die Leute verdienen Geld und geben es wieder aus. Sie werden nie begreifen, was für ein tolles Gefühl es ist, kein Geld mehr auszugeben.»

Der üble Geruch stieg in meiner Nase hoch und breitete sich aus, bis sich Kopfschmerzen bemerkbar machten. Ich verabschiedete mich und fuhr ins Polizeipräsidium.

«Üble Sache, Maloney. Das sind professionelle Banden, die bereits über sechzig Einbrüche auf dem Kerbholz haben. Kommen vermutlich aus dem Ausland. An verschiedenen Tatorten wurden fremdländische Zigarettenkippen gefunden.»

«Vielleicht sollten wir ein paar fremdländische Polizisten importieren, für die das Wort Arbeit zur Umgangssprache gehört.»

«Für Einbruch bin ich nicht zuständig, Maloney. Getötet wurde niemand. Einmal wurde ein Ehepaar im Schlaf überrascht. Einer der Einbrecher hielt die beiden in Schach, während die anderen das Haus ausräumten.»

«Die Häuser wurden ausgeräumt?»

«Das ist bei Einbrüchen üblich, Maloney. Es kommt selten vor, daß die Einbrecher etwas mitbringen.»

«Und es kommt auch selten vor, daß sie nichts mitgehen lassen, aber stundenlang nach etwas suchen.»

«Profis wissen genau, wo sie suchen müssen, und was sie problemlos an die Hehler verkaufen können. Nur Amateure hinterlassen ein Chaos. Das ist wie bei den Ermittlungsarbeiten, Maloney.»

In meinem Büro schaute ich fern und freute mich über eine Sendung, in der gezeigt wurde, wie sich Wüstenmäuse zur Paarungszeit verhalten. Ich war gerade dabei einzudösen, als mein Handy klingelte und mir meine Klientin mit ängstlicher Stimme mitteilte, daß jemand in ihrem Haus sei und sie nicht wisse, wie sie sich verhalten solle. Ich riet ihr, möglichst gar nichts zu tun, doch noch ehe ich den Satz beendet hatte, wurde die Leitung unterbrochen.

In dem kleinen Haus suchten zwei Stunden später eifrige Beamte nach Spuren, andere schossen Fotos, und der Anführer der Bande stellte seltsame Fragen. Anwesend waren eine Nachbarin meiner Klientin und Gevatter Tod, der grinsend in einer Ecke stand.

«Wann genau haben Sie die Leiche gefunden?» fragte Hugentobler Frau Gygax.

«Vor einer Stunde. Ich sah sofort, daß etwas nicht stimmte. Die Verandatür stand offen, und auf dem Fußboden entdeckte ich den Kerzenständer.»

«Sie entdeckten zuerst den Kerzenständer und erst danach die tote Frau Kamber?»

«Ja, das Licht des Mondes fiel direkt auf den Kerzenständer. Frau Kamber lag da in der Ecke, aber das wissen Sie bereits.»

«Und Philip Maloney ist Ihr Hausgespenst?»

«Frau Kamber rief mich an.»

«Das hat man davon. Alles wird privatisiert heutzutage. Sogar die Hilferufe. Früher rief man die Polizei oder die Feuerwehr, heute ruft man Maloney. Und was schaut dabei heraus? Eine Leiche.»

«Sie muß die Einbrecher überrascht haben», sagte Frau Gygax.

«Oder die Einbrecher überraschten Frau Kamber», sagte ich. «Wurde etwas gestohlen?»

«Nein. Es ist wie bei den ersten beiden Einbrüchen. Es sieht so aus, als hätten sie nach etwas gesucht.»

«In dieses Haus wurde bereits zweimal eingebrochen? Das ist aber seltsam.»

«Allerdings. Doch die Polizei kümmerte sich nicht darum, deshalb hat Frau Kamber Herrn Maloney engagiert. Sie hat auch mich gebeten, wachsam zu sein.»

«Weshalb gründen Sie nicht ein Bestattungsinstitut, Maloney?»

«Frau Kamber war davon überzeugt, daß die Einbrüche mit dem Freudenhaus zu tun haben.»

«Was denn für ein Freudenhaus?» fragte ich. «Hat es hier ein Polizeipräsidium in der Nähe?»

«Ein Freudenhaus ist ein Bordell, Maloney. Aber so etwas können Sie sich nicht leisten.»

«Im Gegensatz zu den hiesigen Polizisten, die diesen Service gratis in Anspruch nehmen.»

«Frau Kamber hat Anzeige erstattet, sie hat versucht, die Nachbarn zu mobilisieren», sagte Frau Gygax.

«Weshalb hat sie mir nichts davon gesagt?» fragte ich.

«Sie wollte, daß Sie unvoreingenommen ermitteln. Sie glaubte, daß Herr Ziller der Betreiber des Bordells sei.»

«Ziller, der Insektenfreund?»

«Was für Insekten? Was für Freunde? Und was hat eine Zither mit dem Mord zu tun?»

«Fragen über Fragen und keine Rabattmärkchen mit Antworten drauf», sagte ich.

«Frau Kamber hatte keine Beweise, aber sie vermutete, daß unser Herr Nachbar die Sünde ins Quartier brachte», sagte Frau Gygax.

«In welches Quartier wurde die Sünde gebracht? Frau Kamber ist tot, sie wurde erschlagen, alles andere ist Spekulation.»

Ich machte einen kleinen Spaziergang und wartete, bis die Polizei abgezogen war. Der knausrige Herr Ziller saß in der dunklen Küche und kochte in einer Pfanne eine seltsame Brühe auf.

«Jeden zweiten Tag gönne ich mir eine warme Mahlzeit. Möchten Sie probieren?»

«Das Zeugs in der Pfanne riecht nicht viel besser als der Gestank, der aus der Toilette dringt.»

«Ein paar Schnecken, zehn Maden, drei Raupen, wilder Spinat und viele Kräuter und Gräser. Dazu ein Schuß Beerensaft.»

«Hört sich an wie ein Leckerbissen für bestimmte Vogelarten. Ich persönlich kann nicht fliegen.»

«Diese Suppe ist gesund und stärkt die Potenz.»

«Apropos Potenz. Stimmt es, daß Ihnen ein Edelpuff gehört, das in einem der alten Häuser untergebracht ist?»

«Wen interessiert das?»

«Mich zum Beispiel.»

«Verstehe. Ihr Beruf läßt kein geregeltes Privatleben zu. Ich kann Ihnen das Etablissement empfehlen.»

«Sie verdienen sich vermutlich dumm und dämlich damit und ernähren sich trotzdem von schleimigen Viechern?»

«Wie ich Ihnen schon sagte: Geld verdienen ist toll, Geld sparen noch viel toller, kein Geld ausgeben das Allertollste. Leider eigne ich mich nicht als Chef eines Bordells, deshalb muß ich einen Lakai bezahlen, der den Laden für mich schmeißt. Aber es kommt genug Geld in die Kasse. Mit Sex verdient man viel mehr Geld als mit Heizöl sparen.»

Er gab mir die Adresse des roten Hauses. Es lag tatsächlich mitten im Quartier und unterschied sich von den anderen Häusern nur durch zwei rote Lämpchen, die an den Fenstern angebracht waren. Ich klingelte, und eine leicht bekleidete Frau öffnete mir. Als ich ihr sagte, daß ich mit ihr reden wollte, zeigte sich nach hinten. Ich folgte ihr und setzte mich auf ein bequemes Sofa. Die Frau nannte sich Larissa und holte ein Stück Holz hervor, das sie mit einem Messer bearbeitete.

«Ich habe schon immer gerne geschnitzt. In Bayern hätte ich Herrgottschnitzerin werden können, bei uns lohnt es sich nicht zu schnitzen.»

«Larissa klingt nach Osten.»

«Mein richtiger Name ist Heidi, das paßt besser zu den Schnitzereien. Worüber möchten Sie sich unterhalten? Das Geschäft läuft ausgesprochen flau. Die Ehemänner sitzen alle zu Hause und schauen fern. Und die Jungen kommen nicht hierher, die gehen in die Innenstadt.»

«Eine Nachbarin ist ermordet worden. Frau Kamber.»

«Echt? Das ist aber kraß. Man meint hier immer, man lebe in der Idylle, aber ich sollte es besser wissen.»

«Kannten Sie Frau Kamber?»

«Sie schaute einmal vorbei. Sie war ganz nett, sagte, daß sie nichts gegen uns Mädchen habe, aber das Haus sei ein Skandal, und sie sagte, sie werde dagegen kämpfen.»

«Und? Hat sie dagegen gekämpft?»

«Sie hat das Haus beobachtet und die Freier fotografiert. Sie stand manchmal direkt gegenüber, so daß die Freier sie sehen konnten. Einige gerieten in Panik und verduften, andere gingen weiter, wie wenn sie sich in der Tür geirrt hätten. Auf alle Fälle lief das Geschäft nicht mehr so gut wie zu Beginn.»

«Wurde einer der Freier handgreiflich?»

«Wie meinen Sie das? Ach so, jetzt verstehe ich, nein, so kraß daneben hat sich keiner benommen. So, ich mache jetzt Feierabend. Mir egal, was Bach sagt.»

«Bach ist der junge Aufpasser?»

«Er spielt sich auf, tut so, als sei er der King, dabei wissen wir alle, daß er nur ein Lakai ist. Mir egal, ich ziehe bald in eine andere Stadt. Mache nur noch Massagen. Verdiene weniger, aber was soll's. Schnitzen ist kein teures Hobby.»

Wir tranken ein Glas edlen Scotch. Larissa und Heidi verschmolzen zu einer süßen Versuchung, der ich jedoch widerstand, da sie mein Bankkonto zu stark belastet hätte.

Frau Gygax war nicht erfreut, daß ich mit viel Spürsinn und noch mehr Geduld das Haus ihrer Nachbarin durchkämmte und schließlich fündig wurde.

«Sie hat die Fotos unter dem Teppich versteckt?» zeigte sich Frau Gygax erstaunt.

«Ja. Schön nebeneinander, ein riesiges, begehbares Fotoalbum.»

«Ich verstehe das nicht. Was wollte sie mit den Fotos? Wollte sie die Männer erpressen?»

«Wahrscheinlich wollte sie nur bezwecken, daß die Männer kein zweites Mal ins Freudenhaus kamen.»

«Jetzt verstehe ich auch, weshalb bei den ersten beiden Einbrüchen nichts gestohlen wurde. Jemand hat nach den Fotos gesucht.»

«Und dieser Jemand ist zweifellos auf einem der Fotos verewigt.»

Frau Gygax schaute langsam und eingehend die Fotos durch. Zwei legte sie zur Seite.

«Diesen Mann hier habe ich schon einmal gesehen. Ja klar, im Fernsehen. Das ist ein Politiker.»

«Das könnte hinhauen», sagte ich und steckte das Foto ein.

«Auf dem zweiten Foto sieht man, wie der Mann sein Auto besteigt. Man kann sogar die Nummer lesen. Frau Kamber war eine ausgezeichnete Fotografin.»

Es war ein Leichtes, die Adresse des Mannes ausfindig zu machen. Er hieß Winkler, war ein konservativer Politiker, verheiratet und hatte drei Kinder. Er schlug ein Treffen in einem Theaterfoyer vor. Ich rief eine junge Dame an und machte mich auf den Weg ins Theater. Ich verdrückte mich in eine Ecke und wartete. Winkler erschien und mit ihm eine Menge Publikum, doch das schien ihn nicht zu stören.

«Ich kann Ihnen leider nicht die Hand reichen. Ich habe einen Ausschlag, ich leide seit Jahren darunter, egal was ich anfasse, die Haut springt auf, und es blutet.»

«Weshalb wollten Sie sich hier treffen?»

«Meine Parteifreunde gehen nicht ins Theater, meine Wähler ebenfalls nicht. Deshalb kann ich hier unbefangen über Dinge reden, die unangenehm sein könnten.»

«Sie wurden fotografiert, als Sie ein Bordell betraten.»

«Ein bißchen leiser dürfen Sie schon sein. Sonst muß ich alles abstreiten.»

«Und wenn ich flüstere, geben Sie alles zu?»

«Ich war in dem roten Haus, aber nur, um mir ein Bild zu machen.»

«Ein Bild?»

«Ja, ein Bild.»

«Er hat sich sehr intensiv umgeschaut», sagte Larissa und stellte sich neben ihn.

«Wer sind Sie denn?»

«Ich bin Larissa. Erkennst du mich nicht mehr?»

«Larissa? Sie haben sich um eine Stelle in der Verwaltung beworben? Ich werde mich dafür einsetzen. Sie werden umgehend Bescheid erhalten.»

«Du wolltest harte Sachen ausprobieren. Mit Peitsche und so, und du hast mir eine Liebeserklärung gemacht, auf allen vieren.»

«Vielleicht sollten wir doch besser nach draußen gehen. Hier drin ist es viel zu warm.»

«Uns ist es egal, wie Sie Ihre Freizeit verbringen, Winkler», sagte ich. «Es sei denn, Sie brechen in fremde Häuser ein und erschlagen Frauen.»

«Ich habe die Frau nicht getötet. Ich gebe zu, daß ich in das Haus eingedrungen bin. Es war Notwehr, die Frau rief mich an, drohte mir, die Fotos zu veröffentlichen, wenn ich nicht sofort etwas unternehmen würde, um das rote Haus zu schließen. Das liegt nicht in meiner Befugnis. Aber die Frau wollte nichts davon wissen.»

«Ich habe mit einem Mörder Sex gehabt? Das glaubt mir keiner.»

«Ich bin kein Mörder. Das Haus war leer, als ich einbrach. Ich sah keine Frau, ich sah niemanden, ich hörte aber eine Stimme, da bekam ich es mit der Angst und haute ab.»

Dem Politiker rannen Schweißbäche über das Gesicht, und er begann unangenehm zu riechen. Die Umstehenden beobachteten uns argwöhnisch, vermuteten aber wahrscheinlich, daß wir uns über ein Theaterstück unterhielten. Als Winkler auch noch zu weinen begann, verliessen wir das Foyer und hörten, wie einige Zuschauer applaudierten, so als wären sie gerade Zeugen einer einmaligen Performance geworden.

«Ich glaube ihm», sagte Larissa. «Er ist harmlos, ein Mann, bei dem manchmal die Hormone tanzen, und dann geht er zu einer Hure und ist danach wieder drei Wochen fröhlich.»

«Wenn nicht er, wer hat dann Frau Kamber getötet?»

«Vielleicht einer der anderen Männer?»

«Noch einer, der wegen der Fotos in das Haus eindrang? Das kann ich mir nicht vorstellen.»

«Mir jedenfalls hat die ganze Angelegenheit die Augen geöffnet. Ich werde ein neues Leben beginnen.»

«Als Herrgottschnitzerin in Oberammergau?»

«Ich habe genug Geld, um ein bis zwei Jahre nichts zu tun. Das Nichtstun, habe ich einmal gelesen, ist die Vollendung des Daseins. Ich mag solch krassen Sprüche.»

Ehe wir uns in einem philosophischen Flirt verloren, verabschiedete sie sich, und ich besuchte den Mann, der gerne Insekten aß. Er war mit dem jungen Herrn Bach zusammen, der für ihn das Geschäftliche erledigte.

«Gut, daß Sie kommen, Maloney. Sie können den Nachbarn die frohe Botschaft gleich selber übermitteln. Ich werde das Bordell schließen, die Einnahmen lohnen die Mühsal nicht mehr.»

«Was für eine Mühsal? Sie sitzen hier herum und essen den Vögeln die Nahrung weg.»

«Wir haben uns stets darum bemüht, dieses Etablissement korrekt und diskret zu führen», sagte Herr Bach. «Erst die lautstarken Proteste einiger Fanatiker haben dazu geführt, daß das rote Haus in der ganzen Stadt zu einem Thema wurde.»

«Anfangs kam uns die Gratiswerbung gelegen. Doch schon bald kippte die Stimmung. Die Männer gingen lieber in Häuser, über die niemand sprach. Zudem schadete es gewaltig, daß diese Frau Kamber wie ein Paparazzo fotografierte.»

«Das muß Sie gewurmt haben, so sehr, daß Sie Frau Kamber aus dem Weg räumen wollten.»

«Hören Sie auf mit dem Unsinn», sagte Ziller. «Der Mord an Frau Kamber hat alles noch viel schlimmer gemacht. Jetzt getraut sich kein Mann mehr in das rote Haus, weil alle befürchten müssen, daß die Polizei jederzeit auftauchen könnte.»

«Ich werde wieder zu meiner alten Liebe zurückkehren: zur See», sagte Herr Bach.

«Er war Surflehrer, erzählt aber allen, daß er Matrose war. So sind sie, die jungen Leute. Verschwenderisch, auch im Angeben.»

«Ich habe mir drei Pedalos gekauft und werde im Sommer einen Flußtaxidienst aufbauen.»

Ich ging und aß in einem italienischen Restaurant Penne al Gorgonzola. Der Kellner wankte durch den Saal wie ein betrunkener Matrose, und auf dem Teller entdeckte ich ein blondes Haar. Ich dachte an all die appetitlichen Insekten und ließ mich nicht aus der Ruhe bringen. Auch nicht, als ich in meinem Büro auf Hugentobler traf.

«Seit zwei Stunden warte ich hier auf Sie, Maloney. Ich habe Neuigkeiten. Wir haben auf dem Kerzenständer, mit dem Frau Kamber ermordet wurde, Blutspuren gefunden.»

«Das überrascht mich nicht. Mit dem Kerzenständer wurde jemand erschlagen.»

«Neben dem Blut von Frau Kamber fanden wir eine andere Blutgruppe. In unserem Labor wurde das Blut eingehend untersucht. Es handelt sich um das Blut eines Primaten, Maloney.»

«Mensch, Affe oder Beamter? Das ist doch die umgekehrte Reihenfolge der Evolution, oder?»

«Wenn dies Blutspuren des Mörders sind, Maloney, woran hat sich der Mörder geschnitten? Wir fanden kein Blut an der Fensterscheibe und auch keine Blutspuren unter den Fingernägeln der Toten. Vielleicht hat der Mörder sich vor dem Mord rasiert und wurde dabei überrascht?»

«Oder er wollte mit Winnetou Blutsbrüderschaft schließen, ehe er Frau Kamber erschlug.»

«Egal, Maloney. Wir haben einen Anhaltspunkt, das ist immerhin etwas. Der Mörder blutete vermutlich an der Hand, in der er den Kerzenständer hielt. Wir brauchen also nur nach einem Mann zu suchen, der mit einem Pflaster an der Hand herumläuft.»

Er strahlte und gab sofort einen Fahndungsaufruf durch. Schon nach wenigen Minuten meldeten Streifenpolizisten die ersten Fahndungserfolge. Ich genehmigte mir einen Whisky und dachte an einen Mann, der mir nicht die Hand geben wollte. Wenig später traf ich ihn in einer Kirche.

«Ich bereue alles», sagte Herr Winkler.

«Das kommt ein wenig spät. Weshalb haben Sie nicht gleich die Wahrheit gesagt?»

«Wie sind Sie überhaupt hierhergekommen?»

«Ihre Frau sagte mir, daß Sie hier sind.»

«Meine Frau wird entsetzt sein, wenn sie hört, was ich getan habe.»

«Frau Kamber hat Sie überrascht, Sie gerieten in Panik.»

«Ich gäbe viel, wenn es so gewesen wäre. Aber es stimmt nicht. Ich war es, die Frau Kamber überraschte. Sie kauerte in einer Ecke, versuchte, sich unsichtbar zu machen. Das machte mich rasend. Diese Frau hatte mich fotografiert, mich gedemütigt, meine ganze Karriere in Frage gestellt.»

«Sie waren es, der das Freudenhaus aufsuchte, niemand hat sie dazu gezwungen.»

«Etwas in mir drin hat mich gezwungen. Ach, ich bin mir so fremd. Ich werde jetzt die Beichte ablegen, und danach gehen wir gemeinsam zur Polizei. Ich habe mich als Politiker immer für härtere Strafen bei Gewaltverbrechen ausgesprochen. Nie habe ich daran gedacht, daß ich mich damit meinen könnte.»

Ich wartete vor der Kirche. Winkler erschien ganz gelassen und redete kein Wort, bis ich ihn der Polizei übergab. Hugentobler schaute im Dienstregelement nach, ob man einem Mörder, der sich freiwillig stellt, Handschellen anlegen mußte. Schließlich entschied er sich zu warten, bis sein Vorgesetzter die Kaffeepause beendet hatte. So geht das.

Schnee von gestern

Schon als kleiner Junge war mir klar, daß Besuch nicht immer etwas Schönes ist, vor allem, weil man ihn sich nicht immer aussuchen kann. Doch das Unangenehmste ist mit Sicherheit ein unangemeldeter Besuch der Polizei. So gesehen, befand ich mich in einer äußerst unangenehmen Situation.

«Na, Maloney, wieder einmal ohne Auftrag? Oder trauern Sie um Ihre Klientin?»

«Was denn für eine Klientin? Offenbar wissen Sie heute mehr als ich. Was für ein seltsamer Tag.»

«Valerie Tanner. Und sagen Sie jetzt nicht, daß Ihnen der Name nichts sagt.»

«Was soll mir der Name sagen?»

«Eine ganze Menge, Maloney. Die junge Frau ist nämlich tot.»

«Und was habe ich mit der Sache zu tun?»

«Das möchte ich ja gerne von Ihnen erfahren, Maloney.»

Er zeigte mir ein Foto, auf dem die Leiche einer jungen Frau zu sehen war.

«Von hinten erschossen?»

«Sie wollte offenbar gerade den Kühlschrank öffnen, als der Schuß fiel.»

«Tut mir leid, der Kühlschrank kommt mir nicht bekannt vor.»

«Es geht um Mord. Valerie Tanner hat Sie angerufen, kurz bevor sie starb. Das steht einwandfrei fest.»

«Daher weht der Wind.»

«Ich würde gerne wissen, was die junge Frau von Ihnen wollte.»

«Das würde ich auch gerne wissen.»

Ich erinnerte mich an den Anruf einer Frau. Es war vor zwei Tagen, sie hatte mich aus dem Mittagsschlaf gerissen. Ich war zuerst ein wenig sauer, schließlich benötigt gerade unsereins den Schlaf der Gerechten.

«Maloney, private Ermittlungen.»

«Guten Tag. Können Sie mir eine Frage beantworten?»

«Sind Sie von einem dieser albernen Meinungsforschungsinstitute?»

«Nein, ich bin Studentin und schreibe an einem Kriminalroman.»

«Ist Ihnen nichts Gescheiteres in den Sinn gekommen, um Steuergelder zu verjubeln?»

«Es geht um einen Vermißten.»

«Ich soll den Kerl suchen?»

«Ja. Das heißt nein. Ich möchte wissen, ob man ein Skelett auch noch nach zehn Jahren identifizieren kann.»

«Sie vermissen ein Skelett? Was ist das für ein idiotischer Kriminalroman?»

«Das spielt jetzt keine Rolle. Kann man das Skelett noch identifizieren?»

«Kommt auf das Skelett an. Wenn die Zähne noch dran sind und vielleicht auch noch ein verheilter Knochenbruch. Es ist auch schon vorgekommen, daß man eine Leiche anhand des Schädels und von Fotos identifizieren konnte. Noch besser wäre es natürlich, wenn bei dem Skelett eine Brieftasche dabei wäre, oder der Impfausweis.»

«Sie glauben also, daß das möglich wäre?»

«Kommt auf die Umstände an. Aber theoretisch ist es möglich.»

«Besten Dank.»

«Moment mal. Wie sagten Sie, war Ihr Name?»

«Ich habe Ihnen meinen Namen nicht genannt.»

«Ach so.»

«Genau.»

Ich versuchte, den Dialog möglichst präzise zu wiederholen. Hugentobler notierte sich nicht viel, vielleicht waren es auch nur Antworten für ein Kreuzworträtsel, die ihm erst jetzt einfielen.

«Sie sind sicher, daß das Valerie Tanner war?»

«Ehrlich gesagt, war das der einzige Anruf in dieser Woche. Ich befürchtete schon, daß der Apparat seinen Geist aufgeben hat.»

«Ziemlich seltsam. Soweit wir wissen, schrieb die Frau gar keinen Kriminalroman.»

«Gottseidank. Wo kämen wir denn hin, wenn jetzt auch noch Studenten zu schreiben anfangen würden? Es gibt schon genug Schriftsteller, die die Umwelt mit Büchern belasten.»

«Dagegen kann man leider nichts machen, Maloney. Halten Sie mich auf jeden Fall auf dem laufenden, wenn Ihnen noch etwas einfällt.»

«Rasieren müßte ich mich wieder einmal.»

«Wie bitte?»

«Ist mir gerade eingefallen. Soll ich Sie anrufen, wenn mir wieder etwas in der Richtung einfällt?»

«Sie wissen schon, was ich meine, Maloney.»

Ich überlegte eine Weile, aber es kam nichts Gescheites dabei heraus. Hugentobler war weg und mit ihm der Geschmack von Freizeit und Lagerfeuer. Offenbar war ich wieder einmal in einen Fall gerutscht, bei dem es außer ein paar Löchern in den Schuhen nichts zu holen gab. Nicht mal Kamele würden sich um so etwas reißen. Ich saß mißmutig in meinem Büro, bis ein älterer Herr anklopfte. Er trug eine dicke Brille und dünne Haare, und auch der Rest war nicht gerade hollywoodtauglich.

«Guten Tag. Tanner ist mein Name.»

«Wenn das Zufall ist, will ich von jetzt an Froschschenkel heißen.»

«Ich dachte, Sie heißen Philip Maloney?»

«Allerdings. Sind Sie der Vater von Valerie Tanner?»

«Ja, aber woher wissen Sie das?»

«Was glauben Sie, weshalb mein Ruf noch besser ist als meine Nase?»

«Meine Tochter.»

«Sie ist tot. Ich weiß.»

«Ich habe einen Umschlag in ihrer Wohnung gefunden. Er ist an Sie adressiert. Offenbar wollte sie ihn abschicken.»

«Zeigen Sie her.»

Der Brief war von Hand geschrieben.

«*Der Schnee von gestern bringt es zutage, doch wer kennt des Schnees heutige Lage? Wenn Sie dieses Rätsel lösen, beauftrage ich Sie vielleicht mit einem Fall, Maloney.* Ist das alles?»

«Ja.»

«Bei wem war Ihre Tochter in Therapie?»

«Meine Tochter war nicht verrückt. Sie hatte immer Spaß an Rätseln. Was glauben Sie, wieviele Rätsel ich lösen mußte, als sie noch bei uns wohnte?»

Ich wartete die Antwort erst gar nicht ab. Ich fragte Herrn Tanner, ob ich das Rätsel für ihn lösen sollte. Er nickte und griff zur Brieftasche. Damit hatte ich wenigstens etwas in der Hand. Wenn es auch nur ein kleiner Check war. Ich konnte mich nicht beklagen.

Kaum hatte ich mich von Herrn Tanners Besuch einigermaßen erholt, rief auch schon Frau Tanner an und wollte mich sehen. Wir verabredeten uns im zoologischen Garten.

«Ein seltsamer Ort für eine Verabredung.»

«Mögen Sie keine Tiere?»

«Habe heute noch nicht mal eins gegessen. Wie kommt es eigentlich, daß die ganze Familie Tanner meine Telefonnummer wählt?»

«Mein Mann hat mir erzählt, daß er Ihnen den Brief meiner Tochter gegeben hat.»

«Das hat er. Wenn Sie mich fragen, wollte sich Ihre Tochter einen Scherz mit einem Detektiv erlauben.»

«Das glaube ich nicht. Es gibt etwas, das mein Mann nicht weiß. Und von dem ich auch nicht möchte, daß er es erfährt.»

«Darf ich raten? Ein Mann ohne dicke Brille mit festem Haarwuchs?»

«Wie bitte?»

«Sie haben einen Liebhaber?»

«Nein», sagte Frau Tanner und errötete leicht.

«Das verstehe ich nicht. Wozu dann die ganze Aufregung?»

«Mein Mann ist nicht Valeries Vater.»

Sie betrachtete eine Giraffe, als sie dies sagte. In meinem Beruf erlebt man einiges. Aber ein solches Geständnis inmitten von unschuldigen Tieren war ganz was Neues.

«Sie fragen sich jetzt sicher, wozu ich Ihnen dies alles sage?»

«Man darf sich ab und zu was fragen, oder?»

«Meine Tochter hat so etwas schon lange vermutet. Sie hat mich einmal sehr direkt danach gefragt. Ich weiß auch nicht, wie sie darauf kam. Mein Mann hat sie sehr geliebt, und doch hat meine Tochter irgendwie instinktiv gespürt, daß er nicht ihr Vater war.»

«Haben Sie ihr gesagt, wer ihr richtiger Vater war? Und weshalb sind Sie sich eigentlich so sicher?»

«Valerie war es, die mich so sicher machte. Sie hat einiges von ihrem Vater geerbt. Ich war manchmal selber verblüfft. Ihr ganzes Temperament. Nein, ich habe es ihr nicht gesagt. Es wäre eine zu große Enttäuschung für sie gewesen.»

«Und weshalb erzählen Sie mir das alles?»

«Ich bin erst darauf gekommen, als mein Mann erzählte, was in dem Brief drin stand, den Valerie an Sie schicken wollte. Ich glaube, daß Valerie herausgefunden hat, wer ihr Vater war. Schnee von gestern, das stand doch in dem Brief?»

«Allerdings.»

«Und was verbinden Sie mit diesem Begriff?»

«Etwas, das lange Zeit zurückliegt.»

«Schnee kann aber auch noch etwas anderes bedeuten.»

«Rauschgift?»

«Valeries Vater war ein Drogendealer. Er war ziemlich dick drin in dem Geschäft. Das war auch der Grund, weshalb ich das Verhältnis abbrach, als ich es erfuhr.»

«Das könnte hinhauen. Glauben Sie, daß Valerie ihren Vater ausfindig gemacht hat?»

«Ich weiß es nicht. Valerie war eine sehr intelligente junge Frau.»

«Wo lebt ihr Vater?»

«Keine Ahnung. Er war Holländer. Ich habe seither nie mehr etwas von ihm gehört.»

«Und sein Name?»

«Willem van Overbeek. Das war sein richtiger Name. Er benutzte aber noch einige andere.»

«Glauben Sie, daß dieser Oberbeck etwas mit dem Tod Ihrer Tochter zu tun hat?»

«Overbeek. Er ist ein Krimineller. Ich möchte, daß mein Mann nichts davon erfährt. Er hat Valerie sehr geliebt.»

«Ich weiß nicht, ob sich das machen läßt. Wenn dieser Overdings etwas mit dem Mord zu tun hat, dann wird die Geschichte irgendwann auf den Tisch kommen. Und sei es als Zeitungsschlagzeile.»

«Vielleicht ist ja nichts dran. Aber ich wüßte nicht, wer sonst meiner Valerie etwas hätte antun können. Die Polizei hat bereits verschiedene Personen überprüft und verhört. Sogar mich.»

Sie sah erneut auf die Giraffe, so als sei diese schuld daran, daß die Polizei Frau Tanner auch ein paar Fragen gestellt hatte. Ich ging zurück in mein Büro und telefonierte zwei Stunden in Holland herum. Ein Kollege namens Goodefrot, der zuerst eine Stunde lang über die Großtaten von Ajax Amsterdam schwärmte, war bereit, mir weiterzuhelfen.

«Hier ist Philip Maloney, ein Kollege aus der Schweiz. Ich hätte gerne ein paar Auskünfte über Willem van Overbeek.»

«Van Overbeek? Ist doch längst zu den Akten gelegt. Es gibt keinerlei Hinweise, daß der Mann noch lebt.»

«Moment mal. Soll das heißen, daß er tot ist?»

«Schon seit mehreren Jahren. Vielleicht lebt er auch unter falschem Namen in der Südsee oder sonstwo. Er war mal groß im Geschäft. Es gab aber genug Leute, die etwas gegen ihn hatten. Ich habe selber einmal Nachforschungen angestellt. Vor vier Jahren ist bei einer Razzia ein Ausweis von ihm aufgetaucht. Aber er selbst war verschwunden. Er hatte ein Konto auf einer Bank hier. Das blieb unangetastet. Wenn Sie mich fragen, ist Overbeek tot. Und niemand wird ihm eine Träne nachweinen.»

Ich bedankte mich bei meinem holländischen Kollegen und erinnerte mich an Valeries seltsamen Anruf. Die Frage, ob man ein Skelett nach Jahren noch identifizieren kann, ist eine höchst akademische Frage, es sei denn, man vermutet, daß dieses Skelett der eigene Vater war. Der Fall nahm langsam Konturen an. Ich machte einen Spaziergang ins Polizeipräsidium. Dort wurde ich begeistert empfangen.

«Keine Zeit, Maloney. Gerade eben ist ein Funkspruch eingegangen.»

«Bevor Sie mich mit dem Inhalt dieses Funkspruchs langweilen, möchte ich gerne noch einmal das Foto von der Leiche Valerie Tanners sehen.»

«Sie haben sich doch nicht etwa in die Leiche verliebt? Ziemlich hoffnungsloser Fall.»

«Ich wollte nur sichergehen, daß hier keine Beweismittel verschwinden.»

«Na gut.» Er reichte mir das Foto.

«Sie tragen das Foto mit sich herum? Was sagt Ihre Frau zu soviel Nähe zu toten Frauen?»

«Meine Frau kann so etwas nicht erschüttern.»

«Kein Wunder. Die muß doch noch heute die Nachbeben aus ihrer ersten Begegnung mit Ihnen verkraften.»

«So, jetzt ist genug. Und sagen Sie jetzt nicht, daß Sie den Mörder auf dem Foto entdeckt haben.»

Ich lächelte und ging. Einen Mörder konnte man auf dem Bild nicht erkennen, aber das war auch gar nicht so wichtig. Ich rief Herrn Tanner an und verabredete mich mit ihm in Valeries Wohnung.

«Was ist los? Haben Sie etwas herausgefunden?»

«Erinnern Sie sich noch an das Rätsel, das Valerie mir schicken wollte?»

«Ja. *Der Schnee von gestern bringt es zutage, doch wer kennt des Schnees heutige Lage?* Und was hat das mit Valeries Wohnung zu tun?»

«Valeries Leiche wurde vor dem offenen Kühlschrank gefunden. Sie sagten, daß Valerie eine Vorliebe für ausgefallene Rätsel hatte?»

«Ausgefallen ist gut. Ich fand sie meistens unlösbar.»

«Ich glaube, ich habe das Rätsel gelöst.»

Ich öffnete den Kühlschrank und im Kühlschrank das Tiefkühlfach.

«Den Kühlschrank hätte ich abschalten sollen. Ist sowieso nichts mehr drin.»

«Da täuschen Sie sich aber gewaltig. *Der Schnee von gestern bringt es zutage, doch wer kennt des Schnees heutige Lage?*»

«Das sagt mir immer noch nichts.»

«Man muß es wörtlich nehmen. *Der Schnee von gestern bringt es zu Tage.* Und wo kann man im Juni den Schnee von gestern noch finden?»

«Aber klar. Im Tiefkühlfach.»

«Genau. Valerie war nicht sofort tot. Sie schleppte sich zum Kühlschrank und öffnete ihn, um der Polizei einen Hinweis zu geben.»

«Ich sehe nur Eis. Ein bißchen viel Eis. Müßte wieder mal abgetaut werden.

«Genau das machen wir jetzt.»

«Und deshalb haben Sie mich herkommen lassen?»

Ich antwortete nicht und stellte das Kühlaggregat auf Null. Es dauerte über zwei Stunden, bis das Tiefkühlfach abgetaut war. Im Wasser schwamm eine kleine weiße Plastikschachtel. Vor den verdutzten Augen von Herrn Tanner öffnete ich die Schachtel.

«Das ist ja ein Zeitungsausschnitt. Auf Französisch.»

«Können Sie französisch?»

«Aber sicher. Zeigen Sie mal. Ein Bericht über einen Leichenfund. Man hat ein Skelett gefunden. Die Polizei wisse nicht, um wen es sich handelt.»

«Und sehen Sie hier das Datum? Der Artikel ist über zehn Jahre alt.»

«Das ist seltsam. Sehr seltsam.»

«Valerie muß ihn sich besorgt haben.»

«Sehr, sehr seltsam. Bulet. Das ist wirklich seltsam.»

«Vielleicht könnten Sie mir verraten, was so sehr seltsam ist?»

«Die Leiche wurde in Bulet gefunden. Meine Frau hatte ein Ferienhaus in der Nähe von Bulet. Aber das ist schon beinahe zwanzig Jahre her.»

«Das ist es», sagte ich begeistert.

«Was ist was?» fragte Tanner ratlos. Ich hörte, wie sich ein Schlüssel im Schloß drehte. Ich legte den Zeigefinger auf die Lippen und bedeutete Tanner aufzustehen. Ich zog Herrn Tanner in den anderen Raum. Dort versteckten wir uns, so gut es ging, hinter der Tür. Durch den Spalt sah ich, wie Frau Tanner die Küche betrat. Ihr Mann wollte auf sie zugehen, doch ich hielt ihn zurück. Als sie verdutzt vor dem Kühlschrank stand, trat ich ihr entgegen.

«Was machen Sie hier?»

«Suchen Sie einen Zeitungsausschnitt?»

«Wie bitte?»

«Lisa», rief Herr Tanner und näherte sich seiner Frau.

«Es hat keinen Sinn, Frau Tanner. Der Schnee von gestern ist geschmolzen. Und darunter sind zwei Leichen zum Vorschein gekommen.»

«Lisa!»

«Sei still, Thomas.»

«Tut mir leid, Herr Tanner. Ihre Frau hat Valerie getötet.»

«Lisa! Sag ihm, daß das nicht wahr ist. Lisa!»

«Sie haben das Rätsel ebenfalls gelöst, Frau Tanner, aber zu spät. Sie wußten, daß Ihre Tochter herausgefunden hatte, daß ihr richtiger Vater Willem van Overbeek hieß, und sie hatte auch herausgefunden, daß Sie, Frau Tanner, Overbeek in Frankreich ermordet hatten.»

«Lisa! Was soll das? Sie irren sich, Maloney. Ich bin Valeries Vater.»

«Nein. Er hat recht. Es hat keinen Sinn mehr zu leugnen. Wir hatten uns gestritten. Er wollte, daß ich eine Abtreibung mache. Ich habe ihn in Frankreich kennengelernt. Ich war mir nicht sicher, daß ich von ihm schwanger war. Er hat mir an jenem Abend gesagt, daß er in Drogengeschäfte verwickelt war. Er schlug mich. Da griff ich zum Feuerhaken. Ich weiß nicht mehr, wie ich es schaffte, ihn aus dem Haus zu schleppen. Ich habe ihn in der Nähe des Ortes vergraben. Er hatte eine Menge Geld bei sich. Ich nahm es an mich. Für Valerie.»

«Aber Lisa. Wieso hast Du mir nie etwas davon gesagt?»

«Und weshalb mußte Valerie sterben?» fragte ich.

«Sie wollte Sie engagieren, Maloney, um alles aufzuklären. Sie nannte mich eine Mörderin. Sie hatte drei Jahre lang Nachforschungen angestellt. Und je mehr sie in Erfahrung brachte, umso mehr haßte sie mich.»

«Aber Lisa. Ich verstehe das alles nicht.»

«Sie versuchten mir weiszumachen, daß Valeries Vater noch am Leben ist und Valerie umgebracht hat.»

«Ich hatte keine andere Wahl. Es tut mir leid. Ich wollte mit Valerie in aller Ruhe darüber reden. Aber es ging nicht.»

Herr Tanner wurde kreidebleich. Später landete er in einer Klinik. Frau Tanner landete ganz woanders. Und ich landete wieder in meinem Büro. Der Schnee von gestern hatte sich verflüchtigt, und zurück blieb ein flaues Gefühl in der Magengegend. Ich spülte es runter. So geht das.

Seltsame Vögel

Ich putzte mir die Nase und fühlte mich dadurch erleichtert. In meiner Schreibtischschublade fand ich einen alten Apfel und eine Vitamintablette. Ich schmiß den Apfel aus dem Fenster und schluckte die Vitamine. Danach fühlte ich mich zwar nicht besser, aber meine Schreibtischschubalde war dafür wieder leer. Wenig später betrat ein Mann mein Büro. Er sah auch nicht viel besser aus, als ich mich fühlte, obwohl er an einem Apfel kaute.

«Habe gar nicht gewußt, daß in dieser Gegend um diese Jahreszeit die Äpfel von den Bäumen fallen.»

«Das tun sie in der Regel auch nicht. Muß wohl am Wetter liegen. Im übrigen kommt mir das Ding, daß Sie da kauen, bekannt vor.»

«Sind Sie krank geschrieben, oder lösen Sie Ihre Fälle mit einem Taschentuch?»

«Keine Angst, mich haut so schnell nichts um. Im übrigen ist es sich meine Nase gewohnt, auch unter widrigen Umständen zu schnüffeln.»

«Sehr gut. Ich hätte nämlich etwas für Sie. Es geht um Mord, Maloney.»

«Wunderbar. Dann mal her mit der Leiche.»

«Die Leiche liegt irgendwo auf dem Grundstück meines Nachbarn. Ich habe ihn beobachtet, wie er eine Frau ermordet hat.»

«Interessant. Und Sie sind sicher, daß Sie das nicht einfach nur geträumt haben? Soll vorkommen. Wer kann heutzutage noch die Realität von einem Alptraum unterscheiden?»

«Ganz bestimmt kein Traum. Löffler ist mein Name.»

«Glauben Sie, daß Ihr Name etwas über Ihren Geisteszustand aussagt?»

«Nein. Aber ich bin mir dennoch sicher, daß dieser Herr Kalinke eine Frau umgebracht hat.»

«Weshalb machen Sie keine Anzeige?»

«Ich mag keine Polizisten.»

Der Mann war mir nicht unsympathisch. Dennoch machte ich mir keine großen Hoffnungen. Er sah nicht verarmt aus, aber besonders großzügig wirkte er in seinem alten Mantel auch nicht.

«Es geschah gestern abend. Ich saß am Fenster und sah im Haus gegenüber, wie dieser Kalinke eine Frau erwürgte.»

«Und weshalb haben Sie nichts unternommen?»

«Das wollte ich ja. Doch in der Aufregung stolperte ich, fiel um und stieß dabei meinen Kopf am Türrahmen. Sehen Sie.»

Er senkte den Kopf und zeigte mir die Beule.

«Paßt nicht schlecht zu dem, was Sie sonst noch zu bieten haben.»

«Ich war eine Weile benommen. Dann ging ich rüber zu dem Haus von Kalinke. Da war aber niemand mehr.»

«Vielleicht lief nur der Fernseher. Schauen Sie sich mal all die Programme an, da werden jeden Abend gleich serienweise Leute erwürgt.»

«Nein, nein. Ich bin mir ganz sicher.»

«Also gut. Ich schaue mir diesen Kalinke genauer an.»

«Soll ich Sie begleiten?»

«Das ist nicht nötig. Sie können in der Zwischenzeit schon mal einen Check ausfüllen. Wie sah die Frau aus, die dieser Kalinke erwürgt haben soll?»

«Sie hatte rote Haare und war ziemlich groß. Sie hat sich gewehrt. Ach ja, und sie trug eine Brille.»

Ich machte mir einige Notizen und packte mein kleines Diktiergerät ein. Ich ging zusammen mit Löffler aus meinem Büro. Er fuhr mich bis kurz vor sein Haus. Dort stieg ich aus und ging den Rest zu Fuß. Das Haus von Kalinke sah genauso trostlos aus wie jenes von Löffler. Es stammte noch aus der Zeit der Hochkonjunktur und den damit meist einhergehenden Geschmacksverirrungen. Ich drückte auf die Aufnahmetaste meines Diktiergerätes. Kalinke öffnete nach dem ersten Klingeln.

«Sie wünschen?»

«Sind Sie Herr Kalinke?»

«Ja. Und Sie?»

«Maloney ist mein Name.»

«Sammeln Sie alte Kleider oder Altpapier?»

«Sehe ich etwa so aus?»

«Schade. Ich hätte eine Menge Altpapier.»

«Und wie steht es mit dem Geld?»

Ein Beo kreischte vor sich hin und nannte dabei ein paar Namen.

«Ist der Vogel immer so laut?»

«Jetzt verstehe ich. Hat dieser Löffler Sie geschickt?»

«Wie kommen Sie darauf?»

«Er haßt meinen Beo. Aber ich werde ihm den Gefallen nicht machen und den Vogel weggeben. Richten Sie ihm das aus, und jetzt entschuldigen Sie mich bitte.»

Er schloß die Tür vor meiner Nase und ich schaltete das Diktiergerät aus. Der Mann war nicht gerade das, was man unter einem Sympathieträger versteht. Ich schlich im Garten herum, als zwei Schüsse fielen. Sie kamen aus Kalinkes Haus. Ich rannte sofort los und stieß mit jemandem zusammen. Es tat höllisch weh.

«Können Sie denn nicht aufpassen, Maloney?»

«Was machen Sie denn hier, Löffler? «

«Die Schüsse. Das waren doch Schüsse, oder?»

«Allerdings.»

«Glauben Sie, daß dieser Kalinke noch jemanden umgebracht hat?»

Ich antwortete nicht und ging zu Kalinkes Haustüre. Löffler folgte mir. Die Tür war offen, und was wir im Haus sahen, war nicht sehr erfreulich. Kalinke lag tot am Boden. Neben ihm lag der Beo im Käfig, ebenfalls tot. Löffler lächelte, als er die Leiche sah.

«Soll ich die Polizei rufen, Maloney?»

«Erklären Sie mir zuerst, weshalb Sie lächeln, im Angesicht von Kalinkes Leiche.»

«Kalinke ist mir egal. Aber der Vogel ist auch tot. Ist es nicht himmlisch ruhig hier?»

Er hatte recht. Daß ein Vogel stirbt, ist an sich nichts Ungewöhnliches. Selbst Vögel, die abgeschossen werden, sind nichts Ungewöhnliches. Aber Vögel, die erschossen im Käfig liegen, sind alles andere als normal. Und der Beo von Kalinke war auf die gleiche Art umgekommen wie sein Besitzer.

Herr Löffler stand ratlos herum, während ein Polizist das Gefieder des toten Vogels untersuchte. Kalinke war bereits mit Kreide markiert worden.

«Üble Sache, Maloney. Sieht ganz nach einem Doppelmord aus. Ich verstehe allerdings nicht, weshalb dieser Vogel auch dran glauben mußte. Haben Sie dafür eine Erklärung?»

«Vielleicht wollte der Täter den einzigen Zeugen zum Schweigen bringen. Vögel machen manchmal einen ganz schönen Krach.»

«Moment mal. Weshalb bin ich nicht gleich darauf gekommen? In der Kantine des Polizeipräsidiums wird seit einigen Tagen eine Geschichte von einem Idioten erzählt, der ständig anruft, weil ihn der Vogel seines Nachbarn beim Fernsehen stört.»

«Der Idiot bin ich», sagte Löffler beleidigt.

«Tatsächlich? Da wäre ich nie drauf gekommen», sagte Hugentobler.

«Was soll das, Löffler? Sie sagten mir, Sie mögen keine Polizisten.»

«Genau deswegen, Maloney. Seit Monaten versuchte ich die Polizei auf Trab zu bringen, damit die endlich etwas gegen diesen Vogel unternehmen. Doch ich erntete bei denen nur Spott. Sie hören es ja selber.»

«Haben Sie eigentlich eine Ahnung, wieviele solche Anrufe wir täglich erhalten?» fragte Hugentobler. «Die einen beschweren sich über einen Hund, eine Katze, ein Baby oder einen Vogel, und die anderen glauben, daß ihr Haus von Terroristen umzingelt ist. Und wem haben wir das zu verdanken?»

«Dem Saturn», sagte Löffler. «Das ist der Einfluß des Saturn. Dieser Vogel hat am lautesten gekrächzt, wenn der Saturn in irgendeinem Haus stand.»

«Schon gut, Herr Löffler», sagte ich. «Ich glaube kaum, daß sich die Polizei für Planeten interessiert. Die leben alle noch mehr oder weniger hinter dem Mond.»

«Eines ist jedenfalls klar», sagte Hugentobler. «Das Motiv könnte der Vogel gewesen sein. Sie sind vorläufig festgenommen, Herr Löffler.»

Löffler schaute mich verdutzt an. Ich lächelte matt. Ich fragte ihn, ob ich ihm einen Anwalt besorgen solle. Löffler schüttelte den Kopf. Ich ging essen und wagte mich anschließend aufs Polizeipräsidium.

«Sieht schlecht aus für Ihren Klienten. Wir haben seine Fingerabdrücke im Haus gefunden.»

«Kein Wunder, er war mit mir zusammen in dem Haus, als wir die Leichen fanden.»

«Dieser Löffler ist ein seltsamer Vogel, Maloney. Er hat fast jeden zweiten Tag bei uns angerufen und sich über den Beo des Herrn Kalinke beschwert. Und wer, außer ihm, hätte ein Interesse daran, diesen Beo zu töten?»

Er hatte kein Einsehen. Ich ging zurück in mein Büro und legte mich ein wenig unter den Schreibtisch. Als ich wieder aufwachte, klopfte es an der Tür. Die Frau machte ein grimmiges Gesicht und setzte sich energisch.

«Mein Name ist Fischler, und ich möchte, daß Sie den Mörder meines Hansi hinter Gitter bringen.»

«Mit Vergnügen. Hatte Ihr Mann ein Verhältnis mit einer anderen Frau?»

«Woher soll ich das wissen? Ich bin nicht verheiratet. Ich möchte, daß Sie den Mörder meines Hansi finden. Hansi war mein Beo.»

«Was denn? Noch ein Beo? Geht ein Serienkiller um, der es auf Vögel abgesehen hat.»

«Ich weiß nicht, wovon Sie sprechen.»

«Nun, vor ein paar Stunden wurde der Beo eines gewissen Herrn Kalinke ermordet. Kannten Sie den Mann?»

«Und ob. Kalinke hatte sich meinen Beo ausgeliehen, und jetzt ist er tot.»

«Das war Ihr Beo? Leihen Sie ihn öfter an fremde Leute aus?»

«Herr Kalinke war ein Bekannter meines Freundes. Und ich bin zur Zeit etwas knapp bei Kasse. Kalinke zahlte sehr gut für den Vogel. Er brauchte ihn nur, um damit seinen Nachbarn zu ärgern.»

«So ist das also. Langsam glaube ich, daß so ziemlich alle einen Vogel haben.»

«Da ist noch etwas. Meine Schwester ist seit einigen Tagen verschwunden. Vielleicht nichts Ernstes, aber ich mache mir dennoch ein wenig Sorgen.»

«Ich kann mich darum kümmern. Sie sagten, daß Sie knapp bei Kasse sind?»

«Um Sie zu bezahlen, reicht es allemal.»

Sie fauchte wie ein Raubkatze. Ich bot ihr eine Zigarette an. Sie lehnte ab. Mehr wollte ich ihr vorläufig nicht anbieten. Sie war hübsch zurechtgemacht, aber zwei dunkle Ringe unter den Augen verrieten, daß sie ein paar schlaflose Nächte hinter sich hatte. Vielleicht gehörten die beiden Ringe aber auch zu ihren einzigen Wertgegenständen. An den Fingern trug sie nichts Vergleichbares.

«Meine Schwester war die Freundin von diesem Kalinke.»

«Hört sich gut an.»

«Aber glauben Sie jetzt bitte nicht, daß meine Schwester etwas mit dem Tod dieses Mannes und meines Hansi zu tun hatte. Meine Schwester tut so etwas nicht.»

«Unsereins muß an alles denken. Haben Sie ein Foto Ihrer Schwester, Frau Fischler?»

«Ja, hier.»

«Moment mal. Sehe ich das richtig? Rote Haare, ziemlich groß und trägt eine Brille?»

«Ja, und?»

«Der Nachbar von Herr Kalinke glaubt, daß er gesehen hat, wie Kalinke eine große rothaarige Brillenträgerin erwürgt hat.»

«Erwürgt? Und einem solchen Menschen habe ich meinen Hansi anvertraut?»

Die Frau konnte es nicht fassen, daß ihr Hansi wochenlang von einem Würger gefüttert worden war. Langsam aber sicher nahm der

Fall Konturen an. Es war an der Zeit, etwas zu unternehmen. Ich bestellte für die Frau ein Taxi und für mich eine Pizza.

Frau Fischler fand in der Wohnung ihrer Schwester einen Zweitschlüssel zu Kalinkes Haus. Wir durchsuchten alle Zimmer und landeten im Keller.

«Hier, sehen Sie?»

Frau Fischler zeigte auf einen großen Müllsack.

«Sieht wie ein Abfallsack aus, oder täusche ich mich?»

Frau Fischler öffnete den Müllsack und begann, darin herumzuwühlen.

«Das sind die Kleider meiner Schwester.»

«Sind Sie ganz sicher?»

«Sehen Sie diesen scheußlichen Pullover? So etwas trägt nur meine Schwester.»

«Sie mögen Ihre Schwester nicht besonders?»

«Die Frau hat keinen Geschmack, ich konnte nie verstehen, weshalb die Männer alle auf sie fliegen. Männer ticken nicht richtig.»

«Kein Wunder, wenn sie dauernd von Frauen aufgezogen werden.»

«Glauben Sie, daß meine Schwester tot ist?»

Ich wollte ihr die Frage gerade beantworten, als wir Schritte hörten. Frau Fischler zuckte zusammen.

«Kein Wunder daß Sie dauernd erkältet sind, Maloney, wenn Sie sich immer in fremden Kellern herumtreiben.»

«Wer ist denn das?» fragte Frau Fischler.

«Schwer zu sagen», sagte ich. «Er gibt vor, Polizist zu sein. Aber bewiesen ist das nicht.»

«Ein Polizist? Haben Sie meine Schwester gefunden?»

«Wieso? Haben Sie sie hier im Keller verloren?»

«Sie erinnern sich doch an Herrn Löffler, den Sie aus unerfindlichen Gründen verhaftet haben?» sagte ich zu Hugentobler. «Er glaubt, daß die Schwester dieser Dame in diesem Haus ermordet wurde.»

«Die Schwester war nicht zufällig als Beo verkleidet, oder, Maloney?»

Hugentobler untersuchte den Abfallsack und schnupperte an den Kleidern herum. Ich nahm Frau Fischler beim Arm und zog sie sanft die Treppe hinauf. Dann fuhren wir in mein Büro.

«Ich kann einfach nicht verstehen, was geschehen ist. Weshalb hat man diesen Kalinke ermordet, und weshalb ist meine Schwester verschwunden?»

«Sie haben etwas vergessen. Ihr Beo ist ebenfalls tot.»

«Wie könnte ich das vergessen. Dieses Scheusal.»

«Wenn Sie mich fragen, ist der Beo der Schlüssel zu dem Fall.»

«Der Beo? Aber so wertvoll war er doch gar nicht.»

Ich nahm mein Diktiergerät und drückte auf die Wiedergabetaste. Noch einmal hörte ich Kalinkes Stimme und das Krächzen des Beos.

«Das ist mein Beo», sagte Frau Fischler.

«Das ist es», sagte ich und spulte das Band ein wenig zurück.

«Was ist was?»

«Der Beo sagt einen Namen. Rosenthal. Ganz deutlich.

«Rosenthal? Das ist der Name meines Freundes. Meinen Namen hat der Beo nie gelernt, aber immer, wenn mein Freund in der Nähe war, sagte er plötzlich seinen Namen. Aber ... Wann haben Sie diese Aufnahme gemacht?»

Das war es. Der Beo war Zeuge des Mordes an Kalinke geworden und mußte deshalb selber dran glauben. Ich ließ die verdutzte Frau Fischler in meinem Büro zurück und eilte zu ihrem Freund. Ich fand ihn in der Garage. Er saß in seinem Auto und machte einen müden Eindruck.

«Mist, verdammter.»

«Nur keine Aufregung, es klappt nicht immer alles im Leben, Herr Rosenthal.»

«Sind Sie von der Polizei?»

«Die wird auch bald hier sein.»

«Ich habe mir das leichter vorgestellt. Jeder Idiot kann sich mit

Abgasen umbringen, aber ausgerechnet bei mir versagt die Zündung.»

«Weshalb mußte Kalinke dran glauben?»

«Er hat Katja umgebracht.»

«Die Schwester Ihrer Freundin?»

«Sie wollte Kalinke verlassen. Wir hatten uns ineinander verliebt. Sie ging zu Kalinke, sagte ihm, daß Schluß sei, und da hat er sie erwürgt.»

«Hat er Ihnen den Mord gestanden?»

«Ja. Er lachte, als er es mir sagte. Da habe ich abgedrückt.»

«Und der Vogel?»

«Er sagte meinen Namen während ich auf Kalinke schoß. Ich habe den Vogel nie sonderlich gemocht.»

Rosenthal stellte sich der Polizei. Sein Anwalt plädierte auf verminderte Zurechnungsfähigkeit, weil Rosenthal in seiner Jugend bei den Pfadfindern aktiv gewesen war. Frau Fischler hatte ihre Schwester, ihren Freund und ihren Beo verloren. Ich tröstete sie ein wenig, und später gingen wir einmal zusammen ins Kino. Der Film war kindisch, doch was danach kam, war alles andere als jugendfrei. So geht das.

Der Schatten

Im Fernsehen bemühte sich ein Meteorologe in grellem Sakko, die Sonne auf den Bildschirm zu zaubern. Er verhaspelte sich bei jedem zweiten Satz, und sein Gesicht glich immer mehr einer Tomate. Ich schaltete auf einen anderen Sender, empfing aber nur weiße und schwarze Querstreifen. Das war zwar auch nicht viel schlechter als der Mist, der sonst noch lief, aber für einen trostlosen Nachmittag war es zu wenig. Ich sehnte mich nach einer schönen Klientin, und siehe da, mein Wunsch wurde erfüllt. Und wie.

«Ich heiße Bamert, und ich leide nicht an Verfolgungswahn. Nur damit das klar ist.»

«Alles klar. An was leiden Sie sonst noch?»

«Jemand verfolgt mich. Dieser jemand ist wie ein zweiter Schatten. Er ist immer und überall.»

«Ich sehe hier niemanden, der Sie beschattet.»

«Er ist natürlich nicht so blöd, sich zu erkennen zu geben, wenn sonst noch jemand in meiner Nähe ist. Nur wenn ich alleine bin, zeigt er sich.»

«Haben Sie den Mann angesprochen?»

«Ich habe es versucht. Doch wenn ich mich ihm nähere, verschwindet er sofort. Ich weiß nicht mehr, was ich tun soll.»

«Vielleicht sollten Sie sich ein Schild umhängen auf dem steht: *Besetzt, bitte weitergehen.*»

«Das ist ein Verrückter, solche Typen sind unberechenbar.»

«Und ich soll ihm ein bißchen Angst einjagen?»

«Ein bißchen ist zu wenig. Dieser Kerl muß sich in die Hosen machen vor Angst. Können Sie das übernehmen?»

«Ich kann mit dem Kerl reden. Danach sehen wir weiter.»

«Reden, reden, alle sagen mir, ich soll mit ihm reden. Aber wenn er nicht mit sich reden läßt? Wenn er einer dieser Psychopathen ist, die plötzlich zustechen? Vielleicht hat er schon eine Frau auf dem

Gewissen? Man liest doch in jeder Zeitung, daß Psychopathen nach ein paar Jahren Gefängnis wieder frei herumlaufen, wie wenn nie etwas geschehen wäre.»

«Ist der Mann vorbestraft?»

«Das, bitte schön, sollen Sie herausfinden. Folgen Sie mir unauffällig, und Sie werden ihn sehen. Zwangsläufig. Aber Sie müssen sich umziehen. Mit diesem Anzug setzt man Sie da, wo ich verkehre, auf die Straße. Und das wollen wir doch nicht?»

«Wollen wir das wirklich nicht? Sind Sie Krankenschwester oder Lehrerin?»

«Ich bin Kassiererin im Supermarkt. Arbeite aber nur drei Tage in der Woche.»

«Meinen Anzug hat noch nie jemand aus dem Supermarkt geschmissen.»

«Ich arbeite im Supermarkt, aber das heißt noch lange nicht, daß ich auch meine Freizeit da verbringe.»

Ich nickte, steckte das Geld ein, daß sie auf den Schreibtisch legte und entschied mich für einen dunklen Anzug, der nach Mottenkugel roch und so aussah, als hätte er schon mehrere Beerdigungen erfolgreich überstanden. Ich folgte meiner Klientin von edlem Kleidergeschäft zu edler Boutique und wieder zurück. Es gelang ihr überall, mindestens ein buntes Accessoire mitlaufen zu lassen. Von ihrem Schatten war nichts zu sehen, dafür von einer älteren Dame, die meine Klientin festhalten wollte.

«Das ist eine Diebin, ich habe es genau gesehen.»

«Lassen Sie mich los», rief Frau Bamert. «Das ist Freiheitsberaubung. Ich werde Sie anzeigen.»

«Ich werde *Sie* anzeigen und zwar sofort. Sie sind mein Zeuge», sagte die ältere Frau und zeigte auf mich.

«Ich habe nichts gesehen.»

«Lassen Sie mich jetzt los?»

«Das ist Ihr Komplize. Ich habe es genau gesehen. Sie sind eine Räuberbande. Wahrscheinlich sind Sie Asylanten, die sich als normale Bürger tarnen und rauben und morden.»

«Jetzt halten Sie aber mal die Luft an, ehe sie Ihnen ausgeht. Frau Bamert wird das Teil zurückhängen, und Sie werden vergessen, was Sie gesehen haben.»

«Ich werde gar nichts zurückhängen. Diebstahl ist im Preis inbegriffen. Das wird alles einkalkuliert. Ich verdiene im Supermarkt so lausig, daß ich einfach ab und zu etwas klauen muß.»

«Ab und zu ist gut», sagte ich. «Sie klauen, was Ihnen in die Hände kommt.»

«Genauso ist es. Diese Frau ist schuld daran, daß es unserer Wirtschaft so schlecht geht. Vermutlich ist sie mit einem Ausländer liiert, der hat sie dazu angestiftet, so etwas steht doch in jeder Zeitung.»

«Diese alte Schachtel soll endlich den Mund halten. Wozu bezahle ich Sie eigentlich, Maloney?»

«Malöni? Sind Sie etwa Türke? Ich habe gleich vermutet, daß Sie ein Drogenhändler sind.»

«Ich bin aber Schweizer und diplomierter Witwenschänder. Ich schrecke auch vor Rassistinnen nicht zurück.»

«So weit sind wir schon. Die Jugend klaut uns die Wirtschaft weg, und die Drogenhändler belästigen wehrlose ältere Menschen. Es wird Zeit, daß endlich jemand aufräumt in diesem Land.»

«Können Sie nicht endlich die alte Schachtel wegräumen, Maloney? Ich muß in einer Stunde im Supermarkt sein.»

Ich stellte mich neben die nette ältere Dame, was meine Klientin nutzte, um sich loszureißen. Während sie entschwand und ich versuchte, ihr zu folgen, hängte sich die ältere Dame hartnäckig an meine Fersen. Ich bekam Atemnot und setzte mich auf einen Stuhl. Ein Mann wollte mir umgehend Turnschuhe verkaufen, doch es gelang mir, ihn wegzufauchen. Durch das Fenster sah ich, wie meine Klientin, nicht ganz freiwillig, in einen Wagen stieg.

«Haben Sie das gesehen? Jemand hat die Frau in ein Auto gezerrt. Es wurde aber auch höchste Zeit, daß die Polizei endlich etwas gegen diese Jugend unternimmt.»

«Ich glaube nicht, daß in dem Wagen ein Polizist sitzt.»

«Kein Polizist? Es war mir aber, als hätte ich eine Waffe gesehen.»

«Das haben Sie gut beobachtet.»

«Ihr wird doch nichts zustoßen? Eine hohe Gefängnisstrafe hätte genügt.»

«Konnten Sie das Nummernschild erkennen?»

«Nein. Sie etwa?»

«Wenn Sie mir nicht vor die Nase gestanden wären, hätte ich freie Sicht darauf gehabt.»

«Das ist typisch. Kommen in dieses Land, hungernd, stinkend und arbeitsscheu, und wenn etwas nicht so läuft, wie es ihnen paßt, geben sie uns armen Rentnern die Schuld. Leute wie Sie sollte man umgehend wieder abschieben, woher Sie auch immer kommen mögen, hier ist kein Platz für Sie.»

Ich bestätigte ihre Ansicht, indem ich ihr auf den Fuß stand und mein ganzes Gewicht so verlagerte, daß ihr Gesicht kreidebleich wurde und ein spitzer Schrei, der langsam in ein Wehklagen überging, den Raum erfüllte. Danach ging ich auf die Straße und suchte Zeugen der seltsamen Entführung. Natürlich wollte wieder niemand etwas gesehen haben.

Bei der Polizei verhörte man einen Touristen, der spaßeshalber ein kleines Paket vor einem Bankgebäude deponiert und aus einiger Entfernung amüsiert mitverfolgt hatte, wie die ganze Umgebung von der Polizei abgeriegelt und das Paket sorgfältig inspiziert wurde. Danach war ich an der Reihe.

«Diese Hitze, Maloney. Seit Tagen ist die Klimaanlage defekt und die Handwerker kriechen ratlos in den Schächten herum. Aber von der Polizei erwartet man, daß sie Tag und Nacht immer mit der gleichen Präzision arbeitet.»

«Und das tut sie auch. Tag und Nacht. Mit der gleichen lausigen Präzision. Da können auf offener Straße Frauen in fremde Wagen gezerrt werden, ohne daß die Polizei etwas mitbekommt.»

«Das stimmt nicht, Maloney. Bei uns ist eine Anzeige eingegangen. Eine Frau hat sich darüber beschwert, daß ihr ein Türke namens Malöni so heftig auf den Fuß gestanden sei, daß dieser auch

Stunden nach der Tat noch schmerzt. Die Frau behauptet zudem, daß eine junge Frau unter Waffengewalt von mehreren Dutzend Asylanten entführt worden ist.»

«Die Frau behauptet viel und weiß wenig. Sie könnte eine Lokalpolitikerin sein. Tatsache ist, daß eine Frau Bamert entführt wurde. Die Frau fühlte sich seit Tagen beobachtet und hat mich beauftragt, ihr zur Seite zu stehen.»

«Wie kommt es eigentlich, daß es immer noch naive Menschen gibt, die sich Ihnen anvertrauen, Maloney? Wird den Kindern nicht schon in der Schule beigebracht, daß es sich nicht lohnt, Ihr Büro zu betreten?»

«In der Schule lernen die Kinder höchstens, daß es sich nicht lohnt, etwas zu lernen, wenn man später sowieso nur Polizist werden möchte.»

«Schon gut, Maloney, bei der Hitze habe ich keine Lust, mich mit Ihnen abzugeben. Nicht mal Lust auf ein Kreuzworträtsel habe ich. Im übrigen gibt es diese Frau Bamert, die angeblich entführt worden ist, laut Einwohneramt gar nicht. Und die Adresse, die sie Ihnen angegeben hat, stimmt auch nicht. Deshalb würde es mich auch nicht erstaunen, wenn es diese Entführung gar nicht gibt. Vielleicht gibt es nicht mal Sie, Maloney. Auch wenn es mir schwerfällt, daran zu glauben. Früher glaubte ich übrigens, mein Magengeschwür sei von Leuten wie Ihnen verursacht worden. Jetzt lese ich, daß Bazillen schuld sind. Ich frage mich allerdings, wo da der Unterschied ist? Bazillen oder Maloney, krank machen sie alle.»

Der Schweiß tropfte ihm von der Stirn auf ein Heft voller ungelöster Kreuzworträtsel. Ich ging und suchte das Haus, in dem meine Klientin laut Einwohneramt nicht wohnte, das sie mir aber als Adresse angegeben hatte. Ich klingelte sämtliche Bewohner an die Türen. Es dauerte eine Weile, bis eine Frau Kessler erschien und mich in ihre Wohnung führte.

«Ich habe vor einem halben Jahr meinen Job verloren und eine Untermieterin gesucht, um mir die Wohnung weiterhin leisten zu können. Melanie, so heißt Frau Bamert mit Vornamen, Melanie, meldete sich auf eine Anzeige. Sie wohnt seit vier Monaten hier. Sie lebt sehr zurückgezogen. Sie arbeitet in einem Supermarkt, mehr weiß ich nicht über sie.»

«Sie haben sich nie mit ihr unterhalten?»

«Bei mir läuft Tag und Nacht der Fernseher. Seit ich nicht mehr arbeite, bin ich süchtig nach Daily Soaps. Wenn man sich die alle anschaut, hat man genug Leben in der Wohnung.»

«Und Frau Bamert? Hatte sie nie das Bedürfnis, mit Ihnen zu reden?»

«Doch, doch. Erst gestern unterhielten wir uns.»

«Über was?»

«Sie sagte, *Guten Tag.* Ich sagte, *heiß* und sie sagte, *es könnte ein Gewitter geben.*»

«Das war alles?»

«Sie sagte, *einen schönen Tag,* und ich sagte, *mal sehen was daraus wird.*»

«Umwerfende Konversation.»

«Ja, das war ungewöhnlich, das ist mir aufgefallen. Normalerweise reden wir nicht so viel zusammen.»

«Sie wissen nichts über ihre Gewohnheiten?»

«Sie raucht und benutzt einen Kristall als Deo. Und sie mag Frischkäse, was nicht so mein Fall ist. Aber wir essen sowieso nie zusammen.»

«In welchem Supermarkt arbeitet sie?»

«Im großen, vorne an der Kreuzung. Aber sie ist weder gestern noch heute zur Arbeit erschienen. Die haben angerufen. Wenn sie so weitermacht, wird sie ihren Job verlieren. Vielleicht sollte ich mich bewerben, ich habe zwar auf einem Büro gearbeitet, aber es ist schwierig, heutzutage etwas zu finden.»

«Wissen Sie etwas über die familiären Verhältnisse von Frau Bamert?»

«Oh, ja. Meine Eltern besuchen mich regelmäßig. Das hat Melanie immer ein wenig neidisch gemacht. Ihre Mutter hat sie früh verloren und ihren Vater nie gekannt. Mit solch einem Schicksal klarzukommen, ist nicht einfach. Im Fernsehen hat sich deswegen einer umgebracht. Aber der war mir sowieso nicht sympathisch.»

Die Frau lud mich zu einer Fernsehserie ein, ich wandte mich eiligst ab und stürzte in die nächstbeste Bar, die sich als trostloser Tangoschuppen entpuppte, in der faltenreiche Frauen vergeblich versuchten, die Erotik der Musik in ihr tristes Leben zu transportieren. Junge Tänzer, die aussahen wie schlechtbezahlte Gigolos, blickten gelangweilt in tiefe Ausschnitte und füllten sich mit Champagner ab. Mich ließ man in Ruhe. Als ich ging, erhielt ich auf meinem Handy einen Anruf der Polizei. Im Präsidium lief die Klimaanlage wieder. So gut, daß alle Beamten dicke Mäntel trugen.

«Es ist wie verhext, Maloney. Von vierzig Grad auf fünf Grad in einer halben Stunde. Und niemand weiß, woran es liegt. Wenn das so weitergeht, gefriert uns der Kaffee ein.»

«Weshalb schaltet niemand die Anlage ab, wenn sie nur Kälte verbreitet?»

«Das ist es ja, Maloney. Sie hat sich von selbst wieder eingeschaltet, obwohl die Techniker behaupten, daß die Stromzufuhr unterbrochen ist.»

«Vielleicht wird sie von ein paar Beamten gespeist, die durch lautes Schnarchen Strom erzeugen?»

«Egal, Maloney. Ich habe gleich Feierabend. Weshalb sind Sie eigentlich hier?»

«Sie haben mich angerufen. Aber vermutlich sind jetzt die restlichen Ihrer intakten Gehirnzellen den Kältetod gestorben.»

«Moment mal. Ich habe Sie angerufen? Oder hat sich nach der Klimaanlage, auch unsere Telefonzentrale selbständig gemacht? Das kann vorkommen, Maloney. Eines Tages werden die Computersysteme die Macht übernehmen.»

«Das ist mir immer noch lieber als ein Beamtenstaat.»

«Jetzt fällt es mir wieder ein. Wir haben eine Frau gefunden. Sie ist verwirrt und redet seltsames Zeug. Genau das richtige für Sie, Maloney.»

«Könnte es sich um die verschwundene Frau Bamert handeln?»

«Allerdings, Maloney. Die Frau wird gerade von einer Beamtin betreut. Sie sagt, daß sie einen Mann ermordet hat. Das klingt doch sehr nach einer Ihrer Klientinnen, Maloney.»

Ich atmete tief durch und sah, wie sich auf Hugentoblers Stirn kleine Eiskristalle bildeten. Er begann Freiübungen zu machen, während ich mich ins Freie begab. Es war ein lauschiger Sommernachmittag. Die Vögel pfiffen fröhlich, die Autos hupten eilig und die Hunde kackten an reglose Bäume. Ich tat, was ich in solchen Situationen immer tue: der Hundekacke aus dem Weg gehen.

Zwei Stunden später stand ich wieder im Polizeipräsidium. Meine Klientin sah aus, als hätte sie einen Wirbelsturm nur knapp überlebt. Eine Beamtin flößte ihr eine Brühe ein, die mich an zu lang gelagerte Medizin erinnerte. Nachdem die Medizin ihre Wirkung entfaltet hatte, und meine Klientin, von Krämpfen geplagt, auf die Toilette geeilt war, verging über eine Stunde, bis sie wieder ansprechbar war. Hugentobler stellte wieder einmal genau die richtigen Fragen.

«Litten Sie in der Jugend an ansteckenden Infektionskrankheiten?»

«Was soll der Quatsch? Ich habe einen Mann getötet.»

«Gab es in Ihrer Familie Fälle von geistiger Verwirrung?»

«Sind Sie Versicherungsvertreter, oder was?»

«Er vertritt den Staatsdienst. Als kleiner Junge wurde er nicht in Windeln, sondern in ein Dienstreglement gewickelt. Seither fühlt er sich unwohl, wenn er nicht mindestens zehn Bürger pro Tag zur Verzweiflung bringen darf.»

«Sie halten sich raus aus den Ermittlungen, Maloney. Ihnen haben wir den ganzen Schlamassel zu verdanken. Diese Frau hat Sie engagiert, damit Sie sie beschützen. Und was tun Sie?»

«Genau. Sie haben mich nicht beschützt. Ich will mein Geld zurück.»

«So ist es recht. Möchten Sie diesen Herrn vielleicht wegen Veruntreuung und Betrug anzeigen?»

«Ich will endlich eine Aussage machen.»

«Sie haben den Mann getötet, der Sie entführt hat?» fragte ich.

«So ist es», sagte Frau Bamert.

«Der Reihe nach», sagte Hugentobler. «Sie wurden entführt. Wollte man Lösegeld von Ihrem Mann erpressen?»

«Ich habe keinen Mann, und es wollte niemand Lösegeld für mich erpressen. Man wollte mich umbringen. Das habe ich gespürt.»

«Sie haben das gespürt? Wo denn? Im großen Zeh oder im rechten Knie?»

«Weibliche Intuition.»

«Sie haben einen Mann getötet, weil Ihnen Ihre Intuition gesagt hat, daß er Sie umbringen möchte? Das ist schlecht, das ist ganz schlecht. Das gibt keine mildernden Umstände.»

«Wie haben Sie den Mann umgebracht?»

«Schön der Reihe nach, Maloney. Zuerst stelle ich eine Frage, und Frau Bamert beantwortet sie und danach stelle ich eine weitere Frage. Es kann doch nicht so schwer sein, sich diese Reihenfolge zu merken, Maloney.»

«Wie haben Sie den Mann umgebracht und wo ist die Leiche?»

«Ich habe ihn gekitzelt.»

«Mit einem Messer?»

«Mit meinen Fingern.»

«Sie haben ihn zu Tode gekitzelt? Ist das etwa eine neue Methode in diesen Selbstverteidigungskursen für Hausfrauen?»

«Der Mann saß am Steuer. Ich habe ihn gekitzelt, er verlor die Herrschaft über das Auto und fuhr in einen Baum. Sein Airbag funktionierte nicht, meiner schon. Ich lebe, er ist tot.»

«Das war kein Mord», sagte ich. «Kein Gericht dieser Welt würde Sie deswegen verurteilen.»

«Das überlassen Sie ruhig uns, Maloney.»

«Er war sofort tot. Ein grauenhafter Anblick. Ich werde nie darüber hinwegkommen. Ich sehe mich schon mitten in der Nacht aufwachen und schreien.»

«So, jetzt reicht es aber. Uns ist kein solcher Unfall gemeldet worden. Kein einziger Aufprall gegen einen Baum mit Todesfolge. Auch kein Schwerverletzter. Überhaupt kein Verletzter. Nicht mal ein Kranker oder Kurzsichtiger, der gegen einen Baum fuhr. Niemand ist zur fraglichen Zeit gegen einen Baum gefahren.»

«Aber ich war dabei, ich habe es gesehen.»

«Vielleicht geschah es auf einer Landstraße, und die Leiche wurde noch nicht gefunden?» schlug ich vor.

«Vielleicht, Maloney, vielleicht. Vielleicht hat Ihre Klientin aber auch das, was in der Fachliteratur als *Maloney-Syndrom* bekannt ist. Einen Sprung in der Schüssel, wenn Sie verstehen, was ich meine.»

Meine Klientin unterschrieb ein Protokoll und wurde darauf aufmerksam gemacht, daß sie die Dienste eines Polizeipsychologen in Anspruch nehmen durfte, was sie dankend ablehnte. Als wir das Präsidium verließen, schien die Sonne, und meine Klientin wollte nicht mehr meine Klientin sein.

«Der Mann, der mich verfolgte, ist tot. Ich brauche Ihre Hilfe nicht mehr.»

«Sind Sie sicher, daß es der gleiche Mann war?»

«Nein. Er sah anders aus. Aber weshalb sollte mich ein Mann verfolgen und ein anderer entführen? So viele Männer aufs Mal haben sich noch nie um mich gekümmert. Das verwirrt mich.»

«Wie sah der Mann aus, der Sie in den letzten Tagen verfolgte?»

«Das habe ich Ihnen doch aufgeschrieben, oder? Soweit ich mich erinnern kann, war er etwa 1.90 groß, muskulös, um die sechzig Jahre alt und er trug einen auffallend gepflegten grauen Bart.»

«Genau so sieht der Mann aus, der drüben an der Bushaltestelle sitzt und uns beobachtet.»

«Sie haben recht. Das ist der Mann.»

«Sie bleiben hier stehen und verabschieden sich von mir. Geben Sie mir einen Kuß.»

«Muß das sein? Ich habe noch nicht einmal gefrühstückt.»

«Geben Sie mir Ihre Hand. Warten Sie hier und tun Sie so, als würden Sie die Sonne genießen. Ich werde um den Block gehen und den Mann von hinten überraschen.»

«Und wenn er Sie erschießt?»

«Dann bitte ich Sie, mir keine Blumen aufs Grab zu legen. Davon kriege ich Ausschläge.»

«Das ist alles so verwirrend. Ich bin doch nur eine einfache Kassiererin im Supermarkt. Diese Männer müssen mich verwechseln.»

Das war eine mögliche Erklärung. Doch ich wollte es genau wissen. Es gelang mir, mich dem Mann unauffällig zu nähern. Ich setzte mich neben ihn und drückte ihm meinen Flachmann gegen die linke Niere. Sein Körper bäumte sich auf und seine Hände wanderten nach oben. Die anderen Passanten schauten uns dabei belustigt zu.

«Nicht schießen. In meiner Jacke finden Sie zweihundert Dollar und ein paar zerquetschte. Los, greifen Sie zu.»

«Ich will keine Dollar, ich will eine Auskunft.»

«Da sind Sie bei mir ganz falsch. Ich kenne mich nicht aus in dieser Stadt. Ich weiß nicht, wann der nächste Bus fährt.»

«Aber Sie kennen die Frau da drüben. Weshalb sind Sie hinter ihr her?»

«Ich bin nicht hinter ihr her. Ich möchte sie beschützen. Und jetzt lassen Sie mich in Ruhe. Sie sind gar nicht bewaffnet, ist es nicht so? Ich bin auf einen lächerlichen Trick hereingefallen. Ich werde jetzt aufstehen und weggehen.»

«Das werden Sie nicht tun.»

«Sie drohen mir? Womit?»

«Ich beiße Ihnen ein Ohr ab.»

«Das kommt Sie teuer zu stehen.»

«Was wollen Sie von der Frau?»

«Mein Name ist Miller, geborener Müller. Ich bin vor vielen Jahren nach Seattle ausgewandert und habe dort für einen Mann gearbeitet, der Conrad hieß und vor ein paar Wochen verstarb.»

«Meine Lebenserwartung ist nicht allzu hoch. Also beeilen Sie sich ein wenig mit der Erzählung.»

«Conrad hinterließ ein Millionenvermögen. Er starb als Junggeselle und kinderlos. Das glaubten wenigstens seine Geschwister. Auf dem Sterbebett hat er aber ein Testament verfaßt und sich darin zur

Vaterschaft einer jungen Schweizerin bekannt. Sie dürfen dreimal raten, wer die uneheliche Tochter ist.»

«Die Kassiererin im Supermarkt ist eine Millionenerbin?»

«Die Geschwister des Toten werden das Testament anfechten, es wird lange dauern, bis sie zu ihrem Geld kommt, aber ich wollte sichergehen, daß ihr niemand etwas zuleide tut.»

«Und sind ihr deshalb wie ein Schatten gefolgt?»

«Genau.»

«Und was war mit der Entführung? Steckten die Geschwister des Toten dahinter?»

«Vermutlich. Aber Frau Bamert hat sich hervorragend gehalten. Ich empfand es als meine Pflicht, die Leiche verschwinden zu lassen. So, und jetzt werde ich mit der jungen Frau reden.»

Ich nickte und freute mich auf ein großzügiges Honorar, das aber nie eintraf, weil meine Klientin den größeren Teil ihrer Erbschaft ausschlug, mit der Begründung, daß es ihr zu anstrengend sei, steinreich zu sein. Das, was sie erbte, reichte, ihr die Tage ein wenig zu versüßen, aber es war offenbar zu wenig, um auch meine Tage ein wenig fröhlicher zu gestalten. So geht das.

Löcher im Käse

Ich suchte in meinem Schreibtisch vergeblich nach einer Sauerstoffmaske. Als Privatdetektiv kommt man ganz schön herum, und nicht überall ist die Luft, die man atmet, sehr angenehm. Mein neuer Fall führte mich in eine Käserei. Doch Herr Bühlmann, der mich empfing, roch nach Hautcreme, und das Büro, in dem er residierte, war keine Käseglocke, sondern ein kühler Raum voller Bilder.

«Schön, daß Sie so schnell kommen konnten.»

«Es klang ziemlich dringend.»

«Sicher haben Sie schon davon gehört, daß es immer häufiger vorkommt, daß Betriebe erpreßt werden.»

«Hat Ihr Betrieb ein paar Leichen im Keller?»

«Unser Betrieb hat einen makellosen Ruf. Sie wissen sicher, daß die Wirtschaftslage allgemein nicht sehr rosig ist.»

«Sie verkaufen auch keine Rosen, sondern Käse, wenn ich mich nicht irre.»

«Richtig. Ein Naturprodukt. Wir legen Wert darauf, daß unser Käse ein einwandfreies biologisches Produkt ist. Von der Milch bis zur Verpackung.»

«Wunderbar. Aber ich mag keinen Käse. Sie können sich den Werbespot sonstwohin hängen.»

«Das erhielt ich vorgestern per Post.»

Er reichte mir einen Brief, den ich laut vorlas:

«*Wir haben die Mittel und Möglichkeiten, Ihren Käse mit Listerien zu verseuchen. Wir verzichten auf unser Angebot, wenn Sie uns Franken 100 000 zukommen lassen. Mit freundlichen Grüßen. Ihre Erpresser.*»

«Innen. Da steht *ErpresserInnen.* Mit einem großen *I.*»

«Tatsächlich. Die schrecken vor gar nichts zurück.»

«Ein seltsamer Brief, finden Sie nicht?»

«Hübsch ausgeschnittene Buchstaben. Entweder haben die Leute einen Knall, oder sie halten sich für besonders raffiniert. Wobei das eine das andere nicht ausschließen muß.»

«Ich bin mir nicht sicher, ob ich den Brief ernst nehmen soll. Andererseits wäre es für unseren Betrieb eine Katastrophe, wenn unser Käse von Listerien befallen würde.»

«Was sind das für Dinger, diese Listerien?»

«Stäbchenbakterien. Vor einigen Jahren mußte ein anderer Betrieb den Käse wegen Listerienbefall zurückziehen.»

«Sind die Bakterien gefährlich?»

«In der Regel harmlos. Sie können zu Magenverstimmungen führen. Bei älteren Menschen und Kleinkindern aber auch zu schwerwiegenden Krankheitssymptomen, bis hin zum Tod.»

«Und wie kommen die Dinger in den Käse?»

«Die Produktionsanlagen müßten verseucht werden.»

«Das heißt, die Erpresser müßten Zugang zum Betrieb haben?»

«Ja. Es sei denn, sie würden den Käse in den Kaufhäusern verseuchen.»

«Verstehe. Darf ich den Erpresserbrief behalten?»

«Selbstverständlich.»

«Ich würde mich gerne ein wenig bei Ihren Mitarbeitern umhören.»

«Muß das sein? Ich möchte nicht, daß meine Mitarbeiter verunsichert werden.»

Ich versprach ihm, diskret vorzugehen. Die Käserei sah aus wie irgendeine Fabrik. Es gab weder Kühe noch sonst etwas, das nach Landwirtschaft aussah. In einem riesigen Metallzuber, der sich maschinell drehte, lag eine dicke weißlich-gelbe Masse. Ich hielt mir vorsichtshalber die Nase zu. Zuerst knöpfte ich mir zwei Facharbeiter vor, die aber nur gerade so viel Substantielles sagten, wie auf einer Seite einer Boulevardzeitung steht. Dann traf ich einen Gastarbeiter, der gesprächiger war.

«Es wird Zeit, daß sich endlich jemand um uns kümmert. Die Arbeitsbedingungen in diesem Betrieb sind katastrophal.»

«Wieso? Zwingt man Sie, in der Mittagspause Käse zu essen?»

«Es gibt keine Pausen und dauernd Überstunden, die nicht bezahlt werden. Und der Chef sagt: *Wem das nicht paßt, der kann gehen.*»

«Haben Sie keine Gewerkschaft?»

«Wer in die Gewerkschaft will, wird entlassen. Die anderen schweigen, aus Angst den Arbeitsplatz zu verlieren.»

Er ereiferte sich mächtig. Die anderen Arbeiter taten so, als ginge sie das alles nichts an. Nur eine Frau nickte ab und zu heftig, wandte sich aber wieder ihrer Arbeit zu. Ich suchte noch einmal das Büro von Bühlmann auf.

«Unsinn, Maloney. Die Arbeitsbedingungen sind nicht schlechter als anderswo. Wir müssen konkurrenzfähig bleiben. Denken Sie nur an Europa, die EU.»

«Ich denke ab und zu an Europa, aber was hat das mit dem Käse zu tun, den Sie mir auftischen?»

«Die Gewerkschaft ist nicht gut für die Leute. Ich versuche ihnen beizubringen, unternehmerisch zu denken. Das hat Zukunft.»

«So gesehen, überrascht es mich nicht, daß Sie erpreßt werden.»

«Sie glauben doch nicht etwa …? Moment. Das könnte sein», sagte er nachdenklich.

«Was könnte sein und weshalb?»

«Piller hieß der Mann. Ich mußte ihn vor einem Monat entlassen, weil er häufig unentschuldigt der Arbeit fernblieb.»

Er gab mir die Adresse des Mannes. Meine Abneigung gegen Käse wurde nur noch durch meine Abneigung gegenüber Leuten wie Bühlmann übertroffen. Ich besuchte Herrn Piller und traf einen Mann, dessen käsiges Gesicht in der ganzen Stadt berüchtigt war.

«Sind Sie wieder unterwegs zum Leichenschmaus, Maloney?»

«Welche Leiche wird denn gerade von Ihren Jungs verspeist?» fragte ich Hugentobler.

«Piller hieß der Mann. Erstochen. Sie werden es nicht glauben, Maloney.»

«Ich muß, wohl oder übel.»

«Das Messer, Maloney, ist kein gewöhnliches Messer. Der Mann wurde mit einem Käsemesser erstochen. Fragt sich nur, ob da Herr Gorgonzola oder Frau Emmentaler dahinter steckt.»

Polizisten haben einen seltsamen Humor, wenn sie überhaupt einen haben. Ich sah mir den Toten an. Er lag auf einem Teppich, und seine linke Hand hielt den Telefonhörer umklammert. Der Käse begann langsam Fäden zu ziehen, und es war höchste Zeit, diese Fäden in die Hand zu nehmen. Während sich die Polizisten die Wohnung und die Leiche genauer ansahen, kam eine junge Frau, die neugierig ihren hübschen Kopf in alle Zimmer steckte. Der Polizei war das gar nicht recht.

«Wer sind Sie, und was machen Sie hier?»

«Ich heiße Kündig, und ich bin Journalistin.»

«Journalistin? Haben Sie den Polizeifunk abgehört? Das ist strafbar.»

«Was ist hier los? Weshalb läßt man mich nicht zu Herrn Piller?»

«Der Tote möchte nicht gestört werden», sagte ich.

«Herr Piller ist tot?»

«Wie gut kannten Sie den Mann?» fragte Hugentobler.

«Er rief mich letzte Woche an und wollte mit mir sprechen.»

«Und was wollte er mit Ihnen besprechen?» fragte ich.

«Ist das ein Verhör, oder was?» fragte Frau Kündig.

«Ganz ruhig, Frau Kündig, ganz ruhig. Herr Piller ist ermordet worden», sagte Hugentobler ganz ruhig.

«Ermordet? Und das sagen Sie mir erst jetzt?»

«Moment mal, wo wollen Sie hin?» fragte Hugentobler Frau Kündig, die bereits unter der Tür stand.

«Zu meinem Wagen. Meinen Fotoapparat holen.»

«Das könnte Ihnen so passen. Sie bleiben hier.»

«Wenn's recht ist, gehe ich dafür», sagte ich.

«Nein, Maloney. Sie bleiben auch hier.»

Der Polizist führte uns in ein Zimmer und ließ uns allein. Ich hatte keinen blassen Schimmer, was er noch von mir wissen wollte. Aber Polizisten soll man nicht allzu häufig widersprechen, deshalb fügte ich mich. Frau Kündig sah nervös auf ihre Uhr.

«Ich hatte keine Ahnung, was für eine heiße Geschichte das ist», sagte Frau Kündig.

«Hat Herr Piller Ihnen gesagt, weshalb er Sie sprechen wollte?»

«Es ging um einen Skandal am Arbeitsplatz von Herrn Piller. Er sagte, er hätte Informationen, die mich interessieren würden.»

«Wollte er Geld für die Informationen?»

«Davon war nicht die Rede. Aber heute will jeder Geld für Informationen.»

«Sie gehören zur Sorte der Checkbuchjournalistinnen?»

«Schön wär's. Aber mein Verlag hat schon Mühe, die Spesen zu bezahlen.»

«Hat dieser Piller Sie schon früher mit Informationen versorgt?»

«Nein. Ich bin auch noch nicht lange in dem Geschäft. Wie lange werden die uns hier noch festhalten?»

Es dauerte über zwei Stunden. Ich aß unterwegs ein Sandwich, ehe ich wieder in der Käserei landete. Herr Bühlmann saß in seinem Büro. Er war mir inzwischen nicht sympathischer geworden.

«Das ist unfaßbar. Eine Tragödie.»

«Wie gut kannten Sie Piller?»

«Nicht sehr gut. Er arbeitete nur ein paar Monate hier. Ein sehr interessierter Mitarbeiter. Allerdings sehr unzuverlässig.»

«Es deutet einiges darauf hin, daß er in Ihrem Betrieb auf etwas gestoßen ist, daß er publik machen wollte.»

«In meinem Betrieb? Undenkbar.»

«Vielleicht störte es ihn, daß Ihre Mitarbeiter ohne Schutzmaske dem Käsegestank ausgeliefert waren.»

«Das ist absurd.»

«Was könnte er sonst herausgefunden haben?»

«Sie glauben doch nicht, daß ich etwas mit dem Tod von Herrn Piller zu tun habe?»

«Der Mann wurde mit einem Käsemesser erstochen.»

«Mit einem Käsemesser? Geht das?»

«Offenbar geht das. Hat sich der Erpresser wieder bei Ihnen gemeldet?»

«Ja. Er fordert jetzt das Doppelte und ein Fluchtauto.»

«Ein Fluchtauto?»

«Ja. Verrückte Sache, nicht? Ich glaube nicht, daß das eine ernsthafte Erpressung ist.»

«Vielleicht ist die Ermordung von diesem Piller auch keine ernsthafte Sache. Vielleicht lacht Piller im Leichenschauhaus über seinen Tod.»

«Sie glauben, daß zwischen Pillers Ermordung und der Erpressung ein Zusammenhang besteht?»

«Sie werden erpreßt, und ein Mitarbeiter, den Sie kürzlich entlassen haben, wird ermordet. Da dürfen Sie sich nicht wundern, wenn ich einen Zusammenhang zwischen den beiden Ereignissen vermute.»

«Ich habe ein Alibi.»

«Das können Sie sich für die Polizei aufsparen.»

«Sie haben doch der Polizei nicht etwa von der Erpressung erzählt? Wenn das publik wird, bin ich ruiniert. Die Käsekonsumenten werden mit Panik reagieren.»

Herr Bühlmann wurde weiß wie ein Rahmschmelzkäse. Ich ließ ihn stehen und ging in eine Telefonkabine. Es dauerte eine Weile, bis ich herausfand, bei welcher Zeitung Frau Kündig arbeitete. Sie war nicht anwesend. Ich versuchte es bei ihr zu Hause. Das Auto, das vor dem Haus stand, gehörte der städtischen Verwaltung.

«Das ging aber schnell, Maloney. Wer zum Teufel gibt Ihnen die Tips, wo gerade wieder ein Verbrechen begangen wurde?»

«Ist Frau Kündig ermordet worden?»

«Beinahe. Sie ist schwerverletzt. Hat aber gute Überlebenschancen.»

«Ein ziemliches Durcheinander in der Wohnung.»

«Die Täter haben die ganze Wohnung durchsucht, systematisch. Eines ist jedenfalls klar: diese Frau Kündig hat uns nicht die ganze Wahrheit gesagt.»

Da hatte er vermutlich sogar recht. Der Fall stank langsam zum Himmel. Und das hatte nicht nur mit dem Käse zu tun. Langsam hatte ich den Käse satt, aber es half alles nichts, ich mußte mich erneut zu Bühlmann begeben. Er war nicht sehr erfreut, mich schon wieder empfangen zu dürfen.

«Kündig, sagten Sie? Nie gehört.»

«Die Frau war Journalistin. Klingelt's jetzt bei Ihnen?»

«Nein.»

«Piller hatte etwas herausgefunden. Und er wollte Frau Kündig seine Informationen verkaufen. Und jemandem gefiel diese Idee nicht.»

«Sie verdächtigen mich noch immer? Ist doch idiotisch. Ich habe Sie schließlich engagiert.»

«Allerdings. Wegen einer obskuren Erpressungsgeschichte.»

«Das ist keine obskure Geschichte. Der Mann wurde vor zwei Stunden verhaftet.»

«Interessant. Hatte er eine Ladung Listerien dabei?»

«Das weiß ich nicht. Er versuchte sich mit verstellter Stimme in den Betrieb einzuschleichen. Er hielt ständig ein Taschentuch vor den Mund.»

«Scheint fast so, als hätte er den Anfängerkurs für Erpresser geschwänzt.»

«Ich habe Ihnen einen Check ausstellen lassen. Die Geschichte hat sich erledigt.»

Das sagt sich leicht, wenn man lediglich an seinen eigenen Käse denkt. Ich hatte aber noch eine Leiche am Hals und eine Schwerverletzte im Bett. Letztere besuchte ich am Nachmittag.

«Ich habe Ihnen nicht die Wahrheit gesagt, Maloney.»

«Das habe ich mir beinahe gedacht.»

«Ich habe von Herrn Piller Material erhalten. Einige Notizen und Kopien. Nichts, womit ich eine Story hätte machen können. Er wollte eine schöne Stange Geld für die Informationen.»

«Um was geht es? Verseuchten Käse?»

«Käse? Nein, wie kommen Sie auf Käse?»

«Piller sagte, daß er an seinem Arbeitsplatz einem Skandal auf die Schliche gekommen sei.»

«Ja. Aber was hat das mit Käse zu tun?»

«Piller arbeitete in einer Käserei.»

«Tatsächlich? Ich weiß nur, daß er in einer Fabrik für Kunststoffe gearbeitet hat. Das umliegende Fabrikgelände ist seit Jahren mit hohen Schadstoffen belastet. Eigentlich müßte die Fabrik geschlossen werden.»

«Und weshalb wird sie nicht geschlossen?»

«Weil die Firma der größte Arbeitgeber in der Gegend ist.»

«Und wie heißt die Bude?»

«Ich habe Ihnen die Adresse aufgeschrieben. Übrigens bin ich mir beinahe sicher, daß eine Frau auf mich geschossen hat.»

Ich nahm den Zettel und machte mich auf den Weg. Es war ein größeres Fabrikgelände, das zwischen Bauernhöfen lag. Ziemlich idyllisch. Es wunderte mich nicht, daß ich von einer Frau empfangen wurde.

«Mein Mann ist der Patron des Unternehmens. Aber er hat Herzbeschwerden und weilt im Moment in Kur.»

«Ich will es kurz machen, Frau Haas. Frau Kündig lebt. Und sie weiß, wer auf sie geschossen hat.»

Frau Haas setzte sich und zündete sich eine Zigarette an. Die Hand, die das Feuerzeug hielt, zitterte.

«Ich brachte es nicht übers Herz, ein zweites Mal abzudrücken. Ich hatte plötzlich das Gefühl, neben mir zu stehen. Und was ich da sah, erschütterte mich.»

«Kein Wunder. Sie sahen eine Mörderin.»

«Dieser Mann, Piller, er rief mich an. Er forderte eine halbe Million. Er hatte geheime Unterlagen. Unser Betrieb ist verschuldet. Mein Mann hat all sein Geld in den Betrieb gesteckt. Ich wollte nicht, daß er etwas von der Erpressung erfährt. Man hätte die Fabrik geschlossen. Mein Mann hätte das nicht überlebt.»

«Und deshalb nahmen Sie das Käsemesser und stachen zu.»

«Es war verrückt, ich weiss. Er sagte, daß er ein Teil des Materials an die Journalistin weitergegeben hatte.»

Was danach kam, war ein Lehrstück in Sachen gelebte Demokratie. Frau Haas wurde für unzurechnungsfähig erklärt und interniert, ihr Mann kurierte sein Herz, und irgendwie brachten es die Politiker fertig, daß die Fabrik auch heute noch auf dem verseuchten Boden steht. In der Gegend dort zu leben, ist zwar ungesund, aber dafür ist niemand arbeitslos. So geht das.

Zaubertricks

Ich beobachtete einen Nachbarn, der offenbar dabei war, mich zu beobachten. Wir beobachteten uns eine halbe Stunde lang, ohne daß einer von uns beiden neue Erkenntnisse gewonnen hätte. Wenig später stand ein Mann in meinem Büro, der unter seinem gediegenen Mantel einen tadellosen Anzug trug. Sein Bart sah aus, als würde er ihn dreimal täglich mit Shampoo behandeln.

«Entsetzlich, diese Kälte. Mein Name ist Fehr. Aber die meisten Leute kennen mich unter meinem Künstlernamen. Miracolo.»

«Miracolo? Nie gehört. Was für eine Kunst betreiben Sie? Die Kunst, wie man auch in schlechten Zeiten einen guten Eindruck hinterläßt?»

«Ich bin Zauberer. Meine Frau ist verschwunden.»

«Nicht schlecht. Mit dem Trick könnten Sie sich dumm und dämlich verdienen.»

«Sie verstehen mich nicht. Meine Frau ist tatsächlich verschwunden. Spurlos. Einfach so. Von einem Tag auf den anderen.»

«Spuren hinterlassen sie alle. Hat Ihre Frau einen Liebhaber?»

«Ich glaube nicht. Ist das wichtig?»

«Und ob, guter Mann. Können Sie sich einen anderen Grund vorstellen, weshalb Sie Ihre Frau verlassen sollte?»

«Einen anderen Grund? Nein. Deshalb bin ich ja hier.»

«Waren Sie schon bei der Polizei?»

«Ja. Aber ich möchte, daß alles unternommen wird, um meine Frau wiederzufinden. Ich möchte Klarheit darüber, ob ihr etwas zugestoßen ist.»

«Der Reihe nach. Wann haben Sie Ihre Frau zum letzen Mal gesehen?»

«Vor vier Tagen. Ich verließ das Haus am späteren Vormittag. Es war ein ganz gewöhnlicher Tag. Als ich am Nachmittag wieder zurückkam, war meine Frau verschwunden.»

«Was haben Sie in der Zwischenzeit gemacht?»

«Ich war beim Arzt. Danach war ich im Kino.»

«Und Ihre Frau hat keine Andeutung gemacht?»

«Nein. Es gab keinerlei Anzeichen. Seit Tagen zermartere ich mir das Gehirn. Suche nach Details, nach Worten, die sie in den vergangenen Wochen gesagt hat. Irgend etwas, das auf ihr Verschwinden hindeuten könnte. Aber es fällt mir nichts ein. Darf ich ein Glas Wasser haben?»

Er schluckte zwei Tabletten und spülte kräftig nach. Herr Fehr machte einen gefaßten Eindruck, aber an kleinen Gesten konnte man erkennen, daß ihn etwas innerlich beinahe zerriß. Er gab mir seine Adresse, ein Foto seiner Frau und einen Vorschuß. Ich kaufte mir davon einen dicken Wintermantel und fuhr ins Polizeipräsidium.

«Wir haben das Haus gestern durchsucht. Aber wir fanden keinerlei Hinweise. Vielleicht hat er seine Frau tatsächlich weggezaubert. Man weiß ja nie bei diesen Zauberern. Sehen Sie, dieser Trick mit der zersägten Dame – den habe ich schon mindestens zwanzigmal gesehen. Aber ich begreife ihn heute noch nicht. Und es gibt noch viel verrücktere Sachen.»

«Sie vermuten, daß Herr Fehr etwas mit dem Verschwinden seiner Frau zu tun hat?»

«Das ist das Naheliegendste, Maloney. Die Frau hatte offenbar kein Verhältnis, und es gibt niemanden, der sie seit ihrem Verschwinden gesehen hat. Und die Nachbarin hat uns erzählt, daß die beiden sich fast täglich stritten. Das Motiv muß man nicht allzu weit suchen.»

«Ihr Pech, daß sich Herr Fehr ein Alibi herbeigezaubert hat.»

«Alibi? Wollen Sie mich auf den Arm nehmen, Maloney? Herr Fehr hat das Verschwinden seiner Frau gemeldet. Niemand außer ihm weiß, ob sie nicht schon vorher verschwunden ist.»

Ich nahm mir ausnahmsweise ein Taxi, um der Kälte auszuweichen. Der Taxifahrer trommelte nervös auf dem Lenkrad herum und drückte wahllos die Tasten auf seinem Radiogerät. Es war nicht auszuhalten. Er schaute belämmert, als ich ihm kein Trinkgeld gab und statt dessen auch noch eine Quittung wollte. Die Nachbarn von Herr Fehr wohnten in einem mittelgroßen Betonbaukasten, der schon von weitem nach einem mühsam abgestotterten Bausparvertrag roch. Die große, rundliche Frau Rotari öffnete mir und ließ mich in die gute Stube.

«Ich habe der Polizei bereits gesagt, daß da etwas faul ist.»

«Was genau ist denn faul, Frau Rotari?»

«Wissen Sie, bei dieser Kälte sitze ich oft am Fenster und häkle. Und von diesem Fenster aus sehe ich genau auf das Nachbarhaus. Und da entging es mir nicht, daß Herr Fehr und seine Frau oft Streit hatten. Er schlug sie.»

«Sie wollen damit andeuten, daß Herr Fehr seine Frau umgebracht hat?»

«Das ist immerhin möglich. Es war ja offensichtlich, daß sich die beiden nicht mehr mochten.»

«Ist Ihr Mann gleicher Ansicht?»

«Mein Mann?»

«Ja. Er wird sich seine Gedanken machen. Oder überläßt er das Denken Ihnen?»

«Mein Mann ist im Krankenhaus. Nichts Ernstes. Er mußte seine Hüftgelenke operieren lassen. Ich habe ihm gar nicht erzählt, was passiert ist. Mein Mann regt sich sehr schnell auf, und das ist nicht gut, unmittelbar nach einer Operation.»

«Haben Sie an dem fraglichen Tag etwas beobachtet?»

«Ich saß hier am Fenster. Frau Fehr hat das Haus nicht verlassen. Jedenfalls nicht zu jener Zeit, die ihr Mann angegeben hat.»

«Interessant. Sie vermuten, daß Frau Fehr noch im Haus ist?»

«Vielleicht hat er sie später weggeschafft? Die Polizei hat das Haus durchsucht. Aber Herr Fehr ist ein Zauberer. Und Zauberer wissen, wie man Dinge und Menschen verschwinden lassen kann.»

«Wären Sie bereit, mit nach drüben zu kommen und das Haus mit mir zu durchsuchen?»

«Selbstverständlich. Aber ich glaube nicht, daß Herr Fehr das zulassen wird.»

Ich sagte ihr, daß Herr Fehr daran interessiert sei, entlastet zu werden. Mit Frau Rotari hatte ich mir ganz schön was eingebrockt. Sie war der Typ Frau, der sich mit Wonne in fremde Privatsphären mischte. Der Zauberer war nicht gerade erfreut, als wir das Haus durchsuchten.

«Hier im Keller liegen nur einige meiner Utensilien.»

«Was ist das da?» fragte Frau Rotari bereits zum dritten Mal und zeigte auf einen buntbemalten Wandschrank.

«Ein magischer Schrank. Damit kann man Leute zum Verschwinden bringen. Ein uralter Zaubertrick.»

«Aufgepaßt, Frau Rotari. Wenn Sie zu nahe herangehen, werden Sie auch verschwinden», sagte ich lächelnd.

«Hier im Haus ist sie nicht, Maloney.»

Frau Rotari ließ es sich nicht nehmen, die Tür des magischen Schrankes zu öffnen. Sie trat vorsichtig in den Schrank. Noch während sich die Tür schloß, hörten wir ihren markdurchdringenden Schrei. Herr Fehr grinste und ging um den Schrank herum. Ich folgte ihm. Die hintere Tür war kaum zu erkennen. Sie öffnete sich auf Knopfdruck. Frau Rotaris Mund war offen, und ihre Beine zitterten. Am Boden neben Frau Rotaris Füssen lag eine tote Frau. Das Grinsen des Magiers wurde zu einer Fratze des Entsetzens. Die Tote war Frau Fehr. Und kein Zaubertrick der Welt konnte sie wieder lebendig machen.

Frau Rotari zog sich in ihre eigenen vier Wände zurück. Der Magier saß betroffen in einem Sessel, und die Polizei bevölkerte den Keller. Ich stand neben dem Zauberer und hörte mir Hugentoblers Fragen an.

«Sie bestreiten, daß Sie Ihre Frau getötet und in diesem Schrank versteckt haben?»

«Ich habe sie nicht getötet. Diese Vorstellung ist grauenhaft. Gut, wir haben uns oft gestritten. Aber ich liebte meine Frau.»

«Wer außer Ihnen hatte Zugang zu Ihrem Haus und zu diesem Schrank?»

«Niemand. Es ist absurd. Aber selbst ich muß gestehen, daß alles gegen mich spricht. Ich kann mir nicht erklären, wer meine Frau getötet haben könnte.»

«So kommen wir nicht weiter», mischte ich mich ein. «Gab es Anzeichen für einen Einbruch?»

«Nein», sagte Fehr.

«Dann muß Ihre Frau den Täter ins Haus gelassen haben.»

«Moment mal, Maloney», sagte Hugentobler. «Bevor Sie wieder eine haarsträubende Geschichte konstruieren, halten wir uns lieber an die Fakten. Und die sind eindeutig.»

«Unsinn wird auch nicht besser, wenn er von einem Polizisten endlos wiederholt wird.»

«Herr Fehr, ich verhafte Sie wegen dem dringenden Tatverdacht, Ihre Frau getötet zu haben.»

Und damit war die Sache für ihn vorläufig erledigt. Ich verbrachte den Rest des Tages damit, einige hübsche Theorien zu konstruieren. Aber die halfen weder Herrn Fehr noch mir. Am nächsten Tag erhielt ich überraschenden Besuch. Eine junge Frau mit langen blonden Haaren erschien in meinem Büro.

«Ich habe es in der Zeitung gelesen. Stimmt es, daß Sie Miracolo verteidigen?»

«Nein. Ich bin kein Anwalt. Herr Fehr hat mich engagiert, um seine Frau zu finden. Und das habe ich auch getan.»

«Sie glauben, daß er unschuldig ist?»

«Nicht unbedingt. Aber ich bin von Natur aus skeptisch. Eindeutige Sachen mag ich nicht.»

«Ich war drei Jahre lang die Assistentin von Herrn Fehr.»

«Sie ließen sich zwei Jahre lang zersägen und in Luft auflösen?»

«Herr Fehr wurde zudringlich. Ich habe ihn abgewiesen. Seither bin ich mit einem Fluch behaftet. Alles, was ich mache, läuft schief.»

«Ein Fluch? Was soll der Quatsch?»

«Das ist kein Quatsch. Miracolo ist ein Zauberer mit außergewöhnlichen Fähigkeiten. Und er ist krank.»

«Krank? Im Kopf?»

«Er ist seit Jahren in ärztlicher Behandlung. Er schluckt Psychopharmaka. Ich glaube, er ist verrückt.»

«Weshalb erzählen Sie mir das alles?»

«Ich bin davon überzeugt, daß er seine Frau getötet hat. Miracolo haßt Frauen. Er haßt alles, was mit Gefühlen zu tun hat.»

Sie stand auf und ging. Ich wußte nicht so recht, was ich mit ihrer Aussage anfangen sollte. Ehe ich mir meine Gedanken darüber machen konnte, klingelte das Telefon. Am anderen Ende der Leitung war Hugentobler.

«Unheimliche Sache, Maloney. Der Zauberkünstler hat sich in Luft aufgelöst.»

«Hat einer der Wärter gepennt?»

«Die Zellentür war abgeschlossen. Aber der Zauberer war heute morgen einfach weg. Hoffentlich erzählt er diesen Trick nicht weiter. Unvorstellbar, was auf uns zukäme.»

Daß sich Zauberer in Luft auflösen, ist an sich nicht neu. Doch wie geht so etwas in einer Gefängniszelle, ohne Zauberstock und doppelter Tür? Es war an der Zeit, mich mit der Materie etwas genauer auseinanderzusetzen. Die Sekretärin des Magischen Zirkels der Stadt war schlank und schön.

«Wir geben normalerweise nichts über unsere Mitglieder preis.»

«Nett, daß Sie es trotzdem tun.»

«Miracolo wurde vor vier Jahren ausgeschlossen.»

«Und weshalb?»

«Er war unseriös.»

«Hat er seine Tricks verraten?»

«Was ich Ihnen jetzt sage, bleibt unter uns.»

«Aber ja doch. Wie wäre es, wenn wir uns verbrüdern und verschwestern? Oder haben Sie etwas gegen Inzest?»

«Miracolo ist ein miserabler Zauberer. Er beherrscht nur ein paar lausige Tricks.»

«Meines Wissens ist er sehr erfolgreich.»

«Sein Können beruht nicht auf Magie. Jedenfalls nicht auf weißer Magie.»

«Wollen Sie damit sagen, daß er mit dem Teufel im Bunde ist?»

«Miracolo ist gefährlich. Dieser Mann besitzt Fähigkeiten, die einem angst machen können.»

«Nun machen Sie es nicht so spannend. Was für Fähigkeiten?»

«Miracolo hat zum Beispiel die Fähigkeit, anderen Menschen seinen Willen aufzuzwingen. Und zwar voll und ganz. Er arbeitet nicht mit Zaubertricks. Dieser Mann ist der Teufel in Person.»

Der Fall wurde immer teuflischer, auch wenn mir die Worte der Sekretärin des Magischen Zirkels allzu dramatisch erschienen. Ich suchte in meinem Büro nach Anzeichen von Übersinnlichem, fand aber nur eine alte Untertasse. Als ich mich umdrehte, stand plötzlich Herr Fehr alias Miracolo vor mir. Der Zauberer machte keinen besonders gefährlichen Eindruck.

«Bevor Sie die Polizei verständigen, möchte ich mich mit Ihnen unterhalten, Maloney.»

«Nur zu. Aber keine Tricks bitte. Ich mag keine Zauberkunststücke.»

«Ich bin ein schlechter Zauberer, Maloney.»

«Das hat man mir beim Magischen Zirkel auch gesagt.»

«Dann wird man Sie auch vor mir gewarnt haben. Diese Leute haben keine Ahnung, wie es in mir drin aussieht. Ich bin ein sehr unglücklicher Mensch, das können Sie mir glauben.»

«Kommt jetzt eine Lebensbeichte?»

«Ich bezahle Ihnen eine volle Woche, wenn Sie mir jetzt zuhören, Maloney.»

Das war ein Angebot, das ich nicht ausschlagen konnte. Er legte seinen Mantel ab und setzte sich.

«Ich war 14 Jahre alt, als ich zum ersten Mal merkte, daß ich hellsehen kann. Nicht nur das. Ich kann auch in fremden Köpfen lesen, kann Dinge mit bloßer Geisteskraft bewegen und Menschen beeinflussen.»

«Das ist doch toll. Millionen träumen davon, so etwas zu können. Sie müßten längst Lottomillionär sein.»

«Geld bedeutet mir nicht viel. Am Anfang war das ganz lustig. Ich war stets der Mittelpunkt, alle wollten etwas von mir. Hier eine Prognose, da ein Aschenbecher, den ich verschieben sollte. Doch als die Leute begriffen, daß ich das tatsächlich konnte und kein Trick dahintersteckt, bekamen sie Angst vor mir.»

«Kann ich gut verstehen. Aber mit Ihren Fähigkeiten könnten Sie auch Gutes tun.»

«Ja, das dachte ich auch. Aber das Schlimmste für mich war, als ich feststellen mußte, daß ich voraussehen konnte, wann mich eine Frau verlassen und in wen sie sich verlieben würde. Stellen Sie sich vor: Ich ging mit einer Freundin an eine Party, dort war ein uns völlig unbekannter Mann, der sich in keiner Art und Weise meiner Freundin näherte. Und doch wußte ich, daß sie sich in ihn verlieben würde. Und einen Monat später war es geschehen. Und so ging es weiter.»

«Was wollen Sie mir überhaupt mitteilen? Haben Sie vorausgesehen, daß Ihre Frau Sie verlassen wird? Und haben Sie sie deshalb umgebracht?»

«Ich ertrug meine Fähigkeiten nicht. Ich stellte fest, daß ich durch die Einnahme von Psychopharmaka meine Fähigkeiten unterbinden konnte. Ich lähmte mein Gehirn. Während Jahrzehnten. Ich lernte einige Zaubertricks, und manchmal spielte ich während meiner Vorstellungen Hellseher. Das war ganz amüsant. So ließ es sich leben.»

«Und dann? Oder soll ich mir eine ganze Woche lang Ihr Leben anhören?»

«Um es kurz zu machen: im Gefängnis hatte ich keine Tabletten. Und da wußte ich plötzlich, wer meine Frau umgebracht hat. Und ich weiß auch, wo die Tatwaffe versteckt wurde.»

«Donnerwetter. Verraten Sie mir jetzt noch, wie Sie aus dem Gefängnis geflohen sind? Unsereins könnte so eine Fähigkeit auch ab und zu gebrauchen.»

«Es ist besser, wenn ich nichts mehr über meine Fähigkeiten verrate. Sie verfolgen mich schon mein ganzes Leben. Und sie sind eine Qual.»

Herr Fehr überreichte mir eine detaillierte Zeichnung. Ich verständigte die Polizei, und wenig später stand ich auf einem Stück

Erde und hackte, bis mir beinahe die Arme abfielen. Bis ich etwas in Händen hielt. Hugentobler staunte.

«Ist das die Tatwaffe, Maloney?»

«Da wette ich meine Memoiren drauf.»

«Fehlt nur noch ein Motiv, Maloney. Oder liegt das auch hier vergraben?»

«Nein. Das Motiv liegt im Krankenhaus.»

«Im Krankenhaus? Ist der Täter ein Arzt oder ein EKG?»

Wir klingelten bei Frau Rotari. Sie öffnete und schaute mich niedergeschlagen an. Es war ihr offenbar nicht entgangen, daß in ihrem Garten an einem ganz bestimmten Ort gegraben wurde.

«Diese Frau hat meine Ehe zerstört», sagte sie.

«Frau Fehr hatte ein Verhältnis mit Ihrem Mann. Als Ihr Mann sich operieren ließ, hatten Sie viel Zeit, um darüber nachzudenken. Und Sie kamen zu dem Schluß, daß Frau Fehr drauf und dran war, Ihr Eheglück zu zerstören.»

«Moment mal», sagte Hugentobler. «Frau Rotari hat doch die Leiche gefunden.»

«Der Gedanke, daß diese Frau noch immer drüben immer Keller liegt, war mir unerträglich. Ich wußte, daß sie früher oder später gefunden wird. Ich dachte, wenn ich sie selber finden würde, käme niemand auf die Idee, mich zu verdächtigen.»

«Ihr Pech, daß Herr Fehr nicht mit billigen Zaubertricks arbeitet.»

«Ist der Zauberer wieder aufgetaucht? Maloney! Sie verschweigen mir wieder eine ganze Menge.»

Ich erzählte ihm die ganze Geschichte. Noch heute kann ich sie nicht so recht glauben. Wäre da nicht dieser traurige Mann in meinem Büro gewesen. Herr Fehr schluckte weiter seine Tabletten und versuchte so unauffällig wie möglich zu leben. Dies gelang ihm ganz gut. Ich hörte nie wieder etwas von ihm. Nach all dem Hokuspokus betäubte ich ausgiebig meine sechs Sinne. Und wenn irgendwo auch noch ein siebter Sinn vorhanden ist, kam dieser auch ganz schön auf seine Rechnung. So geht das.

Der Doppelgänger

Es kommt nicht häufig vor, daß meine Klienten extra aus dem Ausland einfliegen, um mir ihre Ersparnisse in Form eines üppigen Honorars zu überreichen. Frau Rösler hatte mir am Telefon gesagt, daß sie aus Argentinien angereist sei. Ich machte mich auf allerhand gefaßt und bedauerte es, nie einen Tangokurs besucht zu haben.

«Tango mag ich nicht. Ich tanze nicht gerne. Schauen Sie ab und zu fern?»

«Wieso? Möchten Sie sich mit mir über alberne Fernsehserien unterhalten?»

«Ich habe meinen Mann im Fernsehen gesehen.»

«Tatsächlich? Arbeitet er bei einem Privatfernsehen? Oder ist er im falschen Moment durch die falsche Straße spaziert? Kann passieren. Und Sie möchten jetzt wissen, wer die Frau im kurzen Mini war, die Ihren Mann eng umschlungen begleitet hat?»

«Nein. Ich sah meinen Mann bei der Arbeit.»

«Und jetzt möchten Sie wissen, weshalb er plötzlich einen anderen Beruf ausübt?»

«Nein, ich möchte wissen, ob er tatsächlich mein Mann ist. Und, wenn ja, weshalb er sich vor mir versteckt.»

«Ich dachte, er sei im Fernsehen gewesen? Das ist doch der dümmste Ort, um sich zu verstecken.»

«Wir lebten in Argentinien. Er verschwand vor zwei Jahren spurlos. Vor drei Wochen sah ich ihn im Fernsehen. CNN. Ein Bericht über eine Schweizer Bank. Darin sah man ihn. Er arbeitet offenbar in der Bank.»

«Haben Sie Kontakt mit ihm aufgenommen?»

«Ja. Aber er bestreitet, mein Mann zu sein. Er sagt, ich verwechsle ihn, er sei ein Doppelgänger. Ich glaube ihm aber nicht. Ich kenne doch meinen Mann.»

«Vielleicht hat er ein neues Leben begonnen? Mit einer anderen Frau?»

«Na und? Das ist doch kein Grund, sich so albern zu benehmen. Nein. Ich glaube, er hat Angst.»

«Vor Ihnen?»

«Das kann ich mir nicht vorstellen. Es sei denn, er ist plötzlich reich geworden und fürchtet nun, daß er mit mir teilen müßte.»

Ich begriff langsam, worum es Frau Rösler hauptsächlich ging. In solchen Fällen ist es von Nutzen, eine Erfolgsprämie auszuhandeln. Sie war damit einverstanden. Sie erzählte mir einige Details über ihren Mann und die Umstände seines Verschwindens. Ich kaufte mir einen neuen Bleistift, ein neues Notizbuch und neue Turnschuhe. Mit diesen Utensilien verkleidete ich mich als Journalist und besuchte das edle Geldinstitut. Ein Herr Münch zeigte mir große Büros mit kleinen Menschen und umgekehrt.

«Hier arbeiten die Portfoliomanager. Ich nehme an, Sie wissen, was das heißt?»

«Keine Ahnung. Aber vermutlich kann man damit eine Menge Geld machen.»

«Die Leute hier verwalten Vermögen von Tausenden von kleinen und größeren Sparern. Haben Sie ein Konto bei unserer Bank?»

«Schon möglich. Aber vermutlich hat es nur so viel Geld drauf, um die Verwaltungskosten zu decken.»

«Tja, auch bei uns sind die Zeiten nicht mehr so rosig wie auch schon. Die Zinsen sind außer Rand und Band.»

«Wer ist der junge Mann da drüben? Auch so ein Portomanager?»

«Portfolio. Ja. Traber. Guter Mann. Ehrgeizig. Aber korrekt. Das ist wichtig. Wir können hier keine Leute gebrauchen, die zu Unregelmäßigkeiten neigen. Sie verstehen?»

«Stimmt es eigentlich, daß es Portomanager gibt, die Konten und Depots verstorbener Kleinsparer plündern?»

«Das wird alles aufgebauscht. Sie und Ihre Kollegen brauchen ständig gute Geschichten. Und Betrügereien in den Banken sind gute Geschichten. Mich langweilt das. Schreiben Sie über die positiven Seiten des Bankgeschäftes.»

«Ich sollte aber mindestens zehn Zeilen abliefern.»

«Ich habe jetzt keine Zeit mehr. Reden Sie mit Traber. Er kann Ihnen einen Einblick geben. Wenn Sie wollen, können wir nach der Arbeit auf einen Drink in die Bar um die Ecke gehen. Da werde ich Ihre Fragen beantworten.»

Er schaute auf sein Handy. Er schüttelte es heftig. Offenbar nahm er an, daß es kaputt war, weil es seit fünf Minuten nicht gejault hatte. Traber sah genauso aus, wie ich mir einen eifrigen Banker vorgestellt hatte. Mich erstaunte es, daß meine Klientin ihn von den anderen, die ebenfalls in der Bank arbeiteten, unterscheiden konnte. Vielleicht lag es an seinem Aftershave. Es stank bestialisch.

«Was möchten Sie wissen?»

«Etwas Privates. Ich möchte ein kleines Porträt über den Menschen hinter der Krawatte machen.»

«Privat? Da bin ich der falsche Mann. Ich habe kein ... ich meine, mein Privatleben ist nicht sehr interessant.»

«Gerade das würde unsere Leser brennend interessieren. Die mögen es, wenn es den anderen privat genau so beschissen ergeht wie ihnen.»

«Nein, dazu möchte ich nichts sagen. Ich bestehe auf mein Recht auf Privatsphäre. Das müssen Sie respektieren. Und jetzt muß ich weiterarbeiten. Ein Fondsmanager ist ausgefallen. Ich muß einspringen.»

Er sprang ein und ich ging. Es war offensichtlich, daß der Mann etwas zu verheimlichen hatte. In der Bar um die Ecke traf ich auf eine Reihe anderer Helden in Krawatte. Eine Frau, die ganz und gar nicht zu dem Zirkus paßte, fiel mir angenehm auf. Ich setzte mich neben sie.

«Ich bin Wirtschaftsjournalistin. Recherchiere gerade eine Insiderstory. Und Sie?»

«Mich interessiert mehr das Private.»

«Doch nicht etwa mein Privatleben? Ich habe nämlich keines.»

«Dann passen Sie wunderbar in diese Meute von Geldakrobaten.»

«Eigentlich gar nicht. Ist doch langweilig. Es geschieht so wenig. Krumme Geschäfte an der Börse sind eigentlich zum Gähnen. Ich würde viel lieber bei Mordfällen recherchieren.»

«Ist auch nicht viel unterhaltsamer. Kennen Sie den Mann da drüben?»

«Traber? Ein Langweiler. Weiß nichts und kümmert sich um nichts. Dabei tut er immer so geheimnisvoll. Ist seine Masche, um bei Frauen zu landen, vermute ich mal. Hat bei mir aber die Landepiste verfehlt.»

Ich fragte sie nicht, wie man bei ihr im Hangar landen konnte. Ich beobachtete Traber, der in einer Ecke an einem Cocktail nippte. Als er zahlte und ging, ging ich ebenfalls. Es war ein lauer Herbstabend. Traber ging zu Fuß. Ich folgte ihm. Wir landeten in einem schmucken Haus in einem von Laub übersäten Garten. Traber benutzte einen Hintereingang und stieg die Treppe hinunter. Ich ging ums Haus und sah durch ein kleines Oberlicht Erstaunliches: Eine Gruppe von zwölf Gestalten saß in einem Kreis um einen Tisch. Das war nicht weiter ungewöhnlich. Ungewöhnlich war nur, daß die zwölf allesamt seltsame Kapuzen trugen, die an den Klu-Klux-Clan erinnerten.

Bei der Polizei gab man sich äußerst gelassen. Die meisten Beamten waren damit beschäftigt, in ihren Nasen zu grübeln oder die neuesten Abenteuer von Garfield zu studieren. Von den Kapuzenmännern hatte Hugentobler noch nie etwas gehört.

«Wenn Sie wüßten, Maloney, was wir ständig für Hinweise aus der Bevölkerung kriegen. Nach jedem Sektendrama erhalten wir die absurdesten Verdächtigungen. Erst gestern hat uns ein alter Mann aufgeregt angerufen und erzählt, daß in seinem Keller eine spiritistische Sitzung abgehalten werde. Er höre seltsame Laute. Als unsere Männer ausrückten, fanden sie die Frau des alten Mannes zusammen mit einem Sanitärinstallateur. Beide nackt. Sie können mir glauben, Maloney, die beiden hatten ganz und gar nichts Metaphysisches im Sinn.»

«Aber zwölf Kapuzenmänner in einem abgelegenen Haus müßten Sie doch interessieren?»

«Wenn wir uns das genauer ansehen, stellt sich heraus, daß sich unter den Kapuzen zwölf Witzbolde verbergen, denen langweilig ist und die zuviel schwachsinnige Filme gesehen haben. Wäre nichts Neues, Maloney.»

«Und der Mann, der plötzlich verschwindet und zwei Jahre später als ein anderer wieder auftaucht? Interessiert Sie das auch nicht?»

«Das ist doch eher etwas für diese Fernsehsendungen. *Bitte melde Dich*, oder wie der Quark heißt. Meine Frau findet das immer ganz spannend, all die Schicksale. Wenn Sie mich fragen, ist das kalter Kaffee. Apropos Kaffee, Maloney. Möchten Sie einen?»

Ich machte mich schleunigst aus dem Staub. Das einsame Haus wirkte tagsüber noch einsamer, zumal nirgendwo Kapuzenmänner auszumachen waren. Dafür eine Frau, die sich als Besitzerin der alten Villa zu erkennen gab.

«Hier im Haus, sagten Sie? Männer mit Kapuzen?»

«Im Keller. Zwölf Stück. Gestern nacht.»

«Sie müssen sich irren. Gestern abend waren nur die Vereinsleute hier. Alles seriöse Herren.»

«Was ist das für ein Verein? Gehören Sie auch dazu?»

«Ich? Nein. Ich habe die Kellerräume vermietet. An einen Verein. Die Hypotheken lasten bleischwer auf der Hütte. Mein Mann hat sich rechtzeitig abgemeldet. Ich hoffe nur, daß es im Jenseits eine Gerechtigkeit gibt, und er unter einer himmlischen Brücke nächtigen muß. Mir hat er nur Schulden hinterlassen.»

«Kennen Sie den Sinn und Zweck des Vereins?»

«Nein. Aber ich weiß, wie er heißt. Kostolanys Jünger.»

«Klingt mehr nach Sekte als nach Verein.»

«Nein, nein. Das ist keine Sekte. Ich bin zufällig in eines der Treffen geplatzt. Die redeten nur über Geld. Nicht über Religion.»

«Das paßt wunderbar zu den meisten Sekten. Kennen Sie Herrn Traber?»

«Traber? Nein, nie gehört. Der Mann, der die Kellerräume gemietet hat, heißt Meier.»

«Peter Meier?»

«Genau. Kennen Sie ihn?»

«Wer kennt ihn nicht? Seitenweise füllt er das Telefonbuch. Auf allen Pausenplätzen ist er anzutreffen, in allen größeren Betrieben.»

«Ich wußte nicht, daß er so bekannt ist. Er hat im voraus bezahlt. Für ein Jahr. Und die Räume werden von der Gruppe jeweils tipptopp aufgeräumt. Was will ich mehr?»

Tja, was will unsereins mehr? Ich ging in jene Bar, in der Frau Suter ihr berufliches und privates Elend zu ertränken beliebte. Sie saß zusammen mit Herrn Münch.

«Sie kennen sich?» fragte Münch erstaunt. «Kennen sich alle Journalisten?»

«Sie sind auch Journalist?» fragte Frau Suter.

«Freischwebend. Zur Zeit bin ich hauptberuflich ratlos.»

«Das trifft sich gut. Wir rätseln nämlich schon eine ganze Weile und kommen nicht vom Fleck», sagte Münch und stierte Frau Suter in den Ausschnitt ihres Kleides.

«Jetzt rücken Sie schon raus damit», sagte Frau Suter. «Was ist mit der Insiderstory?»

«Nichts», sagte Münch. «Eine banale Angelegenheit. Ich habe Ihnen etwas viel besseres. Sie müssen sich aber bis morgen gedulden.»

«Wenn Sie glauben, daß ich mich in Ihrem Bett gedulde, haben Sie sich geschnitten.»

«Ich habe noch zu tun», sagte Münch. «Sie können sich ja mit Ihrem Kollegen vergnügen. Bis morgen.»

Er stand auf, und ich rückte etwas näher zu Frau Suter.

«Von einem Banker lasse ich mich nicht verkuppeln», sagte ich. «Er verlangt sicherlich Zinsen dafür.»

«Jetzt können Sie es doch beichten. Sie sind ein Schnüffler, oder?»

«Hat mein Deo wieder versagt?»

«Der Kerl blufft nur. Will sich wichtig machen. Hat nichts und wird nie etwas haben. Diese Börsenstorys sind langweilig. Wenn das so weitergeht, werde ich Kriegsberichterstatterin.»

Wir nahmen einen Drink, und danach trennten sich unsere Wege. Ich besuchte meine Klientin. Sie hatte nicht viel Neues zu berichten.

«Natürlich ist er es. Typisch, daß er sich jetzt als Banker aufspielt.

Er hat schon immer gerne spekuliert. Unser ganzes Geld hat er verspielt. Am Spieltisch und an der Börse.»

«Hatte er Kontakte zu Sekten?»

«Heinz? Nein. Sicher nicht. So etwas hat ihn nie interessiert. Er ist ein materieller Typ. Spirituelles langweilt ihn. Er ist einer, der immer sehr schnell zur Sache kommt. Da gibt es kein Zögern und kein Zweifeln. Er nimmt sich, was er will. Er stellt keine Fragen.»

Die Charakterisierung half mir auch nicht weiter. Zumal ich wußte, daß gerade Leute, die immer schön gerade durchs Leben wandeln, plötzlich auf krumme geistige Touren geraten können, wenn der richtige Guru im richtigen Moment auftauchte. Ich besuchte Trabers Arbeitskollegen, Herrn Münch, der in der Bar Andeutungen gemacht hatte. Ich fand ihn auch, aber er lebte nicht mehr.

«Erschossen, Maloney», sagte Hugentobler. «Die Waffe hatte einen Schalldämpfer. Niemand hat etwas gehört. War er einer Ihrer bedauernswerten Klienten?»

«Ist die Wohnung durchwühlt worden?»

«Und wie. Der Alptraum aller Putzfrauen und Saubermänner. Wir haben bei dem Toten einen Umschlag gefunden. Steckte fein säuberlich gefaltet unter dem Hemd, direkt über der Schußwunde.»

«Und was steht in dem Brief?»

«Kein Brief, Maloney. Nur ein Umschlag. Und auf dem Umschlag hat es nur zwei Buchstaben. Sieht aus wie Initialen. *K* und *J*.»

«Kostolanys Jünger?»

«Was für Jünger, Maloney? Sind Ihnen bunte Steine auf den Kopf gefallen? Oder haben Sie zum Frühstück ein paar Bachblüten verschluckt? Ich kenne da einen Kollegen, der ist ganz verstört, seit er regelmäßig sein Horoskop liest. Es trifft immer alles zu, Maloney. Erst kürzlich stand darin, daß er schon bald mit sehr viel Geld konfrontiert werde. Und was geschah gestern abend? Er wurde von einem Geldtransporter angefahren. Ist das nicht verblüffend, Maloney?»

Er begann, das Horoskop seines eigenen Sternzeichens zu zitieren. Darin war von diversen Begabungen die Rede. Ich kapitulierte und gestand ihm immerhin eine Begabung zu: die Begabung, einem ganz gehörig auf den Wecker zu gehen.

Ich verbrachte eine ruhige Nacht, wenigstens bis um sechs Uhr früh. Es kommt ab und zu vor, daß in meinem Büro schon frühmorgens Besucher erscheinen. Die meisten gehen auch gleich wieder. Nicht so die Besitzerin der alten Villa. Sie klopfte so lange, bis ich nicht mehr anders konnte, als aufzustehen und aufzumachen.

«Herr Meier hat die Kellerräume gekündigt. Fristlos. Er hat mir die Miete für drei Jahre bezahlt. Sozusagen als Konventionalstrafe. Er war sehr nett.»

«Wie sah Herr Meier aus?»

«Ich weiß nicht. Ist das wichtig?»

«Und ob. Haben Sie nicht mit ihm persönlich gesprochen?»

«Doch, doch, aber er trug einen Verband um das Gesicht. Er sagte, er habe sich verbrannt. Man sah nur seine Augen und seine Nase.»

«Hat der seltsame Verein eine neue Adresse?»

«Ich glaube nicht. Herr Meier sagte, daß er ins Ausland reisen werde. Für unbestimmte Zeit.»

So etwas hatte ich mir beinahe gedacht. Ich machte mir eine Kanne Kaffee und schlürfte drei Tassen hintereinander leer. Dann erschien Frau Suter, die Wirtschaftsjournalistin in meinem Büro.

«Schrecklich, die Geschichte mit Herrn Münch. Hat er doch etwas gewußt? Ich mache mir Vorwürfe. Ich habe ihn nicht ernst genommen.»

«Sagt Ihnen der Verein Kostolanys Jünger etwas?»

«Die Jünger nicht, aber Kostolany ist ein berühmter Börsenspekulant, hat ein Riesenvermögen gemacht und mehrere Bücher geschrieben.»

«Könnte es sein, daß dieser Kostolany eine Art Börsensekte gegründet hat?»

«Nein, das hat er nicht nötig. Aber vielleicht haben ein paar Spinner so etwas gemacht. Man kann nie wissen. Haben die Jünger etwas mit dem toten Münch zu tun?»

Ich sagte ihr, daß ich mir nicht sicher sei. Nach zwei weiteren Tassen Kaffee klingelte das Telefon. Meine Klientin erzählte mir mit aufgeregter Stimme, daß ihr Mann bei ihr sei. Völlig aufgelöst sei er, mit den Nerven am Ende. Ich machte mich sofort auf den Weg.

«Sag ihm, was du mir gesagt hast.»

«Das kann ich nicht. Die bringen mich um.»

«Jetzt werden Sie nicht so dramatisch Traber, oder Rösler, oder wie immer Sie heißen mögen.»

«Heinz Rösler. Ich bin kein Doppelgänger. Ich habe meine Frau vor zwei Jahren verlassen. Ich hatte mich verspekuliert. Mit gefälschten Unterlagen beschaffte ich mir in Argentinien einen Bankkredit und floh in die Schweiz. Ich kriegte ein gutes Angebot.»

«Von einer Schweizer Bank?»

«Nein, von einem Geschäftsmann. Er sagte mir, daß er mir einen Job vermitteln würde. Ich unterschrieb einen Vertrag. Die Hälfte meines Einkommens und alles, was ich von dem Kredit übrig hatte, landeten auf seinem Konto. Dafür wurde ich Mitglied von Kostolanys Jüngern.»

«Was ist denn das?» fragte Frau Rösler. «Eine Sekte?»

«Nein, nein, nichts Religiöses. Kostolanys Jünger haben es sich zum Ziel gesetzt, durch Manipulation der computergesteuerten Börsen die Finanzmärkte zu erschüttern und dabei kräftig abzusahnen.»

«Wer steckt hinter den Jüngern?»

«Keine Ahnung. Der Geschäftsmann, der mich anwarb, war nur ein Mittelsmann. Bei den Treffen waren immer alle vermummt, ich hatte nie eine Ahnung, wer diese Leute sind. Ich wußte nur, daß es Ihnen ernst ist. Ich wollte dabeisein. Reich werden.»

«Und auf den Quatsch fällst du herein? Ich habe dich immer für einigermaßen vernünftig gehalten. Kostolanys Jünger! So ein Blödsinn.»

«Das ist kein Blödsinn. Die meinen es ernst. Todernst. Ich ahnte nicht, daß sie so weit gehen würden. Sie haben Münch erschossen. Am letzten Treffen wurde eine Liste verteilt. Darauf stand Münchs Name. Die Liste trug den Titel *Verräter*. Die anderen Leute auf der Liste kannte ich nicht. Die haben Münch liquidiert. Und jetzt werden sie mich liquidieren.»

«Niemand wird dich liquidieren. Die Polizei wird diese Jünger verhaften, und dann kommst du zurück nach Buenos Aires.»

«Möchtest du denn, daß ich zurückkomme? Nach all dem, was ich dir angetan habe?»

Was danach kam, waren Tränen, Küsse und Versprechungen. Ich ließ die beiden stehen und besuchte das Polizeipräsidium. Hugentobler blätterte in einem Magazin und schaute mich widerwillig an.

«Noch nicht Mittagspause, und schon steht Maloney vor mir. Das kann ja nichts Gutes verheißen.»

«Da haben Sie allerdings recht. Sind neben Münch noch andere Leute aus dem Umfeld von Banken und Finanzen erschossen worden?»

«Wie kommen Sie darauf, Maloney? Haben Sie den Polizeifunk abgehört?»

«Wie viele?»

«Drei. Zwei Bankangestellte und der Wertpapierhändler eines Brokers. Wir stecken mitten in den Ermittlungen.»

«Das sehe ich. Vielleicht sollten Sie sich für solche Fälle ein Wirtschaftslexikon kaufen?»

«Nicht nötig, Maloney. Wir haben für so etwas unsere Spezialisten. Im übrigen haben wir drei Aussagen von Männern, die Mitglied waren bei irgend so einem Verein. Haben ihr ganzes Geld dem Verein übergeben, in der Hoffnung, daß an der Börse Millionen daraus werden. Diese Jünger, oder wie die heissen, sind schon längst über alle Berge.»

«Alle Achtung. Sie wissen beinahe so viel wie ich.»

«Ich weiß sogar einiges mehr, Maloney. Die Toten waren vermutlich auch Mitglied des Vereins. Wollten aussteigen oder ihr Geld zurück. Da hat man sie umgebracht, und ist mit dem Vermögen getürmt. Nichts Ungewöhnliches, Maloney.»

In den folgenden Monaten gab es immer wieder kleinere und größere Kursveränderungen an den internationalen Börsen, doch nichts deutete darauf hin, daß die seltsamen Jünger dahintersteckten. Sie hatten es auch nicht nötig zu spekulieren. Mit dem Geld, daß sie den Möchtegernspekulanten aus den Taschen und von den Konten zauberten, ließ es sich in Saus und Braus leben. So geht das.

Foto: Dominique Meienberg

Roger Grafs haarsträubendes Team am Schweizer Radio DRS 3: Jodoc Seidel (links) alias Polizist Hugentobler und Michael Schacht alias Philip Maloney. Die beispiellos erfolgreiche Radioserie endet mit der 250. Folge im September 2001.

Roger Graf

Philip Maloney –

30 rätselhafte Fälle

gebunden, 358 Seiten

«Whisky und Zigaretten sind seine besten Freunde, sein Lieblingsplatz ist der Boden unter seinem Schreibtisch und sein Lieblingspolizist heißt Hugentobler: vor Philip Maloney ist kein ungelöster Kriminalfall sicher.»
Neue Zürcher Zeitung

«Ein kurzweiliges Lesevergnügen.»
Schaffhauser Nachrichten

«Warnung: Wenn Sie mit dem Lesen anfangen, können Sie nicht mehr aufhören.»
Bilanz

«Nach den ‹30 rätselhaften Fällen› zum warm werden, sind nun auch die deutschen Leser süchtig nach den skurrilen Geschichten.»
Oberhessische Presse

KEIN & ABER